川西秘闻

③ 《蜈蚣骨》

唐小豪

作品

SPM 南方出版传媒 广东人民出版社

· 广州 ·

图书在版编目（CIP）数据

川西秘闻 . 3，蜈蚣骨 / 唐小豪著 . -- 广州 ：广东
人民出版社，2016.7
ISBN 978-7-218-10827-8

Ⅰ．①川… Ⅱ．①唐… Ⅲ．①长篇小说－中国－当代
Ⅳ．① I247.5

中国版本图书馆 CIP 数据核字（2016）第 081064 号

Chuan Xi Mi Wen 3: Wu Gong Gu

川西秘闻 3：蜈蚣骨
唐小豪 著

出 版 人：曾 莹

策 划：聚刻文化艾成歌
责任编辑：肖风华 李 敏
装帧设计：荆 棘
责任技编：周 杰 黎碧霞

出版发行：广东人民出版社（广州市大沙头四马路 10 号 邮政编码：510102）
电 话：（020）83798714（总编室）
传 真：（020）83780199
网 址：http://www.gdpph.com
印 刷：北京彩虹伟业印刷有限公司
开 本：787 mm×1092 mm 1/16
印 张：23 字 数：300 千
版 次：2016 年 7 月第 1 版 2016 年 7 月第 1 次印刷
定 价：29.80 元

如发现印装质量问题，影响阅读，请与出版社（020-83795749）联系调换。
售书热线：（020）83795240

目 录
Contents

Contents 目录

目录 Contents

Contents 目录

金铜饼

第一章

1928 年，国民政府北伐结束后，川北双龙镇郊外玉梭山。

深夜，一条全由黑布覆盖的小船慢慢行驶在涪江之上，离远了看去，黑色的小船在江面之上犹如一块漂浮着的黑布，毫不起眼。

船头，一名身着黑衣的老者手持竹竿，一边撑船，一边眼望四方，警惕着周围。老者撑着小船在玉梭山沿江周围各处来回数次，终于看到水面上冒出一个人头后，这才赶紧将船给靠了过去，蹲下来，伸手将水中之人给拉上船。

水中的黑衣人上船之后面带喜色，还未更换湿衣，便迫不及待地说："柱头！水哈面真嘞有条鱼道！"（柱头！水下面真的有条水道！）（注：鱼道，四川咽噜子，即哥老会、袍哥切口黑话，意为水道。）

被称为柱头的老者一听，心中大喜，但刚浮现在脸上的笑意立刻就收了起来，撩开覆盖在小船上的黑布走进船舱内，对着船舱中帮会前辈的牌位跪拜下去，又拿起三炷没有点燃的红香插在牌位前的香炉上，又道："帮中各位老辈子！老天爷保佑！后辈樊大富终于找到鱼道可以进切！晚上有活路要做！先不燃香！莫怪莫怪！"

樊大富说完后，转身看向船舱外那个浑身湿淋淋的中年人，压低声音道："李瓜娃！过来！给老辈子上香！我切看哈那些砍脑壳的到底来没得！"

李瓜娃站在船舱里并没有挪动步子，看了看船头的远方，也是压低声音道：

"柱头！那些狗日的一直跟着我们，你没看到？"

樊大富一惊，忙问："你咋个晓得？"

"我下水之前，沿江找唠一圈鱼道，就在那边江道转个个的地方（江道转角处）看到还有一条船！不用仔细看就晓得，肯定是他们！"李瓜娃说话的时候还不忘往船头方向看上一眼，生怕自己说的话被远处那条船上的人听到了。

"妈哦！老子真的是老唠！几天没下过水，耳朵也不好用唠，算球唠！反正拿人钱财，给人消灾！算老子们欠那些狗日的！你先不要换衣服，我给他们打个号子，喊他们过来！"樊大富说着就要往船头走，却被李瓜娃一把抓住。

樊大富不知李瓜娃为何要抓住自己，皱起眉头看着对方，此时李瓜娃在腰间所缠的布带中掏出一枚铜钱大小的东西，那东西表面上泛着青色。樊大富一见那东西，眼睛一亮，抢了过去，拿出船舱在月光下仔细看着，随后惊呼道："金铜饼？！这个东西你是从鱼道里面捞出来的？"

李瓜娃使劲点头，脸上掩饰不住的喜色，这种金铜饼属汉代铸钱，早年袍哥会有人不知道从哪儿得了这东西，一开始并不知道有什么用处，后来从省城成都来的一个买卖古董的人竟花高价买下，并告知他们那东西叫金铜饼，属汉代钱币，一枚保存完好的金铜饼非常值钱，并一口咬定如果是在双龙镇发现的这种金铜饼，这里必定有汉代古墓存在，古墓主人即便不是大户，哪怕是普通的行商，多多少少都会存放有这种金铜饼。古董行商又询问那人这金铜饼从哪儿而来。那袍哥汉子说，在江边割鱼草时捡到的，只是觉得好看，便留在身边，谁知道竟那么值钱。

那古董行商听罢便让那袍哥汉子带他去割水草之地，承诺如果另有发现，两人二一添作五，尽数平分。那袍哥汉子心中大喜，领着那古董行商来到当日割水草之处，谁知道两人忙碌了一天，却没有任何发现，最终那古董行商只得收了那枚金铜饼，离开了双龙镇。不过，这件事却在几日内传遍了整个双龙镇上上下下，掀起了一阵寻宝热，甚至连省城中都有不少人前来寻宝，不过都无功而返，没过两年，此事就被百姓渐渐淡忘。

当年樊大富也是众多寻宝人之一，但他还有一个特殊的身份，便是川北袍哥会中的柱头。何为柱头？那要从袍哥会说起，最早袍哥会被清廷官文中称为啯噜子，清康熙年间，四川巡抚方显在呈交皇帝的奏折中就曾经写道：川蜀经明末大西贼兵祸，人口锐减。本朝克定祸乱，倡导移民川蜀，其后金川（四川土司）用兵，甘肃凉庄道顾光旭奉命入川，署理按察使，但蜀民无业无赖者众多，多习拳脚，嗜饮搏、浸至劫杀，号啯噜子……

啯噜子为最早的袍哥会的称呼，"啯噜"二字为清王朝满语的译音，从未被袍哥会作为正式称呼，只是在官文中有记载。最早袍哥会与三合会等相同，以反清复明作为宗旨，下分"山、堂、香、水"四大柱头，后来清皇朝覆灭，便直接称下属领导者为柱头，以便与三合会等组织的帮众领导区分。

　　樊大富虽是四大柱头之一，可为人放荡不羁，不喜欢与帮众混在一起，更何况自从袍哥会中出了红黑党（小偷）之后，他更是打心底瞧不起这群"杀鸭子"（土语窃贼的意思）的家伙，于是多年前便在四川各处流浪，但居住之地必定要靠着大江大河，因从小便熟悉水性，在水中犹如蛟龙一般灵活，特别是每每发过水灾后，便驾着一条小船沿江河去帮人捞尸，实则捞些浮财度日，但樊大富万万没有想到，竟有四个神秘人找上门来，送了重金，让其帮助寻找梭子山沿江的一条水下密道。

　　樊大富虽然在双龙镇住了不到几年，但对环绕着梭子山的涪江如同自家一样熟悉，压根儿就没有听说过有什么水下密道，觉得来人完全是瞎扯，但看到来人放在桌子上那数十锭金子，本想说出口的话又咽了回去。在那个时候，金锭早已成了稀罕货，更不要说在闭塞的川蜀之地，樊大富想都没想，一口就答应了下来，但在伸手拿那些金锭的时候，却被领头的那位身穿西式服装的中年人一把按住，要求其绝对保密，凡事都要在夜间进行。

　　樊大富也曾干过不少见不得人的勾当，知道在夜间进行的肯定不是什么能见光的事，也是一口答应了下来，赶紧收起了金锭，转身藏进了房间，却没有看到那中年人脸上那一丝阴笑。

　　如今，樊大富的徒弟李瓜娃捞起了那枚金铜饼之后，他才想起当年那个袍哥汉子因为金铜饼而发了一笔横财的经过，心想那四个神秘人必定是来寻宝的，而且看来对这梭子山内的宝藏所在地很是熟悉，否则怎么可能一口咬定下面有水道？不过从那四人的高大身材和面容判断，不像是西南人，像是北方人，不熟悉水性，所以才雇了自己。

　　不管怎么样，自己得了十锭金子，加上这枚金铜饼，如果这鱼道之中还有什么稀罕物，下半辈子就再也不用发愁了，也不用冒着生命危险在江面上给人捞尸发浮财了。

　　"柱头！你在想啥子？"李瓜娃一句话将还在回忆的樊大富拉到了现实中。

　　樊大富看了看船头的远处江面，隐隐约约看见那里真的停靠着一条小船，心中也在暗叹：幸好老子有老子的规矩，干活路的时候不准外人在场。

　　樊大富将那枚金铜饼放在帮中先辈的灵位下，又拜了拜，此时李瓜娃很不解地说："柱头！你为啥子要把东西放到仙人板板下头？"

樊大富一听就火了，一巴掌打在李瓜娃的脸上："不要乱说！牌位就是牌位！说仙人板板要遭雷打！听到起！你现在过切，去找那四个砍脑壳的，给他们说鱼道是找到唠，但是晚上水凉，水又太深，要找啥子东西我们帮他们切找。"

　　樊大富此话的意思，是想试探下那四个神秘人到底会不会水性，虽然那四个人出手阔绰，不过看样子不像是善人，万一来个杀人灭口，他和李瓜娃两人发不了财不说，连命都会丢掉，太不划算。自己既然已经得了十锭金子，如果还能再拿个三成的财宝，那就真的皆大欢喜了。可李瓜娃根本不明白樊大富的意思，点头便说："好，就是喊我实话实说嘛，我晓得唠。"

　　说完，李瓜娃转身就要跳进水中，被樊大富一把抓住，照脑袋又是几巴掌，打得"啪啪"作响，压低声音怒道："说你是瓜娃子，你还真的是瓜娃子，老子的意思是试探哈他们下一步要做啥子。反正你就一口咬死说水底下不好走！你都差点儿死在里头，晓得不？"

　　李瓜娃捂着头，听得似懂非懂，但害怕又挨打，只得点头说："晓得唠！那我过切唠哈。"

　　樊大富点点头，目送李瓜娃跳进水中，向那条小船游去，自己寻思了一下又紧了紧身上的水服，从船舱中拿出两把匕首，一把放在水服腰间的布带中，另外一把扣在脚踝处，以防不测。

　　再说李瓜娃在水中奋力向另外一条小船游去，游到小船船头时，一只大手就从船头伸了下来，将李瓜娃拉了上去，但在他还未说话之前，一支毛瑟C96驳壳手枪就顶在了他的额头上。李瓜娃虽然老实憨厚，但也毕竟是袍哥会成员，知道那是手枪，也见过有帮总执行帮规时，用这玩意儿打死过人，双腿一软，立马就跪倒在了船头上。

　　船头上站着两个身穿黑衣的人，一个是领头的中年人，还有一个青脸的汉子，却不见其他两人去了什么地方。

　　"我家主子问你什么，你就答什么，若要保命，就不要多说废话。"持枪的青面汉子沉声道。

　　李瓜娃连连点头，裤裆里面一泡尿已经冲了出来，沿着双腿滴落了下去，因为是保持着下跪的姿势，尿液已经在双腿膝盖周围打着圈儿。若要其他袍哥会中人看到这个场景，逐出帮会不说，也会落个身首异处的下场，当初樊大富收李瓜娃为徒弟，其实也是因为看着这小子老实憨厚胆小怕事，不会给自己惹是生非，但并没有考虑到李瓜娃胆子太小，只要稍微威胁，那张嘴什么秘密都保不住，竹筒倒豆子一样全都会说出去。

中年人示意青面汉子将枪放下，自己蹲下来拍了拍李瓜娃的肩膀道："不要害怕，我们不会杀你，只是想知道水下密道的准确方位。"

李瓜娃伸手一指前方便说："就在前头那块乌龟石的下头，往水里头钻，钻一哈哈（一会儿），觉得那口气憋不住唠，就可以看到唠。"

李瓜娃说的完全是土语，也没什么文化，不能用水下几丈来表述，干脆说那一口气憋不住了，就能看到那个水下密道入口。

中年人和青面汉子听得直皱眉头，不明白他到底是什么意思。还好中年人脑子转得够快，忙问："你一口气能憋多久？"

李瓜娃不知道应该怎么表示，胡乱比画了一下，又紧盯着青面汉子手中的那把枪，生怕自己说不清楚被一枪毙了。

"这样……"中年人掏出一块怀表来，"你现在憋一口气给我看看。"

李瓜娃立马深呼一口气，死死憋住，然后闭上双眼。中年人一只手则放在他的口鼻前，另外一只手将怀表放在耳边听着指针跳动的声音，许久后李瓜娃终于憋不住了，吐出一口气来，脸色都憋得发青，双眼瞪大，如果再憋下去肯定会被活活憋死。

中年人放下怀表，又看着李瓜娃刚才游来的方向，先前已经在心中计算李瓜娃在水中游来的大概速度，估摸了一下往下潜水的速度，加上李瓜娃在下水时身上背着用以坠水的"石袋"，想了想对青面汉子说："大概有六米的模样。"

青面汉子一听，面露难色，摇了摇头道："不可能，太深了，人受不了。"

李瓜娃本就憨厚，听两人说这话，打岔道："为啥不可能？我就可以摸那么深！"

青面汉子怒视李瓜娃，紧了紧手中的驳壳枪，李瓜娃见状立刻住嘴低下头去。

中年人叹了一口气，人到水下四五米就已经是极限，这并不能用人的水性好坏来判断，仅仅是因为人体接受不了水下四五米的水压，单是耳膜就无法承受。原本中年人是想让樊大富和李瓜娃两人找清楚水道之后，便让两人离开，自己带人进入水道，不再让他们参与此事，但以现在的情形来看，只能靠樊大富和李瓜娃两人入水，进到水道，再摸进崖墓之中，替他们寻找那样东西。

十锭金子虽然不是小数目，可关键的问题是这两人虽然能够进入水下密道，可是否能够平安活着回来，还是个问题。崖墓之中到底存在什么，中年人和青面汉子自己都拿不准。

"行船，到前面去找樊大富，今天晚上无论如何要把这件事给办妥了！"中年人双拳一捏，向青面汉子下了命令。

第二章

诡异的木箱

　　青面汉子捞起船头作为船锚的石块，小船便顺着水流向下游缓缓行去。

　　还跪在船头的李瓜娃抓了抓被尿液渗透的水裤，中年人伸手将其扶起来，正要安慰的时候，李瓜娃的左脚脚踝处突然就被水中伸出的一只手给抓住，惊了李瓜娃一跳，浑身一抖，整个身子向前一扑就失声喊道："鬼！水鬼！"

　　中年人很是冷静，只是俯身伸手将那只手牢牢抓住，往船头上一提。从水中钻出那人，摘下自己面部那张用以避水的光滑的竹制面具，露出一张俊俏的面孔来，从面容上来看也顶多十八九岁的模样，比李瓜娃还要小上好几岁。

　　那人上岸后，见了中年人便道："大人，我与二叔两人在水下并没有找到什么密道，二叔便命我上来禀报。"

　　说罢，那人又看了李瓜娃一眼，微微点头，算是打过了招呼。

　　李瓜娃在旁边听得那人称呼中年人为"大人"，心中吃了一惊，寻思难道这人是官府派来的？当时北伐战争已经胜利，东北易帜，国民政府在某种意义上已经统一了全国，不过在川北地界，虽说在1934年便结束了军阀防区制，统归了国民政府，但在双龙镇这种小地方，依然是地方官手握兵权一人做大。而从袍哥组织来说，不管怎么改朝换代，他们依然在心中认为那是官府，黑白两道互不来往，河水不犯井水。可官府的人竟雇了他与樊大富二人寻找那水下密道，这又是为何？

"不碍事，他们已经找到了入口，你先行歇息一会儿。"中年人点头说道。此时小船已经来到了樊大富的船前，两船并排列在江面，青面汉子将石块扔入江水之中，双手背在身后，冷冷地看着在另外一条船上穿着水服的樊大富。

"客人！下面的鱼道已经查清楚唠，你看是不是……"樊大富是何等聪明之人，行走江湖几十年，鼻子又相当灵敏，小船刚刚一靠近，便闻到了李瓜娃散发出的那股子尿臊味，立刻明白李瓜娃在威逼之下肯定道出了实情，为了不让对方起疑心，自己也不能再隐瞒，免得节外生枝。

中年人点了点头，伸手掏向口袋中，樊大富一惊，右手也慢慢摸向布带之中，打定主意，要是对方有什么不轨的举动，自己便抢先发难，擒得那中年人再做打算。谁知那中年人竟掏出一枚玉扳指来，放在掌心中交与樊大富，道："柱头，这是小小意思，算是多加的辛苦费，还得劳烦两位进去帮我们取些东西出来。"

樊大富一听，心想：果然和猜测中一样，里面有宝物！

樊大富顿了顿，问："取些什么东西？"

"一个箱子……"中年人说罢，回头看了一眼青面汉子。

青面汉子上前一步，先是拱手作揖，随后又将左手手掌摊开，右手大拇指往掌心中一按，旋转一圈后双拳又死死抱紧，抱拳后才说："烦劳柱头了！"

樊大富看青面汉子竟懂得袍哥会的手势，那手势本是从打绳结演变而来，从前袍哥会组织辨认自己人，和丐帮有着相同的地方，袍哥会中人，曾多是码头搬运工，后又称为"棒棒"，要辨认是否是帮中兄弟，就看在扁担上打的绳结是什么模样，这和丐帮用腰缠的布袋来辨认是相同的意思。

樊大富也赶紧还礼，问："敢问这位兄弟大号？"

"小姓穆，名英杰，川西人，川西会中锦字头红棍，先前不便透露身份，还请柱头见谅！"青面汉子穆英杰解释道。虽然这样说，樊大富还是觉得心中有一种不安感升了起来，因为既是袍哥会兄弟，行事为何要带上外人？难道说是因为替帮中做事，抑或此人犯了事，逃离了帮会？此时在江面上，没有办法验证那穆英杰的身份，只得还了礼，也不再问下去，只是等待穆英杰下面要说的话。

穆英杰又道："柱头，此来我是帮助这位客人寻找一样古器，实不相瞒，小辈平日里也会些风水之术，来到川北不久，便发现此处地脉有些异象，每到下雨涨水之时，江水之中就会浮现出些过去的老物件，又得知曾经有人从这水中捞起过汉时金铜饼，便判断出此地必有墓穴存在，再者，这双龙镇又名郪江镇，乃是古蜀郪国所在地，郪国阴宅之地，乃都是崖墓，绕山而建，下沉于江面，有江面、又绕山，在风水之中乃是玉带环身的意思。"

穆英杰一句话说得有头无尾，更让樊大富觉得怀疑，一旁的李瓜娃虽然笨，听了后也觉得不对，就算你知道这里有古墓存在，又怎么会知道下方有鱼道呢？

樊大富还未发问，穆英杰将船头一侧站着的那名青年叫了过来，介绍道："这位小哥是小辈请来的行家好手，大号图拾叁，他二叔的名号想必柱头曾经听过，大号名为图捌，江湖人称地龙。"

图拾叁赶紧向樊大富行礼，樊大富迟疑了一下也小小还了一个礼，并不是因为他看那青年是后辈才显得傲慢，而是因为江湖别号地龙的图捌他也听说过，这些年来犯了不少的大案，听说是行家好手，其实就是干的掘冢的行当，也就是俗称的盗墓贼。袍哥组织中虽鱼龙混杂，什么人都有，更有以盗窃为生，还以盗窃为荣的红黑党，更不要说也有盗墓贼混在其中，但这些人多是以掘他人新坟，偷窃些陪葬品为生，就连帮会中人都看不起，认为那有损阴德。

这图家世代都是干的掘冢的行当，居无定所，甚至到了图捌这一代连祖籍都不知道是何处，自称是陕西人，但是陕西什么地方的，却根本说不上来，况且图家子孙一般都要迎娶两房以上的媳妇儿，目的就是要至少生下两个儿子来接家族的衣钵。掘冢这一行规矩也甚多，其中一个死规矩便是干活儿的时候绝对不能亲生父子二人齐上阵，一旦出了意外，那就断了香火，所以都是大哥带二弟的儿子，二弟带大哥的儿子，这样算是互相手中各有了人质，谁也不敢在遇到危险的时候抛下另外一人就跑。而这图拾叁则是图捌二弟的儿子，可说到底也是在战乱时花钱从别人手中买下的。

樊大富越想越觉得生气，张口便道："你们既然已经唠行家好手，为啥子还要请我这个土埋半截的老头子呢？"

穆英杰正要开口，那中年人便抢先道："柱头，只因我们是北方人，不识水性，就算有些水性，但要下到这深水之处也很困难，还请柱头多多包涵，那崖墓之中宝物甚多，我们只要一个物件，其余的东西可以尽归柱头，我们分文不取！"

只要一个物件？樊大富越听越觉得不对，那物件是什么东西？对这个人如此重要？更重要的是，穆英杰表明了自己的身份，也说明了自己带了砍脑壳的盗墓贼前来，就剩下这个中年人没有表明身份，难道他大有来头？

樊大富想问清楚，但又知道道上的规矩，拿人钱财不应多问，本是买卖双方，知道太多反而对自己不好，于是打定主意不问，只是说："好说，好说，但我必须晓得你们要取的东西是啥子样子，不然的话，我下切过后拿错了咋个办？"

中年人见樊大富一口答应，心中大喜，赶紧道："那东西……"

说到这儿，中年人顿了顿，转头去看穆英杰，穆英杰赶紧说："长约五尺，宽约两尺，外表如同一个箱子一样，外侧有兽头花纹，木制，镶有青铜、玉石！"

樊大富一边听一边比画了一下大小，心里却在想：木制，又镶有青铜和玉石？青铜这种东西在汉代之后就很少采用了，汉代之后，器皿多用陶瓷，兵刃也全用生铁打造，说明这物件至少是汉代之前的东西。这么一说，应该非常值钱，说不定这一口箱子就比得上崖墓之中的其他宝物！想到这儿，樊大富便打定主意，如果下去之后，没有其他的物件，只有那一口箱子，自己便将箱子藏好，另觅水道而去，藏起来，等风声过去，再进去寻找。

穆英杰见樊大富不发一语，用手肘碰了碰那中年人，中年人会意，立刻转身进了船舱，从船舱中拿了一个小箱子出来，递到樊大富跟前，立即打开箱子。

樊大富看那箱子中竟是一箱子黄灿灿的金条，不由得露出了笑容。樊大富有个毛病，不爱女人、不爱酒食，就偏偏喜欢黄金，按理说没有人不喜欢黄金的，但樊大富对黄金的喜爱几乎达到了一种病态的程度，说准确点便是喜欢积存黄金，也不拿出来花，这么多年攒了不少的银钱，也都是藏在某地，每月初一、十五便前去查看细数一番。

中年人和穆英杰见樊大富露出贪婪的笑容，心知对方的弱点已经被牢牢抓住。

中年人将箱子交与樊大富手中，又说："柱头！这箱金子算是多加的酬劳！你先行拿住，东西到手，还有一箱金子再做酬谢，我绝不食言，大可放心！"

"好，好，好……"樊大富连说了好几个"好"字，忙把装有金条的箱子放入船舱之中，随之出来踢了李瓜娃一脚，让其准备下水，就在此时穆英杰跳上了樊大富的船上。

穆英杰跳上船之后，抱拳道："柱头！我还有一个不情之请！"

樊大富不知又出了什么事，点头示意他说下去。

穆英杰说："虽说柱头水性好，但要进得那墓穴之中，也不是一件容易的事情，我与图捌、图拾叁三人也得一同前往，但无须柱头照顾，生死天定！"

生死天定？老子求之不得。樊大富心想，忙道："得行！"（可以！）

图拾叁坐在了船边，戴上了那特制的竹制面具，准备下水。樊大富看那东西觉得稀奇，忍不住多看了两眼。可此时李瓜娃心中倒多想了想，先前在那条船上，穆英杰还面露难色说水太深，没有办法下去，为何现在必须要下水呢？而且还有一个叫图捌的在什么地方？

图拾叁跳下水，抓着船舷对穆英杰说："我先下水寻我二叔。"

说完，图拾叁便潜了下去。随后准备好的樊大富和李瓜娃二人也跳下了水。穆英杰没有水服，只是脱了外衣，拿了一个奇怪的东西包住了从船舱中拿出来的一个小背篓，绑在后背上，随后也跳下了水。

下水后，穆英杰冲中年人微微点头，中年人道："小心为上，今天此事一定要办妥，江山……江山就看你的了。"

江山？什么意思？樊大富已下到水中，虽然好奇，但也不敢多问，生怕出了什么意外，只得拍了李瓜娃的肩膀让其在前面带路。

李瓜娃在水中带路，因为有坠石，下沉的速度很快，樊大富紧跟其后，穆英杰在最后速度有些慢，越往下潜身体越觉得吃不消，整个脑袋都快炸开了一样，但也死死地坚持了下来，但也奇怪为何樊大富和李瓜娃二人好像没什么事一样。

下潜了一阵，又从水下游过来一人，手中还拽着另外一人，深夜的水下，根本看不清，只能看见两个黑影，穆英杰也顾不上那么多，往水下潜去，抓着沿江山壁凸出的石块，向下面摸索而去。

潜了一阵，见前方的李瓜娃和樊大富钻进一块水下岩石的后面没了踪影，自己也赶紧顺着游了过去，但不知为何在水下如此深的地方，水流竟然十分湍急，一时没抓住，差点儿被冲走，还好樊大富又返回，一把将穆英杰拖了进去。

穆英杰被拖入那岩石后方后，睁眼就看到前方有一个黑乎乎的大洞，赶紧向里面游去，因为自己也实在憋不住了，整个脑袋涨得发痛。樊大富将穆英杰的身体送入洞中之后，穆英杰一探头，竟发现黑洞中另有天地，竟是几人深的一条密道，称为水道实在不恰当，那分明就是旱道。只是呈"丁"字形，最下犹如深井一样，爬出井口外，便是那条旱道。

这种构造的方式，分明是故意避水，但要挖出这样的密道，在水下少则要花上一个月的时间，既是崖墓，为何还要挖出密道来？正想着，图捌和图拾叁两人又从水道之中钻了上来。

图拾叁摘了面具，将图捌拖到旱道中平放，哭丧着一张脸道："我二叔，我二叔……"

樊大富赶紧用手一探图捌的鼻前，还有气息，只是呼吸很微弱，再一摸胸口，觉得起伏得厉害，赶紧伸手往口中一扣，这刚一扣，图捌就吐出一口水来。樊大富赶紧按住图捌的胸口，略微用力压出几口水来，摇头道："没得事，就是吃唠几口水，吃浅水比吃深水还要吓人，一口憋不到立马就死球唠。"

图拾叁没听明白什么意思，唯一听明白的便是图捌没事，脸上轻松了不少。就在此时，图捌张开嘴，伸手指着头顶密道，自言自语："鬼……水……"

"鬼水？！"众人一惊，不明白何意，倒是樊大富和李瓜娃两人往后退了两步。

第三章

"鬼水"凶灵

听到"鬼水"这两个字，樊大富和李瓜娃后退两步，随之对视一眼。李瓜娃吞了口唾沫，双脚都止不住开始发抖。李瓜娃天生胆小，整日在江面上做事，最害怕的便是遇上"鬼水"。

何为"鬼水"？沿江的渔夫几乎都知道那东西，说是水，却好像有生命一样，说是鱼，但是没有形状，如同一摊水一样，颜色透明，与江水没有区别，不注意看根本没有办法分辨。"鬼水"时常会潜伏在江面之下，有船只经过之时，就会掀起一阵大浪，将船舷边上的活物给打入水中，一个浪头翻滚过去便没了踪影。

樊大富和李瓜娃从前在一次为人捞尸的时候，竟碰上了"鬼水"，两人潜入水下，正准备靠近被江下岩石所盖的尸体时，樊大富眼尖发现尸体外表好像包裹着什么东西，立即拉住李瓜娃不要上前，随后那团东西开始慢慢蠕动，包裹着尸体翻滚了几圈就没了踪影，再追过去的时候，就发现远处慢慢漂来的只是一具白骨……

听到图捌嘴里说了"鬼水"两个字，樊大富反应极快，立刻问图拾叁："你们为啥子晓得'鬼水'这个东西？"

樊大富这次问到点子上了，因为"鬼水"这东西只是当地人知道，在其他地方樊大富并没有听说有人见过这种玩意儿的，为何图捌会知道自己遇上的是"鬼水"，而不是其他东西？

图拾叁正要解释，穆英杰便抢先回答："柱头，因为我们知道要下水，所以沿江详查了一番，担心有危险，预先便从渔夫口中得知了有'鬼水'这种东西。"

樊大富点点头，检查了一下图捌，发现身体其他地方没有受伤，估计是没有办法呼吸，可又觉得上次见着"鬼水"，几下就将尸体化成白骨，为何图捌却无事？

穆英杰直起身子，用身体量了下这条密道的高度，沉思了一会儿问图拾叁："拾叁，这应该是盗洞对吧？"

图拾叁拿出火折子点燃，在周围照了一圈，又伸手摸了摸洞壁，点头道："对，应该是盗洞，但从未见过有这种挖法，竟有一人高，两人身体可以并行的盗洞，这与常理相悖，你看这洞壁的痕迹，挖开之后还用黏土粘贴，黏土外表发黑，还是用明火烧过，很明显这样做的人，不是想干一次买卖，这样看来，这崖墓里面的宝贝肯定不少！"

图拾叁说到这儿，脸上终于有了些许的笑容，一是因为有这盗洞，二是既有如此稳固的盗洞，那就说明崖墓内必定没有什么所谓的机关，可以说这次的买卖毫无危险可言。可穆英杰好像觉得有些不妥，伸手在洞壁上摸了又摸，又蹲下来，拿过图拾叁的火折子，看着地上没有被烧黑的地方，竟有水迹，向前走了几步后，发现水迹一直延伸向盗洞内部。

樊大富和李瓜娃站在那儿，一动未动，也不说话。樊大富寻思着：总算是进来了，不管这是不是盗洞，与自己没有关系。不过拿了东西回去时，万一"鬼水"还在周围徘徊，那就是凶多吉少了。反正他们自己人进来了，待会儿进去之后自己拿自己的，那个长五尺、宽两尺的大箱子要搬运出去肯定麻烦，就让他们自己想办法吧！

"走吧。"樊大富说，但未走到前头，又看了一眼地上的图捌说，"让他在这个塌塌睡一哈哈儿，等一哈就应该没得事唠，他自己晓得跟过来。"

图拾叁有些不放心图捌躺在这儿，但看到穆英杰已经身先士卒走进了盗洞深处，俯身安慰了图捌几句，也赶紧跟了进去。穆英杰和图拾叁二人一动，樊大富和李瓜娃马上紧跟其后，谁知道两人刚走进盗洞深处，图捌所躺的地方重新被黑暗吞噬后，密道入水口就激起一阵波浪，随后一个浪子打了起来，翻滚到了图捌的身上，将图捌一卷，直接带进了水道之中。

前方的图拾叁听到有响动，停下脚步，往回看去，除了紧跟其后的樊大富和李瓜娃之外，只能看到一团漆黑，愣了愣转身又走。

越往前走，盗洞口就越窄，前方的穆英杰伸手摸了摸洞壁，比先前坚硬许多，正要说话，后方的图拾叁便道："这里是坚石，开凿起来特别麻烦，所以洞口变得小了，估计到前面只能够一人爬行通过。"

果然，又走了不到几米，前面就变成了仅够一人爬行的小洞口，穆英杰想都不想，第一个钻了进去，随后是图拾叁。李瓜娃站在那儿一动未动，樊大富见李瓜娃不动，知道他胆子小，担心堵在里面没有办法出来，一巴掌拍在了他的脑袋上，骂道："你这个狗日的砍脑壳的瓜娃子！老子是你老辈子，还是你师父！

骂完，樊大富还是钻了进去，见樊大富钻了进去，李瓜娃见四周完全陷入了黑暗之中，打了个寒战，蹲了下来，摸索着要往里面钻，谁知道刚蹲下来，就听到身后的洞穴中有"啪嗒"的声音。

李瓜娃一惊，第一反应就是从洞口退出来，贴在旁边的洞壁上。人在害怕的时候，第一反应绝对是找个角落死死贴住，因为只有这样，双眼才能看到危险所在，不至于让什么怪异的东西从后背偷袭。

穿着水服本就寒冷，加之洞穴中又无比潮湿，不久前才尿了一泡在裤子里的李瓜娃现在又感觉腹部下方发胀，但靠着洞壁又不敢动，双眼盯着黑暗的地方，听着那"啪嗒"声越来越近。

"李瓜娃！你在搞啥子！？你这个砍脑壳的瓜娃子！脚干是不是断唠！"洞穴深处传来了樊大富的骂声。

骂声传来，那"啪嗒"声便消失了。这次李瓜娃听得真切，不是自己耳朵听错了，的确是有什么东西爬了过来。是什么？鱼？李瓜娃脑子里出现这个念头，立马又打消了，还抬手给了自己一巴掌，鱼可能在旱地行走吗？除非是鱼长脚了！不对！鱼怎么可能会长脚，是不是……"鬼水"？

李瓜娃自己贴在洞壁边上越想越害怕，想往洞里爬去，但浑身僵硬，根本没有办法动弹，此时"啪嗒"声又重新响起来，而且声音从远处慢慢爬到了自己头顶的方向。李瓜娃定了定神，大喊一声给自己壮胆，随后猛地向上一抬头，想要去看那个地方到底有什么东西，但黑乎乎的什么都看不见，这才松了一口气，再垂下头来的时候，觉得面前有一种莫名的压抑感，下意识就伸手向前摸去，这一摸不打紧，竟摸到一个湿乎乎、圆滚滚的东西。

李瓜娃双手如同被针扎了一下缩了回来，这一下用力过猛，手肘撞到了洞壁上，一阵酸麻，"哎哟"一声身子向前一倾，直接倒向了那东西。李瓜娃心知不好，但也没有挽救的余地，只得闭上眼睛。

过了好一会儿，李瓜娃才睁开眼睛，揉着手肘时手摸到腰间的布带，这才想起来带了火折子，赶紧挪动到了另外一个方向，把火折子弄燃后，在眼前晃了晃，奇怪的是什么都没有看到。正觉得奇怪，将火折子收回往自己右边一转，便看到一张带着诡异笑容的脸凑在自己的右边。

"你妈哦！"李瓜娃骂了一句，后退着爬了几步，终于看清楚那是图捌的脸，略微松了一口气，随即开始破口大骂起来，"吓老子！砍脑壳嘞！老子弄死你全家！你狗日龟儿子！"

骂了一阵，见图捌依然是保持着那笑容凑在那儿，眼珠子都没有动一下，李瓜娃觉得奇怪，骂声也越来越小，但那种"啪嗒"声依然在洞穴中回荡，于是拿着火折子凑近去看图捌到底怎么了。是不是一口气没回上来，把脑子给弄坏了？

这一凑近看不要紧！李瓜娃的三魂七魄都差点儿给吓散了！

那哪里是什么图捌，分明就是一具白骨顶了一个人头立在那儿，而那具白骨全身上下还不知道在滴落什么东西，打在洞底的地上"啪嗒啪嗒"作响。

李瓜娃完全傻了，这次变成了真正的瓜娃子，拿着火折子的手不住地颤抖，抖动的火光左右摇晃，射在图捌的身子上更加骇人，终于李瓜娃那泡尿没有憋住，一下全喷了出来，顺着裤筒就流了出来。

"李瓜娃！"洞口又传来樊大富的怒吼声，这一声吼叫没有给李瓜娃壮胆，反倒是把他真的吓瘫倒在地上了，火折子也掉落在地上熄灭了，周围又陷入了黑暗之中。

"完球唠！完球唠！"李瓜娃眼泪都掉出来了，开始后悔不应该进来，甚至想到当年就不应该当樊大富的徒弟，这样也不至于遇到这个鬼东西！李瓜娃倒退着向洞口方向爬去，双脚退到洞口，便决定倒退着往里面爬。

李瓜娃一边向后退，随之将头也埋了下去，来个眼不看心不怕，摸索的过程中竟摸到了刚才掉落的火折子，心中大喜，加快了倒退的速度。退了一阵后，没有听到任何响动，松了一口气，趴在那儿点燃了火折子，想看看外面到底是怎么回事，那东西有没有跟来，结果这一点燃，却发现图捌那张大脸就凑在自己的跟前！这还算了，更可怕的是那张脸的肉正在一点点熔化，就在李瓜娃眼前瞬间变成了骷髅头！

李瓜娃看到这里，再也没有办法支撑下去，双眼一翻，脑袋一垂晕死过去。

盗洞另外一边，一直等待着李瓜娃爬过来的樊大富几人觉得奇怪，连叫了数声，只听得叫骂声，随后便没有声响，不知道发生了什么事。等了一阵，唯一还在担心牵挂的就是樊大富，毕竟那是自己的徒弟，穆英杰和图拾叁二人却在崖墓之中四处翻找起来。

盗洞深处的崖墓和两人想象中完全不一样，虽说没有什么担心的机关，可墓室充其量只不过平时宅第半个正堂那样大小，四面都印有五彩斑斓的壁画，壁画上竟全是春宫图。墓穴的角落处摆放着一个已经被砸开的石棺，棺内早已化为白骨的尸体被之前的盗墓贼拆得七零八碎，还有一截腿骨被拖了出来，外表包了白骨原本穿着的外衣，变成了备用的火把。在墓室的其他地方，除了一些坛坛罐罐之外，根本看不到任何值钱的东西。

"不对呀！"图拾叁自言自语道。他虽然从事这一行当没有几年，但也知道费了那么大的力气挖出那种盗洞的人必有所图，结果墓室中却是这副德行，除了石棺被砸开之外，其他的东西都没有被毁坏的痕迹，总不至于前一批盗墓贼来这里，仅仅是为了砸开石棺毁坏尸骨吧？不，这种赔本买卖，除非谁脑子坏掉了才会干出来。

图拾叁又看到被砸坏的石棺，忙道："穆大哥，难道说那东西是装在这口石棺内的？"

实际上图拾叁也在猜想是不是值钱的东西都装在那口石棺之内，但不方便说出来，只得说要寻找的那箱子是否在石棺之内。

穆英杰伸手制止图拾叁说下去，道："不，那箱子的确是装在棺材内没错，但绝对不可能这么简单就放在这么明显的地方，虽说这口石棺很大，足够装入那牧……那箱子，但我能感觉出来那箱子不在这里。"

穆英杰那个"牧"字刚说出口，立刻又改口说了箱子，图拾叁本就聪明，知道穆英杰有所隐瞒，也不方便再问，于是在周围继续寻找起来，希望能有所发现。

再说一直在盗洞口等待着的樊大富，见李瓜娃还不过来，干脆钻了出去，出洞之后便看到李瓜娃一双腿在洞穴之中，一时火大，抓起那双腿就拖了出来，谁知道这一拖出来不打紧，竟发现李瓜娃的身子只剩下了半截，而上半截的身子全变成了白骨！

这时樊大富才明白为什么那么轻易就能将李瓜娃的身子给拽出来，根本就没用什么力气，原来是……

就在这个时候，在石棺背后察看的图拾叁大叫了一声："这里还有盗洞！"

"那就对了！"穆英杰转身向石棺后方奔去，果然在石棺后方发现了另外一个盗洞，探头一看，那盗洞不深，差不多只有半丈的距离，就在那盗洞之外，便是另外一个墓室！

"崖墓！墓室众多！群葬之墓！墓室与墓室就一墙相隔，如同人间阳宅，果然是郫国的阴宅修建之法！"穆英杰面露喜色，正要往里面钻，就被在墓室另外一侧盗洞口的樊大富叫住。

穆英杰转过头来，看到樊大富指着地上半截身子变成白骨的李瓜娃的尸身，眉头一皱，竟伸手一掌将图拾叁打入脚旁的盗洞之中，随后自己也钻了进去，完全不顾还在那儿发愣的樊大富。

樊大富不知道穆英杰为何要这样做，以为是要抛下自己，赶紧上前去，却发现自己根本没有办法挪动步子……

第四章
百余墓室

　　穆英杰和图拾叁二人钻到盗洞的另外一面后，穆英杰立刻解下后背上包裹好的竹篓，从里面掏出两枚棺材钉来，又顺手抓过在旁边的一个罐子，直接塞住了盗洞口，随后拉开一张黑黄相间的布匹，直接封住罐子的外面，又用两枚棺材钉将布匹死死钉在墓室墙壁上。

　　一切妥当之后，穆英杰又从一个小罐子中抖落出细小的白色粉末来，用手指在布匹之上写了一个奇怪的符号，又将掌心剩余的粉末均匀涂抹在棺材钉下方，这才松了一口气。

　　"希望能够管用，我们得找到那口箱子，尽快离开，此地不宜久留！"穆英杰擦了擦额头上的汗水，扭头对图拾叁说。

　　图拾叁钻进第二个盗洞前，清楚地看到樊大富手中提着的李瓜娃已成白骨的半截尸体，却不知为何穆英杰竟一掌将自己送进盗洞之中，不闻不问樊大富和李瓜娃的生死，虽然自己心知出现了意外，但同时也意识到要是之后出现了什么危险，穆英杰也会毫不犹豫将自己给抛下。

　　"穆大哥！为何要堵住盗洞？"图拾叁还是想知道原因。

　　穆英杰一边在第二个墓室中四下寻找，一边回答："你干这一行当难道不知道但凡墓穴之中，肯定都有看守，先前我就一直担心我们从密道进来太过于顺利，自从你二叔图捌被'鬼水'袭击后，我回想起周围渔民的说法，估计那'鬼水'必定是替这崖墓守门的东西，但还不确定那到底是什么。"

图拾叁听穆英杰这么一说，才意识到这个崖墓实在太平常了，就算是年代久远，表面上看去也和普通古墓没有什么区别，远不如二叔图捌曾说过的那些皇室贵族的陵墓，没有甬道，没有机关。再者，自己跟随二叔图捌出来做"买卖"多年，也没有干过真正意义上的大买卖，充其量只在洞外接应，没有深入其中，但也听二叔图捌说过古墓之中多有"看守"，而这种"看守"有活有死，常人一般无法对付。

说那"鬼水"竟是看守，图拾叁内心里咯噔一下，猛然想起二叔图捌还在最外面的那个盗洞之内躺着，既然李瓜娃都已经遇害，那……

想到这儿，图拾叁下意识伸手就要去拿那个罐子，想钻回去看看二叔，右手刚伸过去就被穆英杰一把抓住，沉声道："你想做什么？"

图拾叁抬头看着穆英杰道："我二叔……"

"肯定死了，你回去也只能白白送命。"穆英杰淡淡地回答，这句话就像是一盆冷水，浇得图拾叁浑身冰凉，也明白穆英杰十分冷血，为了达到目的不择手段。

图拾叁本也是个倔强的人，可此时看见穆英杰另外一只手中紧握着那支快慢机，担心他嫌自己麻烦动了杀心，只得放开双手，一屁股坐在那儿，呆呆地盯着被穆英杰用怪异手段封住的盗洞。

穆英杰见图拾叁不再去搬动那罐子，便松开他道："王爷付给你和图捌两人的酬金，也够你们两辈子吃喝不愁了，所以这趟买卖，你还是安安心心帮我们找到那口箱子，估计在这个地方也找不到什么值钱的东西。"

王爷？图拾叁听穆英杰这么说，心里也觉得奇怪，那中年人找到二叔的时候，为了避嫌，自己被二叔赶到了屋外，回去的时候二叔告知自己必须称那中年人为"大人"，但是何地的大人，又有多大，自己不知道，可此时穆英杰又称呼其为"王爷"，这又是为何？

"这些崖墓环山而建，如果没有那层岩石外墙，看起来就和西北的窑洞一样，也有些石窟的味道，只是坚固了许多，就算是遭遇天灾也不会塌陷。这种崖墓之中，并没有金穴之说，所以陪葬品也只是些不值钱的锅碗瓦罐，顶多有些散碎的古钱，不用在那上面花心思了，还是安心帮我们找到那个东西吧。"穆英杰又一次强调说，心知图拾叁是在担心图捌，也在防着自己。

图拾叁起身来，想了想又问："穆大哥，虽说大人给的酬金不少，但我害怕有命拿没命花，你们要找的东西到底是什么？既没有告诉那柱头师徒俩，也没有告诉我们叔侄二人，原本我二叔严令不允许询问，不过事已至此，我的一条腿已经迈进了鬼门关，我就算死也得明白，我是为何而死？"

图拾叁的话说得很尖锐，说话的时候目光还落在穆英杰手中紧握的那支快慢机上面，言中之意再明白不过了，所谓迈进了鬼门关，实则是指穆英杰随时会对他痛下杀手。

穆英杰见状收起自己那支快慢机，插在腰间的布带之中，拱手朝着南方道："实话告诉你，你口中所称的大人名叫王安朝，这是汉人的名字，实则是清朝正黄旗莫尔丹氏，大清亡了之后，王爷一心想恢复大清的基业，我们此行也是为了寻找可以恢复大清基业的神器！如果你助王爷寻找到了神器，大清基业恢复之时论功行赏，你便是头等大功臣！你可明白？"

图拾叁听完，吃了一大惊，回想一下，难怪那个中年男子举手投足都展现出一股非凡的气势，原来是满族正黄旗的后裔，虽然知道了这么多，可图拾叁还是继续问道："穆大哥，我想知道那个神器是什么？"

穆英杰迟疑了一下答道："牧鬼箱。"

牧鬼箱？这个怪异的名字图拾叁从未听说过，就算是时常在做地下买卖的图捌也从未在他面前提起过这个东西，而且从名字上来看，根本看不出是什么神器，听起来倒像是什么阴邪的东西。图拾叁还想再问下去，可又转念一想，穆英杰将王安朝的真实身份告诉了我，加之又说过此人的目的是想复辟大清朝，要是被国民政府得知，那绝对是死罪。穆英杰虽说没有讲明那牧鬼箱的用处，但也算是说明白了此行的目的。

知道得越多，命就越短。这是图捌临行前叮嘱图拾叁的话，图拾叁回忆起图捌的那个表情，不由得倒吸一口冷气，不断在心中咒骂先前自己的愚蠢。

穆英杰说完，转身走到在另外一面墙壁下的石棺前，靠近后只是用双手触碰了下石棺，随后摇摇头便走开了。图拾叁盯着穆英杰那动作，还有摇头的姿势，心想这人难道也是干这一行的，就算是图捌老掘冢，也不可能只是触碰下棺材便知道里面有没有自己想找的东西。图拾叁为了在穆英杰跟前表现一下，以挽回先前的鲁莽，赶紧来到那石棺跟前，用手去摸那石棺体与棺盖的缝隙处，想要用力推开，手刚触摸到，就被转身看到的穆英杰一掌打到旁边，怒喝道："你想做什么？疯了吗？不知道这是活寿材？"

活寿材？寿材图拾叁当然知道，但加个活字又是何意？图拾叁天生就聪明伶俐，从小被人夸到大，从未被人用这种字眼形容过，心中很不痛快，但又不敢发火，只得爬起来恭恭敬敬地问："穆大哥，什么叫活寿材？"

穆英杰摇头，竟说："要是'鬼水'袭击的不是图捌，是你，那我就少了不少麻烦！至少不必费口舌给你这个门外汉解释这么多！"

图拾叁咬着牙，忍住怒火，穆英杰的意思完全就是想自己立即去死，换自己二叔图捌活过来！这种诅咒的话语在古墓之中是万万说不得的，算是做掘冢这一行的大忌，可穆英杰却丝毫不顾及这一点，完全能看出他对图拾叁很不满意。

"活寿材就是机关棺材，这样说你明白了吗？你跟图捌多年，竟然没有见识到这种东西？"穆英杰怒视图拾叁。他不知道图拾叁年少气盛，又好面子，当然不会实话实说自己没有下过真正的王墓地宫，充其量就是掘掘新坟。

"我明白了，先前只是一时心急，忘记了而已，还请穆大哥包涵。"图拾叁压着自己心头的火。

穆英杰却不依不饶，拉着图拾叁往旁边一站，伸腿靠在石棺棺盖之上，再一用力，棺盖被推开一条缝隙，随后赶紧缩腿，带着图拾叁闪身到了一侧，两人就看到从棺材缝隙之中冒出一股子白雾，白雾先是呈喷射状，喷射了一阵子后又慢慢减弱，开始变成水状流淌了出来，流到石棺下方时，发出"吱吱"的声响，立刻就将石棺下方放置的一个瓦罐给熔化了。

穆英杰转过头来看着图拾叁，意思是问：这下你明白了？

图拾叁盯着那被熔化的瓦罐，好半天才说："那是什么？"

"机关。"穆英杰懒得给他解释，甚至刚才就不想阻止图拾叁开棺，让他死在这儿，也免得碍手碍脚，但想到之后可能会用得上这家伙，还是先留着他的小命。

图拾叁心中却有其他的想法，心想既然这石棺有机关存在，必定就是原墓主人不想有人打开石棺，这样推断里面肯定有值钱的东西，于是又发问："既有机关，那石棺内必有东西，说不定牧鬼箱就在其中？"

穆英杰摇头："不可能，这石棺明显就是一口诡棺，你想想外面那口石棺，被先前来这里的盗墓贼砸得稀烂，而这一口却没有动过，没有打开的痕迹，旁边也没有被机关害死的人的骸骨，明显是那些人知道这口石棺有问题，才弃之不管，就只有你这么傻。"

穆英杰的话虽有道理，但又一次得罪了图拾叁，首先是他说了"盗墓贼"三个字，掘冢的人从不会称自己为贼，就算进墓开棺拿东西，也仅仅是叫作"借"，而不是"偷"或者"抢"，再者穆英杰还说图拾叁是个傻子，这让从小就被夸到大的他心里极其不痛快。

"走吧，再找找肯定还有其他盗洞，我估摸玉梭山山体如此庞大，绕山而建的崖墓中，这种小小的墓室少说有上百个之多，够我们找一阵了。"穆英杰说得很是轻松，可图拾叁一听就打了退堂鼓。

上百个墓室？那得找到什么时候？现在回去的路又被封死，算是后有追兵，那个守卫"鬼水"也不知道到底是什么东西，总之轻易就可以将人杀死化成白骨，而且，自己身上带着的干粮和饮水根本不够一天食用，哪有人待在墓室之中几天几夜都不出的道理？而且上百个墓室，要细细寻找，少则十天半个月的时间，就算不被机关害死，也得饿死渴死。

图拾叁正在寻思怎么逃出去，就听到穆英杰在那儿自言自语道："原本以为没有机关，却有活寿材在此，而牧鬼箱传说又是装在一副棺材之中，这么说牧鬼箱必在这些崖墓墓室之中。"

穆英杰沉思的同时低声自言自语，图拾叁也在留心听他的自言自语，完全没有发觉就在先前钻进来的有盗洞的石壁之上，那些细小的岩壁缝隙之中渗透出水来。渗出的水沿着石壁上的纹路四下蔓延，远远看去，就好像是有一只巨型蜘蛛趴在石壁上织出了一个巨大的蛛网！而构成"蛛网"的每一条细小的纹路还隐隐带着一丝血红，那些血红色的液体最终从石壁上流淌而下，落在墓室的地面上，又慢慢聚集在一起，变成了一摊毫不起眼的水渍。

水渍在地面慢慢滑动，滑向穆英杰和图拾叁二人，此时图拾叁忽然转身看向洞壁的方向，那摊水渍也猛地一滑，滑向了墓室中间用来支撑墓室顶端的石柱后方。

穆英杰见图拾叁猛然转身，便问："怎么了？"

图拾叁看着那个方向，摇摇头道："没什么，我只是觉得有些不对劲，穆大哥……我斗胆再问一句，那个'鬼水'还会进来吗？"

穆英杰也不确定，但为了安慰图拾叁，只得说："我不知道那东西是何物，是活物还是死物，只能在那儿设了一个陷阱，瓦罐口朝着盗洞口，要是那东西钻进去，暂时会被困在里面。"

"为什么？"图拾叁依然是疑问不断，想着总之自己问都问了，也不管那么多，是生是死自有天定。

穆英杰皱起眉头，有些不耐烦地解释道："我用了黑血幡，加上五禽骨粉和棺材钉，如果是死物，必不能轻易冲破；如果是活物，黑血幡带有毒性，也能暂时制住。"

图拾叁听得云里雾里的，不过只是恍然觉得"五禽骨粉"和"棺材钉"似乎在什么地方听过，可一时间又想不起来，干脆作罢，但又觉得刚才好像在盗洞方向有什么东西在晃动，担心那是什么"鬼水"，听穆英杰如此一说，也算宽了心。

穆英杰走到那根柱头前，仔细察看着，可丝毫没有察觉到那摊水渍就在自己的左脚旁边，正慢慢向他所站的方向滑动而去……

第五章

"鬼顶柱"

"鬼顶柱?"拿着火折子,盯着那柱头看了半天的穆英杰脱口而出。

图拾叁忙凑过去,仔细看着那柱头,看了半天都没有发现有什么不对劲,原以为有些奇怪的图案在上面,结果只是一片光滑,什么都没有,便问:"穆大哥,为什么你说这叫鬼顶柱?"

穆英杰高举火折子,那柱头顶端立刻被照亮了一片,柱头被照亮的地方呈现出斗拱石雕图案,分别雕刻有两组彩绘的男女人头面像,两组人头面像均怒目圆睁、宽鼻大嘴。而在墓室顶部,刻画有彩绘的天花藻井结构图案。

穆英杰指着那男人人面像道:"这些崖墓的主人不是一人,而是一族,相传他们的祖先为了躲避商朝纣王的迫害,举族迁移到此,在此处建国,称郪国,后又称双龙镇。春秋战国之后,秦并六国时,郪国侥幸存在于蜀国和巴国之间,可最终还是被秦国所吞并,而在当时此处算是秦国的边疆所在,郪国也顺理成章被蜀郡所纳入,成为蜀郡治下的一个小镇,一直到光绪乙丑年间,这里发现了名叫'商父乙鼎'的青铜礼器,才知道他们祖先来自于何处。虽说这一族人是从商朝末年逃亡而来,但修建这些崖墓却是在汉朝时期,从墓室中的陈设来看,完全是汉时风格,与商朝无关,唯一与其他不同的便是顶天的'鬼顶柱'。"

商朝属中国历史上第二个朝代,严格分为商朝前期和商朝后期,夏朝于公元前 1600 年结束，公元前 1600 年商朝建立，商朝前期是从汤王到阳甲，也就是公元前 1600 年到公元前 1300 年，而商朝后期从盘庚到最后一个帝辛（纣王），大约时间为公元前 1300 年至公元前 1046 年，但其间有五位王在位确切时间并没有推算出来。中国历史上用殉葬和牺牲葬两种方式最疯狂的时期也是在商朝。而殉葬又与牺牲葬不同，众所周知殉葬指的是将人活埋陪葬，而牺牲葬则被后世部分考古的学者称为"尸被葬"，顾名思义，则是在最底下一层，杀死一批奴隶后，盖上一层土，然后又杀死一批奴隶，再重新盖土，这样反复叠加，就如普通人盖被一样。当时使用这种方式最主要的原因便是殷商时期人类对异文化的一种崇拜，而这种崇拜后来被作为后世研究五行文化的重要根据。

因为古时先民认为天下有百神，百神出现的地方并不确定，会附体在具体的物体上，如某一块土地、某一棵树、某一块石头、某一座湖泊。久而久之便形成了一种概念，那便是既然有百神，便有百神的居住地，自己是人，也有自己的居住地，那么人死后会成为什么？在当时并没有成仙这种说法（关于《封神演义》中封神的说法，仅仅是演义），在这个基础上人们便推想在人死后会成为不同于人与神的另外一种形态，那便是——"鬼"。

早期甲骨文中的"鬼"字是由三个甲骨文构成，第一是"示"字，此字代表的意思是祭祀；第二个是"甲"字，代表的意思是"面具"；第三个字是"人"，代表着的则是巫师。三个字构成的"鬼"字形象地说明了当时人类对"鬼"的概念是很模糊的，对"鬼"的外形的想象也仅仅停留在祭祀上巫师的装扮，不过这已经能够确定在当时人们对异文化中"鬼"的崇拜和敬畏已经开始了。而鬼顶柱这样的东西，便是"鬼"文化和殉葬文化的一种结合，当时有神、人、鬼三者之分，鬼是在最底层，虽说在人们心中是敬畏鬼的，却又不甘心成为最底层的鬼，而在当时人类社会中最底层的是奴隶，贵族当然不想在死后成为奴隶，也就是不愿意成为鬼，因为成为神是遥不可及的事情，那么就幻想成为另外一种形态的东西，介于神、人、鬼三者之间，还能够像活在世间驱使奴隶一样，在死后的世界里驱使"鬼"，控制"鬼"，"鬼顶柱"就是在这种环境下衍生了出来。

穆英杰说话间，那摊水渍已经顺着鬼顶柱慢慢向上爬升，爬到了临近他肩膀的地方，随后那摊水渍开始向周围延伸，像两只手臂一样抱住了鬼顶柱。穆英杰手中的火折子晃过，也仅仅是觉得那地方光滑许多，并没有觉得有什么异常。

一侧的图拾叁听了穆英杰这番解释，顿时明白王安朝和穆英杰等人为了寻找牧鬼箱已经做了准备，但按理说在进入崖墓之前应该告诉手下干活儿的人，比如说自己。虽说这崖墓看起来很是平常，却有机关棺材、鬼顶柱以及"鬼水"这些闻所未闻的怪异东西存在，他越听越觉得害怕，心想这一趟买卖搞不好把自己的小命都要给送掉，而唯一能相信的二叔图捌已经被那"鬼水"杀死。

不行！自己得找个机会离开穆英杰身边，尽快逃出去，就算是亡命天涯也好，也比死在这个崖墓中要好！

打定主意的图拾叁回头仔细看着崖墓墓室的洞壁，看看是否有可以藏身，抑或离开的地方。说也奇怪，这崖墓本和阳宅没有多大的分别，只是屋内大部分的陈设是石制，在侧面的角落里还有炉灶、石锅、石碗等物件，看模样像是厨房，唯独就那个鬼顶柱立在中间很是扎眼。

没有其他逃离的地方，暂且只能跟随穆英杰，只是必须时刻提防他起杀心，不过在寻找到牧鬼箱之前，此人应该不会对自己下杀手。

穆英杰还在那儿观察那根鬼顶柱，此时已经蹲了下来，仔细看着鬼顶柱下部，看得很仔细，还伸手去轻轻抚摸。那摊水渍也慢慢从鬼顶柱的另外一面向下滑落，渐渐落到鬼顶柱的根部，所有的行动都几乎保持和穆英杰一致。

图拾叁转身，走近那口活寿材，仔仔细细地观察起来，这次他学聪明了，从先前来看，那活寿材机关是从棺材内发动，于是自己身子趴下来，用双脚撑住石棺棺盖的位置，慢慢地移动出来。穆英杰听见动静，回头举着火折子看了一眼，倒也没有呵斥图拾叁，只是笑了笑，随后又开始观察起鬼顶柱的底部。

图拾叁吃力地将石棺的棺盖完全移动开，从腰间摸出两张叠好的银粉纸，展开后在棺材边缘抹了一圈，再拿开放在眼前看了看，银粉纸并没有变黑。用银粉纸试毒的方式，并不是掘冢人的原创，从前古人时常用银器探毒，因为古代使毒不高明者大都使用砒霜，后世称砒霜为三氧化二砷，而古代砒霜中大都带有硫元素，以至于在银器触碰到带有硫元素的砒霜时，便会在银器表面产生黑色的"硫银"，便是当时人称的"探毒"。不过当后世提炼砒霜纯度过高后，内中不再包含有硫元素时，银器便不会产生任何反应，甚至银针插入蛋清之内，都有可能导致银器变黑的效果。在这里图拾叁采用的银粉纸，便是经过图捌家族自己改良过的东西，单纯的银粉只是可以用来探毒或者消毒，因为如果在水中含有万分之一毫克的阴离子，便可导致水中大部分的细菌死亡，这也是为何图捌得知要下水后，必须要让自己和图拾叁带上银粉纸的主要原因。

如果这是汉代所建造的崖墓，所采用的毒药大多数也以砒霜等作为基础毒药，那么用银粉纸也必定能够探得出来。

图拾叁见银粉纸没有变化，于是慢慢起身，将竹制面具戴上，往棺材中一看，这一看不要紧，差点儿惊喜得叫出声来，因为在棺材之中正放着一个大小和穆英杰先前所说的一样的箱子。箱子表面也有青铜和玉石镶嵌，那必定是牧鬼箱无疑了。

图拾叁正想叫穆英杰，但转念一想，如果找到了牧鬼箱，那么接下来的事情无疑会有两种选择：其一，穆英杰验明箱子是否就是要找的那个，如果不是他们就会继续寻找，自己面临的危险也会暂时推迟；其二，如果箱子正是穆英杰要找的牧鬼箱，接下来他们就要想尽办法离开这个崖墓，可回去的路已经被堵死，要逃亡穆英杰极有可能牺牲掉图拾叁的性命，以换取自己的平安。

如果没有一个万全之策……图拾叁的脑子快速地转动，又发现在箱子开口处有一把玉锁，玉锁上还插着一把钥匙，于是侧目看了一眼穆英杰后，快速伸手将那把钥匙给取了下来，塞在自己脚踝处，接着才大声呼喊穆英杰来看。

穆英杰抬头时，手中的火折子也移动开来，此时那水渍快速滑动向穆英杰的左脚处，正要扑过去，穆英杰却挪动了步子向石棺走去，以至水渍扑了个空，发出了"啪嗒"一声响，穆英杰耳朵动了动，转身一边向后退一边举起火折子察看，那摊水渍也快速绕到鬼顶柱的另外一个方向，就像人一样死死地贴在鬼顶柱的侧面。

"穆大哥！"图拾叁又叫了一声，穆英杰抬手示意图拾叁不要出声，自己则蹲下来，仔细听着周围的动静，听了一会儿后找了旁边两个石碗，将火折子夹在中间，立地而放，这才向石棺倒退过去，但眼角的余光一直没有离开火折子照亮的范围。

图拾叁见穆英杰的行为，知道肯定有所发现，低声问："怎么回事？"

穆英杰轻轻摇头，低声回答："有怪异，你有什么发现？"

图拾叁将自己手中的火折子向石棺内一放，火光立马将里面的箱子照亮开来，穆英杰脸色一动，随即恢复平静，皱起眉头来。图拾叁观察着穆英杰的表情，心想难道说穆英杰认为这东西不对？可实际上穆英杰只是觉得奇怪，如果说自己现在所看到的就是牧鬼箱，怎么会这么简单就在第二个墓室之中被发现了？还有先前那个水下密道，要靠人力挖掘出来，一个人是不可能的，必定要五个人以上在那种环境下挖掘至少一个月的时间，用这么长的时间来挖掘一个盗洞，肯定不是为了寻宝这么简单，必然也是要找到这口牧鬼箱。

牧鬼箱就在第二个墓室内，就好像是在人眼皮子底下，虽有机关保护，但这种机关稍有经验的人，不要说干掘冢这一行的，就是时常行走江湖的也不会上当。对了，看看有没有去第三个墓室的盗洞！如果有，那就说明先前来的那批人完全没有查过这口石棺；如果没有，能证明这口石棺中所装的是牧鬼箱的概率至少有五成。

"找找周围还有没有去其他墓室的盗洞，快！"穆英杰对图拾叁说，说罢双眼看向火折子的方向，担心有什么变化出现。

图拾叁转身去寻找，但立刻又回过头来，仅仅是害怕自己一转身，穆英杰就对自己下了杀手，只得蹲下在石棺周围的洞壁上仔细抚摸，本来这种方式是犯了大忌，万一触碰到了其他机关，就算自己反应极快，也得付出双手被毁的后果，可如今的图拾叁为了保命已经顾不上那么多了。

摸索了一阵，果然在洞壁一侧发现了一个小洞，但洞口极小，勉强能够爬进去一个极瘦的人，略微胖一些的，就算脑袋能钻进去，也会卡在腰部。

"找到了！"图拾叁惊喜道。

此时，穆英杰也低头，皱起眉头，看向鬼顶柱的方向低声道："我也找到了……"

图拾叁不知穆英杰找到了什么，寻思还以为又找到了一个盗洞，正要起来看，却被穆英杰呵斥道："赶紧钻过去！快！"

图拾叁不知穆英杰为何要这么急着让自己钻过去，但一直提防对方对自己下手，所以没有挪动步子，此时穆英杰回头怒道："老子知道你在想什么！放心，我不会杀你！快走！"

图拾叁一听，立马趴下来就向那个盗洞钻了进去，身子刚钻过去，进入那个墓室后，就低头对着盗洞口中喊道："穆大哥，快来！"

这一声喊叫之后，对面的墓室中除了传来自己的回音外，没有任何声音传来，回声过后，只是一片死寂。本没有大量空气流动的墓室中，不知为何从盗洞口中吹来了一阵冰凉的烈风，击打在图拾叁的脸上，让他忍不住打了一个寒战，立刻直起身子来。

谁知道，他刚站起来，身后就碰到了什么东西，瞬间冷汗就从后背冒了出来……

第六章

无理由的越狱

　　图拾叁本想猛地转身，但又害怕在自己背后的那个东西受了什么"惊吓"对自己下手，于是试探性挪动了下步子，发现那东西也没有什么动静，这才贴紧了有盗洞的那个洞壁，举起火折子去看。

　　图拾叁跟着图捌干这一行当，虽然时间不长，但胆子也不小，唯一害怕的便是出了意外，丢了性命。曾经听图捌说过，要是下地时遇到尸变，根本不用惊慌，民间传说僵尸速度奇快，那仅仅是传说，那种东西速度根本就不快，身体僵硬不说，要攻击人，无非就是掐死或者张口去咬，手中要是有利器，斩断其双手和头颅就没有任何可怕的。

　　图拾叁在转身之时就从脚踝处抽出了匕首，当火折子点亮的同时，倒吸了一口冷气，自己先前后背碰到的根本不是什么自己幻想中的"僵尸"，仅仅是一双手，不，确切地说是无数双看似从洞壁上长出来的手！

　　图拾叁后退一步，后背又碰到了什么东西，一转身，忙高举火折子一看，左面的洞壁上也全是双手，于是将火折子向墓室中间一举，火光照亮半个墓室后，图拾叁的嘴巴慢慢张开，惊讶无比——整个墓室之中，四壁连同墓室顶端与地面，全是密密麻麻的白骨手，呈拥抱的姿势从各处伸展出来，而在墓室的中间也有同样一个鬼顶柱，很奇怪的是根本没有石棺，只是在石柱下方悬挂着一口与先前石棺内看到的相同的箱子。

相同的大小，镶着相同的青铜和玉片，也有相同的玉锁还有钥匙！

"这他妈到底是什么地方……"图拾叁吞了一口唾沫，此时却不知从哪儿吹来的一阵阴风，竟将火折子给吹熄，周围又陷入一片黑暗之中，就在图拾叁慌忙想办法再点燃火折子时，墓室中突然回荡起一阵绝望的惨叫声……

74年后，2012年12月24日，星期一，圣诞夜。

一辆汽车飞驰进入西南某陆航部队基地，汽车在进入直升机机场后稳稳地刹住，随后车门被打开，詹天涯领着胡顺唐和莎莉两人跳下来，半弓着身子向停机坪上那架已经发动的直升机跑过去，而直升机前宋松已经等待在那儿，见了詹天涯后立刻敬了一个礼，刚要张嘴，却被詹天涯一巴掌将手打下来，问："都什么时候了，这一套给我免了，现在情况怎么样？"

因为螺旋桨的声音太大，宋松没有听清楚詹天涯问的是什么，倒是能猜出肯定是与越狱事件有关，忙大声回答："总指挥！按照你的要求，什么都没有动过，监控录像已经整理出来，盐爷和李朝年两人也单独关押，现在就等你回去了！"

詹天涯皱起眉头点点头，挥手让胡顺唐和莎莉两人上机，几人上了直升机后，关了舱门，飞机立刻启动，在空中转了一圈后向西北方向飞去。

上机后，詹天涯便看见在旁边放着的几箱子苹果，指着问："这是干什么？你什么时候负责后勤了？"

宋松忙解释："总指挥，今天不是平安夜吗？要吃苹果，所以从这边买点儿新鲜的给蜂巢的同事送过去，讨个吉利。"

宋松刚说完，胡顺唐就"扑哧"一声笑了出来，在一旁的莎莉也是一脸茫然，转头问胡顺唐："什么是平安夜？为什么要吃苹果？"

宋松知道莎莉现在的身份，反而不解地问："你是美国人，怎么可能不知道？平安夜就是圣诞前夜，要吃苹果的！"

"什么？为什么？"莎莉瞪大眼睛，詹天涯深吸了一口气，懒得搭理宋松。

宋松立刻解释道："苹果的'苹'字，和平安的平字相同，意为平平安安嘛。"

"啊？"莎莉目瞪口呆。

胡顺唐靠着舱体，闭上眼睛道："你也说字不同音同，也知道圣诞节是国外基督徒的节日，老外都用中文吗？不是用中文，为什么有这种说法？"

宋松想了想忙点头，又说："但是大家不都这样做吗？"

詹天涯再也忍不住了："别人傻，你也跟着傻，中国人过洋节，过一过就把自己的东西加进去，你真算是把古科学部的脸给丢光了。平安夜原本在国外没有这个说法，正确意思是圣诞夜，之所以要叫平安夜，是源自于一首叫'平安夜'的英文歌曲，早几年前还有人称圣诞节为什么'狂欢夜'，国人呀总是为了自己的疯狂加各种莫须有的理由，搞得四不像，最可笑的是2001年，在成都某酒店还做了一道菜叫'油炸圣诞老人'，结果被外籍人士投诉……不过，真的要说平安的话，今天晚上可不平安。"

詹天涯的话让机舱内的气氛立刻变得很沉闷，宋松不再说话，都想用针线把自己的嘴巴给缝起来。而胡顺唐本就因为莎莉的灵魂占据了胡淼身体的事而烦恼，又得知盐爷原来还活着，更可怕的是夜叉王这个嗜血的连环杀人犯竟然越狱了，一连串的事情让他脑子运转的速度加快，疲惫的身体却一点儿睡意都没有，脑子生疼，不由得又开始揉起自己的额头来。

仔细回想起来，夜叉王的做法实在是太不正常了，第一次被捕，完全是自己泄露行踪。第二次在医院被捕，也属于"自首"。第三次明明在直升机坠落后，有大把的时间逃离，却没有逃，况且以他那种嗜血的性格来分析，他必定会在醒来后将詹天涯、曾达、刘振明全数杀死，奇怪的是他却偏偏还给受了伤的曾达包扎。就算是他为了去找镇魂棺，而没有逃离，但也没有必要花时间救助其他人，他也不捆绑住他们，似乎就期望他们醒来将自己抓住一样。

再说找到镇魂棺后夜叉王也没有进入，好像与自己没有任何关系一样，这一切都好像是一个神经病人无意识的行为，但他为什么要费尽心机找那镇魂棺？助人为乐，帮助先前占据莎莉身体的那东西返回？不，夜叉王不是那种人，加之他能养鬼，以鬼控制人体，和赶尸匠所采取的法子相同，却要高明，在那种前提下，他要逃脱，完全是非常简单的事情，可偏偏在最后又举手投降，要求自首。

对了！夜叉王说要拜托我找到什么东西，那东西是什么？胡顺唐想不通的事情越来越多。

"自首，他为什么要自首？自首之后为什么要那么费劲在固若金汤的蜂巢内逃脱？为什么？为什么……"坐在旁边的詹天涯也在那儿喃喃自语，胡顺唐侧头看去，詹天涯抓紧扣在身上的安全带，双手指甲都卡进了安全带内，十分用力，指甲都已经弯曲，流出了血来。

莎莉饶有兴趣地盯着机舱外，一会儿指着下面说有牛羊，一会儿又说牛羊没了，有沙漠了，完全还是一个孩子，胡顺唐越听越觉得烦，甚至都有伸出手去捂住莎莉的嘴巴的冲动，让她不要再说话。可回想一下，虽然胡淼是个二十来岁的女孩儿，可实际上脾气性格还是如一个小女孩儿一样，可能那只是个人的性格吧，不能迁怒于莎莉，莎莉毕竟是无辜的。

直升机进入大漠后，又飞行了两个多小时，这才接近目的地，从直升机上看下去，漫无边际的滚滚沙丘，奇形怪状的风蚀雅丹，坚硬锋利的沉积盐壳，还有大风吹过露出在沙堆下方的累累白骨，燥热、严寒、狂风、蛮荒、恐怖、凄凉充斥着这个地方。直升机飞进那一片土丘林之后，在如迷宫一样的土丘林中转圈儿，一眼望去，进入后完全没有办法辨别方向，也不知道直升机驾驶员靠什么来标识，胡顺唐盯着天空上的太阳想以此来辨别方向，可偏偏无论直升机怎么转，太阳好像都保持在机体右前方的位置，很是离奇。

直升机最终盘旋停在某个巨大的土丘山顶端，随后缓缓下降，胡顺唐侧头看着詹天涯，詹天涯睁开眼睛道："不要问我，你让我徒步从这里离开，也只有死路一条，这里距离最近的有人烟的地方，直线距离有几百公里，这里是天然的迷宫，就算从卫星上来察看，也没有办法探明。"

胡顺唐本意的确是想询问詹天涯这里是怎么回事，可听对方这样一说，反倒想到一个问题，既然这种地方徒步离开只有死路一条，那么夜叉王凭什么敢从这个地方逃离？在没有交通工具的情况下，没有食物，没有水，穿越几百公里的沙漠戈壁，他就算能离开蜂巢，也会死在半路上。

这就是最大的疑问，他为什么在水牛坝村不跑，偏偏要被押解来蜂巢后才越狱？

直升机稳稳停在土丘山下方，在那儿已经有一辆带沙漠迷彩涂装的福特越野车，几人上车后直升机快速飞离，等飞机没了踪影，越野车才发动，同时詹天涯拿出两个头套递给胡顺唐和莎莉，示意他们戴上，随后道："规矩。"

越野车又行驶了半个小时，停住后，詹天涯这才摘下胡顺唐和莎莉的头套。

四人下了车，站在一个鸡蛋形的洞穴中，在旁边的停车位上还停着几辆完全一样的福特越野车，还有几辆92式步战车，两队全副武装却没有佩戴肩章的士兵在洞穴中来回巡逻，没有一个人的目光看向詹天涯等人。

胡顺唐看着那步战车和巡逻的士兵，莎莉也很稀奇地四处观望。

詹天涯挥手让宋松到前面去开门，自己则领着胡顺唐和莎莉两人跟在后面慢慢走着。宋松小跑到门口，在门口接受指纹、视网膜以及声音扫描，随后才拿起两侧士兵手中的四个通行证，其中两个交给胡顺唐和莎莉，此时詹天涯叮嘱道："无论什么时候都不要摘下来，随时都有眼睛盯着呢，如果摘下来，主机没有办法辨识你们的身份，警卫就会第一时间得到指令，将你们射杀……我和宋松也没办法。"

说罢，詹天涯将通行证别在胸口，又抬头看了一眼在门口上端的摄像头。

摄像头闪烁着红灯，以缓慢的速度呈半圆形转动着。

莎莉听完吐了吐舌头，胡顺唐倒是面无表情，但实际上心里也有点儿兴奋，毕竟这种地方是一般人根本没有办法进来的，他倒是担心这次来了这个地方，再离开恐怕就不得不在那份保密协议上签上自己的名字。

进了那扇小门，胡顺唐才发现里面是一部电梯，可电梯内却没有明确的指示按钮，也不知道是上行还是下行，但电梯内四面都有监控头，应该是詹天涯口中所谓的主机控制的。

"现在带你去见盐爷，给你三个小时的充足时间，有什么话赶紧说，不过最重要的是问问他和夜叉王单独相处的时间，都说过些什么，是否知道下一步夜叉王要做什么，明白吗？"詹天涯用手弹了弹衣袖上的沙尘粒粒。

"为什么要骗我说盐爷死了？"胡顺唐不合时宜地在电梯内问出了这个问题。

宋松站在胡顺唐身后，看着詹天涯的后背，知道这个问题詹指挥肯定不可能回答，因为这也属于保密规定中的一项，但是稍微动动脑子的人都能想明白为什么，只是胡顺唐自己咽不下这口气，不喜欢被人欺骗。

詹天涯正要开口，此时电梯门打开了，门外两个全副武装的士兵扫了一眼电梯内的人，随后让开，算是替电梯内的人化解了这场即将爆发的舌战。

电梯外是一条长长的走廊，走廊全部被刷成乳白色，顶端联排的看似刺眼的白灯发出的光线却很柔和，让人有一种昏昏欲睡的感觉。走廊的尽头摆着一张乳白色的带弧形的桌子，桌子上空白一片，什么都没有摆放，而在桌子后面坐着一名军官模样的人，那人只是略微抬头看了一眼电梯口的方向，又低下头去，双手平稳地放在膝盖上。

在那名军官右手最近的地方挂着一支已经上膛的 CF05 式 9 毫米冲锋枪，多功能裤袋中还装着三个弹夹，而左手前端乳白色的桌子下面挂着五枚手雷，拉环被一根透明的线连在一起，一直延伸到腿脚的一侧，只需要动动左手就能够立刻将五枚手雷的保险环全部拉开。

宋松留在电梯内未动，詹天涯则领着胡顺唐和莎莉来到走廊尽头，站在乳白色桌前那条橘红色的横线前，对那名军官说："一个人。"说完示意胡顺唐递过通行证。

胡顺唐将通行证递给那名军官，军官也不看，只是在桌面上晃动了一下，随即交还给胡顺唐道："进。"

　　胡顺唐接过通行证，重新别在胸口，推开那扇门后走了进去。刚进去门又自动关上，再回头去看，那扇门连一点儿缝隙都没有，若不是自己刚进来，恐怕也料不到那里还有一扇暗门。

　　"顺唐？"一个苍老的声音从房间内一侧响起。

　　胡顺唐浑身一震，那声音再熟悉不过，是盐爷！

第七章
再见盐爷

盐爷规规矩矩地坐在房间角落的一把金属椅子上，穿着合身的白色长褂，胡子比从前还要长，颇有些道骨仙风的感觉，右手上还握着一串佛珠，大拇指慢慢地滑动着佛珠，看着胡顺唐，脸上浮现出笑容。

"盐爷……"胡顺唐好半天才吐出这两个字，但并未上前去，虽说自己也有些惊喜盐爷没有死，但毕竟盐爷是犯下残忍惨案的杀人凶手，那些人都是无辜的，盐爷有罪，罪大恶极，这是无可厚非的事情。但现在这个世界上，除了盐爷之外，自己已没有了亲人，就连胡淼都已经……

现在的胡顺唐就连"胡淼"这两个字都不敢在心中轻易想出来，更不要说自己张口说出这两个字了，有句特别俗套的话很能代表他现在的心情，判断是否喜欢一个人很简单，让那个人离开自己的身边，如果自己内心中感觉到真的无法割舍，无论当时在什么背景下，你只能接受自己喜欢那个人的事实。

盐爷低下头去，收起了笑容，喃喃道："我知道你恨我，不过我年龄这么大了，在人世的时间也不多了，来这里之后我每天都回想起在广福镇时候的生活，不过每次回忆到最后眼前都会浮现起那些亡者的脸孔，如果我死在胡家祖坟那儿，下了冥界让那些亡者寻仇也好，可偏偏有人不想让我死，活着被关在这里也无疑是一种折磨。"

胡顺唐听得出来盐爷是在忏悔，可罪行已经犯下，再忏悔也没有办法使亡者复活，他倒是在经历了镇魂棺事件，亲眼看到廖延奇那些非人的举动后，明白了其实活着永生在某些时候也是对一个罪人最大的惩罚，虽说自己没有办法原谅盐爷，但现在有重要的事情不得不依靠盐爷，也正好可以询问下盐爷自己很多不懂的事情。

盐爷起身来，搬过一把椅子让胡顺唐坐下，自己又转身拿了纸杯倒了茶。胡顺唐看着这个十来平米的圆形房间，里面可以说麻雀虽小五脏俱全，生活所用的东西什么都有，沙发、电视、松软的床，甚至还有一台电脑，不过那基本上只是摆设而已，盐爷对电脑只懂得些皮毛，否则在谋杀唐天安的时候就不会犯那么多低级的错误了。

"我知道你是为夜叉王而来，有什么事就问吧，我不会隐瞒任何事情。"盐爷坐下，将茶水递到胡顺唐手中。

握着有些微烫的纸杯，胡顺唐沉默了半天，也不想再磨叽什么，开门见山便将镇魂棺的事情从头到尾详细地叙述了一遍，只是隐瞒了胡淼的事情。说完后时间已经过了一个多小时。盐爷坐在墙角，仔细听完，其间从未打断过胡顺唐的话，听完后说："也好，你也算拜了个师父，虽然没有教什么东西，倒是让你明白了一些人生道理，不过你记住'斗阴拳'这门奇术，很伤身子，我若不是当年根基打得扎实，在广福镇装成狐灵时也不会有那么敏捷的身手了。"

胡顺唐一直疑惑为什么盐爷在与詹天涯打斗之中身手会如此之好，虽说也推断过他当年习过武术，但毕竟他已经年老力衰，就算体力很好，身体敏捷度却不能达到那种程度，原来是用了斗阴拳，看来这门奇术远比自己想象中的还要厉害，只不过当时廖延奇教给自己的东西，只是如何对其他人施术，而且时间紧迫教得也不全面，此时盐爷说到他也会斗阴拳，正好可以询问一下。

"盐爷，照你这样说，施术者可以对自己使用？但我师父廖延奇当初一再说明，斗阴拳得有两人，而其中一人必须要习得武术，否则根本没有办法使用，可你……"胡顺唐有些疑惑地盯着盐爷，难道盐爷还有其他的搭档？这不可能，按照盐爷的性格，一定会隐瞒那名搭档，这是不用怀疑的，但事情过去了这么久，又在蜂巢这种地方，也不需要隐瞒什么。

盐爷摊开双手道："这要因人而异，就如从前江湖上的门派使用刀剑之分，同样的东西在不同人手中所用的办法也不相同。我曾经告诉过你，晋西地师在开棺时，通常是采用挖地道的方式，从外围挖进棺材下部，当年那个瞎丙为何会藏在棺材内，就是因为他挖了地道，所以唐五在开棺之时，发现的蹦出来的那个所谓的狐灵，其实就是瞎丙。地师开棺的方式不同，通常都采用地道，而你们开棺人则不同，赶尸人又是利用借魂控制死尸来行事，但说到底目的都相同。再说斗阴拳，一部分地师也曾经习过，那是因为他们受过特殊训练，但也必须要有很好的武功底子，你应该知道清末时期的民间组织义和团吧？"

胡顺唐点点头，他知道义和团打着扶清灭洋的口号，最可笑的是里面大部分人曾经是反清的义士。在书籍资料和大部分的影视作品中也能看到这类人练了所谓的神打，口含符纸，念着不知名的咒语，自以为刀枪不入，袒露着胸膛就正面向洋人的枪炮冲过去，结果枪声一响，死伤大片，后来则自圆其说什么天不佑大清，或者说施术者当天身体不适等。

盐爷点点头又道："义和团所练的也是斗阴拳，但那仅仅只是皮毛之术而已，所谓斗阴拳，原本是让不会武术的人在紧急情况下可以自保，但也有一定的时间限制，因为施术者和受术者两人都会消耗大量的体力和精力，不过斗阴拳没有等级的区别，靠的就是施术者本身所会武术的根基，以及受术者本身的体力和精力状况，这两者十分重要，可无论如何都不可能练到刀枪不入的境界，那些只是江湖骗术。就算有人刀砍不进，枪刺不透，也是习练过铁布衫之类的硬气功，但普通人要使用硬气功，必须要有运气、调气、转气和提气的过程，这些过程都需要一定的时间，而且无法省略任何一个过程，否则还是死路一条。就算是习练过铁布衫的人，在他没有运气之时，你用刀砍，一样是刀刀见血，没有例外。而且铁布衫就算练到至高境界，也不可能挡得住子弹，人毕竟是人，被子弹击中还不伤不死，只是人的幻想，就如同人幻想可以点石成金一样……"

说到这儿，盐爷顿了顿，正色道："不过要让幻想成为现实，也不是不可能。"

胡顺唐听盐爷这么一说，愣道："也有可能？"

"对。"盐爷笑道，"穿防弹衣。"

盐爷开了一个玩笑，胡顺唐忍不住笑了出来，使原本有些尴尬的气氛略微缓和了一些。

盐爷随后又正色道："对了，在我老宅子内有一口棺材，你还记得吗？"

胡顺唐点头，当然记得，因为到后来广福镇只有两家棺材铺，他家一个，盐爷家一个，而两家棺材铺都有一个相同的特点，那便是堂屋内都摆放着一口棺材。

盐爷又道："那也是一口活寿材，我亲手做的，但那活寿材无法挪动，连接着旁边桌子下方的桌腿处，你用力扭动右侧的桌腿便可以打开那活寿材，在里面我装了两本书，全是我师父交给我的精髓，其中一本是关于骨相之书，早已失传，现在民间流传的几乎都是伪本，你拿去好好研究，但不可全信，很多时候靠的还是经验，切记不可用蛮力挪动活寿材，否则活寿材内有腐尸毒液流出，届时不仅棺材全毁不说，宅子也完了，我现在惦记的，除了你和胡淼之外，就只有那座宅子了……"

胡顺唐见盐爷至今还想着自己，心里也觉得很是难受，即便这样自己还是没有办法说服自己如从前一样，因为盐爷犯下的罪孽实在太深。就如廖延奇所说，一切都因为人的欲望过强而导致，欲望是一切罪孽的根本所在，但人们又没有办法根除欲望，要根除欲望那等于是叫人抛弃掉七情六欲，就算是得道仙人，那也得喝点儿露水，要喝露水那也叫作欲望。

"好了，现在我教你关于自发斗阴拳的法子，你好好记住了。"盐爷说罢，将施术者如何自我发动斗阴拳的法子详细告诉给了胡顺唐，还叮嘱这道法子不能常用，紧急情况下才可以采用，否则身体根本吃不消，还有瘫痪的可能性。

胡顺唐一一记下后，想起自己来这里最重要的事情还未办，忙问："对了！盐爷，关于夜叉王，为何詹天涯说他关在这里后，接触得最多的便是你和一个叫李朝年的人？你认识夜叉王？"

盐爷摇头："我根本不认识夜叉王，说也奇怪，他被关押进蜂巢之后，就四处询问其他人，要找寻我……"

据盐爷所说，夜叉王被关进蜂巢后，虽说每个犯人都有单独的房间，但平时也没有限制他们交流，每天早、中、晚三餐后都有在餐厅自由活动的机会。蜂巢的犯人分为数个区，到底有多少个，盐爷不清楚，也不清楚一个区到底有多少人，只是知道看守不少，都是受过严格训练的职业军人，而且区都按照中国古时的十二时辰来划分，盐爷本身被划分到午区，夜叉王也被分到午区，但从未听说过有申区，盐爷推断这里的犯人分区是按照被关押到这里的先后时间来分。

盐爷本身也不认识夜叉王，因为不时会有新犯人来到，特别是这半年内很是频繁，所以根本没有在意夜叉王这个人。反倒是夜叉王来了之后，到处向其他犯人打听盐爷是谁。而且将盐爷的籍贯和体貌特征等说得十分清楚，好像与盐爷特别熟悉一样，不过盐爷不想再与其他人有什么瓜葛，毕竟蜂巢鱼龙混杂，都是罪犯，也不想见夜叉王，好几次夜叉王故意前来搭讪，都被盐爷有意避开。

"你故意避开他，他还是依然接近你？"胡顺唐问，但想到最终夜叉王还是与盐爷接触了，那又是为何？

盐爷道："对，我一开始避开他，没想到后来有一次他在我面前提到你的名字，我当时很吃惊，第一反应便是你开棺人的身份泄露了，有麻烦找上你，担心你的安危，于是想问个究竟，奇怪的是夜叉王这下开始故意避开我了。"

夜叉王反而又开始故意避开盐爷，让这盐爷百思不得其解，愈发肯定是胡顺唐出事了，于是开始在放风时间缠着夜叉王想问个究竟，但夜叉王根本就不搭理盐爷，当从前的事情完全没有发生过。盐爷心里难受，甚至做好了最坏的打算，都向看守说明想要见见汤婆,想让汤婆用用法子,看看能否招魂,如果胡顺唐死了,说不定能够召回他的魂魄来。

"汤婆也在这里？！"胡顺唐很惊讶，汤婆难道说也参与了白狐盖面事件？

盐爷忙解释道："她的确在，不过却不是犯人，除了不能离开这里，什么都很自由，在这里面的人，无论有罪无罪，都是有些奇能本事的人，那个夜叉王我却不知道他会什么。"

"养鬼。"胡顺唐解释道。

"什么？养鬼？！"盐爷一惊，"真有此事？"

胡顺唐默默地点点头，因为那是他亲眼所见。

盐爷握紧了手中的佛珠："养鬼之说，我仅仅只是听说过而已。早年听我师父说，有些研究邪术的人，遍寻养鬼之法，不仅仅是吃喝不愁，听说还可以创造尸兵这种不生不死的东西。很多年前四川军阀混战时，就听闻过有些士兵在战场上中枪而不倒，以讹传讹后，就与斗阴拳混为一谈，实则只是尸兵，便是控鬼附身尸体，相比赶尸人用的借魂控尸手段要高明许多，不过也已经失传了至少百年以上，连我都没有听说过还有可以养鬼控鬼的高人存在，至少川西没有，要是有，我早就登门拜访，一探究竟了。"

"盐爷，那夜叉王之后再也没有与你有过接触？"胡顺唐又问，这毫无理由，先是主动寻找盐爷，提到自己名字后，又置之不理，这是为什么？吊人胃口吗？

盐爷没有直接回答，迟疑了一下问胡顺唐："顺唐，我不知道应不应该问，胡淼是不是出事了？"

胡顺唐一愣，先前告诉盐爷关于镇魂棺的事情时，故意隐瞒了胡淼的事情，盐爷又是怎么料到的？

第八章
白骨李朝年

"欲让胡淼死而复生，就去找白骨。"

某日，午区犯人聚餐时，夜叉王端着餐盘在盐爷对面坐下，说出这句话之后，抬手就将自己的餐盘扣向另外一个犯人的头顶，两人随即便厮打起来。守卫闻讯赶来，将两人带走单独关押，谁知道半个月后夜叉王便从单独关押的牢房中神秘消失了，而蜂巢内部定性为越狱。

当夜叉王说出这句话的时候，盐爷意识到胡顺唐和胡淼肯定遇到了什么事情，而胡淼极有可能已经遭到了不测，否则一个从不认识的人怎么可能知道胡淼的事情？但至于到底因为什么，盐爷已经再没有任何机会可以询问夜叉王，更不要说接触他。于是只得作罢，没日没夜地担心胡顺唐和胡淼的安危。在夜叉王从单人牢房中消失后，因盐爷与其有过单独接触，便被单独关押，审问数次，盐爷也不隐瞒，将夜叉王所说的话原原本本告知，却没有任何下文，直到胡顺唐出现在他的眼前。

"为什么要去找白骨？那是什么意思？"胡顺唐一听胡淼有救，立刻来了精神，虽说夜叉王害死了胡淼，但也提出了让其进入镇魂棺复活的交换条件，不过人算不如天算，在胡淼和其母亲身体进入镇魂棺后，占据莎莉身体的那东西竟也钻了进去，在棺内乱了魂魄，最终胡淼的确是"复活"了，但本身的灵魂却一直沉睡在体内，反而却让莎莉的灵魂控制了身体。不过，至少胡淼的灵魂没有被永远关在镇魂棺内，也算是不幸中的万幸。

盐爷听胡顺唐说出"白骨"两个字，脸色一沉，下意识低声道："在这里的人都知道'白骨'这个人，可以说是谈虎色变。"

白骨是个人？胡顺唐猛然想起詹天涯曾经提到过，夜叉王除了接触盐爷外，还接触过一个叫李朝年的人，忙问："李朝年和白骨是不是一个人？"

盐爷一惊，忙问："你知道？"

"不。"胡顺唐摇摇头，"我只是听詹天涯提到过。"

"难怪……在这个地方，无论是守卫还是犯人都不会直呼他的大名，他好像很厌恶这个名字，都是称呼他的绰号'白骨'，至于为什么，没有人知道。曾经有一个家伙不信邪，当面称呼了他的大名，后来莫名其妙地死在了自己的浴室中，连死因都查不出来，只是说是食物中毒。那件事之后，白骨就被单独关押，一直到半年前才放回原先的牢房，不过半个月之前又被单独关了起来。我没有见过这个人，只是从其他犯人的传言中听说这个人医术高明，是个老中医，不过是擅长用中药配合符水治病的那类，也对符咒很有研究，可以说是精通，至于犯了什么事被关进来，却众说纷纭，总之他脾气很古怪，不是平常人能够对付的。"盐爷说完，又拿起佛珠，握在手中。

胡顺唐想了想又问："单独关押……半个月前……盐爷，半个月前他为什么又被单独囚禁，是犯了什么事？"

盐爷想了想说："杀人。"

"又是杀人！？"

"对，这次在众目睽睽之下用衣服袖子将一名犯人给活活勒死，守卫都没来得及阻止。"

"为什么？"

"不知道，也没有起什么冲突，他径直走向那名犯人便动了手。"盐爷说到这儿顿了顿，猛然捏紧了手中的佛珠又说，"我想起来了，他所杀的那名犯人，便是被夜叉王用餐盘砸中的那人！"

胡顺唐听到这儿，揉着额头开始回想，思考了一阵双手一拍道："半年前被放出来，半个月前李朝年又被重新关押，而半个月前刚好是夜叉王和那名犯人厮打被单独关押，时间能够合在一起，那名犯人被夜叉王打和随后被李朝年杀死的时间相隔多久？"

盐爷伸出一根手指头："一天。"

"明白了。"胡顺唐点头，"夜叉王是和李朝年合伙，而在先前又故意留下了一系列线索……"

将夜叉王先前的一系列做法联系起来，一而再再而三地故意被捕，其目的就是要进到蜂巢内部，随后找到盐爷，他能知道胡顺唐开棺人的身份，必然也知道白狐盖面事件的实情，故意告诉盐爷胡淼遭遇到不测，随之又和李朝年演了一出双簧，现在看来目的很简单，其一，便是已经料定自己消失后，盐爷被审问时会说出夜叉王接触时说过的话，必定会让胡顺唐来蜂巢；其二，无论在哪个监狱中，斗殴和杀人都会被单独关押。

况且李朝年手段如此高明，明明可以无声无息干掉那个犯人，为何偏偏要在众目睽睽之下用自己的衣服袖子将对方勒毙？这明显就是想让所有人成为目击证人，都看到他亲手杀死了那个人，这是故意做给大家看的。

线索直指向那个绰号叫"白骨"的李朝年，只有找到他问个究竟，否则根本不知道夜叉王到底想要做什么。想到这儿，胡顺唐起身，对盐爷说："盐爷，你好好保重……如果我有机会，会来看你的。"

盐爷听胡顺唐这样说，知道他要走，起身将他送到门口，刚靠近那扇暗门，就听到房间内立刻回荡起一个男声："00968立即退回角落，等待检查！"

盐爷苦笑着退回到先前那个角落，坐定，又向胡顺唐挥挥手，简单告别。

此时，那扇暗门重新打开，胡顺唐走到门口停住，略微侧头看了一眼盐爷，但还是一咬牙扭头离开，门关上的刹那，胡顺唐清楚地看见盐爷脸上满是担忧的神情，心知盐爷虽然罪大恶极，但依然是把自己当作亲人一般看待。外面有外面的法律，监狱有监狱的规矩，谁都不能例外，更何况这里是蜂巢。

出门后，门口的军官仔细检查了一遍胡顺唐有没有从房间内带走什么东西，又拿过通行证在桌面上扫了一次，这才示意他离开，自己则又重新坐了下来，埋头看着桌面，不知道在做什么。

两名士兵引导胡顺唐来到电梯，进了电梯后门又重新关上，过了五秒又重新打开，再次出现的两名士兵带着胡顺唐在如迷宫一样的走廊中走了数百米，停下，打开旁边一侧的暗门，让他进入，随后又关上门。

胡顺唐踏进那个房间内，首先看到的便是一张巨大的圆桌，圆桌正对面墙壁上挂着一个巨大的乳白色的显示屏，而围着桌面坐着的则是詹天涯、宋松、曾达和莎莉，还有一个胡顺唐不认识的人，穿着野战军沙漠迷彩作训服。

显示屏上出现的是刚才胡顺唐所到的盐爷房间，此时盐爷在房间内来回迈着步子，看模样很是不安。

果然，自己和盐爷的对话，一直都在监视之中。胡顺唐苦笑了一下，经历了一些事情，脾气也有所改变，换作从前，他看到这个场景，肯定大发雷霆，天王老子都不认。

詹天涯示意胡顺唐坐下，随后伸手一展，指着那名穿着迷彩作训服的三十出头的男人道："这是吴军少校，负责蜂巢午区的安防。"

胡顺唐和吴军握了握手，吴军又坐下，身子坐直，没有任何多余的动作，看得出来是受过良好训练的职业军人。

胡顺唐也坐下，看了一眼在旁边的莎莉，莎莉有点儿坐立不安的感觉，身子不停地在椅子上挪动。

詹天涯关闭了显示屏，转头看向胡顺唐，问："不到三个小时就出来了，没有叙叙旧？"

胡顺唐冷笑一声："你不是都听到、看到了吗？还多余问我？有什么意义？李朝年在什么地方，带我去见他。"

说完，胡顺唐盯着那显示屏，示意詹天涯切换到李朝年单独关押的地方去，詹天涯却没有任何动作，只是将那半支烟摸出来又叼在嘴上，沉思了一会儿说："白骨不是普通人，这里的犯人也按照等级区分，在国家法律中盐爷属于甲等犯人，而夜叉王则属于甲等加，但是白骨完全不知道怎么去定义。"

"什么意思？"胡顺唐问，但也从詹天涯话中听出来点儿蹊跷，先前与盐爷交谈之时，盐爷提到过这里的人都不敢直呼李朝年的大名，而是称绰号"白骨"，盐爷自己也根本没有直呼过其大名，即便是李朝年自己听不见，而在这个地方胡顺唐一直认为天不怕地不怕的詹天涯竟然也不敢称呼李朝年的大名，也是称其为"白骨"，如此可见这个人的可怕。

詹天涯从嘴上取下那半支烟，道："通俗点儿说，他是极度重犯中的极度重犯，当初抓住他，仅仅是因为他有了厌世的情绪，想找个清静点儿的地方，最好能与同类生活在一起，这个家伙自认为已经不再是人，高于人，接近神，与普通人没有办法一起生活，所以才主动自首。"

又是主动自首？倒是和夜叉王比较对脾气。胡顺唐扫了一眼圆桌旁的人，除了莎莉之外，其他人都回避他的眼神，于是问："他犯了什么罪？"

詹天涯顿了顿，并不回答他的话，却转到另外一个话题上："古科学部这么多年，致力于对古科学的研究，其实就是研究古代科学与特异功能之间是否有直接联系，例如超智力、超体力、超毅力、超记忆力、预言、意念致动，要研究这些也需要各行各业的人来配合，包括这里关押的犯人和被请到这里来的异人，要用到人体科学、医学、宗教学、神学、文化人类学、民族学、民俗学、心理学、社会学、历史学等学科的知识和研究方法，很复杂，很繁琐，对异文化，也就是古科学的研究，是一件相当难的事情。"

胡顺唐听詹天涯说了一堆话，还是没有说到正题，有些不耐烦地问："你到底想说什么？"

"在台面上，很多东西被称为封建迷信，不可否认，的确有很多江湖骗子，利用和魔术相同的手法，抑或是利用药物等达到催眠的目的来行骗，目的就是钱财，不过依然有很多东西是没有办法来解释的，我相信你也亲眼见到过。在我们这儿，有一片湖，湖水下方沉了很多墓碑，没有照片，没有名字，甚至连性别都没有的墓碑，这些墓碑都属于古科学部这些年来牺牲殉职的战友们，有机会的话我可以带你去看看。"詹天涯说，说完从桌子下面抽出一个文件夹来放在自己的面前，又道，"我们是一个高度机密的部门，虽然说军队和安全部门一部分人知道我们的存在，但我们却直接向一个人负责，不受约束，有先斩后奏的权力，希望你能够理解。"

说罢，詹天涯将自己面前的那个文件夹推到胡顺唐面前去，胡顺唐一眼便看到文件夹上面写着的四个红色大字"保密协议"，此时詹天涯又说："古科学部是机密，蜂巢是机密，而白骨则是我们机密中的机密，就算是我要见白骨，都需要层层审批，这次是特殊情况，你必须去见他，夜叉王从蜂巢逃离是这里所有人的耻辱，请你理解，我并不是为了找借口让你在上面签字，而是规矩定下来了，只有你签了这个东西，你才有可能见到他。"

詹天涯说了半天，原来还是为了保密协议！胡顺唐拿起那份协议，随后拿过旁边夹着的笔，在下面签上了自己的大名，不异为别人，仅仅是为了詹天涯所说的那片湖和一直沉在湖水中的那些个英魂。签完名字后，胡顺唐又将自己的身份证号码和家庭住址，以及邮政编码给写了上去，最后还像孩子一样用笔将自己的大拇指给涂黑，再加盖了一个指印，虽然他知道这些没有任何必要，实际上签署这个保密协议也仅仅是一个过场，但规矩始终是规矩。

胡顺唐将保密协议又推给詹天涯，问："需要留下我的DNA吗？是不是得入库什么的？"

"不用了，在你家我已经找机会提取过了，不用再麻烦你。"詹天涯拿过那份协议，看都没看，便收了起来，随后对吴军点了点头。

吴军起身来，走到门边，对胡顺唐说："胡先生，这边请。"

第九章

符咒囚室

依然是那部电梯，不过这次电梯行驶的时间很长，也许是签了保密协议的关系，吴军也不避讳，直接告诉胡顺唐电梯的目的地是地下三百米。

地下三百米？这里又是沙漠，李朝年竟然单独关押在那种地方，这个人到底有什么能耐？

胡顺唐还没有明白一句话叫：初生牛犊不怕虎。

他现在就是那头小牛犊，而即将面对的则是一头他涉世以来从未见过的猛兽。

电梯下行了很久，门终于开了，开门之后他们面前是一片漆黑，吴军用自己的通行证在门口划了一下，眼前这才开始逐渐变得明亮。灯光打开之后是一片紫色，中间还有密密麻麻的红色类似激光的线路在四处横扫。

吴军看了一眼胡顺唐道："白骨的眼睛有些问题，不能被紫光灯照射，这些镭射线都是无规则的，一旦触碰到任何东西，这个房间内的温度就会立刻提升到摄氏七十五度以上，并且每十秒提高十度。七十度是桑拿房中的温度，一般人可以勉强承受，但时间不宜过长，再提升，人就没有办法存活。"

人没有办法存活？这种温度下什么东西都没有办法存活吧。这个李朝年到底是什么东西，竟然采取这种关押的办法，还有这个房间完全呈半圆形，也就是说没有任何可能躲藏的地方。

吴军又用通行证划了一下，紫光灯和镭射光线消失，日光灯亮起，吴军领着胡顺唐向大房间的尽头走去。尽头处有一扇巨大的门，看模样是用青铜所铸，很是沉重，就算是天生神力的人也不易打开。

吴军站在门口，门口上端的摄像头扫过，门缓缓打开，是一条只能够一人通过的走廊。吴军此时站在一侧，对胡顺唐说："胡先生，你只能一个人进去，这个区域没有任何守卫，全是主机在监控，你进去后，将你的通行证放在最里面那个房间的保鲜盒中，并且锁好，密码由你自己设定，出来时再取出来，另外我得叮嘱你，在见白骨的时候，一定要和他的囚笼保持十米的距离，千万不要告诉他你的身份，你的真实姓名，你的年龄，你的一切，无论他问你什么，你都不要轻易回答。"

没有守卫？问什么都不要轻易回答？这个人有这么可怕吗？胡顺唐盯着走廊的尽头。

吴军又道："胡先生，不要抱任何侥幸心理，白骨不是普通……人。"

那个"人"字吴军是寻思了半天才说出来的，胡顺唐能听得出来，吴军形容白骨为人都觉得有些不妥当。

胡顺唐点点头，走进那条走廊，此时吴军又叫住他："胡先生，千万不要丢了你的通行证，这个走廊中如果主机没有确认通行证，就算是大罗神仙都会没命。"

胡顺唐又一次点点头，还没有走几步，身后那扇青铜大门便紧紧关闭，发出沉闷的声响，这声响让胡顺唐心头一紧，深呼吸一口气，来到走廊的尽头，随后那扇小门打开。

小门外，是一个方形的大厅，足足有两个篮球场那么大，在大厅的左上侧位置，摆放着一个巨大的三角形囚笼，两面都是实墙，只有一面是合金所制的栏杆，却没有面朝小门的方向，而在栏杆外，还有层巨大的具有光路可逆性的单向玻璃，只能在外面看见里面，而里面无法看清楚外面的情景。

胡顺唐把通行证放入那个保鲜盒中，设定了密码后，这才慢慢走近那三角形的囚笼，鞋子敲击着地面发出"啪啪"的声音，声音在整个大厅内回荡，来回碰撞，越靠近那囚笼，声音便越响，也不知道是不是心理作用的关系，胡顺唐感觉空气也变得越来越稀薄，呼吸也变得急促起来。

胡顺唐转过那三角形囚笼的一侧，来到那扇单向玻璃的正对面，便看见一个身材魁梧的人背对着自己坐在一张小桌前，慢慢翻阅着手中的那本书籍，每看完一页，那人便轻轻将书页给撕下来，放入口中，慢慢地细嚼着，却没有发出任何声响。

那人吃了几页书后，又端起旁边的一个纸杯来，放在鼻子前闻了闻，然后喝了一小口，放下杯子后，又继续翻书、吃书，好像浑然不知胡顺唐就在单向玻璃外站着。

胡顺唐留心看到在那特制的三角形囚笼内，另外两扇墙壁上，写满了各种奇怪的文字，大多数都是符咒，还有一小部分好像类似甲骨文一样的东西。

符咒这种东西，由符箓、咒语和咒术三者构成。而符箓又细分为符和箓两种，道教之中认为符箓可以作为驱使鬼神、祭祷和治病之用，也有天文、神文之说，符箓中的符主要是指祈禳之词，而箓的内容主要是鬼神之名和鬼神之相貌。两者在功能上也有区分，比较恰当的比喻便是，符是信件上的邮政编码，或是快递中必须要写到的收件人电话号码，而箓则是收件人的姓名。咒语也叫咒词、神咒、视咒、口诀、禁咒、真言、密语，咒术则指的是释放咒语时的技巧、技术和办法。咒术之中又必须要配合咒语、仪式和法器，例如众所周知的道士手持的桃木剑，便是法器的一种。

不过还有一种细分为咒歌，一般来说是巫女所用，男性巫师通常不采取咒歌的方式。

胡顺唐盯着两面墙壁上的那些所画的符纸，有文字符、图画符、结合符等，还画有一些诡异的兽头，甚至是人骨的图案，在离囚笼中床边最近的地方，还画着一幅人体解剖图，完全手绘，一半是人体骨骼，一半是人体内脏，旁边还标注了人体的穴位、内脏等一系列的名称。

胡顺唐看了看自己的身后，没有任何椅子之类的东西，只好站着，却不知为何完全不知道怎么开口向坐在里面正在吃书的白骨说话，这个人看样子很是怪异，喜欢吃书不说，而且还吃得津津有味，却不发出任何声音，是因为这扇玻璃完全隔音吗？

正在此时，囚笼中的白骨轻轻将自己跟前的那本书合上，又喝了一点儿纸杯中盛着的东西，拿起旁边的餐巾纸擦了擦嘴，又起身来到角落中的盥洗台上洗了手，将书放回书架中的原位，随后转过身来，面带微笑地看着胡顺唐，轻声道："胡先生，虽然出身并不高贵，但也懂得在别人吃饭的时候不要打扰，看得出家教甚严。"

他知道我是谁？胡顺唐有些吃惊，联系到先前夜叉王和白骨李朝年两人的双簧，对方能够料到自己前来的概率也很大，眼前秃头的白骨虽说脸上很干净，没有胡茬，但从微笑时脸上浮现出的皱纹可以判断出他年龄已经不小，一双眼睛深陷进眼眶之中，两侧颧骨微微凸起，太阳穴位置不时能够看到有鼓动，脸色红润，身材也十分魁梧，双手垂在身体两侧，这种模样的人放在大学中，谁一眼看去都会误认为是一名有学识的大学教授。

白骨穿着合身的囚服，囚服的样式倒有点儿像是晚礼服，只是颜色有些发白，看样子是洗过多次。

胡顺唐不知怎么称呼对方，特别是想到盐爷一再提醒，不能直呼其名，但叫绰号白骨，也觉得不是很妥当，于是便说："多谢老先生夸奖。"

白骨那温柔的笑容依然堆在脸上，回头看了一眼囚笼内的监控头，又转回来说："胡先生，你可以叫我李朝年，不要相信其他人的胡说八道，他们根本不懂得什么叫作尊敬……胡先生，你喜欢看书吗？"

白骨的思维似乎很跳跃，一句话还未说清楚，便直接跳跃到下一个话题去，让胡顺唐有些反应不过来，下意识回答："喜欢。"

"喜欢看什么书？"白骨站在原位一动未动。

"很多，几乎什么书都看。"这是实情，从前不怎么爱看书的胡顺唐，自从被迫成了开棺人之后，开始明白了看书的重要性。

"很好，那是一个非常好的习惯，我就很喜欢看书，不知道是不是年老的缘故，记忆力开始衰退，于是我只得看完一页便吃掉一页，这样既可以吃饭，又可以阅读保存知识，人在小时候总会被父母教育不要一边吃饭一边看书，那是一个不好的习惯，不过现在我把这个习惯综合了一下，这样就不会对人体有任何不良的影响，你说是吗？"白骨微笑着问，站得笔直。

"对……"胡顺唐回答，但还是迟疑了一下。

白骨收起笑容，然后又展现出来："胡先生，你很圆滑，至少在我面前很圆滑，你懂得不去激怒我，顺从我话的意思，就算你认为我的方式很怪异，你也会点头说那是正确的，我想这大部分得归功于他们告诉你，我是一个怪人，而且极度残暴，没有人性，对吗？"

"对……"胡顺唐又一次回答，隐约觉得哪里不对。

"看，仅仅是两句话，你只需要回答是或者不是，对或者不对，我便可以判断出外界对我现在的看法,这也可以看出,胡先生你是一个心理素质不强的人……我可以问问你有多高吗？"白骨依然如上次一样，话头又是突然一转。

"一米八五。"胡顺唐撒谎道，实际上他个子并没有这么高。

白骨嘴角两侧上扬："胡先生，你在撒谎。"

"为什么说我在撒谎？"胡顺唐反问。

白骨这次收起笑容："很简单，一句话就可以试探出来，我说你在撒谎，正常情况下，如果你没有撒谎，你会回答'我没有撒谎'，但你却反问我'为什么说我在撒谎'，明白吗？"

"老先生，你很聪明。"胡顺唐这次说的是实话。

这句"奉承"的话似乎对白骨来说并不受用，他没有任何表示，而是接着问："那你到底有多高？"

"一米七八。"

"体重呢？"

"一百四十五斤。"

"不错，标准的身材，但我想你肯定在这半年内勤加锻炼过身体，对吗？"

胡顺唐一惊，心想这个白骨怎么知道得这么清楚？詹天涯是绝对不可能透露这个消息给他的，他是犯人，又是如何得知的？那件事最多只有自己、莎莉以及詹天涯三个人知道。

可这个白骨……

离奇的心眼

胡顺唐站在单向玻璃前，站在他对面十米外的白骨则向后退了一步，现在基本达到两个人保持有十一米的距离。胡顺唐还在思考为何白骨会清楚这么多事情。唯一的可能便是夜叉王告诉的，但夜叉王也不会神通广大到被关在蜂巢内，还能得知千里之外的胡顺唐做了什么事情。

"胡先生，你一定在想为什么我会知道得这么详细，想知道原因吗？"白骨问，说完话头又一转，"人站得太久会很难受，你可以选择坐在地板上，不会弄脏你的裤了，在这个地方没有风沙，甚至没有灰尘，每天他们都会对这个地方杀毒，而且很仔细。"

胡顺唐并没有坐，随后白骨先坐了下来，又说："现在，胡先生，你可以坐了，你很有礼貌，知道在长辈没有坐下之前，自己不能坐，我很欣赏你这一点。"

胡顺唐坐下，但丝毫没有察觉自己现在的一言一行完全都被对方在无形之中给掌控了，但坐下的刹那猛然意识到一个问题，自己站在单向玻璃前，可白骨怎么好像能看见自己一样？是听声辨位吗？这是唯一的解释。

"好了，胡先生，现在我们可以开始了，你我素不相识，非亲非故，我相信你来这里不是为了来看望我，你想……知道些什么？"白骨双手放在膝盖上。

胡顺唐思考了一会儿，问："有个人告诉我的一位朋友，说你有办法可以复活我另外一位朋友。"

"你为何不直接告诉我那个人就是夜叉王呢？用这些词语来代替夜叉王、盐爷以及你女朋友胡淼的名字，说到最后大家都会糊涂的，既然你开门见山，那我也不隐瞒，不过却有个条件。"白骨说，端起旁边的纸杯喝了一口，"用纸杯来盛三十年陈酿的五粮液，很浪费，可没有办法，他们不会给我提供酒杯，那么我的第一个条件便是，我回答完你第一个问题，你就必须承诺让他们给我送一个酒杯来，瓷杯就行，不用其他贵重的杯子，你有十秒的时间考虑。"

"这不是我能够决定的，这里的规矩不是我定的。"胡顺唐想都没想立刻回答，这是实情，就算他点头答应，也不一定能够实现。

白骨微笑："很好，胡先生，你很诚实，如果你说你可以做到，那么下面我告诉你的答案将会是我胡编乱造的，你救了自己，诚实是中华民族的一项美德，不是吗？为了奖励你，我无条件送你一个答案，你问吧。"

"怎么才能够救胡淼？"这是胡顺唐最想知道的一个答案。

白骨两侧的颧骨动了动，鼻子抽动了一下："这个答案很复杂，解释起来也很费劲。能够救胡淼的人普天之下只有我，但我却和夜叉王有一个明确的交换条件，换言之，你要让我救胡淼，就必须帮我去找到夜叉王想要找到的东西。"

果然没这么简单，胡顺唐心想，难怪白骨李朝年要和夜叉王两人唱一出双簧，其目的还是夜叉王在水牛坝村所说的那件事，要寻找的那件东西，有什么东西那么重要？

"是什么东西？"胡顺唐忙问。

白骨不回答，端起杯子又喝了一口，仰起头看着囚笼的顶端，好一会儿才低下头来平视前方道："这是第二个问题，先前的答案是赠送，但这个答案就需要交换条件，我的交换条件也很简单，只需要你回答我的问题……我的问题是，你恨盐爷吗？"

胡顺唐没有想到白骨竟然会问这样一个问题，这本来就是他一直避免去想的问题，盐爷对他来说就是亲人，可以说是至亲，却犯下了不可饶恕的罪孽，这样便导致了一个巨大的矛盾存在。更重要的是，如果胡淼知道盐爷没死，而盐爷又杀了她的亲姐姐胡杏，虽说两姐妹从小关系便不好，可以说是恶劣，但血浓于水，事实无法改变，仇恨则会一直叠加下去。

"我恨盐爷，但是……"

"好了，你已经告诉我答案了。"

胡顺唐的话被白骨打断，白骨接下来很快回答了胡顺唐先前那个问题，而那个答案只有三个字——牧鬼箱！

牧鬼箱？那是什么东西？夜叉王为何要找牧鬼箱？胡顺唐又问："牧鬼箱是什么？和镇魂棺有没有关联？"

白骨笑道："不要破坏了我们之间的约定，一个问题换一个问题，接下来该我了……"

此时，坐在另外一个房间内的詹天涯、宋松和曾达三个人在监控中听到"牧鬼箱"三个字时，同时一愣，宋松和曾达两人的目光直接看向詹天涯。詹天涯取下叼着的那半支烟，夹在手指之间来回滑动，如此反复多次，也不说话。

一侧的宋松再也忍不住了，便问："总指挥！夜叉王怎么会在寻找牧鬼箱？"

詹天涯非常缓慢地摇摇头，意识到问题的严重性，半年前，在他还未知镇魂棺事件前夕，也就是还未得知夜叉王越狱的时候，他和宋松所寻找的正是牧鬼箱。寻找这件古物的任务已经开展了足足五年的时间，在"白狐盖面"事件前夕他已经受命寻找这件东西，但来来回回折腾了几年，都没有查找到牧鬼箱的下落，有传闻说牧鬼箱已经现世，落在了某个古董收藏家的手中，也有传闻说牧鬼箱还藏在地底，还有一个更愿意让人相信的谣言是——牧鬼箱原先所藏的地点就在镇魂棺之下！

不过那仅仅是谣言而已，这些谣言也是从近几年才开始传出。为了寻找这个东西，古科学部已经耗费了大量的人力物力，甚至在两次挖掘中不惜动用空军的力量，在挖掘期间声称空中管制，挖掘地上空全部清空，恨不得连鸟都不让飞过，但每次找到的东西都和牧鬼箱没有半点儿联系。

宋松又要开口，詹天涯举手制住他，让他闭嘴，指了指显示屏，示意安静继续听下去。

白骨起身来，在三角形的牢房里来回走动，最终在一个角落前停下，坐下来，靠着墙壁，侧头看着胡顺唐的方向，又问："胡先生，你爱胡淼吗？请想清楚再回答，你是爱她，还是认为自己将她拖进这个事件中，导致了现在的后果，所以心存愧疚，一心想要弥补。"

"我……我不知道。"胡顺唐缓慢地摇摇头。

另外一个房间内，一直没说话的曾达突然开口道："让那小子回来，白骨已经在控制他了。挖掘他内心最阴暗的地方，别忘了，从前死的那几个犯人，都是被白骨活活给说死的，这家伙自称有心眼，可以看出别人内心中隐藏的东西，一且被挖掘出来，便可以加以利用。"

"对，知道了别人内心的秘密，就等于是拥有了控制他人的权力。"詹天涯将那半支烟又叼在嘴上，"不过不着急，他不会害胡顺唐，因为他和夜叉王有交易。"

"你想钓鱼？"曾达问，皱起眉头，很反对这个提议，因为这实在是过于冒险。

"不，不管白骨有没有心眼，以他的脑子足以想出比这个更高明的办法，何况还要加上那个疯子夜叉王。这两种人有一个共同的特点，那就是没有任何道德观念。这也是为什么白骨会认为自己已经不是人的原因。"詹天涯自顾自地分析道，双眼依然紧盯着显示屏中那个三角形的囚笼。

"不，胡先生，你应该想清楚这个问题，或者说你认为为这个女人去冒险值得还是不值得，有句众所周知的话叫'生命诚可贵，爱情价更高'，但你自己要清楚你对她是不是真的存在——爱。"白骨侧头看着胡顺唐的方向，单向玻璃上却反衬出自己的身影，根本看不到外面的人，好像是在自己与自己对话，可脸上尽是毫不掩饰的满足表情。

胡顺唐猛地抬头道："我爱她。"

"真的爱她？"白骨又问，脸上依然是那副表情。

"真的爱！"胡顺唐坚定地回答。

"那你告诉我，什么叫作爱，可以吗？"白骨继续发问，语速加快，自己也靠着墙壁慢慢起身。

胡顺唐张口正要回答，原本严肃的脸上浮现出了笑容，慢慢说："老先生，你好像违反约定了，我们是一个问题换一个问题，我刚才回答了你的问题，你应该回答我先前提出的那个问题了。"

白骨 "嗯"了一声，深吸一口气，抬头看着那个监控头道："关于牧鬼箱是什么东西，又有什么作用，我想你还是问詹天涯为好，因为他知道得比我清楚，还详细……好了，现在你应该回答我的问题了，什么是爱？"

"我不知道。"胡顺唐很快回答，"我真的不知道，完全没有撒谎，也不知道我爱胡淼的什么地方，仅仅只是我的一种感觉而已。"

白骨吸了一口气："如果'我不知道'也算是答案的话，那么设立考试这种程序就没有任何意义了。"

"不过我们并不是在考试，而是一项协议，或者说交易，现在交易已经结束，你的意思我很明白，夜叉王找到你，希望让你帮他寻找到牧鬼箱，但你困在这里，无法出去，于是要找到我代替你去找到牧鬼箱。关于你和夜叉王之间的交易是什么，我不清楚，也没有兴趣知道，我只是想救胡淼，其他的事情与我无关，不过我却不相信你能够救活胡淼，你没有那种能力，你只是口舌厉害。"胡顺唐一边说一边起身，然后向门口走去，脚步声回荡在整个大厅内。

此时，在囚笼内的白骨也顺着那个方向走了几步，大声道："胡先生，你难道不想知道，为什么我会知道你半年内受过高强度训练吗？"

胡顺唐没有回头，也没有停下脚步，却开口回答道："很简单！因为夜叉王告诉过你，他半年前见到我时的身高体型，你预估出来我的体重，你先前又问过我身高和体重，稍微动脑的人都能猜得出来，半年前我可比现在胖得多。"

胡顺唐这句话说完，已经来到了那个保鲜盒跟前，抬手开始输入密码，要取通行证出来，可眼角的余光还是在留意三角形囚笼中的白骨。

白骨站在那儿，面对墙壁，正对着胡顺唐所在的方位，脸上浮现出了一丝狡猾的笑容。

第十一章

止血符与血修罗

保险盒打开后，胡顺唐并没有伸手去拿，而是盯着通行证，等待着白骨下面的话，因为他的手只要一拿到通行证，那扇门就会立刻打开，结果便是立刻结束与白骨的对话，离开这间特殊的囚室。

当然，这不是胡顺唐想要得到的，如今的他只要有丁点儿的机会可以救胡淼，他都不会放过，更何况白骨是一个被关押在这种地方的重犯，看守严密到这种程度，已经足以说明白骨的确有超乎常人的能力存在，不过，胡顺唐需要眼见为实。

同时，面朝大厅门口胡顺唐所在方向的白骨，正对着自己跟前的墙壁，伸出一只手去在墙壁上画着，凭空画出一个胡顺唐的人形，似乎也不着急。

詹天涯所在的房间内，空气似乎都要凝结了。盯着显示屏画面的几个人，心中都清楚胡顺唐采取的是激将法，想要将白骨口中的实情给套出来，另外再见识一下白骨的能力，看看是否真的有办法能够救活胡淼。

房间内，莎莉的紧张度高过所有的人，虽然她尽力不表现出来。她很清楚，如果白骨真的有能力解放出体内胡淼的灵魂，那么自己又何去何从？唯一的下场可能就是魂飞魄散。

"白骨到底会什么？"宋松问道，詹天涯摇摇头。

摇头的动作表示什么，不知道？还是不要问？宋松没敢问下去，不过倒是一旁的曾达接过话头去说："从档案上看，这家伙是一个医生，老中医，对人体构造非常精通，我在档案中曾看到一张照片，照片上是一个身体内脏被掏空的男人，男人的体内塞满了符纸。"

"那是什么意思？"宋松又问。

曾达道："不知道，那份档案很多地方都被白纸给贴住了。"

保险盒打开了许久，已经发出了报警的声音，胡顺唐如果再不拿起来里面的通行证，保险盒就要永久被封闭，房间内的众人都替他捏了一把汗。

"好了，胡先生，我们似乎没有必要再这样僵持下去，请你移步到这里来，给你看一样东西。"面朝墙壁的白骨忽然仰头喊道。

胡顺唐快速伸手将里面的通行证拿到手中，别在胸口后大步走回到那扇单向玻璃前。走到单向玻璃前的时候，看到白骨面朝玻璃站着，左手拿着一本书，右手手腕处的袖子已经被挽起来，露出有些发青的手腕。

胡顺唐盯着手腕上那一道道伤疤，心想：难道这个白骨曾经试图自杀过？

此时，白骨小心翼翼地从那本书上撕下一张书页，将那张书页夹在两指之间，随后快速向手腕上一割，书页划过的地方立刻出现了一道伤口，伤口处开始渗出鲜血来，顺着手腕滴向地面，可白骨依然面无表情地盯着胡顺唐这个方向，过了十来秒，双脚下都积满了血液后，脸上才浮现出了一丝笑容。

胡顺唐紧盯着那道伤口，不明白白骨这样做有什么意义。此时，白骨抬手从旁边扯下了一张符纸，用双手夹着，速度很快地晃动了一下，随后贴在那道伤口处，很快血液便浸湿了整张符纸。

"止血符……在《符咒妙法书》和《鲁班书》中都有记载，只是符纸的质量需要用上等的糯米纸，配合上另外几种特殊药材，对了，还有咒语，我想想，那咒语怎么念来着？"白骨闭上眼，好像是在回忆，但手腕上的鲜血还止不住向外涌着，如果是平常人，就算这个时候不死，也昏厥了过去，可白骨好像完全没事一样。

几秒后，白骨睁开眼睛，双瞳的眼神都起了变化，变成了血红色，张口的时候声调也起了变化，变得十分尖锐，奇怪的是还混着沙哑："日出东方一点油，青衣执金骑白牛，三声喝令长流水，禁止洪门不允流，雪山童子来，雪山童子到，雪山童子止！"

最后那个"止"字说完之后，白骨将双眼瞪大，将手腕上那张止血符拼命往伤口中塞，连里面的血肉筋骨都能看得清清楚楚，靠得如此之近的胡顺唐呼吸也开始变得急促起来，双拳捏紧，那不是尸体，那可是活生生的人的手臂！

白骨将那张符纸完全塞进去之后，自己的左手也满是鲜血，挖开伤口的同时鲜血四溅，自己胸口和下巴位置也溅满了鲜血，随后长吁一口气，抽动了下鼻子，将自己的右手腕举高，伸向胡顺唐所在的方向，偏了一下头道："好像……成功了……"

胡顺唐盯着白骨的手腕，发现先前还在渗血的伤口，此时已经开始慢慢愈合，愈合的速度很缓慢，就好像有一个无形的人正在慢慢缝合伤口一样。

胡顺唐捏紧的双拳松开，站在那儿盯着白骨的手腕一动不动。

白骨靠近单向玻璃，轻声道："你可以靠近点儿，看清楚一点儿，我可不是江湖骗子。"

胡顺唐忍不住向前迈了一步。

"再靠近一点儿，你眼睛近视吗？"白骨道。

胡顺唐又向前迈了一步，停顿了一下，又走了好几步，这次终于靠近了单向玻璃，此时白骨突然向前一扑，整个人贴在了单向玻璃上，右手腕也死死地贴了上去，张开嘴，却没有出声，反而像是要吞掉胡顺唐。

胡顺唐被这突如其来的变化惊到，赶紧向后退了一步。

白骨笑了："不要害怕，看清楚一点儿，只剩下一道伤疤了对不对？这就是止血符的……后遗症，必然会留下伤疤，不可能百分之百地完全愈合，眼见为实了对吗？"

胡顺唐没有任何表示，但心里也基本上相信了白骨的那道止血符的能力。

此时白骨低下头，看着自己满身的鲜血，还有脚下的那摊浓稠状的血液，随后又抬起头来对监控头说："几位，只有麻烦你们想办法清理一下了，如果你们认为这件事起因是胡先生的坚持，那么请他进来替你们打扫也未尝不可，我十分欢迎，因为……"

说到这儿，白骨目光注视到胡顺唐的脸上，又说："我越来越喜欢这个年轻人了。"

"你能治愈流血的伤口，但我不知道你是否能够救得了胡淼，这完全是两回事。"胡顺唐眼皮一抬，盯着白骨。

白骨微微一笑，又收起笑容："发生在胡淼身上的事情，我没有办法亲身给你体验，除非你让他们把镇魂棺抬到这里来，我给你细细解说，当然还需要志愿者，不过他们肯定不会给你提供的，其实人与畜生有什么区别呢？就像人要吃猪肉、羊肉、牛肉，也有东西喜欢吃人肉，特别是那种腐烂带着腥臭的死人肉！"

胡顺唐盯着那摊血，又回想起在水牛坝村看见廖延奇口吞腐尸肉的场景，感觉有些反胃，但还是止住了。

白骨向后退了一步，坐到了床边，用被单擦着自己的双手，说："胡先生，夜叉王可是一个危险人物，说心里话，我很讨厌他，因为他太自以为是……你知道他为什么叫夜叉王吗？"

白骨又来了一次快速的跳跃性思维。胡顺唐摇摇头："不知道。"

白骨擦干净自己的左手，走到床对面的另外一面墙壁前，回头对胡顺唐笑了笑，随后伸手撕掉了那面墙壁上所有的符纸，露出了墙壁上的一幅暗红色的画，从那幅画上的颜色来看，那画分明就是用鲜血所作。

画上是一个鬼头人身的怪物，怪物胸口有一对女人才有的乳房，而在下体处却有男性独有的器官，双腿细长，但腿上还有浓密的脚毛，双脚脚趾上有长长的尖趾甲。高举的双手特别的粗壮，皮肤的表面好似有鳞甲，双手下方还有一双翅膀，翅膀从背后向两侧展开，左侧的有羽毛，而右侧的却只是骨架。

另外一个房间内，盯着显示屏的詹天涯摘下自己嘴上叼着的半支烟，喃喃道："他是什么时候画的这东西，这是什么？"

一侧的曾达回答："这叫血修罗，我曾经在尼泊尔见过……"

"尼泊尔？"詹天涯回头看着曾达。

曾达点头："对，尼泊尔。"

白骨用手轻轻在墙壁上抚摸着，好像在抚摸那个怪物一样，猛然回头问胡顺唐："胡先生，这叫作血修罗，你知道为什么叫作血修罗吗？"

胡顺唐还是摇头，越看那幅画越觉得诡异。

白骨转过来面朝胡顺唐，挺直腰板道："血修罗不同于阿修罗，这是尼泊尔一个极少数民族中崇拜的神，是从印传佛教之中演变而来的，在他们的传说中是凌驾于天龙八部之上的一个神。原本在他们的神庙中，有这么一尊血修罗的雕像，雕像的姿势和教堂之中所看到的耶稣像大同小异，可样子却差了十万八千里。印传佛教之中阿修罗属于佛教六道众之一，天龙八部神之一，可传到中土佛教中阿修罗是没有神位的，说句不敬的话，阿修罗在佛教中属于四不像的一种东西，非神、非鬼、非人，介于这三者之间，和夜叉很相似。不过夜叉遁入阴阳界，原本的目的就是躲避阿修罗，或者说成为阿修罗。尼泊尔佛教之中曾提到过，夜叉逃避阿修罗，是因为阿修罗会抑制夜叉的杀戮之心，两者之间类似于刀与刀鞘的关系……当然，我可不认为夜叉有心，至少他没有一颗肉做的心。"

白骨说完，伸手在自己胸膛心脏位置抓了一把，又张开手掌，慢慢靠近单向玻璃，胡顺唐清楚看见在他掌心处画着一个夜叉王犯案后都会留下的头像。

第十二章

白骨的交易

　　白骨将掌心贴在单向玻璃上，并不拿开，又说："夜叉王之所以有这样一个称呼，是因为他认为自己是千万个逃亡夜叉中的领头者，他心里没有正邪，没有对错，没有道德，不，他有道德，他的道德只有与别人有交易时才会体现出来，不要以正常人的思维去探索他的内心，他没有心……别人不知道他下一步会做什么，可以说他是一个没有心的疯子！"

　　胡顺唐听了这么多，竟笑了一声出来，白骨略微有些吃惊，反问："胡先生，很好笑吗？"

　　胡顺唐摇头道："无论是什么人，即便是个疯子，他都有目的性，夜叉王的目的是什么？牧鬼箱又到底是做什么用的？"

　　"相信胡先生知道养鬼一说，但养鬼和牧鬼的区别，着重点不在于那个'鬼'上面，而是在'养'和'牧'上面，养鬼充其量不超过三只到五只，而牧鬼则不同……胡先生，你去过草原吗？即便是你没有去过草原，相信你也在电视上看过，那些个牧民骑着马，挥舞着马鞭，赶着羊群和牛群，那就叫作——牧！"白骨说着，竟学着牧民的模样，好似胯下有一匹马，绕着圈在囚笼中慢跑了起来，那副神经质的模样和夜叉王极其相似。

　　胡顺唐脑子中出现了一幅场景，草原上牧民的模样变得十分狰狞，胯下骑的

058

也并不是一匹马，而是一具腐尸，挥舞的也不再是马鞭，而是抓着还连着头皮的头发，在周围缓慢奔跑的则是一群没有实体，飘浮不定的白影，草原上原本优美的歌声也幻化成为幽冥的喘息声……

"你的意思是可以利用牧鬼箱养成千上万的……鬼？"胡顺唐问道。

白骨停止了自己的动作，站立不动，微微点头道："没错，那是一个邪物，比镇魂棺还要可怕的邪物，其可怕的程度超出了所有的武器。"

"那是武器？"

"如果你认为他可以来装粮食，也不是不可以。"白骨微笑着说。

"我要帮他找到牧鬼箱，然后他再完成对你的承诺，随之你再帮忙救活胡淼。"胡顺唐又重复了一次较早前白骨的话。

白骨道："对，就是这样，只是一个简单的连锁交易，写在纸上就一目了然。"

"成交！不过我有一个条件！"胡顺唐说。

"请说。"

"你必须告诉我对付夜叉王的方法。"

白骨摇头："不，如果我告诉你对付夜叉王的办法，那么这个交易就不可能成立，因为他死了，我和他之间的交易就结束了，对我十分不利，这是赔本的买卖，我不会答应，不过我倒可以告诉你杀死他的办法。"

说完，白骨用手指在脖子上划了一道："杀他，用最原始的办法。"

白骨这话说得很矛盾，既然不想让胡顺唐对付他，却告诉胡顺唐用最原始的办法可以置夜叉王于死地。

"好了，胡先生，我应该说的都说完了，接下来就靠你自己了，我没有办法离开这座囚笼，当然不可能出去帮你。噢，对了，我差点儿忘记了，夜叉王说要找到牧鬼箱，必须前往川北的郓江镇，我如果没有记错的话，上次看报纸上说，那里应该是一个很不错的旅游景点，你可以去试试，不过去之前，你还得去找一个人，带着你亲爱的胡淼一起去，那个人叫图财，是个刚放出来的犯人，你叫詹天涯一查就知道他的底细了。记住，只能你们两人去，其他人不能够同行，也不能够监视，否则的话……交易取消。"白骨说完，看了一眼监控头，眨了下眼睛，随后打开了床头的 CD 机，里面传来《红梅记》中的唱曲——

"已是樊笼鸟，展翅扑飞难，室门打不开，窗高欲跳难，夜色残，此身已是刀下囚，难度过今晚……"

胡顺唐在《红梅记》中的唱曲中离开了大厅，唱曲在大厅内回荡着，和他的脚步声混杂在了一起，显得空荡荡的大厅内更加的诡异。

唱曲声同时也在另外一个房间内回荡。房间内的几人听见都皱起眉头，曾达却冷笑一声道："白骨竟放了《红梅记》中的《石牢咏》，这是什么意思？"

詹天涯摇头，宋松和莎莉更是一脸茫然，对粤剧根本一窍不通。

"白骨要让胡顺唐去找牧鬼箱，我们怎么办？任由他去？但这样我们很被动。"曾达说，玩弄起面前的杯子来，眼睛却盯着詹天涯。

詹天涯盯着显示屏，伸手按下开关，显示屏变黑，唱曲声也立刻消失。他沉思了许久之后抬眼看着莎莉，随后目光又跳转到曾达的身上道："寻找镇魂棺的时候我们就已经被动了一次，这次不能再被动了，牧鬼箱如果现世，那比镇魂棺还要麻烦，现在镇魂棺已经被我们找回来了，找了好几年的牧鬼箱又突然多了线索，虽说搞不清楚那个疯子夜叉王到底在做什么，但我们得想个办法才行，最好是瞒过夜叉王。"

"瞒过夜叉王？不太可能吧，我们现在就连他怎么从这个地方逃出去都不知道，一旦他逃脱，想要再抓住就难了，试想一下，如果白骨当年不自首，我们能抓到他？"曾达说。

一旁的莎莉脸色沉重，虽然不知道白骨所说的是真是假，但要是真的可以唤醒在这具身体内的胡淼灵魂，那么自己呢？又该怎么办？魂飞湮灭，还是说另外找一具躯体，自己那副躯体已经被锁在镇魂棺内，就算取出来，自己也不想再以一个小女孩儿的身份活着，算起来，自己已经一百来岁了，没有谈过恋爱，没有享受过成人该有的一切。

"再议。"詹天涯起身来，扫了一眼曾达和宋松两人，又看了看莎莉，意思很明确，莎莉在这里，不适宜商讨这件事。曾达和宋松也明白，要派人跟踪胡顺唐，不仅要瞒过夜叉王，还必须要瞒过胡顺唐和莎莉两人，否则的话以胡顺唐的性格和脾气，肯定不会依照詹天涯的安排来，到时候事情更不好办。

詹天涯起身来的同时，门开了，吴军领着胡顺唐回来了，回来后胡顺唐也不坐，看了一眼那个显示屏，开口就说："你们都听到了，也都看到了，无论你们是怎么想的，我都要救回胡淼，就算是个陷阱，我也得试一试。"

胡顺唐说话时，完全没有考虑在一旁的莎莉，莎莉侧头看向其他的地方，眼眶中的眼泪慢慢滑落了出来，胡顺唐和她非亲非故，没有任何理由留在胡淼的体内。

"好，没问题。"詹天涯答应得很爽快。

川西秘闻 ❸ 蜈蚣骨

胡顺唐见詹天涯答应得很痛快，心中清楚这个詹顾问、总指挥不会那么轻易就让自己前去的，必定暗中会做其他的安排，如今之计也只能走一步算一步，首要的事情是要找到白骨口中所提到的那个图财，然后再去鄞江镇一探究竟，虽然没有询问图财在什么地方，不过估计白骨实际上也不清楚，那仅仅是夜叉王告诉他的，他充当的是一个转述的角色。

"图财这个人还需要詹顾问去查查到底在哪里。"胡顺唐说，白骨说过图财是个刑满释放人员，要查他的资料以古科学部的能力肯定不是件难事。

詹天涯点头："你们先下去休息吧，我给你们安排房间，明天一大早应该就会有确切的消息，到时候再送你们离开，不过请记住我的话，以及那份协议。"

胡顺唐点点头，跟随吴军离开，莎莉依然坐在那儿，胡顺唐在脑子中已经下意识将她给抹去。詹天涯见状递了一个眼色给宋松，宋松起身将莎莉给带了出去，跟上吴军和胡顺唐。

几个人走后，詹天涯和曾达重新坐下，望着对方，良久都没有说出一句话来。

最终还是曾达打破了这个僵局，开口道："我现在算是什么？离休返聘人员？"

詹天涯手指轻轻地敲打着桌面："夜叉王认识你和我，还有宋松，原本我想让刘振明前去，但他也与夜叉王面对面接触过，我们都不行，就算找不到生面孔，我们也得找一个对夜叉王威胁性不那么大的。"

曾达见詹天涯没有直接回答他的话，也不好再问下去，毕竟他算是犯了错误被除名的人，虽然说的是离休，实际上怎么回事，大家心里都十分清楚，能够再次回到蜂巢来，都算是上面给足了詹天涯面子。

"从行动组里面挑选一个？"曾达试探性地问。

詹天涯和宋松等人就属于行动组人员，通俗来讲便是外勤人员，和蜂巢内部的古科学部人员不同，通常在全国各地执行任务，只有押解犯人、每个月的工作汇报抑或特殊情况下才能返回。

詹天涯摇头："不行，行动组的人身份都是机密，大部分都销毁了身份，再出去被人发现就麻烦了，我倒有一个人选，但不知道上头能不能同意，而且这个人非常合适与胡顺唐同行，也能够提供给胡顺唐建议，对异文化也算很精通。"

詹天涯这么一说，曾达立刻便明白他说的是谁，但寻思了一下上面肯定不会同意，因为这种事完全没有先例，这个人从法律意义上来说已经死了，身份被销毁，户口被彻底注销，甚至当初还找了一具假尸体火化，万一有好事者发现，捅了出去，绝对能上新闻报纸的头条。再者，这个人夜叉王算是认识、熟悉，所以，也不能和他有直接性的冲突。

"就这么决定了，我现在去写份报告。"詹天涯说完起身，又看着曾达说，"曾老，你难道不好奇夜叉王是怎么消失的吗？"

曾达明白詹天涯话中的意思是让他协助蜂巢调查夜叉王神秘消失的原因，但现在他并没有得到上级的权限，只得苦笑了下。

詹天涯离开房间，来到走廊，对门口站岗的士兵说："等会儿曾老会去监控室，你们不要阻拦，尽量配合他……是上面的意思。"

变态的血腥艺术

蜂巢主监控室内，宋松陪同着安防部门的调查人员和蜂巢内部的刑侦人员一遍又一遍地看着夜叉王消失前后两天的监控录像。宋松坐在最后面看得哈欠连连，实在没有看出来有什么线索，最后一次录像显示，夜叉王进入房间后就再也没有出来过，随后第二天清晨，一名守护见夜叉王还未起床出操，便开门查看，谁知道夜叉王竟然从房间内"蒸发"了。

就在监控室内的人看录像看得都很不耐烦时，门打开了，曾达出现在门口，随后反手将门给关好，先看了宋松一眼，随后看着一脸惊愕的安防部和刑侦部的四个人，最后目光落在角落中还在接受调查的两名当夜值班的监控室人员身上。两个工作人员坐在角落，连平日里作训服上的标志都给更换了下来，看得出他们受到的怀疑不小。

安防部和刑侦部的人看见曾达，先是惊愕，随后又故作镇定继续看着监控录像，但心思已经全都不在眼前的显示屏上，心里都在寻思这个早先被除名的老头儿是什么时候回来的，这次回来又会不会"官复原职"。

宋松来蜂巢的时间较短，全然不知曾达属蜂巢的元老。1982 年在建立蜂巢后，原本属古科学部行动组的曾达，被调至蜂巢内部负责狱内刑侦工作，也算是做回了老本行，又加之曾经是野战军转业，领导蜂巢狱内刑侦部门再合适不过。

蜂巢从某种意义上来说，属于重犯监狱，外界完全不知晓这个地方的存在。建国后，1950年公安部做了加强狱内侦查工作的指示，各监狱先后建立了狱内侦查工作专门机构，配备了狱内侦查人员和侦查器材，建立了相对比较完善的狱内侦查体系，主要用于防范和打击狱内犯罪、保障刑罚执行，蜂巢也不例外。1982年蜂巢建立后，恰逢公安部的《监狱、劳改队管教工作细则（试行）》颁布，第一次将狱内侦查工作正式规定在监狱法规之中，而蜂巢的刑侦部也完全是曾达一手建立起来的。

狱内侦查，从侦查学学科体系上来研究，其本质上属于刑事调查，与公安、国家安全、监察、军地保卫等机关的刑事调查工作完全一样，也属于国家刑事诉讼活动的一个起点，只是有其自己的特殊性所在，例如，侦查的主体在监狱，侦查的对象是服刑的罪犯，侦查地域控制在监狱之内等。但蜂巢最特殊的便是，除非在十分紧急特殊的情况下，其内部案件不能与其他各级侦查机关和各专业侦查机关合作。大部分普通人都不知道，国家所属的铁路、民航、林业、交通系统等都下属有自己的侦查机关。我国《刑事诉讼法》中规定：国家安全机关负责侦查危害国家安全的刑事案件；人民检察院负责侦查贪污贿赂、渎职、国家工作人员侵犯公民人身权利或民主权利的刑事案件；军队保卫部负责侦查部队驻地内军籍人员所犯刑事案件；监狱负责侦查罪犯在监狱服刑期间又犯罪的刑事案件。

曾达没有说话，挨着宋松坐下，过了许久才低声问道："有什么进展没？"

宋松摇头，他属于外勤人员，来这里是因为夜叉王是由行动组抓捕归案的，他来协助两个部门的调查工作，也就是说问什么答什么，在这里没有太大的权限。

曾达的突然到来，让监控室内的氛围变得有些奇怪，因为现任的刑侦部头头张晋也在，而这个人却是曾达以前带过的一名徒弟，虽然做事一板一眼不太灵活，但也绝对不是一个溜须拍马的家伙，从某个角度来说张晋很害怕曾达，深知曾达的脾气火暴，而且没有什么耐心。

"我们狱内侦查有自己的工作方针，就是以预防为主、防破结合、及时发现、迅速破案四条，其……"张晋话说到这儿，见曾达半眯着眼睛盯着他，下面的话顿时就没有办法再说出口来。

不过曾达依然没有指责他说场面话，他虽然没有说错，但在这种时候这些话说出来毫无作用。

张晋话未说完就闭口重新坐下，使得监控室内的气氛更加紧张，干脆挥手让其他几个人离开，就留下了自己、宋松、曾达还有当夜值班的两个工作人员。

房间门重新关闭后，曾达忽然站起来，走到张晋面前高声喊了对方的名字，张晋一个激灵站起来，挺直腰板："到！"

　　曾达喊完，走近张晋跟前，附耳道："这个位置不好坐吧？"

　　张晋没有直接回答，而是答道："尽最大的努力！"

　　"努力个屁！你看看他们！"曾达手指着那两名被撤下标志的工作人员，"这是惩罚吗？"

　　"这只是工作的一部分！他们必须接受调查！因为工作失职，按照规定……"

　　"规定个屁！闭嘴！"曾达低声狠狠地说，"出了问题，首先是解决问题，修复出现的漏洞，不是惩罚！明白吗！"

　　"明白！"张晋站在那儿一动未动，心里寻思这个老头儿还是从前那股子脾气。

　　宋松在一旁窃笑，曾达回头瞪了他一眼，宋松赶紧收起笑容，咳嗽了一声，也干脆站了起来，站得笔直。

　　"废话少说，干活儿，把监控录像重新给老子放一遍，你们俩过来坐下！"曾达指着那两名工作人员，两名工作人员虽然对曾达不熟悉，但听他的语气，以为是上面派来的什么人，也不敢怠慢，赶紧按曾达的话在旁边坐得规规矩矩的。

　　张晋又将监控录像放了一遍，曾达皱着眉头看着录像，但都是在快进，只是在某些时候才停顿下来按照正常速度观看，看了两遍后曾达仰头看着天花板，问："夜叉王消失的那天晚上，有没有什么奇怪的事情发生？"

　　在座的人都摇头，曾达又问："那白天呢？"

　　"也没有什么奇怪的事情。"张晋摇头道，"一切都很正常。"

　　"正常？"曾达斜眼看着他，"听说死了个犯人对吗？"

　　"噢，对对对，死了一个，就是被那个白骨用衣袖勒死的。"张晋猛然想起来。

　　"那还正常？我听说夜叉王先前打过那个人，随后被单独关押起来，不到一天的时间，这个人又被白骨给活活勒死，这其中的关联你都没有想过？被勒死的犯人名字叫什么，是做什么的，犯了什么事被关进来，最重要的是……"曾达说到这儿环视了周围一圈道，"他现在的尸体在什么地方？"

　　"尸体在停尸房摆着，按照规定，是要冰冻起来。"张晋回答。

　　曾达站起来说："联系下停尸房，带我去看看尸体。"

　　张晋立刻询问停尸房，但对方却没有任何回应，曾达心知不对，立刻带着宋松和张晋两人直奔停尸房，同时让张晋将蜂巢的安防等级提升为三级。

三人花了十分钟才赶到停尸房，到门口时发现一切都很平静，大门紧闭，警报并没有响起，双技术报警器并没有异样，门也没有被撞破的痕迹，只是里面一片寂静。

　　曾达蹲下来，用手在旁边的墙壁上晃动了一下，警报也没有响起，这种双技术警报器是他被除名前才更换的，不同于曾经安装的老式玻璃破碎报警器以及震动报警器，结合了从前警报器的特点和新式的空间移动报警器的特点，必须达到有人走进警报范围，频繁移动抑或有激烈举动才会导致报警器示警，大大降低了误报率。

　　"有人把警报器给关闭了？"张晋也蹲下来，试了试。宋松下意识掏出了腰间的配枪，上膛，紧握在手中，张晋也掏出枪来，此时两队全副武装的士兵赶到，贴在走廊的两侧，静等张晋的指示。

　　曾达举拳示意大家等待，自己则一步一步地慢慢向停尸房的大门走去，张晋担心有危险立刻一把拉住他，随后示意举着防爆盾的士兵移动到曾达的跟前。曾达没有理会，直接来到大门口，轻轻贴了上去，听着里面的动静，里面一片死寂，没有任何声音发出来。

　　两队士兵又缓缓移动到大门的两侧，曾达示意他们不要突破，自己用通行证打开了大门，推门而进，门缓缓打开的刹那，警报声突然鸣起，刺耳的警报声让所有人紧张起来，站在最后的士兵以战术队形排列，枪口全数对准了门口的缝隙，为首的扣住手中震撼弹的拉环，谁知道随后警报声慢慢减弱，变成了粤剧《红梅记》中的《石牢咏》——已是樊笼鸟展翅扑飞难，室门打不开，窗高欲跳难，夜色残，此身已是刀下囚，难度过今晚……

　　曾达冷笑了一下，手掌向下压了压，示意大家放松，放下手中的枪。大门敞开后，就看到大门对面的墙壁上挂着一具血淋淋的尸体，尸体赤身裸体挂在那儿，面部被人划得稀烂，头颅两侧插着两把医用剪刀，鲜血从头颅中慢慢滴落出来，双脚部位下方一摊鲜血还没有凝固。

　　见到这种场景，门外所有人都放下了手中的武器，慢慢直起身子，少数士兵张大嘴巴，盯着在墙壁上挂着的那具死状怪异的尸体，不知到底发生了什么事情。同时，张晋和宋松走到曾达身后，抬眼看着。

　　"不对劲，你们先不要进来，张晋你快去监控室取这里的监控录像查看，速度越快越好，还有把安防等级提升到五级，关闭蜂巢所有出入口，任何人不得出入！快快快！"曾达盯着那具尸体，目不转睛地说，张晋听罢转身便跑，拿着对讲机下达命令。

"警报！安防等级五！关闭所有出入口！所有正在休息的人员立刻返回岗位！"

张晋拿着对讲机消失在电梯口。

曾达慢慢走近那具尸体，在闪烁的警报灯光下，才真正看清了那具尸体的模样，从外表上来看和白骨三角囚笼中那面墙壁上所画的"血修罗"差不多，只是有人做了些修改，血腥的修改——尸体的脑袋被割得稀烂，皮肉翻了出来，比血修罗的鬼头还要骇人，下方原本平坦的胸部被剖开，皮肉被翻了出来，卷成一团，垂到下方变成如女人胸部一样的东西，下体的男性独有的东西被割开，分成两半。高举的两只手臂被插进了无数的玻璃碎片，在闪烁的警报灯光下看着就像是鳞甲一样，还有两侧模拟血修罗的那双翅膀，原本左侧翅膀该有的羽毛被无数双医用手套代替，右侧原本应是骨架的翅膀则是用乳白色的针管构成。

再抬头向上看，尸体头颅的上端，还有用鲜血画成的夜叉头像，只是这次的与从前的不同，骇人的脸变成了诡异的笑脸，仿佛是在嘲笑尸体跟前所有的人。

"这他妈是什么东西……"宋松在曾达身后问。

曾达缓缓摇头："血修罗，和白骨囚笼中画的完全一样，这两个家伙到底想做什么……"

说到这儿，曾达猛然反应过来，对宋松说："赶紧通知下面的人，小心白骨越狱！"

宋松也猛然意识到这个问题，转身便跑。在他跑出去的同时，停尸房一侧的办公桌上的水杯突然跌落到地上，摔得粉碎，原本高度紧张的曾达和两队士兵眼神齐齐地转向了那个方向，看到一只手慢慢从桌后举起来，然后猛地砸在了桌子上，砸下来之后，手掌上的一根手指竟掉落了出来，直接落到了曾达的跟前。

"还有人活着！"领头的队长喊道，正欲上前，被曾达一把拽住，拉到自己身边来。

曾达盯着自己跟前那截断指，又看着那只放在桌面上的手，手的主人已经缓缓站起来，低垂着头，向前走了一步，却撞在了桌子上，这才开始缓缓绕过桌子，向曾达走来。

曾达盯着那名不知是死是活的工作人员，试探性问了一句："你没事吧？"

"发生了什么事？"领头的队长也问道。

那人没有回应，只是有些木讷地向两人走来，此时队长手中的对讲机内传来张晋的声音："曾老！曾老！监控录像里面显示，那个死去的犯人活了，而且把里面所有工作人员全部杀死了！"

"妈的！果然……"曾达听到后抽出队长腰间配用的手枪，对准那人脑袋就是一枪。

子弹打穿那人的头颅后，在额前留下一个小血洞，却将脑后直接掀开一大片来，枪声过后，那人倒地，躺在血泊之中抽搐着。曾达上前去又对准脑袋补了一枪，此时，从尸体后方杂乱的办公桌下方又慢慢爬起来了好几个浑身是血的工作人员，和先前那人一样，双眼眼珠变得苍白，面部皮肤下的血管看似将要爆出，以极其缓慢的动作开始向前移动。

"开火！"队长下令道，身后士兵手中的长短枪械随后一起向那些"死而复生"的东西开火，同时曾达注意到在最后的一个穿着白大褂的工作人员扭头向停尸间里面跑去……

第十四章

最熟悉的陌生人

那些东西被击穿头颅后纷纷倒地，曾达对身边的队长说："留下两个人，其他人跟我来。"

曾达招手示意所有的人跟上他，随后一马当先跑在最前，去追先前逃离的那个工作人员，如果没有猜错的话，那人一定是夜叉王！

这个家伙！果然会借尸还魂吗？曾达冲进里面的办公室，刚跑到门口，一把手术刀就迎面飞来，曾达闪过，手术刀插在门框边缘，前方那个白色的人影闪身躲过，又逃进旁边的小隔间内。

曾达跑到隔间门口，蹲下来，示意跟上来的人递给他一个震撼弹，扣住拉环，对里面喊道："夜叉王，你跑不了了，不想死的话，双手抱头趴在地上，规矩你知道！"

半晌，里面都没有人回答，也没有任何动静，隔间不大，除了通风口之外，没有其他可以逃走的地方，但通风口又在房间顶端，徒手爬上去绝无可能。曾达用手轻轻拍了拍身后队长的腰间，示意他准备，然后拉开震撼弹的拉环扔了进去，爆炸后，曾达带人立即冲了进去。

烟雾中，只见先前那个穿着白大褂的人趴在地上，一动未动，背部心脏位置还插着一柄手术刀。曾达慢慢靠近那人，将周围具有攻击性的东西用脚拨开，随后蹲下将那人翻过来，细看之下才发现那人只是一个普通的工作人员。

盯着那人的面孔时，曾达惊呼了一声："糟了！"

等曾达带着其他人再赶回先前的房间时，墙壁上那具尸体已经不见了，先前留在这儿的两名士兵也被扭断了手脚，陈尸在一旁……

队长只是看了一眼，立即带人追了出去。曾达盯着那两名士兵的尸体，半晌才说了四个字："借尸还魂？不可能吧……"

"李思维是省医院儿科的医生，多年来不要说离岗，连假都没有怎么请过，人人都知道，怎么可能是通缉犯呢？"曾达脑子里面闪过省医院院长的话。

夜叉王是用养"鬼"杀人的法子，但是在水牛坝村又没有伤害过我们，有机会都没有下手，在那种环境下，他利用自己的方法要逃脱很简单，为什么不那样做？为什么……借尸还魂是真的吗？

曾达盯着两名士兵的尸体发呆，此时尸体腰间的对讲机内又传出来队长的声音："疑犯找到，已经死亡，已经死亡。"

曾达拿起那对讲机问道："你们击毙了？"

"不，疑犯跑到电梯口就自己倒下了，应该是伤势过重。"队长回答。

夜叉王自己把身体弄成那样，把脸割破，首先让所有人的目光都注意到尸体上面，随后再驱动尸体攻击，又让一具尸体假装逃跑，随后引我们去追赶，实际上是调虎离山，可是有哪儿不对，什么地方不对？

曾达慢慢起身后，起身的刹那，转身就向里面先前追击的隔间跑去，到了之后发现，那具尸体已经消失不见，而头顶上的通风口则已经打开。

曾达立刻拿起对讲机说："疑犯在通风口内，身穿停尸房工作服，因为身上有血迹，肯定会更换服装，通知主机，将蜂巢内所有的通行证立刻停用。"

与此同时，蜂巢上层，胡顺唐所在的休息区房间内。

胡顺唐躺在那张单人床上，盯着乳白色的天花板，无法让心情平静下来，虽然听见了门外匆忙的脚步声，但没有心情去关心外面到底发生了什么事。他一根手指放在墙壁的开关上，一上一下地按着，灯管熄灭了又亮，亮了又熄灭，眼前也逐渐昏花起来，出现了闪烁的小点。

每当灯光熄灭下去，眼前一黑时，就会浮现出一个新的画面，有时候会是胡淼的笑脸，有时候会是盐爷的那双眼睛，有时候也会出现廖延奇吞噬腐尸肉的场景，还会看到白骨在他面前割破手腕，鲜血直流……无论他采取什么样的方式，都没有办法使自己彻底平静下来，好好入睡，镇魂棺事件后，他带着莎莉返回广福镇棺材铺中，一直就没有真正睡过一次好觉，每天晚上七八点上床，也要睁开眼睛躺到凌晨两三点才能入睡，詹天涯训练他的那段时间，虽说睡眠质量还行，但也是因为身体太过于疲劳导致。

想到这儿，胡顺唐爬起来，翻身趴在地上，开始做起俯卧撑，速度很快，他想让自己的身体疲惫起来，这样才能够平静下来好好睡一觉，因为明天会发生什么事情，会有什么东西在前方等待着他，一切都还是未知数。

隔壁的房间内，莎莉蹲在床边的角落处，下巴垫在自己双膝上，如今对她来说，每过一个小时，她在胡淼身体内的时间就少了一小时，不知道还能过多少个小时，她就不得不返回到半年前的那个状态，被困在一个洋娃娃中，除了哭泣，没有办法说话、与人交流，那东西甚至还威胁她，如果在大庭广众之下她要是敢发出任何声音，那么就将洋娃娃扔进火炉之中，让她彻底魂飞魄散。

许久，莎莉终于起身，打开门，站在胡顺唐门前，伸手要去敲门，但手指快碰到门的时候，却又拿了下去。两个士兵从走廊上经过，虽然眼光并没有落在莎莉的身上，可莎莉依然能觉得他们用怪异的眼神盯着自己，甚至认为这里所有人都知道她占据了胡淼的身体，认为她应该滚出去，滚得远远的，再也不要出现在众人的眼前。

终于，莎莉还是敲响了门，敲了许久后，胡顺唐才满头大汗地打开门，开门后见是莎莉，便冷冷地问："你来干什么？"

"没……没什么，我就是睡不着，想和你聊聊。"莎莉低着头回答。

胡顺唐做了五十个俯卧撑虽然也很累，但还没累到倒头就可以睡着的程度，开门让莎莉进来，随后一指旁边的单人沙发说："坐，要喝水自己倒。"

简单地说完后胡顺唐又开始做俯卧撑，做了不知道多久，一边做一边在走神，完全忘了莎莉就在自己身后看着，终于他累得趴在地上，再转过来的时候看到莎莉，知道自己遗忘了对方，却又不愿意说句抱歉，反而质问道："你不是要聊天吗？怎么不说话。"

莎莉虽然灵魂离体的时候，还是个小女孩儿，但过了百年，已经成熟了许多，知道胡顺唐丝毫不在意自己，强忍着眼泪，顿了顿才挤出一个笑容说："我看你忙着，没敢打扰，你先忙吧，我困了，先回房间了。"

说罢，莎莉装作打了一个哈欠的模样，伸了个懒腰，实际上只是为了要掩饰夺眶而出的眼泪。胡顺唐看见莎莉眼角涌出的大滴眼泪，也知道打哈欠不可能流出那么多泪水来，却不知道怎么去安慰她，毕竟看着这个外表、说话声音和胡淼完全一样，但内在却是莎莉的"怪物"，他就是张不开嘴。

一直到莎莉走到门口，打开门，胡顺唐才说："你好好休息，明天我们就出发，估计一路上会吃很多苦，遇到些……危险，放心，我会保护好你的。"

你会保护好我，只因为我现在的身体是胡淼的对吗？莎莉心里这样问，却使劲点点头说："谢谢，我会好好保护胡淼的身体，你放心，这件事完后，我会自己离开，放心，多谢照顾。"

莎莉说话的时候没有转头，开门离开，又将门轻轻带住，靠在门上闭上眼睛，想要抑制住决堤的眼泪，可眼泪还是很不争气地涌了出来。胡顺唐不知莎莉还未离开，慢慢走到门口，额头贴着门喃喃道："淼淼，你放心，我一定会把你救活的。"

莎莉听到这句话，抹去眼泪，快速跑回了自己的房间。胡顺唐听见脚步声，赶紧将门打开，听到的却是莎莉的关门声……

蜂巢停尸房内。

詹天涯、宋松、曾达、张晋等人围着刚刚从通风管道内弄出来的那具以为是夜叉王的尸体，尸体依然是先前曾达所看到的模样，后背上插着一柄手术刀，身上所别着的通行证也没有丢失，换言之，夜叉王根本就没有机会逃离这个地方，但先前从单人牢房离奇消失又是怎么回事？

詹天涯双手撑在停尸床边缘，埋头盯着地面道："夜叉王在耍我们。"

张晋盯着尸体："就算他耍我们，可是没有理由，他怎么可能……"

詹天涯侧头盯着张晋，冷冷地说："押送他回来的时候，我说过要单人囚禁，不能与其他犯人有接触，就连内部人员也不能随意与他有接触，饮食起居都要完全封闭，安防等级与白骨相同，而你呢，你是怎么做的？"

张晋解释道："我看资料上写着的危险等级系数并不高，而且……"

"没有而且。"詹天涯冷冷道，"没有理由，没有借口，这个人是重犯中的重犯，还是个疯子，不要以正常人的思维来推断他的行为。资料上所写的危险等级系数不高，那是因为资料有两份，一份是初级权限，一份是高级权限，你在蜂巢待了这么些年会不知道？"

张晋看了一眼曾达，想要求助这个老上司，虽说他与詹天涯平级，但在这种情况下完全不知道应该怎么来应对他的质问。

"蜂巢已经完全封闭，安防等级也全部提高，他想要逃出去那是不可能的事情。"曾达安慰着众人，同时也安慰自己。

"但不可能一辈子都把蜂巢给关死，总有打开的一天，而且通风口也不可能完全关闭二十四小时，空气用光了，里面的人都得活活憋死，再说明天清晨还得送胡顺唐他们离开。"詹天涯直起身子来，盯着那具尸体。

"万一他……早就越狱了，"宋松提出这个疑问，"这一切只是他想要耍我们呢？"

"不，夜叉王虽说是个疯子，但做事不是全无理由，看似没头没脑的事情，恰恰就隐藏着他的主要目的，他没有走，还在这里，一开始玩消失，就是为了让我们误以为他越狱了。"詹天涯肯定地说，眼睛还盯着眼前那具尸体。

第十五章
借尸还魂

"那怎么办？"曾达问，用平常的刑侦办法来对付夜叉王只是做做表面功夫而已，对这种异事案件根本不起任何作用。

"恢复普通等级，开启蜂巢出入口，解除警报，向上面报告还是说夜叉王越狱，我相信夜叉王之所以要将那具墙上的尸体弄成血修罗的模样，就是让我们把注意力转移到白骨身上，忽视他的存在，可事情恰恰相反，我们根本不会担心白骨，因为如果白骨要从那种地方逃得出去，只能证明一件事。"詹天涯道。

"什么事？"张晋问，宋松和曾达也看着詹天涯。

詹天涯深吸一口气道："……只能证明他真的不是人，是神！有神吗？有神的话，这个世界早就被毁灭了。"

詹天涯说完之后离开，叮嘱正在那儿取证的人员细心些，走到门口时又转身回来说："噢，对了，上面批示过了，这些尸体不要留在这里，不吉利，明天清早送胡顺唐走后，就扔到沙漠中埋了，做好消毒工作。"

曾达听詹天涯说了"不吉利"三个字，下意识看了一眼面前的那具怪异的尸体。

第二天清早刚过七点，走廊中就响起阵阵音乐声，胡顺唐睁开蒙眬的双眼爬起来，快速在浴室中冲了一个澡，穿好衣服，开门时却发现詹天涯已经站在门口，靠着墙壁，手中提着一个黑色防水旅行包，见胡顺唐之后便将那个包交给他，说：

川西秘闻 ❸ 蜈蚣骨

"包里面的东西你大概用得上。"

说罢，又凑过去低声道："五禽骨粉和棺材钉等东西，我找其他人给你准备，回到四川后，你去省城送仙桥有家卖香蜡纸钱的地方，叫'六道斋'，去找郑老板，说来取老家寄来的腊肉香肠就行了。关于那个图财的资料，我装在包里面的文件夹中。还有，这里有三万块钱，能开发票就开发票，不能开的你自己拿一个本子记上，回来得说明用处，这可是我好不容易申请下来的经费，虽然不多，但暂时应该够用，有其他需要，你联系我就行了。"

胡顺唐接过东西，此时莎莉的门打开了，两人对视一眼都侧过头去避开对方的目光，詹天涯不知道昨晚发生的事，觉得两人有些怪异，也不方便说什么，看了一眼莎莉说："收拾一下，准备出发，我在最外面的大厅内等你们。"

詹天涯走后，胡顺唐和莎莉又各自回房间，简单收拾了一下，跟随着前来接他们的士兵向来时下车的鸡蛋形洞穴中走去。

洞穴中，一辆黑色的福特车已经发动，在那儿等着，詹天涯靠在车门前方，叼着自己那支烟，破天荒戴了一副墨镜，仰头不知道在干什么。

胡顺唐和莎莉走近后，詹天涯打了一个哈欠，拉住正要开车门的胡顺唐说："我给你找了一个伴儿，估计你不会反对，但你要记住，你的任务是活着将他带走，事情办完后活着将他带回来，如果他逃走，你要负连带责任，最严重的后果是代替他下半辈子住在这里。"

说罢，詹天涯松开了手，胡顺唐拉开车门，竟看到盐爷坐在车后座上，此时他换下了囚服，穿着合身的中山装，手中依然拿着那串佛珠。盐爷向胡顺唐笑了笑，蓄起来的胡子被剃光让人一眼看上去很不舒服，但胡顺唐依然很高兴，不管怎样，有盐爷同行，总比派一个陌生人要靠谱。

"谢了。"胡顺唐说。

詹天涯却不接受他这个"谢"字："别谢我，工作需要，又不是释放他，人还是要回来的，总之你记住我的话，'活着带走，活着带回'八个字，刻心里边，别忘了，否则咱们一起倒霉。"

胡顺唐听完也是一笑，毫不示弱地说："我说谢了，是指谢谢你半年来对我的教导，别会错意了。"

詹天涯笑了笑，拍了拍车门道："走吧，我不陪你们去了，免得节外生枝，其他的看你自己的了。"

说完，詹天涯冲开车的军官招招手，示意可以出发。汽车掉头来到门口，随后飞驰而去，那辆越野车离开之后，另外一辆载着昨夜"事故"后需要掩埋的尸体的步战车则向沙漠的另外一个方向驶去。

步战车行了一个小时后停下，车上的五名军人下车后开始动手挖坑，一边挖还一边埋怨，为什么上面违反规定把尸体弄出来掩埋，要是被人发现了事情就大了。

掩埋尸体的工作前后足足干了三个多小时，随后五名军人驾着步战车返回蜂巢。

同一时间，离尸体掩埋地五百米开外的一座沙丘后，全副武装，穿着沙漠伪装的詹天涯、宋松和吴军三人趴在那儿，宋松将摆在面前的有沙漠涂装的09式大口径狙击步枪上膛，从瞄准镜中观察着尸体掩埋地，仔细搜索着。

吴军作为副射手，在一侧也预备了一支88式狙击步枪，趴在那用望远镜仔细地观察着，詹天涯则放下望远镜，翻身躺在沙丘的背面，戴着墨镜的眼睛却是闭着的，只是问："应该没动静，没有这么快，如果真的是借尸还魂，这家伙还得有十几分钟才会……站起来。"

吴军听着詹天涯的话，回头看了一眼，摇摇头，表示很不可思议。

宋松目不转睛地盯着掩埋地，问："总指挥，你就那么肯定夜叉王就混在那堆尸体中？"

"非常确定。而且就藏在昨天摆在我们跟前的那具尸体中。听说夜叉王消失的消息，回来第一时间我就查看过监控录像，发现当天晚上有三十五秒的时间监控录像出现了问题，这三十五秒的空白时间对夜叉王来说足够了，就算是你宋松，要想逃出来也不难，况且就如曾达所说，夜叉王所用的就是借尸还魂，别忘了，这家伙的特长是养'鬼'，说不定早把自己变成什么怪物了，对身体仅仅只是一种需求而已，这就是为什么他会以李思维的身份出现在省医院里，而我们却查不出来任何线索的主要原因。"詹天涯擦去太阳穴两侧的汗水，"曾达判断得没有错，最后那具通风管道中的尸体的确是夜叉王，他很聪明，一开始接近了那个犯人，与那名犯人进行了某种身体上的转移，随后第二天白骨配合夜叉王将其'杀死'，因为那时候那名犯人早就死了，所以不存在杀死这一概念，随后白骨被单独关押，而夜叉王利用那三十五秒的空白让自己原先的身体自动消失，别忘记了，我们自己有焚化炉。"

"你是说夜叉王已经做到了能够让自己的灵魂在不同的人身体内转移？"宋松依然看着光学瞄准镜内。

詹天涯点头："对，不过我推断活人是不行的，只能利用尸体，后来曾达询问过省医院的院长，半年前省医院一次体检，李思维找借口没有参加，因为一参加就露陷，一个还在行走说话吃饭的人，突然没有了心跳、脉搏肯定会引起轰动！"

宋松点头："好像这是唯一的答案，他进入那个犯人的尸体'死'了之后，尸体会被运送到停尸房，然后他在众目睽睽下'复活'，杀了所有的人，因为一般情况下停尸房的工作人员不会佩带武器。随后他藏在某具尸体内，把警报重新连接，又将原先那具犯人的尸体打扮成为血修罗的模样挂在墙壁上，等着我们前往。我们看到之后，再操控尸体作势攻击，我们当然会还击，同时他起身逃跑，曾达再追击，到了无法逃脱的隔间内，随后倒地，因为那时候我们只知道他会利用所养的'鬼'控制尸体，还不知道借尸还魂这一手，所以认为那仅仅是一具尸体，曾达意识到不对劲，再返回，发现原本那具'血修罗尸体'不见了，看守的士兵也离奇死亡，于是又一次将注意力集中在'血修罗尸体'上，认为那是夜叉王，可恰恰错了，这金蝉脱壳玩得很高明，但也很愚蠢，蜂巢只要一关闭，人员通行证暂时废除，他根本跑不了。"

"不。"詹天涯否定道，"他只是需要等待一个机会就行了，等待再杀死一个人，以那个人的身体离开蜂巢就行了，不过他赌了一把，赌我就算发现了他，也不会揭露，相反会将他放走。"

吴军扭头盯着詹天涯，很不解地问："什么意思？"

"因为我真的会故意放他走，否则我不会在昨天晚上当着那具尸体的面，说出那一番话，说要解除警报，其目的就是和他做个交易，让他安分一夜，不要杀人，好好待在那儿，今天清晨我会送他离开。"詹天涯道。

宋松和吴军同时吃了一惊，吴军忙问："放他走？你疯了！我以为你让我们来这里等着，就是为了把他击毙！"

"击毙？"詹天涯翻身起来，坐在那儿说，"白骨告诉胡顺唐要杀死夜叉王的唯一办法就是用最原始的方法杀了他，那是最简单的办法，但现在他使用的方法我们根本杀不了他，把他关在蜂巢，等于给了他一个杀戮的天堂，因为在那里无论他杀多少人，我们除了内部求助之外，毫无其他办法，难道把这里存在的东西披露给全世界？那只会沦为其他国家同行们的笑柄，还会给国家丢脸，再说，我们也必须要找到牧鬼箱……"

"牧鬼箱？"吴军很纳闷，宋松倒是对这个名字不陌生，因为他跟随詹天涯以来，就一直在寻找那件东西。

第十六章

放虎归山

20世纪80年代,蜂巢刚刚建好的时候,古科学部就流传了这么一个说法——牧鬼箱的秘密如果被人发现,并且加以利用,其威力不亚于一颗核弹。在当时全世界核武至上的大环境下,这种言论根本不算是危言耸听,"二战"时期希特勒也组建了特殊部队,寻找西方神话和传说中的神器,想将其用于战争。

古科学部后来下令,牧鬼箱这个东西一旦发现就必须彻底销毁掉。可古科学部面临的危机实在太多,根本没有办法分出专门的人力物力去寻找。詹天涯自己找了五年,没有任何头绪,该去的地方都去了,该挖的地方都挖了,最疯狂的时候甚至差点儿打报告要开秦始皇陵。当然被上面直接给骂了回去,因为那实在是太荒谬,打开那个地方,光是水银毒,就可以把方圆几十公里内一切喘气的东西全给杀死。

"白骨提到牧鬼箱的时候,我很吃惊,不过倒认为那是一个机会,如果能够通过夜叉王找回来,也省去了很多麻烦,当然也会徒增更多的麻烦。不过最重要的是要找到牧鬼箱,我们现在幸运的是夜叉王仅仅只是个疯子,不是某股势力,如果被某种势力,抑或恐怖分子加以利用,就彻底没救了,那我们面临的就不是个体案件,而是可怕的战争。"詹天涯扭头看着身边的两人,"昨天晚上曾达面对那具可以行动攻击的尸体时,你们都看到了,如果普通的百姓面对这种东西完全是束手无策的，这不是电影，他们也不是什么僵尸、丧尸。传说中牧鬼箱可以创造成千上万这样的东西，只要有尸体有灵魂就可以创造，每时每刻都以倍数增长，不要说中国，全世界都完蛋了。"

吴军吞了一口唾沫，那东西他虽然没有亲眼目睹，但在监控录像中看到已经够骇人了，他是经过特殊训练的，如果是普通的士兵，先不要说那东西看起来是不是好对付，心理上就没有办法承受。再说，他本属于内勤人员，没有参与外勤行动组的任务，对于这种怪异的事情很少看到。

"这次的事情违反了规定，还把你们给牵扯了进来，算我欠你们两人一个人情，要是事情出了岔子，我会独自承担这个责任，上面追问下来，就说我哄骗你们在先，到了这里后又用官衔压你们不说，还把枪管抵在你们脑门上。"詹天涯淡淡地说，算是一种恳求。

吴军笑着摇摇头，没有答话，上面的人怎么会相信这种话。宋松拍了拍自己面前的09式狙击步枪说："难怪你从枪械库中把这个东西给弄了出来，说是要执行特殊任务使用，我还以为你要去打什么怪兽，结果目的是自己背黑锅，不过这东西没有列装部队，只有极少数特种部队配发，你到底想做什么？是想放夜叉王走呢？还是想在沙漠中射杀他？这一颗子弹打在他身上，不管他是什么东西，都会变成一堆碎肉。"

"那可是个怪物……要想杀了他肯定得有特殊的办法，我还没有找到关键在哪儿，不过这次我违反了规定不说，要是做不好还愧对那些死去的战友，这也是没有办法的办法，当然我也不奢望他们能够原谅我。"詹天涯把手腕放在额头上，挡住天空照射下来的刺眼阳光，"我的目的很简单，如果夜叉王从沙漠里面爬出来后，要想反悔约定在蜂巢大开杀戒，你们就随意开火，把带来的子弹全给打光都行。"

"等等！有动静了！"拿着望远镜的吴军忽然说，一只手把旁边的88式狙击步枪抱起。

詹天涯一个翻身，拿起自己的望远镜，看着埋尸地，果然看到其中一个埋有尸体的沙坑中间有了抖动，然后周围的沙开始向中间收缩，紧接着一只手突然从沙漠下伸了出来，随后是另外一只手和头颅，紧接着是身体，没过几分钟，原本昨天摆在詹天涯面前的那具尸体就从沙漠下钻了出来，站在沙漠之上，仰头看着天上的太阳。

从夜叉王钻出来的时候，宋松就已经瞄准了他的脑袋，只要他行走的方向朝向蜂巢，走上十步，宋松放在扳机上的食指就会扣动，将他脑袋直接轰碎。吴军见到这一切，几乎无法相信自己双眼看到的，果然和詹天涯所说一样……

夜叉王反背着手，将背后那柄手术刀取了出来，拿在手上，手术刀在阳光的照耀下闪闪发光，随后他露出笑容，高举着手术刀，朝向詹天涯等人所在的方向晃动着。

"他在说谢谢。"吴军看着手术刀反射出来的光说，那和海军所用的灯语一样，只是不同于国际上用的摩斯码，因为中国海军规定灯语表达是用汉语拼音。

宋松也看到了，有些奇怪地问："这家伙当过海军吗？他说谢谢，难道说知道我们在这儿，也知道你会放他走？"

詹天涯放下望远镜"他当没当过海军我不知道，这家伙从前的经历完全不详，我估计连他最早犯案时候的通缉令上的照片，都可能不是他本人，还有他不是知道我会放他走，而是知道我很想找到牧鬼箱，这家伙是个……聪明的疯子。"

宋松一言不发，食指扣在扳机上，一直等夜叉王朝着另外一个方向缓缓前去，走到连瞄准镜中都看不清楚人影后，这才松了一口气，收起枪，退膛，上了保险后说："任务完成，可以返回了。"

吴军也松了一口气，虽说带了枪，但没有人愿意在执行任务时开枪，想开枪的往往都是菜鸟，不知道意外情况发生，倒霉的最终还是自己。

詹天涯翻转身子，躺在沙丘上，张开四肢，喃喃道："希望这次赌对了……胡顺唐呀胡顺唐，你小子这次可不能出什么意外，我的身家性命可全都押在你一个人身上了。"

另外一边，载着胡顺唐、莎莉和盐爷的福特车，依然还是走的那套程序，只不过这次下了越野车，再上直升机，直升机将他们带到的是一个陌生的机场，在那里有一辆出租车等待着。然后出租车又行了好几个小时才来到了乌鲁木齐地窝堡机场，转乘民航飞了三个小时到了成都。

一路上，盐爷、胡顺唐和莎莉三个人都没怎么说话，知道在公众场合下不适宜聊下面要做的事情。从机场离开，坐出租车来到室内，原本胡顺唐打算住在自己比较熟悉的九眼桥川大外的红瓦寺附近，可转念一想，还是去个连自己都陌生的地方要安全许多，于是转到了离那儿也不算太远的红星路上，随便找了家酒店住下。

盐爷和胡顺唐一间房间，莎莉自己一间房，安排妥当之后，夜色已晚。莎莉知趣地待在自己的房间内，没有离开，方便盐爷和胡顺唐商量之后的事情。

盐爷照旧用简易茶具泡了些茶水，给胡顺唐倒了一杯，胡顺唐接过杯子一句话未说，只是握住，眼神有些呆滞。盐爷轻声道：“放心，我是不会跑的，我罪孽那么深，往哪儿逃也没有用，迟早要还。”

胡顺唐抬头看了一眼盐爷，摇头道：“不是，我没有想这个事，我是担心和上次一样，最终救不了胡淼不说，事情反而会变得复杂。”

“每个人都有不同的命运，就像一条线一样，但这条线却是在世间到处交织，你的线可能与胡淼连在一起，但你却不知道百年前其实莎莉的线也在不知不觉中与你连在了一起，有些是宿命，躲不掉的，既然老天爷告诉你还有机会，哪怕是个谎言，都证明了你和胡淼之间的那条线还没有断，不要灰心。”盐爷安慰道。

胡顺唐笑了笑，算是回应了盐爷。

盐爷拿着一张先前在报亭买的旅游地图，翻查到了郪江镇，想了想说：“郪江镇也算是个有名的地方了，说牧鬼箱在那个地方，也不是没有可能。”

“为什么？”胡顺唐问。

“那里曾经出过一件青铜器，叫商父乙鼎，不过那都是清朝末年的事了，那时候在蜀地发现那种东西，很是罕见，足以证明在商朝时期有人已经迁移到了川北，因为那种青铜器在商朝时期完全就是家族身份的象征，不是普通人能够拥有的。”盐爷解释道。

胡顺唐又问：“那和牧鬼箱有什么联系？”

“有没有直接的联系，我说不好，仅仅只是知道这个与商朝时期人们对鬼的敬畏有着联系。”盐爷喝一口茶，放下茶杯，“顺唐，你对青铜器有多少了解？”

胡顺唐摇头：“几乎不了解，除了上学的时候背下来的那个叫司母戊大方鼎的东西，其他的在心里完全是一连串问号，这一年来，只顾得上查看奇门遁甲和风水命理方面的书，忽略了其他的。”

盐爷点头：“嗯，多看书好，不过我了解得也不多，也只是因为从前想多了解下开棺人到底是怎么回事，于是顺便查看了下其他的资料，当然更多的还是年轻时候听我师父的一位朋友聊起的。”

第十七章

青铜时代

中国青铜器，也分古代、近代和现代，当然近代和现代青铜器大多数都是工艺品，与生活并没有密切的关系。中国古代青铜器，主要泛指商代与西周时期的青铜器，这些青铜器以铜质为主，加入少量的锡和铅浇铸而成，因器物的颜色为黄中带青灰色而得名。青铜算是一种合金，纯铜即为红铜，加入少量锡则成为锡青铜，加入少量的铅则为铅青铜，加入少量的锡和铅则为锡铅青铜，加入少量的锌为黄铜，加入少量镍则为白铜，因合金成分不同分为不同的颜色，但青铜这个名词是后世也就是现代人所起的，在中国古代，人们习惯把铜称呼为"金"或者"吉金"，而把现在我们称呼的金叫作"黄金"，两者在称谓上有着严格的区分。青铜则是中国古代对合金的首创。

中国的青铜器时代具体可以追溯到什么时期，不能完全断定，但可以判断绝对不晚于公元前2000年，而且持续了很长的时间，一直到公元前300年还有大量青铜器在被制造和使用，存在于中国历史上夏、商、周、春秋、战国时期，时间至少持续了1500年，到汉代还在制造青铜器。而青铜器的使用则主要是生活用具、劳动用具、生产用具，以及最重要的祭祀用具。

青铜器在商朝达到一个鼎盛时期，被誉为"论贵贱，别等级"的作用，作为贵族身份和地位的象征，也成为王权的标志。在当时，只有位高权重的人才能使用青铜器，庶民和自由民还算好，可以使用生活用具，而奴隶是不配使用任何生活用具的。

盐爷道："'箱子'这种称呼，我记得在当时是没有的，最早在夏朝只有箱柜这两种东西，但这里的'箱'所指的是马车内存放东西的地方，而'柜'的模样却很像我们现在所说的箱子。当然那个时候还有'匣'，形式与'柜'几乎没有区别，只是要略微小一些。一直到了汉代，才有了'箱子'这种称呼，那时候'箱子'用来存储衣被，又叫巾箱或者衣箱，体型较大。"

胡顺唐道："盐爷，照你的意思说，'牧鬼箱'这个东西的存在，并不是商朝时期的，而是在很久之后的汉朝？"

盐爷点头："如果按照字面上对称呼的分析，应该是这样没有错。但在商朝时期，还有两种被称为'禁'和'俎'的东西，这两种东西都是当时祭祀所用的东西，'俎'是用来放祭品的东西，在不祭祀的时候则是用来切肉的砧板，'禁'则是用来在祭祀时候承受祭器，是放酒具的东西，算是当时的家具，不过它们都是铜器，并不是木质家具，那牧鬼箱如果真的是木质的，能否存放千百年的时间还是个问题。"

胡顺唐心想，那镇魂棺从先秦时期出现，到现在多少年了？还不是一样好好的，这种东西不能用普通人的思维来想，关键的问题是去郫江镇之前，要先找到白骨所说的图财，可为什么要找图财？

胡顺唐此时才想起来詹天涯叮嘱过，关于图财的资料就在那个装备包内，于是起身在那个包内翻查了一番，才发现里面大部分是登山装备，但没有任何可以用来当武器的东西，只是那个手电看起来比较坚固，不知道能不能用来当作棍子使。

从包内翻出詹天涯所说的那个信封来，文字资料较少，大部分由图片组成，其中大多都是文物的照片。

从资料上来看，图财只是这个人的江湖绰号，因为对金钱的喜爱到了一定程度，甚至可以拿性命来换。图财本名叫曹强，原籍陕西西安人，早年做些小本买卖，因受人鼓动参与过文物倒卖勾当，被抓捕后判劳改一年，刑满释放后开始跟随曾经的老乡混迹影视圈，跟随那些个剧组当场务，也就是现场点个烟饼，搬个轨道，端茶倒水等这些活儿，做了几年，没有什么起色，但也做到了场务头，眼看着或许能当个现场制片，不知道发了什么神经，又返回家乡，跟着表哥开始发起了死人财，也就是盗墓。

2009年除夕夜与表哥在盗墓时，因为使用炸药不当，另外一个同伙被当场炸死，表哥也因为盗洞垮塌，被活埋在了里面。为了救自己的表哥，曹强无奈只得报警，警察赶来后，再挖出来发现表哥已经活活闷死，随后曹强被逮捕，法院判处其有期徒刑三年，因为表现良好，已于2011年10月出狱，但未回到西安老家，而是定居于四川省泸州市，现在在泸州市市郊张坝桂圆林中的农家乐帮工。

盗墓的？但看起来没什么技术含量。胡顺唐看完后将资料递给盐爷，自己寻思起来，按照法律规定，这个人曾经参与过贩卖文物，虽说是受人蒙蔽，但后来又因为盗墓被捕，怎么会只判了三年？是因为他表哥被埋在里面闷死，法院念其死了亲人，从人道角度考虑轻判了？这不太可能，这人也属于二进宫。另外，他原来有好好的场务活儿放着不做，非要回去干那种勾当？这没理由呀。

盐爷没有看完资料，只是看到那人因为盗墓被捕，就放下了，说："是个狗日掘冢的。"

从盐爷的语气和表情来看，他肯定是从心底瞧不起这个绰号图财，真名叫曹强的家伙。不过那也是不可避开的事实，无论是地师、开棺人抑或赶尸人，都不想和掘冢盗墓贼有半点儿关系。胡顺唐还知道，曾经有一部分盗墓贼，明白进入古墓后会有离奇的事情发生，特别是在开棺时，所以就遍寻开棺人同行，威逼利诱其和自己同伙，在得手后又将其残忍杀死。

"干这种勾当的人，无论在哪个国家都没有好下场！在古代，掘冢就要掉脑袋，可不管你是什么主犯从犯，抓起来就砍，甚至普通百姓杀死盗墓贼都不违犯律法，还值得赞颂！难道非要和这种有损阴德的家伙一起同行？"盐爷很不愿意和这个叫图财的人在一起，要真在一起，估计少不了白眼和讽刺。

胡顺唐有些为难："但是白骨说过，必须要找到这个叫图财的，否则的话没有办法找到牧鬼箱的所在地。"

盐爷不语，只是喝茶，喝完了好几杯茶才说："既然如此，我估计牧鬼箱是藏在某个古墓之中，这个人也许知道些什么线索，可以让这个人告诉我们所在地，我们自己去。如果不行，不能够按照我们自己的方式来进行，那也是没有办法的办法，否则，我是坚决不愿意和这种人同行。顺唐，你要记住，人必定会犯错，做错事不可怕，可怕的是做坏事……"

说到这儿，盐爷停顿了一下，开始拿起旱烟杆给自己装烟叶，边装边说："像我一样就是做了坏事，永远无法原谅。"

胡顺唐听到这儿，安慰的话实在说不出口，因为盐爷说的是事实，他所做的事情的确没有办法能够原谅，那都是一条条无辜的性命，况且他亲手杀死的唐天安还是他的亲孙子，只得把话题扯回到图财身上："盐爷，我看那个图财的性格也是爱钱，现在我们身上只有三万块钱现金，先前和胡淼做点儿小买卖，有点儿积蓄，也只有两万多块钱，加起来差不多五万，我想如果那古墓中真有什么值钱的东西，五万块钱也收买不了他。"

盐爷皱起眉头道："那他还想不想要命了？"

胡顺唐一听，知道盐爷脾气上来了，于是干脆不说话。

盐爷那句话一出口，就知道说错了，因为他从前手中死了那么多条人命，现在再说这句话，就显得完全没有悔改的意思，立刻改口道："顺唐，对不起，我不是那个意思……"

胡顺唐笑笑："没什么，我知道，但这种人就算怕死，你要逼他，他就告诉你一个错误的地方，我们扑个空就不好办了。我想无论如何还是先找到人再说。"

盐爷"嗯"了一声，又道："顺唐，你和胡淼存的那个钱就不要动了，我也有点儿积蓄，但估计都被没收了，但是我除了那两本书之外，还有个宝贝，是汉代金铜饼，早年一个找我算命的商人赠的，市面上也值不少钱，如果遇到个喜欢的，说不定能卖个高价，胡淼事情解决了之后，你们觉得要是合适，我做个媒，你们就把事情给办了吧……"

胡顺唐哪知道盐爷想得那么多，想了那么远，甚至都想到自己和胡淼结婚的事情上了，但也心知盐爷把自己当亲人，特别是他杀了亲孙子唐天安之后，更是将自己看作了亲孙子一样，也不好说其他的，只是默默点头，心里虽愿意，却又担忧现在自己这个身份会招惹来越来越多的麻烦。

正在此时，房间门被敲响了，胡顺唐知是莎莉，心想这人真说不得，说曹操曹操就到，但随即又想到是有着胡淼身体的莎莉，轻叹了一口气，起身前去开门。

打开门来，见莎莉站在门后，换了一身收腰的羽绒服，但目光却故意跳过胡顺唐，看着沙发上的盐爷说："盐爷，饿了吗？我去给您买点儿吃的。"

盐爷毕竟年老，走过的桥比胡顺唐的路多，得知镇魂棺这件事始末，又一路上细心观察了胡顺唐和莎莉，大概明白是怎么回事，也知道莎莉同时也是在询问胡顺唐吃不吃东西，干脆道："我有点儿饿，但太累了，你们俩出去帮我买点儿吃的东西回来。"随即又故意说了几样不好买的东西，寻思让他们单独多待一会儿，消除点儿误会，因为毕竟错不在莎莉。

胡顺唐"嗯"了一声，穿了外套，和莎莉一起出门离开。

第十七章 青铜时代

第十八章
意外

两人走到酒店楼下，谁也没有动。莎莉不熟悉这个地方，不知道往什么地方走，也不知道盐爷所说的几样吃的，什么灯影牛肉、棒棒鸡、老妈兔头，还有什么甩酒都在什么地方买。这些东西她听都没有听说过，完全没有任何概念。

胡顺唐则是因为看见莎莉身上穿着那件收腰的羽绒服，心里更不痛快，因为那是他第一次买给胡淼的礼物。莎莉用着胡淼的护肤品，穿着胡淼的衣服，说着胡淼的话，还有胡淼的样子，这一切都让胡顺唐心中很难过，就好像是胡淼死了，但这个世界上却出现了另外一个与她长得完全一样，就连说话声音都一样的人。

胡顺唐还记得，从前胡淼常说，她相信有平行世界在，在另外一个世界中，一定有另外一个胡淼，有着完整的家庭，父母没有离婚，和姐姐也能和睦相处，但做着现在这个自己不敢做的事情。

胡顺唐便问："你觉得什么是你不敢做的？"

胡淼想了想说："和你一样，去死一次，再复活。"

这种戏言想不到真的成为了现实，至少前半段成为了现实，至于能不能复活，就看有没有那个造化了。

"我们去哪儿？"莎莉开口问道，将胡顺唐从回忆中拉了出来。

"嗯？"胡顺唐尴尬地笑了笑，看了看四周，指着街对面的商报大楼说，"去

川西秘闻 ❸ 蜈蚣骨

街对面吧，我记得在那儿有家老妈兔头，先买那个。"

"好。"莎莉答道，见胡顺唐笑了，心里也舒服了许多，顺势便问，"我可以叫你……唐哥吗？我听他们说，都应该这么叫。"

胡顺唐尽力不去看莎莉那张"胡淼"脸，点头道："随你的便吧，走吧，先过街。"

说罢，胡顺唐抬脚就向街对面走，恰好是行人绿灯，但莎莉却没有动，听见那句"随你的便吧"心里一下就阴沉了起来，胡顺唐跑了几步，见莎莉还站在那儿没动，心急红灯亮起，再过街又得等上一会儿，拉了莎莉的手就往街对面跑。

莎莉被胡顺唐拉了手，算是"破涕为笑"，心里有些高兴，但又不敢表现出来，跟着胡顺唐飞快地过了街，过街后担心一直拉着胡顺唐的手，造成他的不高兴，干脆自己主动将手给松开。

与此同时，站在酒店窗口看着两人的盐爷笑了，刚把旱烟杆凑在嘴上，房间内的电话就响了起来，盐爷侧头看着一直在鸣叫的电话，随后走到床头接了起来，电话那头一个声音道："先生，客房服务。"

"欢欢？"盐爷对那个声音再熟悉不过了，那是刘振明，下意识就将刘振明的乳名给叫了出来。

电话那头的刘振明没有表现得如从前那样反感，而是比较冷淡地说："00968，情况如何？"

盐爷原本有些笑意的脸沉了下去，听刘振明叫了自己在蜂巢的编号，便知道他已经进了古科学部，并且两人之间的关系已经回不到从前了，只得按照规矩回答："00968到！情况照旧！顺唐和胡——胡顺唐和莎莉两人出去买吃的了，一路上没有出现意外情况。"

"腊肉去取了吗？"那边又问。

"没有。"盐爷回答。

"我会想尽办法跟着你们，保护你们的安全，请自己保重。"刘振明说完便挂了电话。

盐爷放下电话，拿着话筒愣在那儿，不明白为什么刘振明要打这个电话来，转念一想也明白了，刘振明也仅仅是想和自己说句话，否则怎么会那么巧在胡顺唐和莎莉离开后，打了电话来房间？他一定就在这附近监视着。"白狐盖面"事件结束后，这也是盐爷第一次和刘振明对话，甚至他都不知道应该怎么面对这个往日待自己如亲爷爷一样的孩子。

重新坐回沙发上，盐爷抽着旱烟在那儿发呆，心里略感不安。其实他隐瞒了一些东西没有告诉胡顺唐，那便是关于牧鬼箱这个东西，他早年也听说过，甚至还有心前去寻找，不过那也只是大海捞针，这就罢了，关键在于那个奇怪的夜叉王，照胡顺唐的说法是一个利用养"鬼"杀人的家伙，习练过这种邪术的人十分难对付。养"鬼"术这种东西，初级者仅仅是可以控制小"鬼"做一些小事，而数量也不超过两只，但聪明的人一般不会将养"鬼"术深挖，因为那会伤及自己的性命，就如咒符术之中的诅咒术一样，搞不好就会反噬到自己。

养"鬼"，初级者，首先要寻找到新死之人，一般都以孩子为主，因为孩子在死亡后，灵魂会无意识留在身体周围徘徊，留恋自己的身体，一旦带走尸体，灵魂也会跟着尸体离开，用特殊容器装好尸体后，以雌性动物的鲜血让孩子的灵魂逐渐苏醒，并且慢慢接受自己已死的事实，其后再开始与已成另外一种形体的灵魂进行交流，同吃同住。这段时间最为重要，吃任何东西都必须先供小鬼，就算睡觉也得先请小鬼上床，这是必要阶段，达到养鬼人与小鬼之间有一种共生的联系，就等于是一个人领养了一个孩子，两人之间必须要建立亲情是一个道理。做得好，两人之后的配合就会变得默契，一个眼神或举手投足对方都能明白自己的意思；做得不好，只能放弃，焚烧纸钱，送小鬼上黄泉路，可切记不能硬留在身边，否则下场只有一个字——死。

不过，还有另外一种养"鬼"法子，那便是自己动手杀死孩子，在留住对方灵魂的同时，加重其怨气，让对方知道自己的厉害，以强硬手段留住对方，不过这样做十分冒险。

从胡顺唐的描述来看，夜叉王应该属于后者，加之这个家伙脾气古怪，思想怪异……

盐爷越想越觉得不对劲，特别是想到胡顺唐说到阿柱在水牛坝村中见到廖延奇之后，非常害怕。如果说阿柱真是夜叉王以小鬼控制的尸体，那么夜叉王的能力已经达到了养鬼术的一个顶峰，远隔千里之外都可以控制，但一定有某种媒介来联系他与小鬼之间，否则那小鬼早就无法控制。

盐爷坐在那儿沉思着，一直等了一个多小时，胡顺唐和莎莉才回来，虽然没有把东西买全，但盐爷还是很高兴，看着莎莉有了笑容的脸，心里略微放心了，招呼两人吃吃喝喝，然后才洗澡上床睡觉。

第二天清晨，三人不敢贪睡，因为新年的关系，送仙桥附近很热闹，一眼望去人山人海，好不容易找到詹天涯所说的那个叫"六道斋"的铺子，到了铺子门口才知道，除了香蜡纸钱之外，还卖很多所谓的古玩。

盐爷看着店子里面那些古玩，只是笑了笑，然后就站到一边去了，知道里面所谓的古玩全是赝品，有些连赝品都谈不上，以玻璃充玉石，售价都不算便宜，属于等着冤大头上门的地方。

门口那个戴眼镜，一副老师模样，脖子上还包着围巾的中年男人拿着一张报纸翻阅着，见几个人进来了，也不起身招呼，继续看自己的。

胡顺唐走到那男人跟前，试探性问："请问郑老板在吗？我是来取老家做的腊肉香肠的。"

男人放下报纸，抬了抬眼镜打量了一眼胡顺唐，接着起身进里屋拿了一个纸箱子出来，放在胡顺唐面前，又拿起报纸继续看，从始至终都没有说过半句话。

大庭广众之下，胡顺唐也不好检查里面的东西是否齐全，只得抱了箱子就和盐爷、莎莉两人离开，直接去了长途客运站，搭乘了去泸州的大巴车。上车之后，三人故意和后面的人调换了座位，坐在最后，坐定后盐爷便低声道："知道刚才那个郑老板为什么不说话吗？"

"是个哑巴？"胡顺唐也觉得奇怪，但那时候以为是古科学部的人，不方便与自己交谈。

"不，她是个女人，之所以用围巾包着脖子就是为了不让有些过于细心的人察觉到她没有喉结，她不说话，是因为女人的嗓音略尖，一开口就露陷了。"盐爷道。

胡顺唐又问："为什么一个女人要装扮成为男人的模样？"

"我进屋就看见在店铺上端那个财神后面放着的兽皮单面鼓，还有折叠好的一件衣服，衣服上有一面护心镜，我估计那个郑老板应该是个萨满女巫。"

"萨满女巫？"胡顺唐对"萨满"这个词倒是不陌生，但也就是在一些游戏中见到过，实际上对"萨满"的意思根本不了解。

"萨满教是充满古精灵的原始宗教，认为精灵可以支配人，人也可以支配精灵。它是在我国北方一部分民族中普遍信仰的一种原始宗教……"

"大部分属阿尔泰语系的民族。"此时莎莉在一旁插话道。

盐爷和胡顺唐很奇怪地看着莎莉，不知道莎莉为何会清楚这么多。可莎莉自己也很奇怪为什么自己会下意识插话，而且还说得那么准确，好像脑子中就存在着这些记忆，不过细想一下自己也便明白了，这些记忆都属于从前胡淼的。

明白了这个道理的莎莉，却没有说明，担心又勾起胡顺唐对胡淼的思念。

"莎莉说得对，除了我国北方外，还有相毗邻的西伯利亚，甚至从非洲经北欧再到南北美洲很多民族都信奉萨满教，萨满巫师大部分都是女性为主，就算是在欧洲不属于萨满教的其他当年被看作邪教的宗教中巫师也都是女性，这就是为什么在中世纪的欧洲曾经出现了大批焚烧女巫致死的案例，萨满教的女巫通常都以治病为主，差不多和我们所称的跳大神一样，戴上神帽，穿上神鞋和神衣，还有镶嵌有二十排相对对称的小贝壳的坎肩，他们认为贝壳是与精灵沟通的特殊物件，神衣背后还挂着大小不等的铜镜，除了有护心、护背的作用，还可以照射妖魔，当然还有我先前提到的兽皮鼓。"盐爷解释道。

"那她为什么要故意打扮成为男人的模样？"胡顺唐还是不解这个问题。

"我想，大概是因为混教的原因吧，因为在古代宗教中，对原本宗教中的巫师改变自己信仰的惩罚很严厉，我看郑老板估计也是那样，否则不会在那个地方做买卖，而且还会帮詹天涯找到五禽骨粉那些东西。对了，说起来你知不知道詹天涯是……"盐爷刚说到这儿，大巴车猛然刹住了。

三个人的视线同时看向了前方，车内的人也纷纷起身，不知道前方发生了什么事情。

只见司机看向车头前方，车内的服务员也起身看去，随后司机朝着车头方向破口大骂："瓜娃子！你疯球了是不是？想死哇？大河没得盖盖儿，你咋个不切跳吗？妈哦！跑到高速公路上来拦车！"

胡顺唐贴着窗户，看着车下有一个背着旅行包的"驴友"模样的人在那儿鞠躬道歉，然后挥手示意让他们打开门。司机不开门，但那"驴友"立刻抽出了五张百元的钞票在那儿晃动。

车辆超载，要是被交警或者运管部门抓到，罚款都算是轻的，要是给你来个停运，特别是在春运期间，眼看着有大笔的生意没办法做，车老板只能气绝身亡。但很多大巴车司机和服务员为了在路上捡两个客人，充实自己的腰包，也根本不管那么多，只要给钱就上，这个钱就算是落在两个人自己腰包中了。

"驴友"那五百元钞票的威力实在是大，刚抽出来，原本还在骂娘的司机便停了口，和服务员对了一个眼色，车门便"咔吱"一下开了，放那人上来。

那名"驴友"上车后，站在车内两侧座位间的过道上，对大家鞠躬道歉，但抬起头来的瞬间，眼睛却直盯着胡顺唐，随后又移向莎莉和盐爷的身上。服务员将自己的座位让了出来，让那"驴友"坐下，自己则抽出一个塑料凳子，坐在门口。

"有古怪。"盐爷盯着那名"驴友"，低声对胡顺唐说，有一种说不出来的感觉，总觉得那人什么地方不对劲。

胡顺唐低头应了一声，虽然不知道盐爷说的问题在什么地方，但当自己与那"驴友"对视的时候，就好像被针扎了一样，隐约有一种刺痛的感觉。同样的，在一旁的莎莉也突然难受起来，甚至有要跳下车去的冲动。

一路无事，平安到达泸州后，三人下了车，但那名"驴友"却不见了踪影，胡顺唐着急找到图财，也没有找酒店落脚，直接叫了辆出租车去了张坝桂圆林。

第十九章

桂圆林中的秘密

张坝桂圆林中的张坝是地名，而桂圆林则是真真正正由一片桂圆树组成的林子，不过胡顺唐几人到的时候，看到的情景却与自己先前查看的资料大相径庭。桂圆林中部分地区已经被砍伐，旁边竖起某房地产公司的招牌，说是要在这里兴建商用住房。

三人站在那一片被挖得稀烂的建筑工地上，心里都很不痛快，原本一片好好的桂圆林，就这么没了，开发商们过于利欲熏心，为了赚钱什么都不顾。不过盐爷看了几眼后，倒是"咦"了一声，随后自己便转身往高处爬，爬到一侧山的顶端，又让胡顺唐扶着上了一棵树，随即掏出罗盘，查看了一番后点头道："这个商人百分之百是找高人看过的。"

胡顺唐也爬上树，搀扶着盐爷，放眼望去，虽说在树上看，下面只是一片片林子，看起来杂乱无章，却在林子之间有一条河流，从建筑工地选址上来看，必定是绕河而建，呈玉带状，略有些风水知识的人都知道，这叫作"玉带环腰"，普通人都能看出来，就像现在城市中很多人选址开商铺，都尽量避开三角形的"人"字形岔道口，而要选择环形路段，就是避免犯了路冲，而环形的模样也恰好和玉带形状相似，聚气但气不散，不然，如果商铺主人本身受不了那种福气，反而会适得其反。

"阳宅选址地势要宽舒平正为上，藏风得水为要，这是基本，这里虽说是山，但山顶平坦，山中得水，林中藏风，山下便是长江，前后都带财，是上佳位，这种地势无论阳穴阴穴都算上佳，极好极好。"盐爷赞叹道。

胡顺唐也点头："若居山谷，最怕凹凤，百年不鸣；若在平洋，先须得水，浅水龙息。"

盐爷刚要下树，又想起来什么，作势又要往树更上的地方爬去，胡顺唐无法阻止，只得在下面撑住盐爷的身子，盐爷坐在上面的枝头上察看了一番，掏出纸笔在那儿写写画画一阵，撕下那张纸递给胡顺唐道："旁边小山连体，是蜈蚣山，一般来说穿山而过，必有地水，我担心这摊流水有古怪，如不修坝拦截，恐防有变，再者，大面积地破坏环境，无端动土，破坏了风水，倒霉的还是后人……唉。"

胡顺唐觉得奇怪，盐爷担心这些干什么？不是来找曹强的吗？这里风水是好是坏与自己有什么关系，便问："盐爷，这里风水好坏与我们有什么关系？"

盐爷答得也很奇怪："暂时没关系，我们走吧，先去找曹强，找到之后，先不要提牧鬼箱的事情，由我来发问，你只管配合我好了。"

胡顺唐原本也不想主动提牧鬼箱的事情，虽然着急，想尽快找到，但没有摸清楚图财到底知道多少实情前，关于牧鬼箱的资料尽量不要让其他人知道。于是三人装扮成游客，装成孙子和孙女领着爷爷出来旅游的，如果图财有所察觉，那就故意暴出第二层身份，盐爷是从成都来扫货的商人，胡顺唐和莎莉两个都是他的助理。

这样，有两层身份掩饰，多少能够套出点儿实情来，只有在迫不得已的情况下，才能说明他们三人到底是来做什么的。

在桂圆林中走了许久，三人发现这里的农家乐不少，因为这里兴建了商用房的关系，但来游玩的客人很稀少，特别是在这个季节，虽说桂圆林内有些绿野仙踪的感觉，却不是满结桂圆压枝头的季节，对这里农家乐的生意产生了极大的影响。

詹天涯所给的资料上没有写明白图财在哪家农家乐中帮工，而桂圆林说大不大，说小也不小，还有一个村子，农家乐大多数都是村民自己建的，养了些活鸡、活鸭，还在小河中自己围了水池养了些鱼。四处找了半个来小时，都没有找到图财的下落，询问周围的人也不知道曹强这个人。

胡顺唐心想也许是曹强知道自己是刑满释放人员，故意向当地的村民隐瞒了这件事，免得大家对他敬而远之，看来实在不行，只能去派出所查查他到底在哪家农家乐。不过这里却有一个疑问，既然曹强是刑满释放人员，为何偏偏不回陕西，要来到泸州这个地方？按理说要是打工的话，也不用跑到农家乐来，这里一个月开一千多块钱就算了不起了，难道说这曹强想图个清静，要当个世外高人？

带着疑问，三人去了派出所，假装是曹强的亲戚，结果派出所也压根儿不知道这个人的存在。离开派出所时，胡顺唐明白了，詹天涯之所以能够知道曹强所在的位置，大概是因为他们有特殊的消息渠道，但因为曹强仅仅是个普通人，所以没有上古科学部的监视名单，也算没有重视，但这样一来，要想在这个村庄中找到曹强这个人，就难上加难了。

临近傍晚，三人决定就在这里找个农家乐住下，于是找了家还在营业，看起来房间不错的农家乐，唯一的遗憾就是临长江之地，相对来说比较潮湿，特别是这个季节，要睡觉前必须用电热毯烘烤被褥至少两个小时以上，否则，睡进被窝中就像盖着刚洗完还没有干透的被褥。

晚饭时，胡顺唐点了一鸡三吃，又弄了三碗鲫鱼汤面当主食。东西一上桌，实在饿得不行的三人就将桌子上的菜一扫而光，盐爷身体不适潮湿，为了驱寒喝了点儿酒，胡顺唐因为开棺人九忌的原因，烟酒都不能沾，只得多喝了几碗鲫鱼汤了事。吃完饭后，三人付了钱，胡顺唐多了一个心眼儿，用普通话谎称自己是陕西的，问问周围有没有羊肉泡馍吃，还说想吃的是绵羊肉，而不是山羊肉。收钱的女老板摇头说农家乐几乎都没那东西，这里几乎都是山羊肉，要吃绵羊肉只能去超市里买盒装的。

胡顺唐紧接着又问："老板，听说这里有不少陕西人来打工，是不是？"

老板点头，又立即摇头说："没得，不可能的，我们这哈都是本地的人，没出切打工都算好的唠，还可能有人来这哈打工？"

说完，老板拿了钱就匆忙离开，胡顺唐觉得老板点头的时候很奇怪，回到房间后，和盐爷商量了一下，让他在房间内看着莎莉，自己则出去四处逛逛，看看能不能查出点儿什么。

入夜之后的桂圆林十分平静，可以说是一片死寂，只有在临近有房屋的地方，才能听见狗叫、猫叫，抑或是鸡鸭的声音，略微走远一点儿就能听到远处建筑工地上传来的挖掘声。奇怪的是，虽然入夜，也不过七八点的时间，这里又不是不通电，与外界隔绝，为什么连电视都不看，也不开灯，屋外没有半个人影。

胡顺唐在桂圆林村子中走了一圈，没有看到半个人影，就连应该亮起的路灯都熄灭了。一无所获的胡顺唐走回农家乐中，刚要回房间，就见女老板面露难色从房间中退出来，向胡顺唐点点头后又立即走了。

胡顺唐觉得奇怪，赶紧回房间，回房间后就见盐爷坐在那儿抽旱烟，而莎莉脸色又很奇怪，忙问怎么回事。

　　盐爷抽了一口旱烟，笑了笑道："我所猜的没有错，这个地方果然有问题。"

　　"什么意思？"胡顺唐问。

　　莎莉在旁边说："刚才女老板来过，说这里最近闹鬼，而且闹得很厉害。"

　　"闹鬼？！"胡顺唐吃了一惊，他根本就不害怕，只是觉得事情哪有这么巧合？刚来桂圆林找图财，就听说这里竟然闹鬼，而盐爷说"果然有问题"，难道说先前就注意到这里不对劲了？

　　胡顺唐坐下问盐爷："盐爷，难道说你知道这里闹鬼？"

　　"闹鬼？笑话，人鬼不相通，无论是做地师，还是开棺人，都知道一句话，人有人事，鬼有鬼事，两者不通，除非有特殊的人做特殊的事，才有见鬼之法，普通人都无法见到鬼，鬼又怎么可能闹？就像是夜叉王养鬼一样，你属于道行不够，要是道行够的人，就像你师父廖延奇，一眼就看出那个阿柱有问题……这里说闹鬼明显就是有人故意放出的谣言，其目的就是不想这里的村民入夜后在桂圆林中四处走动，坏了他们的事。"盐爷看向窗户外，外面漆黑一片，阴森恐怖。

　　"坏事？"胡顺唐也看向窗外，"坏什么事？"

　　莎莉也觉得很好奇，凑了过来，但没有将自己的背部朝向窗口，虽说她曾经灵魂被附在洋娃娃身体内百年，但毕竟还是一个女孩子，胆子并没有男人那么大。

　　"偷东西呀，这都想不明白？"盐爷笑笑道。

　　胡顺唐回忆起盐爷今日看桂圆林风水时，说过一句话，说这里风水极好，无论建阴宅还是阳宅，属于上佳之位，想到这儿，胡顺唐脱口而出："有人盗墓？"

　　"不仅仅是盗墓这么简单。"盐爷"吧嗒吧嗒"抽了一口烟，喷出浓浓的烟雾来。

　　胡顺唐想了想道："我明白了，图财之所以要选到这里来帮工，其目的就是到这里来挖东西？"

　　"对，但可能并不是墓，而是石窟。"盐爷道，"泸州周围临近之处，除了最有名的大足石刻之外，还有泸县宋墓石刻、龙桥石刻等，你可不要小看这些石头，我在蜂巢的时候听人说起过，上了年代的石刻，国内很少有人敢收，就算是收了也是卖给外国人和国外的一些研究机构，少则几十万，多则百万千万，就是不易运送，而且极其容易损坏，干这种事多半都是赔本的买卖，但也有一批人专门在私底下做这种行当，纯粹是把脑袋别在裤腰带上。"

　　胡顺唐点头，盐爷又道："石刻这东西虽容易损坏，但其中有一种东西最稀罕，那就是石制活寿材。"

第二十章

石制活寿材

活寿材，对胡顺唐来说不陌生，但石制活寿材只是听过，却没有亲眼见过，就连盐爷也没有亲眼目睹过那东西的模样。

石棺本来就罕见，石棺对应的应该是石棺葬，主要分布区域应在藏彝羌走廊与中国西南地区，最早出现在秦汉时期，后来影响比较广泛，在西北、华北和东北地区都有发现，但规模并不如蜀地那么大，就连僰人悬棺中也存在极少数的石棺。

要说石棺，就不得不说到石棺葬。石棺葬源于少数民族中对五行文化的崇拜，部分少数民族在远古时期认为，石头这种坚硬的东西是神的化身，因此用途也相对广泛，甚至大部分地方都遗留有神石这种说法，用神石来隔开土质中的其他东西，可以让人更加接近神明，于是石棺葬就由此诞生。这种下葬的方式，不管是墓穴还是其中的棺材，甚至是里面的器皿等，都是用石头铸造而成，不会下葬其他与石头无关的东西，况且石棺葬也没有严格按照风水术来选址点穴，更不存在棺材之下存有金穴这种做法，所以要找到石棺葬靠地师是很难的，需利用现代科技技术、物探考古等来发现，例如电阻率勘探、磁法勘探、电磁勘探、探地雷达、重力法等。

至今为止，发现的石棺葬基本上都没有被盗墓贼光顾的痕迹，这完全是出于盗墓贼对石棺葬不感兴趣，另外普通人要找到这种地方基本上也是误打误撞，用寻龙点穴的办法靠的也只是运气而已。

"活寿材本就难做，一个好的活寿材，双重机关以上的，要花费很长的时间，普通的棺材手艺人就要做个一年，要是三双甚至更多机关的活寿材，至少要提前五年的时间预订。我宅子中摆放的那口活寿材，我就花了两年的时间。"盐爷道，又吸了一口旱烟。

胡顺唐宅子中那口棺材，当初他爷爷和爸爸也花了很长的时间，那时候他还纳闷为什么一口棺材会花那么长的时间做，后来发现那是活寿材之后才恍然大悟。

胡顺唐问："不过石制活寿材要做，难度太大，先不要说取材，就说石头的坚硬度，也无法像木头那样可以轻易做成各种形状，要做活寿材不是件容易的事。"

"你说得对，这就是为什么活寿材珍贵，而且其中必定会藏着什么好东西的原因。当然，我也只是分析推断出这里大概有那类东西存在，但不能保证他们挖的就是石制活寿材。不过刚才听那女老板说闹鬼的事情已经有半个来月了，半个月的时间也差不多到他们应该动手的时候了，我估计对方人数不少，我在这里看着莎莉，你小心为上，记住，我们主要目的是找到图财，阻止他们干那种违法勾当还是报警吧。"盐爷的话很有道理，胡顺唐也不想因为找图财，而暴露了自己的身份，找到图财，马上带走，同时告知警察把这群家伙一窝端就行了。

半年来的训练，让胡顺唐身手变得矫健了不少，虽说不知道那群人到底会在什么地方，但也只能用笨办法，挨着寻找了，可找了一个来小时，什么都没有找到，除了工地上的声音外，周围完全是一片死寂。

对，工地！胡顺唐猛然意识到，都这个时间了，工人难道不休息吗？

胡顺唐低头看表，已经凌晨3点，也就是在这个地方，若在市区内，按照规定，22点之后除非是市政抢修，都是不允许施工的。想到这儿，胡顺唐猫着腰就向施工地有灯光的地方摸了过去。

果不其然，摸到有灯光的地方后，就在施工工地旁边，还有一个小工地，旁边三三两两站着八个人，没有戴安全帽，有两个就连最基本的手套都没有戴。正看着，旁边走过来一位披着棉衣的大爷在那儿吼道："你们到底要爪子？白天不整，晚上整，妈哦，别个都以为是我们晚上在干活路！修个房子至于大半夜的整哇？"（你们到底要干吗？白天不干，晚上干，妈的，别人都以为是我们在晚上干活儿，修房子而已至于晚上干吗？）

果然，这群家伙不是工地上的工人，看模样就是故意选在工地附近开工，让周围的人误以为是工地晚上在干活儿，不会起太大的疑心，估计也给了负责工地的头儿不少的好处。

大爷刚要靠近他们"施工"的地方，旁边一个穿着皮夹克的男子就赶紧上前，又是递烟，又是拿酒的，又塞给那大爷不少钱，这才让那大爷放低了声音，嘟嘟囔囔回工棚了。

他们在挖什么呢？不像是在挖墓，周围的风水虽好，但这里是沿河，沿河建墓，离河岸过近，属于大忌，先不说风水上不太好，如果出了什么意外，河水倒灌进墓室中，可就什么都毁了。

"图财！丫他妈的干吗呢？"那个穿皮夹克的对"施工"处喊道，一个满是泥土的脑袋从下面冒了出来，看着那皮夹克没有说话，又把头埋了下去。

听皮夹克的口音像是北京人，刚才冒出来的那个叫图财，应该是曹强没有错，不过他们到底在挖什么东西？

皮夹克见图财没理，抬脚就踹在图财的脑袋上，图财被踹了一脚，也不发怒，只是爬起来，拿起一段钢筋仔细看着，然后摇头道："没有……"

皮夹克抬手就是一耳光："你当我傻×呢？我们挖了半个来月，什么都没有？行，可以，你丫的把欠我的钱马上给还了，还有这半个月来兄弟们吃喝拉撒的费用都给付了，咱们两清。"

图财面露难色，又有些嬉皮笑脸，一看就属于那种死猪不怕开水烫的主，忙道："爷，您是我亲爷爷，别这样呀，那是我祖宗告诉我的，说这里真的有宝贝，估计挖得不太深，继续挖，肯定有！"

"挖你妈，你祖宗，我干你祖宗！"皮夹克失去了耐心，周围的人也失去了耐心，纷纷围拢了图财，看样子估计是要动手了。

胡顺唐一寻思，知道这些人万一下了重手，图财出了事情，牧鬼箱的线索就全断了，只得咬牙站了出来，面带笑脸对着图财大喊了一声："表哥！"

图财一愣，皮夹克和周围的人也愣住了，不知道怎么会突然冒出来个人，而且还口称图财为表哥。

胡顺唐硬着头皮上去，还未走近图财，手就先伸向那个皮夹克，估计那人是头儿，随即想了个称呼便喊道："天哥吧？一定是天哥！"

皮夹克让了一下，上下打量着胡顺唐，又看着图财问："丫他妈谁呀？你家亲戚？"

图财也纳闷，胡顺唐赶紧一把搂住图财，用手抓了一下他的胳膊，同时说："表哥，你没跟天哥说我来找你们帮忙找东西吗？你是不是不带我玩了？肯定是在逗我吧！"

胡顺唐本以为图财聪明，能意识到自己是在救他，没想到图财一把推开胡顺唐道："你谁呀？"

胡顺唐继续强装笑脸，拍着图财说："表哥，你别开玩笑，我可是把你要的东西给带来了，你是不是不要？不要这些东西可找不到那个佛头……"

"不要这些东西可找不到那个佛头"胡顺唐故意压低了声音，实际上周围的人还是能够听清楚，但毕竟这些人都是行走社会多年的家伙，不会那么容易上当。皮夹克见图财说不认识胡顺唐，知道不对劲，一把将胡顺唐给推到一边去，同时一把匕首架在了他的脖子上，问："你是谁？"

"他是不是雷子？"旁边一个操着东北口音的人问道。

"雷子？看着不像，要是他是雷子，估计也是咱们有人跑了风,通知了警察。"皮夹克边说边仔细打量着胡顺唐，然后顺势将他身上的三角包给拉了下来，打开一看，里面全是一些登山的装备，还有一个小罐子，还有几枚长钉，一个罗盘，不知道是做什么用的，但看这些东西知道不是警察，便抬头看着胡顺唐，又问，"你到底是干吗的？"

胡顺唐知道现在不把谎给撒下去，估计也不好脱身，虽说自己被詹天涯训练了大半年，但一直没有真正实战过，要单打独斗还有些信心，可要对付这么些人，要用斗阴拳才行，偏偏自己在自己身上施术还没有熟练。

胡顺唐脸色一沉，盯着图财道："表哥，算了，当我没来过，你发你的财，我走我的路，东西我留给你，要是找不到那佛头，你也别怪我……"

说到这儿，胡顺唐盯着图财脸上的神情很怪异，又用眼角余光扫到那皮夹克用怀疑的眼神盯着图财，知道自己两次提到佛头起了作用，赶紧又火上浇油说："表哥！你是不是根本就没把佛头的事情告诉给天哥？你妈的，也太不仗义了，你以前三番五次说在监狱里天哥照顾你，要不是天哥，你干那种损阴德的事情早被人揍死了！"

这番话立即起了作用，那皮夹克起身来问图财："图财，佛头是怎么回事？你可是告诉我们来这里挖棺材的，怎么还会有佛头呀？"

说完，皮夹克又看向胡顺唐，胡顺唐故意狠狠地盯着图财。

皮夹克刚才的怀疑程度有所减低，又看胡顺唐带了这些奇奇怪怪的东西，将其拉到一边去，低声问："哥们儿，刚才是哥哥不对，不过你也知道我在监狱里待曹强这小子不薄，这小子估计想把咱们都给撒下，你告诉哥哥那佛头在什么地方，干好了，咱们五五分成。"

胡顺唐见起了作用，下面就该装憨厚装傻装白痴，立刻面露喜色说句让周围人都喷饭的话："好！天哥，那咱们先说好，五五分成，谁是五？"

皮夹克一愣，吞了口唾沫，看着胡顺唐一脸的白痴表情，心想：这小子是傻×呀？这五五分成还问谁是五？皮夹克当然不可能是什么天哥，只是自作聪明认为胡顺唐真的是图财的表弟，图财又给表弟说在监狱里有天哥照顾，那个叫天哥的说不定什么时候会追来弄那佛头，不如先下手为强，把佛头找到，到时候把这俩小子扔江里面，等找到尸首的时候，他早就不知道跑哪儿去享福了。

皮夹克笑了笑道："就是咱们对半分，比如说十块钱，你五块，我五块，明白了吗？"

胡顺唐装作恍然大悟的模样"哦"了一声，虽然知道自己装得有些夸张，但这个人智商也不高，忙忙点头说："知道了，知道了，天哥，我告诉你，这佛头就在这桂圆林下面，老值钱了，之前我大表哥还活着的时候说过，那东西挖出来，至少值好几百万呢！唉，要不是前几年大表哥他被埋了，说不定咱们现在……"

胡顺唐故意将图财表哥被埋的事情说出来，其目的就是让对方知道，自己没撒谎。皮夹克一听，怀疑程度又有所减低，听说过那图财上一次"坐飞机"（进监狱）就是因为盗墓出了事故，表哥也被埋在里面了，这下就更对胡顺唐的话确信无疑了。

皮夹克对着图财奸笑道："图财，你小子太不够意思了？要不是今天你表弟来了，恐怕你狗日的就要下江喂鱼了，干你妈的，我先说了，这佛头的事情要是不说清楚，你他妈的别想活到明天早上。"

图财蒙了，完全不知道怎么回事。胡顺唐见时机成熟，这下图财不可能还那么傻吧，赶紧过去搂住图财，搂住后手又狠狠掐了下图财，说："表哥，天哥对你不错，你也别这样，有财大家一起发，几百万咱们哥儿俩受不起，万一无福消受……"

"对呀，听你表弟说的不错，说吧。"皮夹克看了周围的人一眼，晃了晃手中的匕首。

图财这次放聪明了，也开始配合胡顺唐演戏："唉，好吧，其实我也不想的，主要是那古墓要进去也不简单，里面机关重重，稍不注意，就完了，我本意也不想让大家去冒险，所以才没有说。"

胡顺唐继续演双簧："就算再机关重重又怎么样？你不是没少去那种地方，难得了你吗？"

"对呀，你不是说你祖宗以前就是干这个的，传给你这门手艺吗？来吧，说在哪儿。"皮夹克继续追问。

胡顺唐这下紧张了，古墓？这桂圆林哪儿去找什么古墓呀！正在着急，谁知道那图财伸手一指那河对面说："不远，就在那边……"

第二十一章

红薯窖洞

皮夹克好像一刻都等不了，急忙让图财领着众人经小桥过了河，然后站在先前图财所指的大概方位，四下看了看，问："在哪儿？"

图财伸手一指前方几米处的草丛中，道："就在那下面，有个坑道，是先前挖好的盗洞，钻进去就好了，不过我还没有完成，你要不放心，你们去吧，我在这里等着就行。"

胡顺唐心想：这图财真够贼的，随便一指说那里有个洞，就等着这个皮夹克和其他人钻进去，万一里面啥都没有，他先前又说"不过我还没有完成"，前后听起来矛盾，却给自己留了后路，要是我们真进去了，他转身撒腿就跑。我的目的可是带着他离开这个地方。

想到这儿，胡顺唐马上说："表哥！你不是说里面机关重重吗？你不领头，我们不都得死在里面呀？"

图财想了想说："好吧，那我先进，你们在后面跟着。"

说完，图财作势就要跳下去，却被皮夹克一把拉住，匕首往肩膀上一搭："等等，我找人和你一起下去。"说完后，随手就在旁边拉了个自己的马仔，示意他跟着图财下去，那马仔看着下面黑乎乎的一片，不知道什么情况，又加上平日里稀奇古怪的小说看得太多，对某些东西深信不疑，打死都不愿意去，这种时候也顾不得什么大哥二哥的，缩身就退到一旁。

皮夹克见那人退缩，伸手要打，但没有打下去，又看着周围的其他人，其他人也都不愿意去。皮夹克也没有因此放弃，环视了周围一圈道："你们几个去那边，你们去这边，都给我看好了，免得有人过来。"

胡顺唐见皮夹克这样安排，是担心这个洞口有其他的出入口，图财要是进去从其他出口离开，周围站了人也能发现。胡顺唐心知这也许是个机会，便拍了拍图财的肩膀，让图财在前，自己紧跟其后，又从皮夹克手中拿了自己的三角包。

两人跳下去，图财用手拨开周围的烂木头和杂草，俯身就钻了进去。胡顺唐没有迟疑，担心图财跑了，也赶紧钻了进去，刚钻进那洞口，就闻到一股子臭味，差点儿没把他给熏晕过去。

爬了一两米后，胡顺唐忍不住了，张口便问："这是什么洞？"

"盗洞！"图财下意识继续撒谎。

"你大爷个盗洞！你当我是外行？河岸之沿，不利阴宅！没有什么古墓会修在河岸边上，除非是假冢！"胡顺唐骂道。

图财听完一惊，知道胡顺唐说的不假，是个内行，但又摸不清楚这人到底来干吗的，但看在算是救了自己的分儿上，只得实话实说："爬吧，里面宽敞着呢，早两年这里是农民用来储存红薯土豆啥的，后来有段时间当了粪坑，不过里面也已经完全干了，就是臭了点儿，我们进去再商量用什么办法脱身。"

图财继续往里面爬，爬了不过五六米，前面就宽敞起来。胡顺唐从三角包中掏出手电筒，照亮了里面那个洞穴，果然宽敞了许多，但也只能容纳下五个人，左右看看没有其他的出入口，看来图财没有撒谎，只是奇怪为什么储存红薯土豆的洞，要挖得这么深？一般洞穴到洞口有个一米就差不多了，这个却有十米的模样。

洞穴中那股臭气十分浓，胡顺唐捂住口鼻，从包里找了湿巾，捂住了鼻子，又递给图财两张，这才稍微好一点儿，幸好是冬天，要是大夏天，两人估计在洞口就被蒸发的沼气给毒死了。

此时，听到洞口有人喊："喂！怎么样了？"

图财探头朝向洞口回答了一句："还没有找到甬道的入口！"

说完看了胡顺唐一眼，意思再明显不过了，让其配合他撒谎。

蹲在洞口的皮夹克不知道"甬道"是什么东西，下意识问了一句："什么道？"

图财还未回答，就听到洞口有另外的人说话："大哥，甬道就是进古墓时必经的地方。"

"你咋知道？"

"你没看过《鬼吹灯》吗？！"那人回答，语气很惊讶。

"什么鸡毛东西？"皮夹克不明白那马仔说的是什么。

随后那马仔就开始给皮夹克天南地北地说起来，说得好像他就是小说里的主人公。图财听着在一旁窃笑，低声自言自语道："小说里要是写的都是真的那还了得，我们干这个的早他妈发财了，还需要一天到晚提心吊胆的？什么南派北派，压根儿就没听说过，无非就是南北修建阴宅的方式不同，写小说的就顺势写个南派北派，说得跟真事儿一样。"

胡顺唐听到这儿，将手中的电筒对准了图财的脸，图财慌忙伸手去挡，问："干吗呀你？"

胡顺唐看了一眼洞口说："曹强，你才放出来多久？又开始重操就业了？还想被关进去？这里闹鬼也是你搞出来的吧？"

图财见胡顺唐知道自己的真实姓名，到现在也不吃惊了，毕竟先前胡顺唐也说了他表哥2009年盗墓的时候被活埋的事情，心知这人肯定知道自己的底细，隐瞒估计也没有什么作用，可是看胡顺唐背着的那些东西，知道肯定不是警察，便低声问："哥们儿，你到底是谁？哪条道上的？"

胡顺唐用盐爷教自己的话回答："我是省城来走货的，听朋友说你手上有好东西。"

实际上胡顺唐不知道，"走货"两个字的含义很广，走私也属于走货的一类，走私的范围就更广，白面（白粉）和枪械都可以包含其中，当然还有文物。图财一听胡顺唐说走货，以为是来弄文物的，回忆了下自己当年被人蒙骗干了那事，不过早就与当年那批人断了联系，不可能是他们跑的风，于是很谨慎地说："哥们儿现在早不干这个了，本来想老老实实找份工作干，可这批王八羔子就是不放过我，我可是被逼上梁山的。"

此时洞口的皮夹克又往里面喊道："怎么样了？"

胡顺唐知道再不问关键的问题，下面不知道会发生什么事，于是开门见山就说："我要找一样东西，是个箱子。"

图财眉头一皱："什么箱子？什么年代的？"

"年代不确定，只知道这个箱子有人叫——牧鬼箱！"胡顺唐慢慢说完这句话，观察着图财脸上的表情。

图财表情没有任何变化，依然眉头皱起，半晌才回答："噢，牧鬼箱……没听说过。"

胡顺唐盯着图财那张脸，笑了笑道："好吧，那我找错人了，我先走了，你就在这儿待着吧。"说完，作势就要走，图财一把将他拉住。

图财笑道："哥们儿，不用这样吧？你一个人怎么出去？他们人多，你又打不过。"

胡顺唐侧身一个擒拿手，用詹天涯教的法子反扣住他的脉搏，再一用力，图财杀猪般地叫了起来，惨叫声传到洞口，皮夹克一惊，忙问："怎么啦？怎么啦？"

胡顺唐眼睛盯着图财痛苦的脸，朝着外面喊道："不好了，有机关，我表哥受了点儿轻伤，你们快进来吧！"

皮夹克聪明过头，哪肯进来，只得在外面说："那……那你们小心点儿呀，我们准备准备就进来！"

图财咬牙道："你他妈的疯了！叫他们进来！我们不都得遭殃？你妈的有话好好说行不行？松开！"

胡顺唐松开图财的手，道："我有个办法让咱们现在可以平安出去，我现在把你手弄脱臼，我们再出去，说你受了伤，要带你上医院，就算我们离开，一时半会儿他们也不敢进来查看究竟，如何？"

图财揉着手腕，盯着胡顺唐不说话。

胡顺唐见图财不说话，笑笑道："不行？那好，换个办法，我把你的腿打断，这样逼真一点儿。"边说，手就边伸向图财，图财赶紧缩身向一旁躲去，伸手制止胡顺唐。

胡顺唐虽然这么说，也是在装狠，实际上真要他做，他下不了这个手，虽然图财不算个好人，但也不能算是罪大恶极，还不至于痛恨到要将他活活打断双腿的程度，只是推断这家伙吃硬不吃软，好好说话是问不出什么东西的。

"行，我也不瞒你了，我知道那东西在什么地方。不过有个条件，咱们得安全出去，脱身之后我才能告诉你，怎么样？"图财提出了交换条件，胡顺唐一听心里就不痛快起来，从前夜叉王和自己有过交易，和詹天涯有过交易，就连蜂巢里面关着的那个诡异的白骨也和自己有着交易，一听到"条件""交易""交换"这些词就很不爽。

胡顺唐此时还是多了个心眼儿，便问："那你先告诉我那东西所在方位，还有模样。"

图财靠在洞壁上上下左右比画了一下说："箱子长五尺，宽两尺，外侧有兽头花纹，木头所制，镶嵌有青铜和玉片，所在方位在川北。"

胡顺唐虽然没有从白骨那儿听说箱子的模样，但郫江镇的确是在川北没错，听起来撒谎的成分不多，于是道："好，算你说得没错，但还是得用老办法，你装作受伤，我们出去后……"

原本胡顺唐的打算是出去后，伺机在图财身上使出斗阴拳，两人配合要制服外面七个人应该不成问题，怕就怕自己的身体和图财的身体都吃不消，在床上躺个十天半个月耽误了时间，可自己单打独斗也没有完全的把握，盐爷所教的法子还没有完全消化，只能赌一赌了。

胡顺唐想到这儿就去三角包里拿东西，谁知道手刚拿到包，就听到洞口外皮夹克骂道："你他妈的……"

皮夹克的话还未说完，就变成了惨叫声，紧接着骨节断裂的声音从洞口一层层传了进来，一直撞击进了胡顺唐的耳膜中，两种声音混合在一起，就好像在胡顺唐耳边响起一样。

头号嫌疑犯

图财身子一缩，靠紧旁边的洞壁，半天才开口问："怎么回事？"

胡顺唐俯身看了下那个洞口，抬眼道："你不是说闹鬼吗？这次鬼真的来了……"

"开他妈什么玩笑！那是我装的！有个鸡毛的鬼呀！"刚才那阵阵的惨叫声，已经使他全身的神经都绷紧了，外面那七个人不是什么善茬儿，说是心狠手辣也不为过，到底发生了什么事才会发出那种声音来？

胡顺唐刚起身，一个东西就由洞口滚了进来，径直滚到了他与图财之间，胡顺唐打起手电筒一看，是刚才那个皮夹克的人头！

从人头断裂处可以看出来，是活生生从颈脖上给撕扯下来的，断裂处还有血慢慢渗出，沿着洞口到洞穴中洒了一条直线……

"我靠！"图财整个身子都贴紧了洞壁，盯着那颗人头，皮夹克的双眼瞪得老大，张大了嘴巴，仿佛就连他都不知道那一瞬间到底发生了什么事。

接着，惨叫声开始消失，洞口又恢复了平静，这种平静让胡顺唐很不安，往往在平静过后发生的事情都会超出人的意料之外。这种手法，还有刚才骨节断裂的声音，不可能是什么鬼之类的玩意儿，会不会……

胡顺唐沉思了一阵，低声对图财说："我先出去，你待在这里不要动，等我叫你，你再出来……如果你不想死的话。"

图财连连点头，这个时候就是你逼着他出去，以死相要挟，他都宁愿死在这洞穴中，不愿意出洞去冒险。

胡顺唐趴着向洞口慢慢爬去，图财出乎意料地说了句："哥们儿，小心点儿，你可别死呀。"

胡顺唐笑了笑道："我都死过一次了。"

图财当然不明白他这句话什么意思，以为胡顺唐是在装酷，心里暗骂了一句。

胡顺唐背着三角包慢慢爬了出去，快到洞口的时候，停顿了下来，竖起耳朵听了听周围的动静，又等待了大概一分钟，这才慢慢爬出去，头刚露出洞口，抬头就看见那个皮夹克的身子被一根树枝穿过，钉死在旁边的一棵大树上，双手垂在两旁。而在那棵大树的旁边，先前说话的马仔双手双脚尽断，和身子卷成一团，成为了一个球状，身体的缝隙中还在滴着血……

到底发生了什么事？胡顺唐慢慢起身，但身子还未完全站直便僵硬住了，因为一只握有匕首的手从身后伸出来，轻轻地架在他的脖子上。

"嘘，胡先生，别动。"身后那人说，声音有些熟悉，好像不久前在什么地方听过。

胡顺唐没有动，依然僵直身子，那人拿过胡顺唐手中的电筒，打开，向周围扫了一圈。胡顺唐顺着电筒光发现，周围躺着好几个人，从摆放的姿势来看，必死无疑，现场也没有任何搏斗的痕迹，也就是说皮夹克和他的马仔们连还手的机会都没有，全数被秒杀了。

那人终于绕到胡顺唐面前，猛地将手中的电筒倒转，照着自己那张还沾有鲜血的脸，笑道："我们又见面了！"

胡顺唐看见那张脸时，略微一惊，这不是在高速公路上拦车的那个"驴友"吗？

"你是谁？"胡顺唐盯着那人的脸问。

那人故作吃惊状："胡先生，才过了多久，你就把我给忘记了，哦，对，我应该做一个自我介绍，你稍等。"

说完那人放下匕首和手电，伸手去摸口袋，胡顺唐见这是个机会，抬脚就踢了过去，但那只是一招虚晃，目的就是要给自己的身体挪开足够的空间为其后的回旋踢做准备。

那人闪身躲过，眼角余光盯着胡顺唐的动作，冷笑了一下，随即而来的回旋踢他用身体承受住后，双手抓住胡顺唐的右腿，身子向前一倾，手中匕首倒转过来，

第二十二章 头号嫌疑犯

在快到胡顺唐咽喉两厘米的地方停了下来，随即凑近低声道："有进步，不过还差了点儿。"

说完那人就保持那个姿势，放下胡顺唐的右腿，拿出一张身份证，用手电照着上面念道："赵毅，男，1970年出生，籍贯四川省成都市龙泉驿区……嗯，我现在就叫这个名字。"

现在叫这个名字？这人是谁？该不会是……夜叉王？胡顺唐想到这三个字，冷汗都流了下来，这家伙怎么会又变成这副模样了！千面人吗？！

夜叉王放下胡顺唐的腿，将他推到一边去，突然又抬手将手中的匕首朝胡顺唐扔去，胡顺唐偏头一躲，却发现只是个多余的动作，因为那匕首压根儿就不是朝他抛来，而是刺中了在他身后一个高举着铁铲的人。

难怪周围数来数去只有六具尸体，原来还有一个没出来。

脸部中了匕首的马仔身子一软，倒了下去，夜叉王走到马仔的跟前，拔出匕首来，握在手中掂量了一下道："刀是好刀，就是落到一个不会用刀的白痴手上。"

说完，夜叉王收起匕首，拿起在旁边扔下的登山包，转身就走。

"喂！你到底想做什么？"胡顺唐喊道。

夜叉王停下脚步，转身道："我不帮你，你怎么出来？凭你现在的身手，对付四五个不成问题，但七个人，都有武器，你还是有点儿自知之明吧，半桶水。"

胡顺唐听到"半桶水"三个字，脾气一下就上来了，追了上去，还未靠近夜叉王，就被对方迅速俯身来了一个扫堂腿，胡顺唐虽然跃起来躲过，可随之而来的一记重拳却重重打在他的胸口上，将他打出一米开外，倒地半天都喘不出气来。

夜叉王走上来，单腿压在他的胸口道："胡先生，让图财带着你找到牧鬼箱，对咱们都有好处，詹警官也想找到那东西，否则他不会放我走，明白吗？咱们现在暂时算是一路人。"

说完夜叉王松开腿，将胡顺唐一把拉起来，背着包转身就跑。

胡顺唐过了好一阵子才缓过气来，看着满地的尸体知道这个地方不宜久留，警察一来，自己跳进黄河都洗不干净，立刻对洞口喊道："图财！"

图财从洞口中爬出来，露了个头看见遍地的尸体，马上又缩了回去道："你杀人了？"

胡顺唐伸手去抓他："不是我杀的！快点儿走！警察来了就不好办了！"

图财死都不出来："是你杀的，警察来了也不关我的事！"

胡顺唐心急，道："你的资料是警察给我的！否则我怎么知道得那么清楚？"

"你到底是谁？！"图财还是不出来。

胡顺唐火大，拿过铁铲敲了敲洞口："你要是不出来，我就把你活埋在这儿！"

图财一听"活埋"，想起自己表哥的死状，立刻爬了出来，见着遍地的尸体，吓了一大跳，赶紧又和胡顺唐保持了一定距离。胡顺唐知道现在不是解释的时候，推了图财一掌，让他跟着自己回去，赶紧叫盐爷和莎莉两个人离开，这个事情闹大了，死了七个人，而且死状还是这样，明天肯定是头条新闻不说，警方也会开始地毯式搜索，特别是知道胡顺唐等人来住过农家乐，半夜又跑掉，一定会列为头等嫌疑犯。

今天晚上就必须离开这里！胡顺唐打定主意，带了图财到农家乐，悄悄摸回房间，叫了盐爷和莎莉。盐爷早料到有事情，已将东西全数收拾好，自己也没有睡觉，只是让莎莉和衣躺了一会儿，见胡顺唐带着图财回来，又那么慌张，知道此地不可久留，赶紧拿了东西就走。

四个人离开了桂圆林，沿途狂奔，还好是半夜，桂圆林又流传闹鬼，村民不会去察看，此时应该没有人会发现。沿着桂圆林外的公路走了一阵，没有见着半个车，只得略微放慢速度，一直走到长江大桥方向的八车道公路上，才拦下了一辆出租车，但也不敢往城里面走，只得让对方将他们送出城，谎称要去绕坝古镇。

大半夜三男一女上车，又要去那么偏僻的地方，出租车司机当然不肯，担心四个人抢劫杀人，只是将他们送到二级公路口上，便不愿意再走了。

无奈之下，胡顺唐只得给了钱，四个人又继续步行，不知道走了多远，接近天亮的时候，才拦下了一辆去重庆方向的大巴车。

上了车，十分疲惫的图财、盐爷和莎莉三人闭眼就睡着了，只有胡顺唐还在手机上查询着电子地图，寻思清晨时分村民发现尸体就会立刻报警，大概半个小时，而这么大的案子派出所十分钟之内立刻会赶来，随即是通报局级单位，局级单位接到消息立刻会通知刑警队来勘查，这一系列的事又需要花至少一个小时。刑警队赶到勘查现场的同时会向村民询问这几天发生的事情。那家农家乐老板发现胡顺唐他们离开，肯定会联系在一起，警方随即会勘查胡顺唐他们所住的房间，一来二去，大概不会很快判断出他们离开的方向，而那个出租车司机有五成的可能性，在知道这个消息之后主动向警察提供线索，但在这之前警方会封锁车站和高速公路口等地方，还有收费站。因为案子蹊跷，大概不会很快通知到周边城市，那么去重庆相对安全，接着从重庆到遂宁，再从遂宁坐车前往三台，到了三台就算步行前往郫江镇，都没有多大的关系。

警方这一系列的大概办案程序，都是在詹天涯训练胡顺唐的时候，胡顺唐询问的，詹天涯也不隐瞒，毕竟这套程序要查也很简单，基本上在书店找本警校的教科书都可以翻查到，原本只是闲聊，没有想到却派上了用处。胡顺唐觉得这十分讽刺，"白狐盖面"事件后，这应该是第二次被警方误认为是嫌疑犯，但现在根本不是解释的时候，就算解释普通警察会相信他的话？只会认为他疯了。

胡顺唐躺在座椅上沉沉睡去，但过不了多久又会醒，因为其他人实在是睡得太熟，自己要是掉以轻心，出了意外，可就真的全军覆没了。

第二十三章

夺命铜楠符

第二天下午六点，胡顺唐四人终于顺利地抵达了郪江镇，虽说体力基本上都恢复了，但因为精神过于紧张，都没有彻底缓过来，特别是在胡顺唐将半夜发生的事情告知给盐爷和莎莉后。盐爷还好，倒是莎莉受到的惊吓不小，虽说也亲眼目睹过好像精神病一样的夜叉王在阿柱和那个直升机驾驶员的身上泄愤，但只要一回忆联想起来就觉得可怕。

四人在郪江镇外找了一个农户人家住下，因为至少这样不用登记身份证，条件虽然差了点儿，但还不至于被发现。詹天涯说过，国家早年建立的"天网"系统，不仅仅是表现在监控上面，还强制规定各家酒店、汽车站、机场等地方的系统联网，一旦身份证号码有显示，所在市区的天网系统主机就会立刻显示，随后就开始抓捕行动，所以部分反侦察能力较强的罪犯，为了不被抓到，都尽量不会住太好的地方，哪怕是露宿街头或者躲在偏远的地方。

安顿下来之后，图财却好像变了一个人一样，矢口否认自己知道牧鬼箱的事情，一口咬定那天晚上只是为了脱身故意欺骗胡顺唐，所说的话也仅仅是误打误撞说对了而已。

胡顺唐见图财不肯说，更加肯定图财知道什么实情，只是因为某些缘故不愿意说出来，可现在用威逼的方法也不见效，因为只要说话的语气略微重了一些，图财就会立刻叫嚣着要去"自首"。

图财一路上也估计到胡顺唐和皮夹克这批人不一样，不是那种心狠手辣的主，不会对自己下黑手，所以愈发肆无忌惮起来。倒是盐爷在一旁静静听着，也不插话。

图财抽着烟，看着窗户外，完全不搭理胡顺唐的话，盐爷见状让莎莉去隔壁屋子里帮主人家做做饭什么的，等莎莉走后，自己才靠近图财，问："朋友，我们只是来走货的，目的就是找到那东西而已，不会伤害你，事成之后少不了你的好处。"

图财哼了一声，也不答话，盐爷递了个眼色，胡顺唐拿出一沓一万的钞票在图财面前晃了晃，放在他双膝之上。一万块钱好像对图财的诱惑并不大，他连正眼都没有看，只是说："你们当我是什么了？我虽然绰号叫图财，但也知道什么叫无功不受禄，我说了不知道就是不知道，别费劲了，你们还是放我走吧。"

盐爷也来得痛快，一拍图财的肩膀说："好，我放你走，你现在走吧。"

图财一愣，在一旁靠在墙上的胡顺唐也是一愣。

"真放我走？"图财不相信。

盐爷伸手指着大门道："走吧，我不会骗你，生意人，讲的就是信誉。"

图财将膝盖上的钱放在一边，看了看胡顺唐又看着盐爷，还是不愿意相信。

胡顺唐见盐爷说得这么肯定，心知他肯定有其他的打算，于是挪动步子站在角落，让出大门口来，示意图财离开。

图财起身来走了几步，站在门口停顿了一下，然后撒脚丫子就向外面狂奔，等着图财的脚步声越来越远，胡顺唐站在窗口看了一眼道："真放他走？"

"真放他走，但走不走得掉，就看他运气了。"盐爷坐下，摸出旱烟杆开始装填烟叶，"你说过夜叉王出现帮你们脱身，我想他现在离我们也不远。"

胡顺唐意识到夜叉王一直跟着自己，他也知道图财的重要性，如果图财真的离开了，再想找到就难上加难，就算自己肯，夜叉王也不会肯，盐爷的意思很明白，图财跑不了多久就会被夜叉王赶回来。

果然，还没有过十分钟，图财就跑了回来，衣服也被撕开，满头大汗，一进屋就跌倒在地上，浑身抽搐，双手就像鸡爪子一样，好半天才吐出来两个字："救……我。"

盐爷扔掉旱烟杆，双膝跪在地上，查看了一下图财，随后将他胸口撕开的地方裸露出来，就在胸口正中间出现了一个类似文身的东西，像是由无数个小字组成，每个字上方都有一个"雨"字，下方的却好像不是字体，十分潦草。胡顺唐盯着那"文身"，想起在白骨囚笼中看到的符纸，脱口而出："符咒？"

盐爷点点头："对，是符咒，看起来像是铜楠符。"

"什么意思？"胡顺唐按住还在抽搐的图财，图财双眼翻白，不停地点头，模样十分骇人，此时走进来的莎莉见状尖叫了一声，胡顺唐示意她小声点儿，不要惊动周围的人。

莎莉也算是聪慧，忙转身出去，把这家的主人给支开。

"按理说铜楠咒应该和金刀利剪符一样，属于反诅咒反厌胜的符咒，不过这上面的符咒是倒着所写，而且字体呈暗黑血红色，应该属于血咒符，是夺命的。"盐爷在那符咒上慢慢摸索着，手一旦触碰到某些地方，图财抽搐得便更厉害了，"我试试原来的咒语灵不灵。"

盐爷让胡顺唐退开站到一侧，伸出两指按住那符咒的顶端，另外一指插入图财的肚脐之中，接着手掌往下一压，念道："吾在此处画井格，画在吾底万丈坑，若有邪师妖魔法，反手踏在坑井存，踏在楠里不容情，一切魑魅魍魉化风尘，谨请南斗六星、北斗七星，吾奉太上老君急急如律令！"

念完后，图财还在抽搐，没有丝毫的作用，盐爷松开手摇头道："没作用，这符咒被人做过手脚，轻易没有办法解开，因为这符咒在《鲁班书》上就有记载，不可能这么简单的。"

"那怎么办？他眼看着就撑不下去了。"胡顺唐有些着急。

盐爷重新捡起旱烟杆，慢吞吞地往烟锅中装填烟叶："顺唐，我还记得那天晚上你和振明还有詹天涯将我逮捕时候的经过，几乎每天晚上都能梦到，但我不害怕，还十分庆幸，如果没有你，我恐怕现在也已经成为了一个疯子，你永远记得，某些事情你自以为明白的时候，其实只是被表面现象所蒙蔽了双眼，不要用双眼去看，要用脑子，要用你的心。"

要用脑子，要用心……对，夜叉王需要图财，不会让他就这么死掉，仅仅是给他一个教训而已，让他知道如今摆在面前的只有两条路，要么合作，要么就是死路一条。

又是一个不眠夜，虽然胡顺唐明白图财不会死，但一直在那儿抽搐的图财将屋子里所有人的睡意都给吸走了。莎莉整夜都待在胡顺唐的背后，看着在那儿变换着各种姿势的图财，在旁边还有一大堆恶心的呕吐物。清晨鸡叫之时，图财已经差不多缓和过来了，却开始咬自己的手指甲，把所有的手指甲都咬了一遍，最后蹲在角落抱着自己的膝盖，低声嘟囔着。

胡顺唐倒了一杯热茶，递到他面前说："我们不想折磨你，但如果你不告诉我们牧鬼箱的所在地，那个家伙还会出现，就算你死都不会放过你，我不是危言耸听，你死了鬼魂都会变成他的奴隶。"

对图财来说现在不是信与不信的问题，而是那种恐惧感还没有彻底消散的问题，整个夜晚，他都在无数的幻觉中度过，不知道的物体在眼前晃动，又亲眼见着一只怪物将自己的整个身子一点儿一点儿地吃尽，只剩下一个头颅。那种痛楚记忆犹新，就好像那些事情真的发生过一样。

许久，图财终于开口道："牧鬼箱确切位置我的确不知道，只知道是在崖墓之中，而且要进入崖墓的正确方法是要走江边的水道而入。"

胡顺唐回头看了一眼盐爷，又问："还有呢？你怎么会知道这些事？"

图财苦笑道："我也不想知道，但这是祖上传下来的事情，我们家族中这几代人都知道，只要有人上门来找，说出这三个字，一概要摇头说不知道，不管给多少钱都不能，而且也不能重操旧业。"

"为什么？照你的意思说，你祖上曾经是盗墓的？"

图财点点头说："对，祖上都是做这个的，干了多少代我不知道，总之到我爷爷、我爸那一代就没有再干过了，都是老老实实的生意人，很本分，因为他们担心再有麻烦找上门来……"

"什么麻烦？牧鬼箱？"胡顺唐问。

图财想要一支烟，但因为胡顺唐不抽烟，只得将就拿了盐爷的旱烟，盐爷本不愿意给，依然有些厌恶图财，但看在他受了一夜苦的面子上将旱烟杆递给他，图财抽了一口，开始剧烈咳嗽起来，连连摆手表示抽不习惯，好不容易平静下来，这才开始讲述他祖上与牧鬼箱之间的联系——

图财的祖先原本姓什么叫什么已不清楚，只知道不是汉人，而是所谓的满族人，也是后来所称的旗人。当然那也是明朝万历十九年，努尔哈赤统一了建州各部，制定了八旗制度后，又经由皇太极废除"女真"族号，改称"满洲"后的称呼。但图财的祖上虽说是"佛满洲人"（旧满洲），可却不是早先称的额真（蒙语"主人"的意思），又与人有怨，为了躲避仇人，拖家带口来到了中原。

在当时的大环境下，图财祖上改变自己的身份相对来说比较容易，只是不习惯中原地区的田园生活，日子过得比较窘迫。后来机缘巧合遇到一个独臂的老头儿，谁知道老头儿是个掘冢的，图财祖上虽然知道做这种事损阴德，但那个也是除了占山为王、打家劫舍之外发财致富的最快办法，于是硬着头皮开始跟那老头子学起盗墓来，为了隐姓埋名，不被人知道自己的身份，干脆跟老头改姓为曹，开始了自己的掘冢生涯。

第二十四章

上门的清朝王爷

图财祖上的绰号为何要以图字开头？图财自己也不清楚，只是家中互相称呼都叫图什么，而不叫改过的姓名，更不会留下族谱之类的东西，说是本来就干的是缺德事，留下族谱对后人不好，也免得其他人追究祖上的来路。而图财知道这一点，便延续了祖宗的做法，大名叫曹强，绰号叫图财，所谓的别人送的绰号，那也仅仅是他自己说的而已。

图财家掘冢的本事不知往下传了多少代，但听说从民国开始，家中因为出了变故，祖上告诫其后的子孙再也不能干掘冢的行当，一定要改行，还叮嘱说如果有人上门来找到曹家后人，声称要寻找牧鬼箱，便要矢口否认知道此事，能躲便躲，实在不行举家迁移，于是从那时候开始，图财家便从河南迁到了湖南，又从湖南迁到了甘肃，最终在陕西定居下来，弄到最后连自己本身的祖籍到底在关外什么地方都不知道了。

"为什么要躲？而且还走了好几个省，有人要追杀你们曹家？"胡顺唐问。

图财又咳嗽了一阵，挥手去扇好像还未散去的旱烟味："也不是追杀，有点儿草木皆兵的感觉，有点儿风吹草动就全家迁移。就是因为民国初年，有两个人上门来找祖上的两个人，一个叫图捌，一个叫图拾叁，是叔侄俩，至于他们应该算是我家的哪一辈人，我还真不清楚，我爸都不清楚，家中的长辈也没有说明白过，总之是祖辈，先人。"

胡顺唐心想，这家子可真够乱的，为了隐姓埋名，连家庭辈分关系都整理不清楚，又问："那两人来找图捌和图拾叁干什么？盗墓？"

"也不算，总之就是出高价让他们帮忙，其实就是为了找牧鬼箱。"图财说到这儿抬头看了一眼胡顺唐，又低下头去，"不过当时那两人只是把目的告诉给了图捌，为了避免节外生枝，在没有到目的地前，没有告诉过图拾叁。"

"那两个人是什么身份？"此时在一旁的盐爷插嘴问道。

"一个叫王安朝，是个旗人，是正黄旗莫尔丹氏，后来清王朝覆灭后改了汉人的名字，一心想要复兴大清，早年一门心思想要刺杀袁世凯，不过都以失败告终，总之一句话，将民国视为最大敌人……"

图财越扯越远，几乎都快变成在讲历史了，胡顺唐赶紧制止道："王安朝是做什么的我已经知道了，还有一个人呢？不是说两个人吗？"

"嗯，还有一个叫穆英杰，具体是做什么的我祖上没有详细交代，只是说这个人很诡异，王安朝要找牧鬼箱就是他的提议，说牧鬼箱是神器，可以用它来复兴大清，而且这个穆英杰听说还与四川袍哥会有联系。"图财道，这个时候他身上最后一丝痛楚也消失了，浑身舒畅了许多，干脆站起来坐到了床边上，活动了下四肢。

"四川袍哥会？"胡顺唐想起来在找镇魂棺的时候，曾经了解到前去解救水牛坝村的厉天生好像也与袍哥会有联系，这两件事之间有没有关联？还有，寻找镇魂棺派去的清兵新军实际上是得到当时清王朝内部的命令，其中就存在一个向内部告密的信使，这个人会是那个叫穆英杰的吗？

想了一阵后，胡顺唐又道："你继续说，随后发生了什么事。"

王安朝和穆英杰到陕西后，通过黑道买了消息，找到了图捌，先是以聘请为名，要图捌随他们一同去寻找牧鬼箱，可图捌认为两人来路不明，那牧鬼箱也不知道是什么东西，况且两人所说的墓穴是崖墓。

虽说图捌从少年时期就跟着父辈们开始干掘冢的行当，可从来也没有机会进过崖墓，毕竟崖墓在中国各地虽然不少，几乎大部分地区都存在，可那种只能装进一口棺材的墓穴能有什么东西？图捌当时也不知道，王安朝等人所说的崖墓和他所知道的"蛮洞"完全是两回事，不过就算他知道也不肯前往，就好像同是铁匠，你找一个做马掌的铁匠是不可能打造一柄上好的兵器的。

王安朝见图捌不肯，只得自暴身份，说是旗人，同时告诉图捌，也知道他祖

川西秘闻 ❸

蜈蚣骨

上曾是从关外来的旗人，决定以复兴大清作为理由邀图捌入伙。可这些对图捌来说根本就不重要，这个国家谁当家对他来说没有任何影响。无奈之下，王安朝只得和穆英杰离开，但当天晚上便出了意外，图捌的侄子图拾叁突然犯了病……

"犯病？！"胡顺唐很奇怪。

图财揭开自己的胸口，说："和我昨夜一样，只不过不是前胸，而是后背出现了奇怪的图案，像是一条千足蜈蚣，第二天早晨图拾叁好转之后才回想起来，在王安朝和穆英杰临走前，穆英杰拍过图拾叁的后背。"

胡顺唐听到这儿，猛然想起图财走之前盐爷也拍过他的后背，可盐爷却说是夜叉王所为……

胡顺唐下意识抬眼去看盐爷，盐爷却看向窗外，"吧嗒吧嗒"抽着旱烟，胡顺唐不知道现在问图财昨天发生的事是否合适，但转念一想必须要搞明白这件事，否则怎么知道盐爷到底有什么打算。毕竟他从心底来讲没有百分之一百地相信盐爷。

"这么说和你的情况很相似？"胡顺唐立刻开口问。

图财点点头，苦笑着说："我发现有这个东西出现，便知道有相同的人又找上门来了。"

"哦？等等，你昨天离开后，是不是遇到过什么奇怪的人拍过你？"

图财道："我离开后，因为走得匆忙，冲出巷子就撞到一个游客身上，那游客好像在那等人一样，被我撞到伸手就抓住了我的衣领，随后就把我给松开，我又继续跑，没有跑几步就发现身体不对劲了……"

"那个人呢？"胡顺唐赶紧问，盐爷碰过图财，图财所说的那个游客估计就是夜叉王，两个人都碰过，到底是谁？

图财摇头："我只是觉得自己快死了，哪顾得上那个人，一路又跑了回来。"

胡顺唐点点头，见盐爷转过头来看着图财，知道这件事继续追究下去，暂时也不会有什么结果，于是话头一转又问："图捌和图拾叁随后又发生了什么事？"

图财道，第二天清晨图拾叁好转之后，王安朝和穆英杰又返回，直接告诉图捌，如果要保住图拾叁的命，就必须跟他们走一趟，去川北双龙镇寻找牧鬼箱，否则图拾叁熬不过三天。无奈之下，图捌只得从了王安朝和穆英杰，带了自己的侄子图拾叁一同前往川北双龙镇。

到了双龙镇，难题又出现了，因为王安朝和穆英杰的消息是，要进入崖墓之中，走外面要打盗洞是不可能的，因为山体内的石头太过坚硬，如果使用炸药随时会引起当地人的注意，只能从沿江的一条秘密水道之中进入。

图捌表示不同意，有两个原因，其一，他与图拾叁都是北方人，虽然曾经为了逃命，也学过游泳，但水性并不是太好，走水道比旱道还要危险；其二，那条秘密水道是否真的有，那还是个问题。

穆英杰却一口咬定说，关于水下密道的消息来源绝对可靠。尽管这样，图捌虽说愿意下水，但不能保证能够找到。于是穆英杰只得建议在当地寻找水性极佳的人一同前往，可绝对不能挑选沿江的渔夫，因为沿江潮湿，渔夫嗜酒，性情鲁莽，稍不注意就可能走漏风声。

王安朝一开始不愿意再增加人，不过在亲眼看到了那条涪江之后，知道不找人不行，于是听取了穆英杰的建议，找到了袍哥会的一个名叫樊大富的柱头，此人也恰恰在双龙镇居住，以帮人捞死尸和浮财为生。收了重金之后，樊大富便一口答应，领着自己的徒弟入了伙。

王安朝和穆英杰的本意是想让两人找到水道，也算完成了任务，谁知道后来发生的事情便一发不可收拾……

"后来出事了？"胡顺唐靠在墙壁上看着图财，"不管出了什么事，总之有一件事很肯定，这六个人当中至少活了一个到两个人出来，特别是你们曹家的图捌和图拾叁二人，必定有一个人活了下来，否则你没有办法知道这件事。"

胡顺唐吸取上次的教训，先要搞清楚事情的真相是怎样，否则就像在寻找镇魂棺时一样，拿了伪造的笔记后前去寻找，只能按照对方设下的步骤来走，举步维艰。

图财点头："对，图捌进了水道就被一种叫'鬼水'的东西给袭击了，随后死了，然后是樊大富的徒弟李瓜娃，接着是樊大富本人，再然后便是穆英杰，最终只剩下了图拾叁一个人。"

"就剩下图拾叁一个人？"胡顺唐有些不相信，那崖墓里到底有什么东西，在短时间内会快速地夺走四个人的性命，不对，还有王安朝呢？

图捌也没有撒谎，想了想道："王安朝一直在水道上方的小船上，并没有进洞，按理说他也应该活着，但图拾叁逃出崖墓之后，并没有在双龙镇找到王安朝的踪迹，于是独身一人靠着乞讨回到了陕西。"

此时的房间内，因为盐爷的旱烟早已经烟雾缭绕，胡顺唐也实在受不了污浊的空气，赶紧推开窗户。盐爷敲了敲旱烟杆，也不再抽，只是问图财："你详详细细地把事情经过说一次，不要漏了细节。"

第二十五章

没有逻辑的往事

图财将王安朝等人如何找到水道，又是如何进去，加上图捌、李瓜娃、樊大富的死亡经过都讲了一遍，最后说到穆英杰发现势头不对，让图拾叁自行钻到下一个墓室中去避难。图拾叁到了下个墓室中，看到四面上下都"长"出来的白骨手，惊恐不已，用火折子往上一举时，随后又发现在那间墓室中间的鬼顶柱上端挂着一个和先前石棺内的箱子一模一样的箱子。

图拾叁看见那个箱子，先是一愣，随后镇定了下来，掏出在腰间布带中偷偷藏起来的钥匙，小心翼翼地穿讨地上那堆"长"出来的白骨手，靠近那箱子的下方，高举火折子对比了下手中的钥匙，发现除了颜色之外，大小都相同，就连钥匙上面的花纹几乎都一样。

放下钥匙后，图拾叁回身看着这间墓室，果不其然在角落之中又发现了一口石棺，石棺侧面被砸开了一个大洞，里面黑乎乎的一片，什么都看不见。便纳闷为什么这间墓室中的箱子会挂在鬼顶柱上？更重要的是，为何这间墓室四面都是白骨手臂？

图拾叁越想越觉得害怕，赶紧又回到来时的洞口，大声喊着穆英杰的名字，结果除了自己的回音之外，听不到任何声音，就连之前那种诡异的"啪嗒"声也彻底消失了。

"穆大哥！"图拾叁趴在那儿喊着，没有人回应，他急了，干脆直呼其名，"穆英杰！"

这一次图拾叁的声音喊出去后，就好像扔了一块石头到深井内，声音传出去慢慢便消失了，没有先前的回音，就好像声音被黑暗给活活吞噬掉。图拾叁意识到不对，赶紧起身来，同时熄灭了火折子，虽说在黑暗中恐惧会加深，但同时也回忆起图捌说过的话，如果有东西在黑暗中注视着自己，那么点燃火折子只能让你距离死亡越来越近。

图拾叁向后退着，碰到先前地上的白骨手，一咬牙抓住那骨头就要拔起来，结果无论怎么使劲都没有办法拔得出来，于是用手摸着骨头紧挨洞壁的地方，发现那骨头好像真的如长在上面的一样，无论如何用力都纹丝不动。

此时图拾叁下意识向那石棺方向走去，想去看看在那里有没有其他的盗洞，不知道是运气好，还是天意，果然在那个地方又发现了一个盗洞，直通向下一个墓室。

图拾叁这时也彻底明白，这个崖墓果然和穆英杰说的一样，一间墓室紧挨着另外一间墓室，环山而建，只要一个墓室被盗，其他的也全部都得遭殃，但什么人才会来这种地方做买卖？什么值钱的东西都没有。那些石头做的罐子和碗拿到市面上去，卖不出去不说，还会给自己招来杀身之祸，盗卖死人的物件，无论在哪个朝代都是要杀头的。

钻过第三个盗洞，来到下个墓室中时，再也没有了白骨手臂，反而是四壁都是白骨骷髅，只有头颅凸出来，没有身体的其他部位，不过也有同样的箱子，只是这个箱子所在的地方不同于先前墓室，而是被镶嵌在了墙壁之上，上面也插着一把钥匙……

图财说到这儿，起身来问胡顺唐："有吃的吗？从昨夜到现在，我半点儿东西都没有吃，饿得实在受不了啦。"

胡顺唐叫了莎莉，让莎莉弄点儿剩下的馒头来，随后问："然后呢？"

"然后？没有然后了。"图财道。

胡顺唐一愣："'没有然后了'是什么意思？"

图财说："图拾叁发现那个墓室中有出口，然后就逃了出来。"

图拾叁发现那个墓室中有出口，然后逃了出来？听到这句话，盐爷冷笑了一声，侧头盯着图财说："你这谎话也说得太不高明了。"

图财急了，举起三根手指朝天说："我图财对天发誓，如果有半句假话，我就……我就……"

图财"就"了半天，没把下面的话说出来，只得敞开衣服指着上面的那道符咒又说："我就被这道符咒给弄死！永世不得超生！一辈子也娶不了媳妇儿……"

然后又在后面加了无数自我诅咒的话，听起来又像是个笑话。胡顺唐看着图财的表情，看样子不像是撒谎，于是又问："你就知道这些？"

图财使劲点头："我对天发誓！我曹强真的不是随便发誓的，百分之百是这样的，我老头子就是这样告诉我的。"

莎莉端了一碗粥和三个馒头进来，图财接过去，狼吞虎咽地吃了起来，吃相十分难看，也不管莎莉放在旁边的卫生纸，满嘴都是米粒浆，用手一擦了事。胡顺唐看着盐爷，轻轻摇了摇头，意思是图财应该没有撒谎，但盐爷似乎不相信，只是冷冷地看着图财喝粥吃馒头，什么话都不说。

等图财全部吃完，莎莉收走碗筷之后，胡顺唐又问："从逻辑上说有很多错误，图拾叁就那么巧合能在下个墓室之中找到出口？就算他找到了，可崖墓这东西要从山体外进入是不可能的，否则的话当初他们也不会找那条水道。"

图财摇头道："说实话，我也觉得说不通，可偏偏我老头子传下来的话就这样。"

"那可不一定。"此时一侧的盐爷开口道，拿了自己先前买的旅游地图来，指着上面介绍郫江镇郫江古墓的几排小字说，"你们自己看，虽说光绪年间就发现了那件青铜器，但并没有说过就是出自郫江古墓，来源在资料上没有明确写过，而且'商父乙鼎'这四个字，要分开来念，商代表的是朝代，'父乙鼎'则是那件青铜器的统称，听清楚了，是统称，并不是单指哪一件青铜器，在故宫博物馆中也存有一件商父乙鼎，但出土地是河南安阳。而且在建国后，郫江古墓被发现之时，至少都是 20 世纪 90 年代的事情，被确定是在 1996 年，2000 年后才被列为国家十大考古发现。但是郫江古墓被发现，就是因为有人发现了盗洞，而且这个盗洞是从山体外打进去的，并不是什么水道，你们来看上面的小图。"

胡顺唐和图财看着旅游地图上介绍的小图，图册中虽有墓室的照片，在墓室中间也有一根柱子，但与图财所说的"鬼顶柱"大相径庭，完全就不是同一样东西。并且墓室中的陈设和壁画等一系列的东西，稍微有点儿历史常识的人都知道那是汉代的风格。的确，郫江古墓是汉墓没错，但郫国的后人却是商朝时期逃命而来的商朝贵族，否则所发现的"商父乙鼎"就是一个谎言。

胡顺唐又拿起那张地图，详详细细地将上面的介绍看了一遍，又放下说："看来今天我们得去参观一遍这个已经成为旅游景点的地方，等会儿咱们出去买几件衣服，打扮得尽量像是游客一样最好。"

胡顺唐才说完，莎莉就走了进来，吃力地提着一个大包，说："刚才有人在外面敲门，开门却没有人，只发现了这个包。"

几人赶紧把旅行包打开，发现里面放着各种衣服，基本上以冲锋衣为主，其中还有两个卡片相机。胡顺唐抓起一件衣服来，比了一下很合身，毫无疑问，能这样做的只有两个人，不是詹天涯就是夜叉王，但詹天涯是不会靠这么近的，那么唯一的结论便是，夜叉王替他们准备了这些物件。

"那恭敬不如从命了，来，都把衣服给换上。"胡顺唐将衣物从旅行袋中取出来，分发给图财、莎莉和盐爷。

几人换好衣服后，又拿了一千块钱给那家人，让他们给自己留着房子，随后便向已经成为景点的郓江古墓出发。从那家人所在的地方到郓江古墓，所花的时间不过半个来小时，一行四人跟着指示牌走向镇外的一座小山，在山下遇到一个扛着锄头的农民，赶紧上前打听，农民也很爽快，给他们指了方向，却说那地方关闭了，暂时不对外开放，好像是最近要搞什么考古研究之类的。

听到这个消息，胡顺唐觉得很奇怪，早不研究晚不研究，偏偏在这个时候研究，会不会是詹天涯他们古科学部动的手脚？但无论怎样，都必须靠近看个清楚，沿着山路走了一圈，走到拐角处的时候，在最前方的胡顺唐忽然让大家停下来躲在山壁之后，自己则探头去看在山体后有扇小铁门的地方，铁门前挂着一块牌子，清楚地写着四个字"郓江汉墓"，而在铁门下方坡道外还停着一辆越野车，越野车头前站着一个正在抽烟的男子。隔着铁门还能清楚地看见古墓外表的模样，正在此时在铁门内又走出来一个男子，掏出一个酒壶，晃了晃，问车头的那个男子喝不喝。

越野车头的男子摇头表示不喝，那人笑了笑，自己喝了一口，又开始往回走。

胡顺唐看到这儿，把头缩回来，对盐爷说："不对劲。"

盐爷立刻问："怎么回事？"

图财要站出去看，被盐爷一把压在旁边，图财没好气地白了盐爷一眼，不敢说话。

胡顺唐道："有人把住了古墓的大门，两个人，怎么看都不像是考古的研究人员，倒像是军人。"

盐爷听罢，小心翼翼地探过头去，随后缩回了脖子道："对，像是军人。"

盐爷之所以这么肯定，是因为被关进蜂巢后，所有的看守都是现役军人，一举一动都与平常百姓不同，虽然有少数是从警察中挑选，但随后也接受了军队的严格训练，举手投足与军人相同，所以一眼就能看出来。

"怎么会有军人在这里？是古科学部的人吗？"胡顺唐自言自语道。

"古科学部？"图财很奇怪地问。

"你们是什么人？！"一个声音从山道处大声问道。

胡顺唐眼疾手快，利用盐爷遮挡图财身子的瞬间，将图财的脸往旁边的石头上一撞……

第二十六章

神秘的第三方势力

图财再抬起头来，脸上已经出现了瘀青，正要开骂，被胡顺唐瞪了一眼，然后扶着图财起身，对站在山道外那个警惕地看着他们的男人道："帮帮忙行吗？"

那人看着图财脸上的瘀青，虽说没有看清楚胡顺唐先前做了什么，但也很怀疑地看着胡顺唐和他身边的每个人，问道："你们是干什么的？"

"我们是来参观古墓的，我这朋友没来过四川，看见旁边的石头都兴奋，跑去看，结果滑倒了。"胡顺唐从身后捏了一下图财，让图财配合。

图财只得烂着一张脸，也不说话，但演得还不错，往旁边自己撞上去的石头踹了一脚骂道："你妈的！摔死你爷爷我了！狗日的不长眼！"

图财含沙射影地骂着胡顺唐，胡顺唐又说："走吧，时间不早了，我们赶紧去参观完古墓，吃饭去，下午还要去泡温泉呢。"

先前胡顺唐扫了一眼地图，知道在这个地区周围还有个罗浮山温泉，虽然不知道到底有多远，但现在也只能胡掰，至少不能让对方起疑心，看那人的打扮应该和看守古墓的人是一伙儿的。

那人听说他们要去参观古墓，张口说："别看了，古墓暂时关闭，十天内不允许参观，你们走吧。"

"啊？！不允许参观？！"胡顺唐故意离开图财身边，站在山道上朝古墓的方向看去，又回头问，"为什么啊？"

那人一边向古墓方向走，一边说："我们是省文物局的，来这里做考古研究，研究期间不允许参观，你们走吧。"

"我们可是从北京来的！带了一个美籍华人朋友来，大老远地来一趟不容易，让我们看看呗？哪怕一眼也好！"胡顺唐说，同时指着莎莉，莎莉反应也极快，上来也不说中国话，直接来了一段标准的美语。

那人看着莎莉，笑了笑，也用美语问了莎莉几个问题，莎莉立刻回答，并做出"他乡遇故知"的样子，上前去要和那人握手。那人友好地和莎莉握了握手，依然很遗憾地告诉莎莉不能参观。

莎莉回头看着胡顺唐，胡顺唐耸耸肩，表示"我们还是走吧"。可莎莉在不断恳求，最终那人同意胡顺唐等人在大门口留影纪念。几人在那人的带领下，来到铁门口，那人向看守的两个人解释道只是游客来参观而已，随后让胡顺唐等人拍照。

胡顺唐拍照的时候，在不同角度给莎莉、图财和盐爷三人拍了照片，最后也让那人帮助给四人留了个合影，果不其然，那人替他们拍完后，故意查看了先前拍摄的照片，随后笑着夸奖胡顺唐的技术不错，接着目送胡顺唐四人离开。

四人走下山道，又径直走向小镇内，随后进了一间小饭馆，坐在靠里面的座位，坐下后图财刚要说话，胡顺唐赶紧凑近装作查看他的伤势，小声在他耳边说："闭嘴，外面还有人跟着。"

图财立刻没说话，过了十来分钟，等到点的菜都上了桌之后，外面一直跟着的那人在对面买了一包烟，随后离开。胡顺唐这才低声说："走了，暂时没事了，不过肯定有古怪，现在可以肯定不是古科学部的人，有其他来头。"

盐爷点头表示同意，因为古科学部的人做事没有他们这样的，他们虽说隐秘，但实际上也算是张扬，而且还故意查看了胡顺唐先前拍摄下来的照片，没有取走数码相机的储存卡都算好了。

此时，莎莉也低声说："他们肯定不是中国人。"

"胡扯！那模样还能错？一口标准的普通话还能错？"图财不同意。

"就是因为普通话太过标准了，标准得都可以去当主持人了，完全达到了字正腔圆的标准。"胡顺唐夹了一筷子菜送进嘴里，装作喝茶的模样，又偷偷向饭店外看了一眼。

"对，而且那个和我说话的人，是美国南方口音。"莎莉道。

图财更不理解了，一脸茫然地盯着莎莉。

莎莉道："在美国，南北方的口音也有差异，当然你们不知道，但我再清楚不过了，比如说在美国南方爱说'fix'这个单词，习惯用 fix 来代替 cook 或是 make，而且平常打招呼说'howdy, how are you'，但南方人一般会说'Heidi, hire yew'。"

图财不知道莎莉的身份，听完后一脸惊讶地问："姐们儿，你真是美籍华人呀？！"

莎莉避免谈及这个问题，只是笑了笑没回答他的话。

"她只是考过托福。"胡顺唐胡掰了一句，算是回答了图财的话，又拿出数码相机，查看着先前拍摄的照片，几个角度的照片都以古墓外面为背景，不过遗憾的是，因为焦点在人身上的关系，后面很模糊，换言之，这照片几乎没用，但这也是必需的，要是焦距再拉近去拍古墓，那个人就会怀疑了。

"军人，严密的守卫，美国南方口音，这说不通呀。"胡顺唐盯着照片自言自语道，"而且我走过那辆越野车的时候，看见里面有车载的无线电，那种车台和手台不一样，我记得没错的话，在杂志上看过介绍，在八公里范围内可以通话，也就是说他们不止这些人，还有其他人也在这郫江镇。"

盐爷喝着茶，抽着旱烟，也不吃菜，沉思了半晌才说："可以肯定不是古科学部的人，但他们竟然敢封锁了古墓，也就是说当地政府也知道这件事，怎么会这样？难道还有其他人介入这件事来？"

如果有第三方介入这件事，那就麻烦了。胡顺唐的背后有古科学部，虽然没有公开露面，但以詹天涯的行事方法肯定会偷偷盯着，暗处还有夜叉王，现在又出现了一个第三方势力，他们是干什么的？有什么目的？也是为了牧鬼箱吗？

"美国军人？"盐爷冲口而出，胡顺唐听了这四个字，不敢有任何表示，如果真的和盐爷所说的一样，那么这件事就大了，不过当地政府如果知道这件事，就不可能有什么国际争端，也许是中美在某些方面的合作，詹天涯曾经说过全世界范围内，每个国家都有与中国相同的古科学部存在，如果是美国的古科学部呢？凡事都有可能，但现在能够确定的只有一条，从古墓外部是没有办法进入的，只能走图财所说的那条水道。

"图财，你知道那条水道的准确位置吗？"胡顺唐问图财。

图财摇头："我只知道在玉梭山沿江的方向，具体的位置不知道。"

"那你到底有什么用？"盐爷讽刺道。

图财正要反驳，但看见盐爷冷冷的眼神，只得将要说的话咽了回去，在心里骂了盐爷祖宗十八代。

"不管怎么做，我们都必须要先他们一步找到牧鬼箱，否则……"胡顺唐说到这儿，下意识看了莎莉一眼。莎莉清楚胡顺唐是为了自己与白骨的交易，很不自然地将目光投向眼前的那盘菜，夹了一块不知名的东西塞进嘴里，虽说很难吃，但也撑着没表现出来。

盐爷道："那我们等一下吃完饭，就到江边去看看，这里的人应该都知道玉梭山在什么地方。"

几个人吃完饭，一路询问终于来到了江边，沿途也装作游客的模样，边走边拍照，同时留心查看有没有人跟踪，万幸的是没有发现有被跟踪的迹象，也算宽了心。可奇怪的事情出现了，沿途询问不管是镇内的居民，还是镇外的农民，没有人听说过玉梭山在什么地方。

胡顺唐开始怀疑是不是图财记错了，可图财努力回忆了好几遍后，确定是叫玉梭山。沿着江边走了一圈后，没有发现渔民的迹象，江上除了采沙船之外，半条小渔船都没有，不过最终还是找到了一个在江岸边上钓鱼的老头儿。

老头儿穿着打扮不像是本地人，可胡顺唐碰运气一样还是上前问了问，那老头儿伸手一指就在江对面的那座大山说："江对面不是玉梭山是啥子嘛。"

胡顺唐一愣，运气也太好了吧？忙问："老人家，你确定？"

老头儿放下钓竿，看着胡顺唐，又侧头看了下其他几个人，反问："你为啥子要找玉梭山呢？"

胡顺唐赶紧撒谎说，自己是搞地理研究的，"5·12"之后就一直想研究龙门山地震带，听说玉梭山是唯一在地震中没有大规模移动的山体，本来同行的还有一个向导，可向导临时有事离开了，为了不耽误工作就自行前往了。

老头儿半信半疑地说："'5·12'的时候玉梭山有没得事，我不晓得，那个时候都切顾人顾房子，哪顾得上这些山哦，倒是这哈的人好多都不晓得玉梭山这个名字，都喊的是洞洞山。"（'5·12'的时候玉梭山有没有事，我不知道，那个时候都去关心人和房子，谁顾得上关心这些大山，只是当地人大多数都不知道玉梭山这个称呼，都俗称洞洞山。）

"洞洞山？"胡顺唐不明白那是什么意思。

"玉梭山这个名字好多年前就没得人叫的，那个只是清末时期安的名字，当地人一直喊洞洞山。"老头儿解释道，他之所以知道，也是因为先前在文化局工作，要写一篇当地的民俗风化方面的文章，翻阅了县志后偶然才看到"玉梭山"这个名字，之所以要名叫玉梭山，就因为古时有人发现涪江水有一段分岔流进了山中，从山体中间经过，潜进去才发现，原来山体中间是空的，形同玉梭，故此得名玉梭山，而当地的老百姓俗称叫——洞洞山。

"洞洞山？"胡顺唐看着江对面的那座大山，目光垂下，看着沿江的山体边缘，若有所思。

第二十七章

四层罗盘与清朝后裔

胡顺唐远离了那位钓鱼的老头儿后，在一块岩石后拿出了罗盘来，捧在手上查看着。而盐爷却从自己口袋中拿出了另外一块罗盘，站了其他方位，拿了两块石头，先将其中一块平放，将罗盘放好之后，又将另外一块石头置于右侧，端详了片刻，摇摇头，皱起眉头来，又盯着眼前那座大山。

图财在一旁看了看两人，随即走到胡顺唐身后来盯着罗盘上的指针道："阴阳遁十八局罗盘？"

盐爷和胡顺唐两人同时扭头去看图财，图财显得有些得意。

的确，盐爷手上的罗盘和胡顺唐手中的罗盘不一样。盐爷手中所持的是三盘三针，也就是平常人看到的那种里外三层罗盘，由"天盘""地盘"和"人盘"组成，用于立向、消砂和纳水之用，属木制混合盘。但胡顺唐手中这个罗盘，则是詹天涯在旅行包中所装的，是四层罗盘，除了"天、地、人"三盘之外，还有一个"八诈门盘"，这种罗盘主要用于奇门遁甲。

本身奇门遁甲的复杂程度远远高于易占和签占等，其变化至少有 34 万种，传统中也有"阴阳遁十八局"之粗略的称呼。古人易占用蓍草，签占用竹签和签文配合，而奇门遁甲则用专用的阴阳遁十八局罗盘配合奇子，并且是四层罗盘和十八枚奇子。

罗盘中的地盘，属于四盘之中最大的一个盘，是固定无法转动的，四盘也分八部分，按照顺序来分别为正北、西南、正东、东南、盘心、西北、正西、东北、正南。每一部分都有具体所指，例如正西所指为七宫兑、惊门、天柱、景加制。天盘在地盘之上，代表了天象星图，其为天蓬、天芮、天冲、天辅、天禽、天心、天柱、天任以及天英，与地盘一样分为八部分，其天芮和天禽放在一起，这九星中又分吉星和凶星。罗盘中的人盘同样分为八部分，为休、生、伤、杜、景、死、惊、开。

最主要的八诈门盘也叫作神盘，却分为两面，一面叫作阳遁，另外一面叫作阴遁，顺时针所指八部分，逆时针所指也是八部分。

这奇门遁甲所使用的罗盘，胡顺唐也是费了很大力气才全部记住，况且每次使用要按照定时、布局、演局和分析四个步骤来，相当麻烦，很花费时间，在学习的时候才知道原来电视电影上所演的那些所谓的高人拿着罗盘晃一眼就知道怎么回事，全部都是假的。

图财看着胡顺唐拿出这个盘，心中便知道所谓的这三个来走货的人一定没那么简单，盐爷明显是地师，而胡顺唐却无法判断到底是干什么的，会使用奇门遁甲的在很多行当中都有，无法确定，还有那个"美籍华人"莎莉……

"你们到底是做什么的？"图财很不解地问。

胡顺唐算是实话实说："你知道得越多，对你越不好。"

"为什么？"图财不依不饶。

盐爷抬头来盯着图财，故意威胁他："往往多嘴提问的人，都没有什么好下场，不过你记住，他和她，这两个是好人，我可不是什么好人。"

胡顺唐听盐爷这么说，虽然知道盐爷是故意恐吓图财，却很不痛快，挤出一个难看的笑容对图财说："别害怕，他只是吓吓你而已。"

图财可不愿意这样想，只是站到一边去，偷看着胡顺唐等三人。

盐爷完全不搭理图财，因为图财看样子真的什么都不知道，留着也没有什么用，他要走就让他走，如今找到了玉梭山，就剩下如何找到那水下密道了。

盐爷对胡顺唐说："这里地不平，罗盘完全没用，收起来吧。"

胡顺唐明白盐爷的意思，地不平是指这个地方没有什么奇特的，风水方面也属于平淡无奇，没什么好考证的，因为古代殉葬方式中，极少数会选择葬在满是岩石的山中，从风水学方面简单来讲，那叫"石压"，也称为"势压"，意思就是后人会一辈子抬不起头来，算是一种禁忌。

在一旁的图财越想越觉得不对劲，加之先前那些守卫着崖墓不知道来路，又被胡顺唐称为"军人"的家伙，越想越多，越想越复杂，心知再和这群人在一起不知道会发生什么事，于是趁几人不注意，转身就开始向公路的一头狂奔。

胡顺唐见图财逃走，立刻将罗盘塞给盐爷，拔腿就追。

图财哪里跑得过被詹天涯足足"折磨"了半年的胡顺唐，天天胡吃海喝，啤酒肚都已经凸出来，更不要说体力了，没有跑出一百米就被胡顺唐伸手给拽倒在地。图财一心急，抓了一块在旁边的石头，就向胡顺唐脑袋砸去……

胡顺唐双手抓着图财的衣领，没有想过这个柔弱的家伙会来这一手，慌忙侧头去躲，与此同时图财抓着石头的那只手却被突然出现的一根树枝给叉住了手腕，死死地按在了地面上。

胡顺唐一抬头，依然是一身"驴友"打扮的夜叉王……

夜叉王也不理胡顺唐，手握着树枝蹲下来，倒转着盯着图财的脸说："想死的我见多了，但没有见过你这么急着想去找死的人，你就不怕符咒发作？"

图财此时才想起来自己中了符咒这么回事，挣扎着爬起来，退到一块岩石旁，手依然抓着那块石头，问道："你们到底是做什么的？是不是那个王安朝派来的人！？"

王安朝？胡顺唐一愣，图财真的有什么事情还瞒着自己？但先前发毒誓那模样却不像是假的，他为什么要撒谎？为什么要说到七十多年前的那个清朝王爷？

"我们可不是王安朝派来的人，因为那家伙还傻乎乎地在那边山里研究着崖墓呢。"夜叉王随后转头看着胡顺唐，一指旁边远处的草丛中，"潜水的设备我已经搞来了，算我们运气好，现在是冬季，不是夏季，江水没有上涨，下面也没有想象中那么深，我知道水道的入口，咱们晚上动手，冷是冷了点儿，但总比招人怀疑要好。"

说完，夜叉王转身要走，被胡顺唐一把拉住问："你说崖墓那边是王安朝派来的人，到底是什么意思？"

"你不知道那个清朝余孽到现在还抱着复兴大清的白日梦吗？"夜叉王带着嘲讽的语气说，冷冷一笑，甩开胡顺唐的手。

复兴大清？开什么玩笑！这都21世纪了！胡顺唐扭头看着一脸惊恐的图财，看来这小子真的隐瞒了很多事情。

另外一方面，已成为景点的郚江古墓内。

崖墓下方的空地中，一棵弯曲的大树下放着一个轮椅，轮椅上坐着一位穿着风衣，戴着沿帽的老人。老人拿出手绢来捂住嘴，将痰吐出来后顺手将手绢扔到旁边摆放着的垃圾桶内，在他左右两侧，分别站着一男一女。

男的手捧着一叠手绢，而那个女子穿着一身合体的风衣，将头发盘在脑后，双手放在口袋中。

老人示意倒水，女子忙用保温壶倒了一杯水递给他，老人接过来，慢慢喝光，又问："里面还没有消息？"

女子看了一眼石壁上崖墓的几个出口，其中一个出入口站着的男人对她摇摇头。

女子低声道："爷爷，还没有消息，不过要抓紧了，我们瞒不过多久，虽然说这里政府派去核查我们身份的人半路上已经被拦截了下来，但人失踪了一天两天还好说，编造个谎言就可以瞒过去，如果时间一长，他们向当地警察一报案就难办了。"

老人"嗯"了一声，侧头对旁边的男子说："告诉他们，停手，我们先离开。"

"是。"男子向上面的人比画了一个手势，招呼里面的人出来，随后那人进入崖墓之中，没多久带着一个穿着羽绒服戴着眼镜的中年男人出来，走到老人的跟前。

中年男人扶了扶眼镜，摇头道："一无所获，就是普通的汉朝崖墓，没有尸体，更没有您所说的箱子，盗洞虽有，但是从外面打进去的，并没有什么水下密道之类的东西，而且我们不能动手在其中挖掘，出了问题……"

男子话还未说完，就被老人打断，老人吼道："不可能！我明明看见他们进去的！"

老人的情绪有些激动，浑身开始止不住抖动起来，中年男子面露难色，有些担心地看着老人身边的女子，女子递了个眼色，中年男子知趣地离开。

"爷爷，您别着急，一定会有办法的，时隔七十多年，就算里面有尸体也早被中国政府给清理了，更不要说那口箱子，我们再想想其他办法，花点儿钱查查，也许是放在某个博物馆当中展览了。"女子蹲下，握住老人的手安慰道。

"婉清！你要记住！你是大清的遗脉，是格格！你的任务是找到那个东西，才有希望复兴大清！我九十多岁还没有闭上眼，就是为了完成唯一的心愿，我们不能像那些个不思祖宗的浑蛋，连自己姓什么叫什么是什么身份都忘记了！他们只是一群奴才！一群狗奴才！"老人越说越激动，抓住轮椅的扶手就要站起来，被女子轻轻按住，低声安慰道。

老人重新坐下，抓起自己的帽子扔到地上，一张满是皱纹又有些骇人的脸上布满了愁容，目光垂下后又狠狠地瞪着崖墓的门口。年轻女子皱起眉头，扭头看着他脑后那根长辫子，无可奈何地叹了一口气。

　　"格格！"一名保镖跑了回来，女子瞪着他，但又不好呵斥他不要这样称呼自己，因为她对这个称呼很是厌恶，但老人又严令手下必须要那样称呼自己。

　　那人站在女子的跟前不敢说话，等女子开口问的时候，才开口道："先前那四个人果然有问题，他们去了江边，又拿出了稀奇古怪的东西。"

　　"稀奇古怪的东西？是什么？"女子问。

　　保镖用手比画了一下，因为先前观察使用的是望远镜，所以描述得相对来说比较清楚。

　　女子听完后，脸上浮现出了笑容："那叫罗盘，我就知道不是什么游客……盯紧他们！还有，全部人从这里撤走！把拦下来的人给放了，并且道歉，演戏给我演得真一点儿，明白了吗？"

　　"是！"保镖应声离开，去办女子所吩咐的事情。

　　等保镖走后，女子蹲下来，对已经气晕头的老人说："爷爷，您放心，我一定会替您找到那个箱子，完成您的心愿。"

斗阴拳的奥秘

胡顺唐坐在江边终于在煎熬中等到了太阳下山，和夜叉王待在一起的滋味的确不好受。先不说他是一个身怀奇术的连环杀人犯，光是他盘腿坐在草丛中自言自语，一会儿笑，一会儿沉默就已经够让人感觉到可怕了。

图财带着满身的伤痕靠在一块岩石边上，用警惕的眼神盯着周围的几个人，莎莉好心给他上了点儿药，让他稍微好受一点儿，可每当他的目光落在夜叉王身上的时候，浑身就忍不住抽动一下。

那家伙到底是什么人？图财心中想，但又不敢轻易开口问出来。如果他知道夜叉王是一个双手沾满鲜血的连环杀人犯，恐怕他根本不管自己中没中符咒，会撒腿就跑，或者宁愿投江自尽。

盐爷躺在胡顺唐与夜叉王之间，故意将两人分隔开来，虽说他本身也犯下过血案，但与夜叉王相比，完全是小巫见大巫，根本不值得一提。

当太阳最后一丝光芒消失在山头之后，夜叉王起身来，拍了拍身上的泥土，转身来到胡顺唐和盐爷之间站定，眼神在两人身上扫过，随后道："离下水还有几个小时，麻烦老头子你费心教教这个半桶水什么叫斗阴拳，进了崖墓万一遇到什么状况，他也可以自保。"

胡顺唐抬眼看着夜叉王，夜叉王面无表情地转过头去，走回原先的地方开始清理那几套潜水设备，又来到江边测量着水温、水位等。

盐爷见胡顺唐一直保持着沉默，挪动了身子坐到他的身边，道："冷静，无论遇到什么事都不要慌张，把你从前抓我的那股劲给拿出来就好了。"

盐爷说的这个"事实玩笑"在胡顺唐听来并不可笑，虽说自己讨厌"半桶水"三个字，可毕竟那是事实，自己没有完全参透孟婆之手的秘密不说，连斗阴拳也仅仅学会了在别人身上施术，可在自己身上施术还没有彻底掌握。

"斗阴拳的奥秘到底是什么？"胡顺唐问，刚问完，在江边的夜叉王就立刻扭过头来，脸上还带着胜利的笑容，胡顺唐极力不去看他那张奇怪的脸。

盐爷在鞋底上敲了敲旱烟杆，将烟锅里烧过的烟叶抖落出来："你师父廖延奇没有时间给你具体解释，不过就算他解释，在极短的时间内你也没有办法彻底理解，我还是换成现代的话给你说，这些都是蜂巢古科学部对斗阴拳研究得出的结论，斗阴拳等同于全世界范围内普遍称呼的降神术，就拿大家俗称的鬼上身来说……"

盐爷说到这儿，却被胡顺唐抢白过去："詹天涯曾经说过，鬼上身只是不同文化对多重人格的解释。"

"对，那是现代科学在心理精神疾病方面的解释，却不能完全解释很多怪事，你经历得也不少，想必也知道过分相信现代科学，本身就是一种迷信。"盐爷道，"真理之中也隐藏着谎言，就是因为真理的外衣实在太过华丽，让人的心里避免去查探其中的真相，也适用于古代的人类。对斗阴拳的研究主要表现在对智力、体力、毅力、视力、记忆力五个方面，因为会熟练使用斗阴拳的人，往往平常时候在这些方面表现得比正常人还要低下，我曾经见过一个被打傻的白痴使用了斗阴拳，一个人斗过了五个训练有序的大汉。"

胡顺唐不语，继续听盐爷说下去。

斗阴拳中智力的表现，往往是在对本身完全不了解的知识的认知上面，例如武术，特别是中国武术，基础就来源于对人类或者其他动物身体构造的了解，知道对方在什么时候露出的破绽最大，最容易被击退或者击倒。但斗阴拳往往直接跳过了这一过程，在短时间内就能获取，换言之，施术者本身要对武术有一定程度上的了解，类似于复制和粘贴。再说体力，在使用斗阴拳的过程中，其疲劳程度远远超出正常人可以承受的范围，与毅力相同，都是来源于本身精神和意念的一种支撑，可以解释为一种催眠，将自身的潜力给逼发出来，现代大多数所谓的会斗阴拳的施术者，实际上本身便是高明的催眠师，只是打着这个旗号招摇撞骗。而毅力，表现在对疼痛感的忽略上，就算在与人打斗的过程中受到了伤害，但身体的速度等都不会随着伤害而降低，反而一直保持先前的频率，这对敌人也是一种心理上的打击。

"斗阴拳中还有一个重点，那就是超视力。"盐爷用两根指头指着自己的双眼道，"往往熟练使用斗阴拳的人，无论在有没有光源的情况下，即便是伸手不见五指，都可以准确判断出周围有没有障碍物，对方在什么地方，当然习武到一定境界的人也可以做到这一点，用声音来辨别方向，但如果没有声音呢？面对高手的时候，敌人不会发出任何声音，即便是有声音发出，那也是杀招到了自己的跟前，想避开都为时晚矣。还有最后的超级记忆力，却是最重要的，乃是施术者本身的天赋，没有这一点，很难做到熟练使用斗阴拳……顺唐，你的记忆力我一直觉得不错，但是我现在告诉你的是一种快捷的方式，这种方式最适用于你们开棺人，因为只有你们凭借这种方式才不会跑魂。"

"跑魂？"胡顺唐很不解。

"跑魂就是人体灵魂出窍后，没有正确的方法，灵魂便永远无法回到自己的身体内，对于正常人来算，一个小时内无法返回，就会变成死人或者植物人。"蹲在江边的夜叉王起身说。

一旁的莎莉听了倒是见怪不怪，那图财听见这些却目瞪口呆，虽然没有记住多少，倒是听清楚了"开棺人"三个字，脸上多了一丝恍然大悟的表情。这种职业曾经也听祖辈提到过，说是进入某些地方做买卖前，就必须要找这类人一起前往，至于为什么，祖辈只是简单地回答说可以降低伤亡。

"为什么最适用于开棺人？"胡顺唐又问，这次他直接看着夜叉王。

夜叉王哼了一声，来到胡顺唐跟前，伸出一根手指捅了捅胡顺唐的额头道："因为你们这种人，有过灵魂离体的经验，就算跑了魂，你身体内那双手也会帮你给抓回来，所以死不了，但是你这种半桶水连孟婆之手是什么东西都没有搞明白……"

"孟婆之手……"胡顺唐看向盐爷，盐爷摇头，他虽说研究过开棺人，但对孟婆之手的秘密也没有参透过。

夜叉王从腰间抽出一道符纸，递给胡顺唐说："这里有道符咒，你拿去，紧急的时候可以助你离魂之用，但只能使用一次，而且保证要在五分钟内返回，否则就死定了。"

"怎么用？"胡顺唐拿过符咒问。

夜叉王指着盐爷道："老头子知道，你问他，我懒得回答，半桶水就是半桶水。"

胡顺唐压抑住自己的怒气，看着盐爷。

盐爷将符纸拿过来，看着上面的符号，有些吃惊："摄魂咒？这是杀人的东西！"

"对呀对呀，是杀人的东西，用不用随便你，我也没有强迫半桶水。"夜叉王显得很不耐烦。

盐爷把符纸揉成一团，正要扔进水中，却被胡顺唐一把夺了过来，盐爷忙道："这符纸不用咒语，只要贴于腹部就可以让人死亡，我没有听说过有人在这种符纸下能活着！"

"也许我不一样。"胡顺唐将符纸小心翼翼叠好，找了一个小塑料袋封紧放入贴身的口袋之中，又回头看了一侧的莎莉一眼。

莎莉知道胡顺唐冒着性命的危险所做的一切，完全是为了胡淼能够复活，对胡顺唐来说胡淼完全可以胜过一切，而自己就连做替代品的资格都没有。越想越乱的莎莉起身来，向另外一侧走去，想一个人静一静，却没有想到没有走多远，便看到原本还在身后的夜叉王站在前方，似乎在等自己。

"活着比死了更危险不是吗？"夜叉王开口说。

莎莉没有理夜叉王，转身就走，夜叉王抢先一步拦在莎莉的跟前："别人的东西始终有一天会还给别人的，但是如果你能够变成那个人呢？"

莎莉愣住了，隐隐约约明白了夜叉王是什么意思。

夜叉王伸出一根手指指着自己的太阳穴，偏头道："胡淼的记忆还在这个地方，抓住合适的机会，善用她的记忆，你就是胡淼，不过却要完全抛弃莎莉的身份……要得到终归要付出代价的，就看你自己觉得值得还是不值得。"

说完后，夜叉王开始往回走，大声喊道："半桶水，准备一下，要下水了！"

莎莉站在那儿，呆呆地看着夜叉王的背影。她来到江边，盯着江水中倒映的月亮，还有自己模糊的倒影，伸手摸着自己那张本应该属于胡淼的脸，道德在这一刻突然消失得无影无踪。

与此同时，那名被唤作格格的女子站在山头，用望远镜看着莎莉，随后又抬高望远镜，看着远处的胡顺唐、盐爷、图财和夜叉王四个人，数道："一、二、三、四、五……五个人，比先前来崖墓入口时多了一个。"

女子说完后放下望远镜，若有所思，身后一名保镖低声道："格格，他们五个人好像不和。"

第二十八章 斗阴拳的奥秘

"看得出来，还有……"女子侧头冷冷地盯着那名保镖，"我说过很多遍，不要叫我格格。"

　　"是。"保镖接过女子递过来的望远镜，恭敬地站在一侧。

　　女子将外面的风衣脱下来，露出里面的紧身衣："潜水设备什么时候能送到？"

　　"潜水设备附近不好找，大概还需要一个小时。"保镖回答。

　　"我给你半个小时。"女子冷冷地说，蹲下来看着远处正在清点设备的胡顺唐，自语道，"有点儿意思。"

江上，穿着潜水服，背着氧气瓶的夜叉王走在最前面，从江边慢慢蹚着水向对面的玉梭山走去。一开始江水仅仅是没到腰间，随后很快便到了颈脖处，夜叉王扭头来朝身后的胡顺唐等人点点头，将氧气管含上，自己先潜了下去。

胡顺唐几人也学着夜叉王的样子潜了下去，在前方的胡顺唐同时打开了水下灯，照亮了水下，可夜叉王好像根本不需要灯光一样，在漆黑的水下很容易就辨别了方向。本来江面下的水流应该相对比较平缓，可到了江面中心地带，水流开始越来越急。胡顺唐停下来，回身去看身后的盐爷、图财和莎莉三人，三人的速度极慢，在水中也特别吃力，特别是盐爷，完全不适应潜水的装备，动作看起来非常不自然。

胡顺唐抓住盐爷的手，向前指了指，又用手比画了一下，示意游过中心地带就没有问题了。

盐爷使劲抓了一下胡顺唐的手，随后变换了队伍，走在最前，但在停顿几分钟的时间里，前方的夜叉王却不见了踪影。

四人不敢在水流最急的地方停留，只得拼命游到江对面。

夜叉王所选的过江地段是属于江水弯道处，算是玉梭山附近宽度最窄的一个地方，相对来说到江对面距离较近，不好的则是弯道处水流特别急。但在两者只能选其一的前提下，对于这群几乎没有用过潜水设备的人来说，只能选择距离江对面最近的地方。

好不容易到了江对面，胡顺唐浮出水面，抬手就抓住江面边缘山体下方的一块岩石，随后将盐爷奋力拉起来，又安置好了莎莉和图财两个人后，这才开始四下寻找起夜叉王来。可周围黑乎乎的一片，就算有明亮的月光也无法看清楚太远的地方，虽说这里偏僻，胡顺唐也不敢轻易在水面上开灯，担心会被周围的农民察觉，于是四下低声呼喊起夜叉王的名字，但声音传不出多远便被江面湍急的水声所覆盖。

抓着岩石的图财摘下呼吸器，骂道："过江而已，至于还穿潜水服吗？游过来不就行了。"

胡顺唐瞪着他，伸出手指往江面下指了指，意思说等下还得往下面潜。况且在这个季节不穿潜水服，光是水温就会让人浑身麻木，就算暂时能够坚持，进了崖墓后要是无法生火，难不成要穿着湿衣湿裤？四川的湿冷，就算是冬天生活在零下二三十度的北方人都受不了，更何况跳入水中再爬起来。

在寒冷的江水中等待了十来分钟，几人的嘴唇都冻得发紫的时候，夜叉王才突然从胡顺唐身后的水中钻出来，摘下自己的呼吸器道："左侧五十米，下潜，你们最好抓着山体旁边的岩石往下爬，我在洞口等着你们。"

说完，夜叉王又重新潜了下去，胡顺唐担心会跟丢，对盐爷等人打了个手势，自己赶紧潜落下去。图财看着几个人相继潜了下去，表示不解，没明白在弯道处江面上的水流最为湍急，自己则抓着旁边的岩石向前方慢慢摸过去，谁知道走了不到五米，就被一股巨大的水流给冲向江面的中心。

图财受了惊，又因为没有戴呼吸器，顿时慌乱起来，因为随身携带铅块的关系，开始向下沉，眼看着就要被冲走，胡顺唐及时赶到，死死抓住他的手腕，拖到一旁，帮他戴好呼吸器，又用手指着他的鼻子，警告他再不听话，就不管他的死活。

来到夜叉王所说的位置，胡顺唐打开水下灯，发现夜叉王在水下一块菱形的岩石后，艰难地抓着岩石的边缘，努力保持着身体的姿势，在那儿招手，示意他们赶紧下来。

胡顺唐领着盐爷几人抓着水旁边的石块向岩石方向潜去，随后钻到那块巨大的岩石后方，通过灯光发现岩石后方有一个漆黑的大洞，洞口只能够供两个人同时进入。夜叉王先来到洞口，一只手抓住洞口上端的边缘，又伸出手来将盐爷、莎莉和图财拉进去，然后对胡顺唐比画了一个手势，自己扭头就钻了进去。

胡顺唐抓着洞口边缘往里面游的时候，忽然有一种异样的感觉——有什么东西从自己的身下快速地游了过去。

胡顺唐停下来，双腿撑住洞壁的边缘，用水下灯在周围扫了一圈，什么都没有发现，谁知道再换回原先的姿势时，灯光一扫而过，看见好像是什么鱼尾一样的东西在旁边一闪而过。

变换姿势，胡顺唐用灯光向那东西消失的地方照过去，只能看见凹凸不平的洞壁，却没有看见其他任何东西，定了定神后向水道深处游去，游到尽头，洞口开始直着向上，呈"L"形，抬头已经能够看清楚在最上端的灯光。

游到出口，胡顺唐冒出水面，看见已经脱下潜水服的盐爷、莎莉和图财三个人，盐爷伸出手将胡顺唐拉出水面，刚起身，就看见在旁边的一具白骨。图财呆呆地盯着那具白骨，胡顺唐寻思这应该就是图捌的尸体，心想图财至少在这一点上没有说谎。

"刚才我看见有什么东西在水道中，但一闪而过，没有看清楚到底是什么模样。"胡顺唐脱下潜水服，盯着那具白骨。

莎莉轻声道："也许是鱼吧……"

"不可能，如果是鱼，也太大了，现在涪江内根本不可能找得到那样大的鱼。"胡顺唐否定掉，语气有点儿硬，原本没有其他意思，但莎莉听到顿时闭上嘴，不敢直视胡顺唐的目光。

"不管如何，总算是都平安进来了，不过也算知道这崖墓的一个秘密了。"盐爷摸着被人工挖掘出来的通道。

脱下潜水服，整理着衣服的胡顺唐问："什么秘密？"

"那边的崖墓和这边的崖墓完全不在同一座山，你没发现？"盐爷反问。

胡顺唐点点头："发现了，我也是要下水之前才猛然意识到的，也就是说两座崖墓不一样？"

"不是两座，在那边已经成为景点的崖墓也至少有十来个，那仅仅是已经发现的，从旅游图册上的照片来看，过于简陋了，也许那边只是个掩饰。"

"掩饰？你的意思是说，那边的崖墓是假的，这边才是真的。"

"对，如果真的是这样，那么这边的崖墓肯定藏着什么不想被人发现的东西。"

"牧鬼箱？"

"也许吧。"

盐爷和胡顺唐两人一问一答之间，到前方去察看的夜叉王还没有返回，倒是在旁边呆呆盯着那具白骨看的图财发话了："我就没想明白……"

"没想明白什么？"胡顺唐来到那具白骨前问。

图财看了一眼胡顺唐："你说说为什么我祖上个子都这么高，到我这一辈都变成个半残废了？"

图财这么一说，胡顺唐才注意到那具图捌的骸骨身高至少在一米八左右，而图财却只有不到一米七的身高。

"基因突变，也许是你妈个子不高的缘故吧。"胡顺唐说，说完就往前方走，用手电筒仔细观察起这个盗洞来，这个洞穴实在是太大，大得有点儿不可思议，真如图财所说，就算耗费大量的人力，短时间内也没有办法挖掘出来。

"我妈个子的确不高，但我爸也不高。"图财还在纠结身高的问题，胡顺唐没理他，看了一阵洞穴，又照亮了前方，前面的通道越来越窄。

盐爷和莎莉走在后方，也仔细地看着这个盗洞的洞壁。

胡顺唐转过头来，问图财："你也算半个专业人士，凭你的经验挖出这个洞来要花多长的时间？"

"半个专业人士？爷本来就是专业的好不好？"图财显得很不高兴，"我实话实说，这个洞要想挖出来，完全不可能。"

"的确不可能。"盐爷在一旁搭话，"要在水下做这种事，就算是现在都难，现代技术可以在水下埋炸点，但是往回退几十年上百年，只能用人力是很艰难的。"

图财摸着洞壁说："这不是泥土，完全是石块，那块石头让你在上面凿个洞出来都困难，更何况是凿个这么巨大的洞，而且现在做这种买卖，几乎都不用从前的老办法了，能炸就炸，哪儿管得了那么多。"

胡顺唐打着灯向前面慢慢走着，奇怪夜叉王怎么又不见了踪影，又问："以前你们用什么法子？"

"以前探土用洛阳铲，往地下打，现在那些考古的人不是也用这东西吗？就为了能够查清楚底层下面的情况，但顶多能够打下去个二三十米就了不起了，再说了，现在盗墓谁还能轻易找得到那种什么小说中才能找到的大墓地宫，我们现在用的法子就是螺旋钢筋。"图财道。

"螺旋钢筋？"胡顺唐转头来看着他。

图财点头："对，因为有螺旋纹，而且比较坚硬，遇到硬面也可以打得进去，再拉出来，螺旋纹会带着下面的泥土，从颜色上来判断下面的土层情况，然后用皮尺一量，大概就知道挖多深和挖掘需要的时间，如果有硬土层或者石层，挖开后就用炸药！"

注：螺旋钢筋这个法子的确是现在大部分盗墓贼所使用的办法，作者在2009年询问一名陕西西安的警察时得知的，这个方法比较简单，而且钢筋这东西比较好找，随便找个建筑工地就可以到手，算是走捷径技术含量不是太高的办法，可盗墓贼本身一定要对地层中的表土层、耕土层、黏土层、文化层以及生土层有一定的认识，这样才能做出大致的判断，现在广东一带的地师看罗盘，也使用钢筋入地后用阴阳架支撑的办法。

第三十章

棺墓

　　胡顺唐走到前方最窄的地方，手电照到在洞口处有一层暗红色的血迹，血迹已经完全融入了石层之中，使得颜色看起来很像是朱砂色。

　　胡顺唐伸手摸了摸，应该是李瓜娃死时留下来的血迹，可往洞壁左右看，也有均匀涂抹的红色，而且百分之百不是血迹。图财和盐爷上前来，仔细察看了一阵，不约而同说出了两个字："涂朱？"

　　"什么意思？"胡顺唐问，不明白这两个字的含义。

　　"不应该。"盐爷摇头道，图财也表示很奇怪。

　　图财趴下来，靠近摸了摸，然后闻了闻自己的手指说："时间太久，闻不出什么气味来，但这石壁好像不是石头做的，倒像是骨头。"

　　"骨头？"胡顺唐伸手摸了摸，果然那最小的盗洞四壁十分光滑，可什么样的东西才会有这么大的骨骼，随后退后几步，照着那面跟前的石壁，再对应左右的石壁，果然能发现细微不同的地方。

　　"中国人有自己独特的丧葬文化，涂朱就算是最早的一种丧葬形式，因朱砂是红色的，有点儿类似人的鲜血，加之人类早期对肉体和灵魂的认识，便产生了灵魂不灭的观念，认为红色象征鲜血，而鲜血又是生命的来源和灵魂的寄居之处，所以在死去的人身上撒上朱砂或者同样红色的东西，代表赋予死者新的血液和生命，以另外一种形式复活。"盐爷道，"最早的鬼文化也是从那个时候开始的。"

图财听得连连点头，用赞许的目光看着盐爷说："老爷子懂得不少嘛！不过涂朱这种形式，在商朝中期就已经不再使用了，大部分是石器时代的人类才用。"

盐爷听图财这么说，略微有些惊讶，没想到自己一直看不起的图财对这方面研究得还很透彻。图财很会察言观色，看见盐爷看自己的眼神有些变化，便开始得意起来："爷还不止懂得这些呢，没有点儿文化知识，蛮干的话是做不成买卖的，我曾经还想去考个什么IBM呢！"

"那叫MBA。"一旁的莎莉笑道，"IBM是电脑。"

盐爷听图财自称"爷"，眉头又皱了起来，上前一步对胡顺唐说："夜叉王大概先进去了，我们也赶紧吧，万一这小子扔下我们跑了，可了不得。"

图财丢了面子，急于想挽回来，趴下来第一个钻进洞里，随后道："你们跟着我，保准没事。"

说完图财以极快的速度钻了进去，胡顺唐紧随其后，接着是莎莉，盐爷殿后。

盐爷等前面几人都钻了进去后，自己掏出了一点儿碎纸，吐了口唾沫，贴在了旁边的洞壁角落上。

图财在前，钻过那个盗洞后，还未起身就见到了旁边的另外一具白骨，白骨身上还穿着奇怪的衣服，头颅侧向一旁，双腿并拢，两只手则伸展开来，摊开向左右。

"这应该就是李瓜娃。"钻过盗洞的胡顺唐说，图财点点头。

胡顺唐寻思了一下，掏出相机来，对着李瓜娃的骸骨拍了一张照片，又仔细从各个角度都拍了下来。图财觉得奇怪，便问："你拍这玩意儿干吗？"

"研究。"胡顺唐简单地回答了两个字，又拿出相机对着其他地方开始拍摄，闪光灯不停在墓室内亮起。

"研究什么？"图财向周围望去，墓室的陈设和父辈告诉给自己的一模一样，在墓室的另外一侧，还有那口被砸烂的石棺。图财几乎和盐爷同一时间向那口石棺走去，盐爷也不理他，自己蹲在那口石棺前，打开手电来，仔细地查看起石棺上面的花纹。

"汉代石棺。"这次两个人又同时说出来，图财又一次显得有些得意，但盐爷却露出很厌恶的表情。

"盐爷，他身上穿的是什么衣服？"胡顺唐蹲下，戴着手套用两根手指夹着李瓜娃骸骨外的衣服搓了搓。

盐爷回头，用手电照着胡顺唐两个手指夹着的地方，看了半天才说："水服，算是以前古老的潜水服，但这种衣服和现代的潜水服不一样，无法防水，入水后反而会紧贴衣服，目的就是轻便而且不会增加身体的重量，听说是苗人发明的，后来传到川北，少部分渔民和大多数捞浮财的人都会制作这种衣服。"

"噢，明白了。"胡顺唐看着那件李瓜娃身上的衣服，若有所思。

莎莉拿着手电在墓室中四下走着，走了一圈后站在石棺前说："这里是汉墓，但却有股商时期的风格，从这些兽头雕刻就可以看得出来。"

"你也懂这个？"胡顺唐扭头去看着莎莉，莎莉猛然意识到自己说漏嘴了，但此时又没有办法把话给圆回去，只得实话实说。

莎莉指了指自己的脑袋说："胡淼的记忆……我都有。"

胡顺唐点点头，没再说话，他最担心的便是这一点——莎莉占据了胡淼的身体，却拥有胡淼本身的记忆。虽说这是件好事，因为胡淼对古文化和文字有一定的研究，特别是在经历过"白狐盖面"事件后，为了做好胡顺唐身边的"助理"，时常与大学母校的教授用电子邮件交流，也买了不少资料在家中学习，虽说她本身对这些也感兴趣，但更多的是为了帮助胡顺唐。

"中国的丧葬文化一开始是分开的，'丧'字在甲骨文中原意为采桑，后来变化成为了四种意思，失去、死亡、尸体以及丧葬的礼仪；而'葬'字在甲骨文中的意思是掩埋死者遗体的象形文字，其意为将死者的尸体掩埋在草丛中或者用井字形的棺椁装殓起来加以埋葬。大约到秦汉时期，丧葬两个字才开始合并起来使用，其中的礼仪，也就是现在我们所说的规矩分为很多种，王公贵族和平民百姓之间有很大的区别。"莎莉一股脑将脑子中出现的东西全部说了出来，说完后自己也有些惊讶，为什么要在这个时候说出这些话来，是因为胡淼记忆的影响吗？

胡顺唐对莎莉的这番话，只是用"嗯"来回应，随后也走到石棺跟前，去找那个盗洞，同时也看到在石棺的帮首位置还有一具骸骨，骸骨旁边还放着一件水服，那具与李瓜娃骸骨不同的是少了上半身，只剩下腰身以下的骨骼。

"被鬼水吞掉了？"胡顺唐盯着那具骸骨，拍下了一张照片，"这应该是樊大富。"

图财在一旁接过话去："应该是樊大富，图捌先死，随后是李瓜娃，接着就是樊大富，再然后是穆英杰，死亡的顺序应该是这个，从发现骸骨的顺序来说应该错不了。"

胡顺唐点点头，想起先前在水道中看到的那条巨大的透明的类似鱼尾一样的东西，担心那东西就是图财所说的"鬼水"，当初听图财说起的时候，自己的第一反应便是当初在将军坟中遭遇到的那种如同泥巴一样，但会扑面致人窒息的不知名生物。想到这儿，胡顺唐转而去看石棺后的那个盗洞，俯身看去，盗洞口没有被东西堵上，可是从图财所说的"故事"中，穆英杰是用了奇怪的法子暂时封住了那个盗洞口，为了避免"鬼水"的侵袭，但最终还是失败了。

"看样子夜叉王先钻了过去。"胡顺唐道，"这里没有什么发现，我们也过去吧。"

"等等！"盐爷制止正要钻过去的胡顺唐，用手电照着墓室的周围，最终手电光照在樊大富的那副骸骨上，"总觉得哪里有点儿不对劲。"

"什么地方不对劲？"胡顺唐抬头问。

盐爷摇头："墓室不对劲，顺唐，你退后。"

胡顺唐起身来，后退了几步，盐爷也随之退后几步，站在石棺的另外一侧，用手电照着有盗洞的那面墙壁，随后又用手电照了照来时有盗洞的那面洞壁。

"颜色和材质不同。"胡顺唐前后左右看了看说，"我们现在所站的方向，左右前后的洞壁颜色不一，左右洞壁颜色差不多，我刚才摸过，感觉上也应该都是石壁，可前后有盗洞的石壁却不同，摸起来很光滑，没有石壁表面上的那种凹凸感，像是什么动物的骨骼。"

"对。"盐爷点头道。

莎莉紧挨着胡顺唐站着，图财在一侧却说："骨骼？不可能吧，什么样的东西有这么大的骨骼，陆地上的动物只有大象，川北哪有大象？再说了，就算是大象的骨骼，也不可能铺开有这么大。"

胡顺唐从包中掏出一把铁锤，走到右侧的洞壁前，用力狠狠敲了几下，用手电去看，连痕迹都没有，接着又走到有盗洞的那面洞壁前，才敲了一下，就滑落出了一块"碎石"下来。胡顺唐俯身拿起那块"碎石"，在手中摸了摸说："怎么摸起来都不像是石头。"

"这间墓室的长度和宽度也有些奇怪，站在中心点看起来像是四方形，可你走到其中一个角落，你们来看，我先前在角落拍下来的全景照片……"胡顺唐打开相机，翻查到刚才拍下来的一张照片，从照片中来看，也许是因为角度的原因，墓室并不是四方形，而是长方形。

盐爷看了一阵，蹲下来用手摸着下面的地面，地面也是坚硬的石头，几乎没有任何缝隙，摸了一阵后让胡顺唐拿出纸笔来，用笔在纸上画了一个所在墓室的平面图，随后放下笔，问："你们看，这像什么？"

这个图案众人只看了一眼，便不约而同地说出了两个字来："棺材！"

另外一方面，地下水道入口处，原本平静的水面中多了一丝波纹，从波纹的中心处伸出一个细小的探头，探头在周围旋转了一圈后又慢慢沉下去，紧接着一只手从水面伸了出来，将一个防水袋扔了上去……

第三十一章
不解的死法

十分钟后，水道入口处多了五个穿着潜水服的人，领头的婉清取下面罩和呼吸器，用额前的手电照着跟前的通道，自语道："爷爷果然说得没错，有条水道可以进来。"

婉清身边一个身材最高大，看似应是其他三人头目的男子一边脱潜水服一边说："为什么主子一开始不来这里？偏偏要去那边的崖墓，明显是两个不同的方向。"

婉清道："别忘了，他已经九十多岁了，记性不太好，况且先去那边是我的主意，就算让人发现也查不出来我们真正的目的。还有，从现在开始你们都叫化名，如果与先前那批人遭遇，不能暴露身份，互相称呼化名。"

男子点点头，向身后那三名已经脱下潜水服，正在往脸上涂抹迷彩的男子比画了一个手势，三人会意，从各自的防水袋中取出装备开始佩带。此时，男子则蹲下来从脚踝处的枪套中掏出一把贝雷塔掌心雷交给婉清："格格，以防万一。"

婉清接过掌心雷，打开看见里面两颗子弹已经上膛，扫了一眼其他人，发现其他三人也都佩带有手枪，便冷冷问道："怎么带过海关的？"

男子回答："找蛇头送过来的。"

川西秘闻 ❸ 蜈蚣骨

148

婉清靠近男子，直视他的双眼道："黎明，请你记住，这里是中国，你用美国的持枪证在这个地方佩带枪支是违法的，如果被抓住，不是那么简单可以脱身的，明白吗？"

被叫作黎明的男子辩解道："格格，这是主子吩咐的！说是以防万一！"

婉清松开黎明，逼其贴近了洞壁，沉声道："一、主子不在的时候别叫我格格，你可以直接叫我婉清，反正这不是我真正的名字；二、主子不在的时候，我说了算。希望你记住这两点。"

婉清说完，不等黎明回答，侧头问其他三人："除了手枪，还带了什么？"

"除了手枪，就是弩弓，子弹也不多。"黎明回答，其他三人低下头停止了手上的动作不敢说话。

"是吗？"婉清离开黎明跟前，蹲下来，用手打开其中一个防水包，带着嘲讽的语气问："连火箭筒都没带？"

婉清问完，其中一个脑子抽筋的家伙抬头道："重武器不好找，而且也不方便携带……先前黎明带我们做了战术评估，认为需要使用重武器的概率不大。"

黎明当然知道婉清问的是反话，狠狠地踹了回话的那家伙一脚，差点儿将他踹回到水道里去。

婉清起身，将掌心雷收好，放在紧身衣胸口的位置，随后正色道："下不为例！不过请几位记住，寻找牧鬼箱的过程中，没有必要的话不要使用武器，与其他人遭遇时，不到万不得已不能伤及人的性命，最重要的是，你们都不能出事！明白了吗？"

"明白了！"四人齐声回答。

"准备吧。"婉清说完，开始脱下自己的潜水服，其他四人也开始佩带装备，不到一分钟便整理完毕。

五人向通道的深处走去，先前发现在通道入口处的那具骸骨让黎明觉得有些奇怪，人死亡，就算是被怪物吞噬，其骸骨也不会变成白森森的骨头，上面连一丝干涸的皮肉都不剩下，更何况此人外面还穿了衣服，衣服里面便是骨肉，他们是退役军人，十分清楚人在死亡时如果穿了衣服，尸体腐烂后，不管经过多少年的时间，衣服上面多少都会粘上一些死者体表的东西，可那具白骨黎明查看过，干净得有些离奇。

来到只能供一人爬行的盗洞口时，黎明问："格……婉清，牧鬼箱到底是什么东西？"

婉清摇头道："不知道，我也不清楚，听我爷爷说那是神器。"

"神器？"黎明觉得很奇怪，"是干什么用的？"

"不知道，爷爷没说过，他时日也不多了，我只是想在他闭眼前找到这件东西，圆他一个心愿而已，其他的事情就交给老天爷来定夺吧。"婉清说完，向盗洞中爬过去。

黎明知道婉清所说的"其他的事情"指的便是所谓的"复兴大清"，他们只是退役后被王安朝雇用的保镖，实际上与雇佣军性质相同，谁给钱就给谁卖命，谁给的钱多谁就是顾主，虽说他们也知道王安朝的理想和幻想没有任何实质性的区别，就连王安朝自称是中国清皇朝的后裔，在他们看来都只是一个患了老年痴呆症老头儿的胡言乱语。

与此同时，胡顺唐等四人已经进到了第二间墓室中。

盗洞口左右两侧，有被打开的罐子，还有两枚棺材钉，以及一张破破烂烂黑黄相间的布。

胡顺唐拿起一枚棺材钉，放在眼前仔细端详起来，盐爷同时拿起另外一枚棺材钉，两人对视了一眼，明白了两件事，第一，便是图财所说的不假，的确有穆英杰这个人，从先前发现的骸骨来看，"鬼水"的存在也不是危言耸听；第二，穆英杰本身的身份百分之百与开棺人有关系。

"棺材钉、简易的封魂罐以及……五禽骨粉。"胡顺唐摸了摸散落在周围各处的五禽骨粉，七十年过去了，大概是因为崖墓内干燥的关系，这些五禽骨粉并没有化去，还好端端地散落在原地。

穆英杰和图拾叁跑进了这间墓室中，随后穆英杰封闭了盗洞，依这里的东西来看，假不了，穆英杰也必定就是开棺人，否则不可能出现五禽骨粉，胡顺唐用手指沾着五禽骨粉轻轻搓着。

"先前的墓室从平面图上来看呈棺材状，而那个石棺所摆放的位置则是在棺材的帮首部位，从整体大小分化下来，被砸破的石棺就像是巨大墓室棺材中的葬枕，换句话说，先前那间墓室本身就是一口巨大的棺材，不过这到底是什么用意？"盐爷没有想明白，这种殉葬的方式还是第一次见过，就连从前都没有听人提起过。

莎莉向一侧看去，隐约在那里看见有个人影，下意识抓紧了跟前胡顺唐的手臂，胡顺唐扭头问："怎么了？"

莎莉伸手指了指那个角落，胡顺唐用手电照过去，发现在墓室的一角靠着洞壁有一具尸体，尸体头低垂着靠在那儿，但和图捌、李瓜娃以及樊大富骸骨并不相同，因为那并不是一副白骨，而是一具干尸。

胡顺唐走到那具干尸前，转身问正在查看鬼顶柱的图财："这是穆英杰吗？"

图财走近来，仔细查看了一番，摇头道："不确定，如果没有其他人在那之后进来过，那只可能是穆英杰了。"

正说到这儿，图财发现了干尸右手上还紧握着的驳壳手枪，点头道："有枪，应该是穆英杰，因为当时只有穆英杰带了武器进来。"

只有穆英杰带了枪？胡顺唐看着那支驳壳枪，还有散落在地上的弹壳，换了个姿势蹲在干尸的旁边，向干尸正对面看去，他用手电照着正对面的方向，又数了数地上的弹壳，一共有 10 枚弹壳，随即又看到在干尸的腰间还插着两个没有用过的弹夹。

胡顺唐取下弹夹，将弹夹中的子弹全部取出来，一共有 10 颗，应该是 10 发装弹夹，而地上也有 10 枚弹壳，也就是说穆英杰在死前，将手中驳壳枪的 10 发子弹全部打了出去，随后被什么东西给杀死，但不一定是"鬼水"。

按照图财的说法，"鬼水"杀人，是将人瞬间吞噬，变成白骨，而穆英杰的尸体只是成了干尸，说明并不是"鬼水"所杀，而是被其他东西杀死，慢慢变成了干尸。

"顺唐，有什么发现？"盐爷问，此时图财又一个人走开，向那副石棺走去。

胡顺唐用手电照着干尸右侧的洞壁上，有几条细小的痕迹，应该是子弹划过洞壁产生的划痕，这样来看穆英杰应该是对准了洞壁上的什么东西射击，连续射出了 10 发子弹，但最终却无能为力。

胡顺唐将电筒倒转过来，照着那具干尸，想看清楚尸体上有没有什么特别致命伤之类的东西，却意外发现干尸的后脑被掀开了一个大洞，看到这儿胡顺唐愣了下，随即将干尸的身子向前一倾，用手电对准了干尸的后脑仔细查看了起来，随后又用手电照向在其后的洞壁，在那发现了一颗已经变形的弹头。

胡顺唐很清楚地记得，夜叉王在水牛坝村枪击阿柱的时候，一颗子弹从阿柱的前额穿进去，子弹的冲击力穿透了头部后，随后便掀开了后脑，出现了一个很大的血洞，如果不是亲眼所见，胡顺唐并不知道子弹在击中人脑后，并不是在被击中的位置炸开，而是脑后。照这样推论，无论是驳壳手枪还是现代的 92 式手枪，在近距离对着脑部射击都应该产生同样的效果，照这样来看穆英杰应该是自杀的？

盐爷和莎莉见胡顺唐一直未说话，正要开口却见胡顺唐扶起干尸靠在洞壁上，仔细查看起来，最终发现那具干尸的嘴巴是张开的，用手电往里面一照，光线直接照透到脑部的后方。

"穆英杰是吞枪自杀的。"胡顺唐肯定地说，"否则的话他不会是干尸，而是一具白骨，鬼水杀人不是这样的，对不对？"

胡顺唐说话的时候，同时望向已经站在那口石棺前的图财。

几分钟前，就在胡顺唐查看穆英杰那具干尸时，图财已经一个人悄然来到了石棺前，看到了里面的那口箱子，同时也看到箱子上面的钥匙被取走了。在悄悄回头看了一眼背对着他正在查看干尸的胡顺唐三人后，图财从贴身的口袋中掏出一把钥匙来，尝试着插进了箱子的钥匙孔中，果然可以插进去，正要扭动的时候，却听见胡顺唐大声说话，忙回头看去。

胡顺唐不知图财在做什么，又重复了一遍："鬼水杀人不是这样的，对吗？"

图财并没有留心听胡顺唐先前说了什么，为了不让其他人发现自己刚才做了什么，忙道："对，不是那样的。"

胡顺唐见图财回答得有点儿心不在焉，起身用手电照着图财问："你在做什么？"

图财反应极快，忙道："石棺里果然有口箱子，你们过来看。"

说完话的同时，图财转身将那枚钥匙取了下来，握在手中，同时装作解衣领，顺势将钥匙放回了贴身的口袋中。

第三十二章

视觉误差

四人围住那口七十年前被穆英杰和图拾叁打开的石棺，看着里面的那口箱子。七十年的时间过去了，石制活寿材机关内的毒液早已失去了原本的功能。

胡顺唐用手电照着里面的箱子，那个箱子大小和图财所说的一样，长五尺，宽两尺，外表如普通放衣服的箱子一样，只是箱子的外侧向前有青铜的兽头花纹以及拉纹的玉片，上面还有些细小的图案，下方玉锁上的钥匙也不见了。

"图拾叁拿了钥匙，他带着钥匙离开了吗？"胡顺唐自言自语。

图财听到这句话倒有些紧张，生怕胡顺唐知道那枚钥匙如今就揣在自己的身上，赶紧摇头道："不知道。"

"箱子里面有什么呢？"莎莉此时在一旁问道，这句话倒是提醒了胡顺唐和盐爷。

图拾叁进入过第三间墓室，发现了悬挂在鬼顶柱上端的箱子，和这一口一模一样，而且第四间墓室中也有完全一样的箱子，不同的是镶嵌在洞壁之中。现在的问题是这崖墓群中到底有多少个墓室，又有多少个箱子。

可以肯定的一点是，如今被列为景点的崖墓，起到的只是伪装的作用。建造这些崖墓的人，很明显是不想让人知道在反方向的玉梭山内还有另外一批崖墓的存在，而这批崖墓中藏着的必定就是牧鬼箱。清光绪年间发现的商父乙鼎，使得人们知道了古代蜀地所存在的郪国是商朝时期为了躲避追杀而逃亡至此的贵族，因为只有贵族才会使用在当时非常名贵的青铜礼器，可商父乙鼎又是怎么被发现的？是从崖墓中？这一点不得而知，所查询到的资料中也很模糊，说法不一。

胡顺唐在心中做了一个假定的推测，商父乙鼎虽然珍贵，却比不上牧鬼箱，也许是郪国后人将商父乙鼎藏于伪装的崖墓中故意供人发现，让世人的目光都集中在伪装的崖墓上，从而忽略了玉梭山中真正的崖墓，达到保护牧鬼箱的目的。而在这真正的崖墓中，却出现了不止一个"牧鬼箱"，到底哪个才是真正的牧鬼箱？为什么要这样做？

"我们只有去下个墓室中赌一赌。"胡顺唐想到这儿，下了一个决定。

盐爷忙问："赌一赌？赌什么？"

胡顺唐看着石棺后方的盗洞说："打开下一个墓室中的箱子，看看里面有什么东西，大概就能推测牧鬼箱中到底装着的东西是什么了。"

"箱子内会不会藏着什么兵器？"莎莉又说，"箱子长大概一米六，宽不到一米，这种形状的箱子看起来倒是有点儿像放了什么兵器，也许是剑，也许是刀？"

图财此时悄悄后退了一步，仿佛听见在隔壁墓室传来了什么声音，顿时便紧张了起来，双眼一直呆呆地盯着那个盗洞口……

"商代开始制刀剑，那时候的人就已经将刀剑分得很清楚了，剑所指为双锋直形刃，而刀指的是单锋弯形刃。"莎莉又说。

胡顺唐知道莎莉的脑子中存在着胡淼的记忆，本来他已经在心中告诫自己，现在有胡淼模样的就是莎莉，而不是胡淼，但莎莉将胡淼的记忆整合再说出来，反而使他心中更为难受，闭上眼说："不可能是兵器。"

胡顺唐的语气很生硬，莎莉明白自己又犯了禁忌，于是闭嘴，心里骂着自己为什么总是说错话，办错事。

"走吧，我们去下一个墓室。"盐爷道，趴了下去，开始向下一个墓室中钻过去。

胡顺唐抬手用数码相机拍一张石棺内箱子的照片，让莎莉跟着盐爷，自己随后也趴了下来，却发现图财呆呆地站在那儿，望向来时的方向，便问："你在干什么？"

图财没有任何反应，胡顺唐又叫了一声，图财这才扭头过来道："没，没什么，走吧。"

胡顺唐见图财的模样有些奇怪，寻思这小子是不是发现了什么，刚要起身来，图财却趴了下来往那个盗洞中钻了过去，胡顺唐看着图财先前所看的方向，等了一会儿，听到没有任何动静后这才钻了过去。

第一间墓室中，戴着防毒面罩的婉清手持着空气质量测量仪四下慢慢地走动着，仪器上面的五色指示灯轻微地闪烁着。其他四人拿着手电在墓室中四下小心翼翼地搜索者，连一个破碗都没有放过，黎明查看了一阵没有任何发现便走到了婉清的身边，低声问："空气质量有问题吗？太闷热了。"

说完，黎明用手抓着防毒面罩的边缘，作势想要摘下来，却被婉清一把将手腕抓住道："不要摘下来，有轻微的乙醚反应，虽然没有超标，但吸入还是有害。"

"乙醚？"黎明赶紧放下手，知道那东西易燃不说，吸入过多会导致人体麻痹以及产生幻觉，"为什么墓室中会有乙醚？"

"这不奇怪，中国古代的墓室中因为珍贵的陪葬品过多，担心下葬后有心怀不轨的盗墓贼前来，就在墓室中布下了许多的机关，下毒只是其中的一项，不能掉以轻心。"婉清说完，将仪器重新挂回腰间，俯身看着通往下一个墓室的盗洞口，"做简单的资料收集就行了，我们稍微加快速度，快而安静，不能被先前那批人发现。"

"快而安静？"黎明心想，这不可能，又要找东西，又要加快速度。

婉清透过防毒面罩看着在身旁站着单手握着弩弓的黎明："前面那批人应该也是来找牧鬼箱的，我们只需要跟紧他们，这批人里应该有行家，他们没有碰过的东西，我们也不要碰，他们没有走过的地方，我们也不要走。"

黎明不依不饶又问："那万一他们不是来找牧鬼箱的怎么办？"

婉清又看了黎明一眼："那对我们两方都好，避免了直接性的冲突。"

黎明听完一笑："冲突？我们就是为了解决冲突而存在的。"

婉清起身的同时拔出了自己胸口的那支掌心雷，抵住了黎明的下巴："我和你之间就一直存在冲突，你要不要试试解决我？"

一侧的其他三人看见婉清拔出武器对准黎明，都有些紧张，停下了手中的工作，其中有一人慢慢将手伸向腰间，这三个人虽说受雇于王安朝，但也知道无论如何自己的头是现在代号叫黎明的家伙。

黎明头昂起，双手展开，左手轻轻向下压，示意旁边的人不要轻举妄动，又轻声对婉清说："婉清，我只是说说而已。"

"不到万不得已，不要伤人性命，这里不是战场，我爷爷也没有雇用你们来杀人，如果想杀人，你可以带着你的人滚回中东，明白了吗？"婉清冷冷地说，说完收起掌心雷，转身爬进下一个墓室。

婉清走后，其他三人围了过来，黎明活动了下自己的脖子，对周围的三个人笑了笑，表示没什么事，随后又低声自言自语道："看在钱的份儿上……"

婉清等人来到第二间墓室，在发现了穆英杰的尸体后，简单拍照留下资料，又发现了石棺中的箱子。婉清盯着箱子上面的锁孔，寻思了一下，对身后四个人比画个手势，四个人贴近石棺后方有盗洞的那面洞壁。

婉清拍下一张箱子的照片，蹲下来看着那盗洞，从盗洞口中能清楚地看见对面墓室中四下晃动的手电光，于是伸出手指隔着防毒面罩比画了一个"静音"的手势，接着趴在那儿安静地等着。

第三间墓室中，胡顺唐等人站在四下都是白骨手臂的墓室内，盯着那个悬挂在鬼顶柱上方的箱子，胡顺唐手中的电筒对准了箱子锁孔外插着的那把玉钥匙。

盐爷用手电筒在墓室中晃动了一圈，没有发现有石棺，只是在正对面的洞壁上又发现了一个盗洞，趴下来看了看，回头的时候发现有什么地方不对劲，于是来到墓室右侧的角落处，蹲在那儿，纵观整个墓室，看了许久才说："顺唐，第二间、第三间墓室与第一间不一样。"

"对。"胡顺唐依然盯着箱子上的那把钥匙，"第一间墓室没有鬼顶柱，第二间却有，两间相同的地方又都存在石棺，可第一间石棺内有骸骨，第二间石棺中却放着一口箱子，我们现在所处的第三间墓室中有鬼顶柱，有箱子，但没有石棺。"

"不，不仅仅是这样。"盐爷招手让胡顺唐到自己的跟前来，随后指着中间的鬼顶柱方向说，"你看这个方向，发现了什么？"

图财和莎莉也小心翼翼走过那些白骨手臂，来到墓室的角落，望着鬼顶柱的方向。

胡顺唐看了一阵，摇头道："没有发现什么。"

"格局。"盐爷道，又拿出纸笔来，"格局不一样，你来看。"

盐爷又画了两张第二间和第三间墓室的平面图，放在地上，用手电照着，对比着第一间墓室的平面图，说："第一间墓室的平面看起来像是棺材，而第二间、第三间的平面看起来却是四方形，之所以一开始我们没有察觉，就是因为鬼顶柱的缘故。"

"鬼顶柱？"胡顺唐又看了一眼在中心位置的鬼顶柱。

盐爷指着平面图上画着有鬼顶柱的点，说："我刚才走过来的时候，用步子测量了一下鬼顶柱到角落的距离，大概是十步，又测量过鬼顶柱到其他角落的距离也是十步，交叉的平行线如果距离相同，我们所在的墓室肯定是四方形无疑，但恰恰也是这个鬼顶柱，让人视觉上产生了差异，你站在其他位置看，通常都会以中心点作为初始点，这样就导致了双眼的误区，认为自己所在的就是一长方形的墓室。"

"明白了。"胡顺唐点头，随即又问，"但这样做有什么意义？"

"大概是为了掩饰真正的牧鬼箱所在的墓室？"一直沉默的图财开口了，侧头看着那鬼顶柱，拿过盐爷所画的平面图，打着手电筒仔细地看了好几遍，摇头道，"崖墓之中不可能存在金井的，除非是皇陵才会有金井这种东西存在，也就是说这些崖墓都不会有大批的陪葬品，就算有，都是石制的，只有历史研究价值，在市面上不值钱。"

"我们现在不是盗墓！"盐爷听图财左一个价值右一个价值，有些恼火，认为他说的是废话。

"老爷子，你别上火，听我说完行不行？"图财也不发火，"在咱们中国，丧葬的方式算是多种多样了，最早还没有形成王权体制的时候，都有一定的规矩，许多规矩一直沿用到了现在，比如说下葬的时候人的脑袋必须要朝着日出的方向，或者是朝着高山流水。那个时候，基本上都是挖坑而建，全部都是坑墓，到了秦汉时期，中国的陵寝制度建立后，才真正出现了现在我们常说的陵墓地宫，崖墓也是在秦汉时期兴起的。"

盐爷看着图财问："你到底想说什么？"

图财看了盐爷一眼，并不搭理他，自顾自地说下去："秦汉时期，崖墓的筑法，通常是选择江河沿岸或山足下的岩石断崖上，依石向内凿出墓道和墓室，墓室口位置的高地，依河床的高低而有所不同，一般都在距河床几十米或者十米处，不低于这个范围。大型崖墓很复杂，一般分为墓道、墓门、甬道、前室、中室、后室、前堂、侧厅、耳室、侧室等，还有灶台、供案等和阳宅内活人所用的东西一样的物件，不过大多数都以石制为主，且崖墓内的棺材必定都是石棺，极少出现木棺，这个崖墓内几乎都符合崖墓的特征，不过最奇怪的是，这里没有墓道、没有墓门、没有甬道，只有数个单独的墓室，古人是不会随意修建这些墓室来玩的！一个墓室中对应一具棺材，一具棺材中对应一具尸体，这里好像不是这样，只有第一间墓室中的石棺才有一副骸骨……"

图财说的的确是事实，这个崖墓显得过于简陋，能挖空一座山在其中修建墓室，难道目的仅仅是掩饰牧鬼箱的存在？

"现在做两手准备。"胡顺唐起身来，用手电照着那个牧鬼箱，"我上去打开那口箱子，看看里面到底装着什么东西，然后再决定接下来怎么做。"

"还有第二个选择。"图财也起身来，"我们去下一个墓室，因为只有一条路往返，无所谓会不会迷路，看看下一个墓室里面有没有什么东西。万一那口箱子里面有机关怎么办？"

图财的意思就是不愿意打开箱子冒险，可胡顺唐已经看到了两个所谓的牧鬼箱，墓室中有一口箱子，且其他处没有奇特的地方，那么墓室中的秘密必定就藏在箱子之内，不打开箱子是不可能知道真相的。

"算了，听图财的。"莎莉说，顺势还抓住了胡顺唐的手臂。莎莉仅仅是想起来胡顺唐半年前为了救胡淼，贸然打开了镇魂棺，最终导致了现在这个结局，万一这次箱子里再有其他的东西……

盐爷也在旁边附和道："我也认为不应该打开箱子，牧鬼箱到底有什么东西我们都不确定。"

图财的意见盐爷本不想附和，就因为他从心底讨厌图财这个人，所以非得等莎莉反对的声音出现后自己才点头表示同意。

胡顺唐坚持自己的意见，正在僵持不下的时候，突然从另外一间墓室中传来了一声巨响，响声震得几个人耳鸣，慌忙将耳朵给捂住。

巨响传到胡顺唐耳中的时候，他第一反应便是枪声。

"躲起来！都躲到鬼顶柱后面去！快快快！"胡顺唐对其他三人说，话音未落，图财便第一个扑到了鬼顶柱的后方，抱着头死死闭上了眼睛。

盐爷带着莎莉快速躲到了后方，胡顺唐刚蹲下来又听到连续的枪声传来，这次他完全可以判断出枪声百分之百来自于第二间墓室之中，同时还听到了人声和杂乱的脚步声，有人在奔跑。

鬼顶柱后方的图财想起来先前发现穆英杰干尸时，那具干尸手中握着的驳壳枪，下意识说了句："闹鬼了！肯定是穆英杰的鬼魂在警告我们，让我们不要去开箱子！"

"滚蛋！"胡顺唐低声骂了一句，都不知道图财到底是胆小，还是知道选择时机证明自己的观点，"你没听见有人说话的声音吗？肯定是有人跟着咱们进来了！"

"啊？！有人进来了？谁？"图财问。

盐爷保护着莎莉蹲在鬼顶柱后，顺手从自己的腰间掏出了一柄匕首来，倒握在手中。

胡顺唐贴着鬼顶柱的一侧，探头看了下，盗洞口除了能看见枪支开火时的火光，并没有看着电筒光。那就对了，也许这批人一直暗暗跟在我们的身后，压低声音，没有开灯，就是担心被我们发现。不过他们是谁？不可能是詹天涯他们古科学部的人，会不会是先前在景点崖墓看见的那批人？对了，夜叉王呢？已经到了第三间墓室，都没有见到夜叉王的踪影，这家伙上哪儿去了！

胡顺唐伸手向下压了压，示意其他三人在柱子后方躲好，自己快速移动到来时盗洞的洞壁边上，紧紧贴着，抓出了一根棺材钉握在手中，仔细听着对面的动静。

对面又恢复了平静，隐约能听见有人挪动脚步，人说话的声音也是闷闷的，好像通过什么罐子里面传出来的一样。

"嘣……"又是枪声。

"九点钟方向！"

"嘣……嘣……嘣……"三声枪响。

"十二点方向！"

"嘣……"

"停火！停火！"一个女人的声音喊道。

这个声音喊完后，对面的墓室中又恢复了平静，半点儿声音都没有发出来，仿佛刚才的枪声和喊话声从未出现一样。

怎么会有个女人？胡顺唐贴着洞壁慢慢蹲下来，想趴下去看怎么回事，就在趴下去的同时，听到对面有人惨叫一声，自己一惊赶紧又直起身子来。

对面的墓室中，成三角队形的婉清等人贴紧了有盗洞的那面洞壁。

婉清站在最后，一只手拿着手电，一只手握紧了一把匕首，并没有使用掌心雷。在她跟前的黎明，将手电筒安置在弩弓上端，腿部枪套上的安全扣已经打开，慢慢移动着弩弓四下照着，而原本剩下的三个人只有两人在黎明的左右两侧警戒着，透过防毒面罩都能清楚地看见他们满脸的汗水。

就在几分钟前，五人本来紧贴着有盗洞的洞壁听着对面胡顺唐等人的对话，可没有想到，负责警戒右方的一人发现了穆英杰的干尸有异样，本来以为只是电筒光扫过自己看花了眼而已，可仅仅是过了一秒的时间，那个人手中的手电突然被什么东西给拽走，砸向了旁边的洞壁，被砸得粉碎，同时那人也扣动了手枪的扳机……

一个人开枪，其他几人立刻掉转了枪口，对准了他开枪的方向，随即又停下来，因为连开枪那人都不知道自己开枪想打的是什么东西，就在婉清准备开口问话的时候，几个人同时感觉到有什么东西迎面向自己扑来，随即同时开火，这一次那东西只是一闪而过，不过五人都看得很清楚，那东西似乎是透明的，没有特殊的形状，就像是有人向他们迎面泼来了一盆水，随后那盆水又消失了……

可这仅仅只是开始，在婉清叫"停火"的同时，最早发现异样的那人惨叫了一声，从原先所站的位置上消失了！活生生地消失了！

"是什么？"黎明张口问，因为汗水迷了眼睛，下意识要去抹汗水，手却碰到了防毒面罩上面，只得轻轻晃了下脑袋，让从额头上滴落的汗水偏离了眼睛的位置。

没有人回答，剩下的四个人都贴紧了洞壁，一动不动，小心翼翼地移动着自己手中的电筒。

"人呢？"黎明又问，"人呢？"

黎明的手电照向了原先那人的位置上，那里除了一把手枪之外，没有任何东西，沿着那个方向照过去，地上还能看见粉碎的手电筒残骸。

就算再训练有素的军人，在面对完全看不见的敌人时，都会出现慌乱，这是人最基本的心理，没有人可以避开，黎明等人也不例外，在战场上就算有狙击手在暗处，你随时面对着的是一颗子弹，但也知道手持狙击枪的是一个活生生的人，是人就会有弱点，也会怕死，况且你躲藏在狙击手的死角范围内，对方是不可能将你狙杀的，可在本就狭窄的墓室中，空间范围不大，四面漆黑，四个人的手电光线加起来虽然能够照亮墓室，却完全找不到袭击自己的东西存在……这对人的心理来说，无形中施加了巨大的压力。

川西秘闻 ❸
蜈蚣骨

"不要慌，我们到下一间墓室去，然后守住洞口就行了……这是眼下最好的办法。"婉清说，说完慢慢蹲了下去，拍了拍旁边一个人的肩膀，"你先进。"

　　那人后退着蹲了下来，然后快速掉头钻了进去，随后婉清钻了过去，再然后是黎明，可当黎明钻过去，枪口对准盗洞口的时候，却没有等到最后一个人。

　　"妈的……"黎明意识到不好，猛地趴了下去，用手中的弩弓对准了盗洞口的对面，可这一照过去便傻了眼，对面空荡荡的什么都没有，除了那人手中的手电筒。

　　黎明看到手电筒的时候，本还不吃惊，可又突然意识到了什么，因为那只手电筒竟然浮在地面之上十几厘米处慢慢地掉转过来，对准了黎明，黎明一惊，扣动了弩弓，一支弩箭"嗖"的一下射了出来，刺进了那只手电，将手电穿透钉在了盗洞前的石棺上，上下晃动着，灯光也同时熄灭了。

第三十三章　看不见的敌人

格格和四大天王

黎明起身来，顺手将自己的防水包堵在了盗洞口，抬头对婉清说："手电筒……浮起来了……"

婉清听完后摇摇头，不明白黎明到底想表达什么，但透过防毒面罩看到他的表情，知道事有蹊跷，忙道："别慌！慢慢说！"

黎明先前就感觉到十分闷热，加之趴下去时被浮起来的手电筒那么一吓，浑身上下都渗出了热汗，也不顾得这间墓室里是否有乙醚存在，摘下防毒面罩，扔在地上说："手电筒就浮在空中！这他妈是什么鬼地方！"

此时，躲在墓室角落暗处的胡顺唐，大气都不敢出，只得瞪大双眼看着离自己不到十米处的黎明和婉清，奇怪的是先前自己在角落中计算过，从盗洞钻过来的有三个人，可黎明弩弓上的手电那么一晃，自己只看见两个人，剩下的一个人在什么地方？

才想到这儿，胡顺唐就意识到"糟了"，刚想移动自己的位置，太阳穴就被黑暗中伸出来的枪口给抵住了，枪口还有些发烫，胡顺唐被枪口抵住的刹那，头赶紧一偏，却被一只手抓住了喉咙。

就在胡顺唐准备反抗的时候，旁边那人松开了他的脖子，抓起手电照亮了他的脸。

妈的！失算了！胡顺唐暗骂了一句，先前一时心急忘记了这些人都是职业军人，对付鬼怪或许不在行，但对付自己这个活人倒是一点儿问题都没有，自己那三脚猫的功夫，对付普通流氓混混绰绰有余，但对付出手致死的职业军人没有任何作用，况且对方手中还有枪。

"格格！抓住了一个！"胡顺唐右侧的人左手持枪，右手紧握着手电照亮着胡顺唐的脸。

格格？胡顺唐抬眼去看婉清，同时婉清和黎明也回头看见了在角落中已经被擒的胡顺唐。

婉清偏头看着胡顺唐，许久才挥挥手示意那人把枪放下。

那人并没有放下枪，直到黎明做了个手势，这才将手中的枪放下，同时取下弹夹扔掉，重新换了个新弹夹。

没有子弹？胡顺唐低头看着那人换弹夹，那人见胡顺唐盯着自己，脸上浮现出一丝微笑来，顺手一拉枪膛，枪膛里立刻蹦出来一颗子弹在空中翻滚，他一把接住，随后在胡顺唐眼前摊开手掌说："枪膛里还有一颗。"

胡顺唐没搭理他，但终于近距离看清楚了三个人的打扮和随身的装备，可以说是全副武装，除了那个被叫作格格的女子之外，其他两人脸上都涂着黑色的夜间迷彩，除了一双眼睛和露出的白色牙齿外，看不清楚实际的模样，只是隐约能判断出这三人都是黄种人。

两个人都带着手枪和弩弓，那个女子有匕首，没有看见佩带枪械，看样子应该是头儿。胡顺唐暗暗观察着，寻思怎么样才能脱身，最主要的是要弄清楚这批人来的目的。

"你是做什么的？你的同伴呢？"婉清走到胡顺唐跟前来，为了表示友好，将匕首收回了鞘中，又按上了安全扣。

胡顺唐盯着婉清，看着眼前这个穿着紧身衣，戴着防毒面罩的女子，道："这个问题应该是我来问你吧？"

婉清笑了笑，回答得很巧妙："我们的目的和你们的相同。"

"你们也是……"胡顺唐话说了一半，意识到自己上当了，差点儿把实话说出来，话头一转立刻道，"你们也是来做买卖走货的？"

"做买卖？走货？"婉清略微皱起眉头，原本以为自己刚才那样一问，胡顺唐一时没反应过来会道出实话，没有想到胡顺唐反应也是极快。

在婉清身后的黎明比画了一个手势，让换好子弹的那人看住防水包堵住的盗

第三十四章　格格和四大天王

洞口，自己则给弩弓重新换了箭，扛在肩头，小心翼翼地走过那一堆从地上"长"出来的白骨手臂，走了一阵，用弩弓上的手电四下一晃，发现四面都是白骨手臂，倒吸一口冷气道："这他妈都是些什么鬼东西？"

胡顺唐担心黎明走近鬼顶柱，发现在柱头后的盐爷三人，忙移动着步子走向黎明，装作漫不经心的模样说："说好听点儿是做买卖走货，说直接点儿就是来盗墓的，不过我看你们不像。"

"为什么不像？"婉清手中的电筒光一直照着胡顺唐的身体，但眼睛却盯着满地伸出来的白骨手臂，有种不寒而栗的感觉。

"你们太专业了，又是枪，又是弩弓什么的东西，好像是来打仗的，不是来盗墓的，不像我，什么武器都没有。"胡顺唐故意展开双手，吸引两人的目光，不想让他们将注意力集中到鬼顶柱后方去，而且先前婉清问胡顺唐关于同伴的事情，那么对方肯定知道不止自己一个人，现在是能瞒多久就瞒多久，走一步算一步。

"是吗？"婉清脸上有了些许的笑容，"不管怎么样，我们没有恶意。"

胡顺唐看到先前那人一直用手枪对准了防水包，便说："我也没有恶意，先前袭击你们的东西应该叫鬼水。"

其实胡顺唐也不确定袭击他们的是不是"鬼水"，但现在首要的问题是要找到一个共同的敌人，降低婉清等人对自己的敌意。

"鬼水？"婉清回头看了一眼被堵住的盗洞口，"你怎么知道那东西是什么？"

"如果我不知道那东西是什么，这里有什么，怎么敢来，不是吗？"胡顺唐也露出了些许的笑容。

"你还知道些什么？咱们可以互换情报，互相帮助。"婉清挪动了自己的步子，与胡顺唐保持平行。

胡顺唐侧头看着蹲在地上查看那白骨手臂的黎明："我还不知道你们是谁，来做什么的，至少也应该来个自我介绍吧？"

说罢，胡顺唐向后退了一步，婉清同时向前了一步，一直和胡顺唐保持着三米开外的距离："我叫婉清，我们一共有五个人，不过现在只剩下三个了，在你右边的叫黎明。"

"你好，婉清。"胡顺唐算是打过了招呼，双手垂下，又看着黎明道，"你好，黎明。"

黎明懒得搭理胡顺唐，殊不知胡顺唐紧张的只是黎明去查看柱子后方，故意装作跟他打招呼的模样，吸引他的注意力。

"那他叫什么？"胡顺唐努了努嘴，问婉清持枪守在洞口那人的名字。

"他叫郭富城。"婉清说，看起来没有丝毫开玩笑的意思。

胡顺唐愣了下，随即笑道："那还有两个人不会叫刘德华和张学友吧？"

婉清依然面带笑容："对，你猜得没错。"

婉清给其他四人所起的代号的确是叫这四个名字没错，不容易忘记，她虽然是在美国长大，但从前也在某段时间崇拜过香港的四大天王，所以才干脆给他们四个一人安了个假名，虽说自己也觉得十分搞笑，但总比叫其他名字来得顺口。

"名字不错，还是四大天王，你要不自我介绍，我肯定以为你叫什么梅艳芳之类的。"胡顺唐打趣说，虽说表面上轻松，但依然很紧张，心里祈求着鬼顶柱后的三人千万不要发出声音来，要是被他们一网打尽就完蛋了。

黎明看了看那个白骨手臂，起身来问胡顺唐："这里是什么地方？"

胡顺唐摇头："你们头儿不是说共享情报吗？你们的身份还没有告诉我。"

黎明不理他，抬腿就向鬼顶柱后方走去，胡顺唐的手慢慢靠近了别在大腿一侧的棺材钉，打定主意，如果黎明转过鬼顶柱发现了三人，自己就先行袭击黎明，腾出时间来让三个人逃跑，婉清手中没有枪，来不及对自己射击，就算守住洞口的那个人掉转枪口，自己和黎明纠缠在一起，对方也不敢轻易开枪。

黎明慢慢绕过鬼顶柱，胡顺唐同时也慢慢靠近黎明，婉清意识到不对，一只手打开了匕首的安全扣靠近他。等黎明绕过鬼顶柱，弩弓上的手电照亮了那个范围后，胡顺唐也摸到了棺材钉，可当胡顺唐看清楚手电照亮的范围后，手又松开了棺材钉——因为鬼顶柱后面半个鬼影都没有！

人呢？胡顺唐心头一惊，向周围扫了一眼，但不敢开手电，担心他们隐在暗处，手电一晃动使得他们暴露，可同时黎明握着弩弓向周围扫了一圈，扫过后依然没有发现盐爷等三人。

胡顺唐松了一口气的同时，心里也暗叫不好，三个人平白无故从墓室中消失了！

婉清见胡顺唐先前十分紧张，此时又松懈了下来，可脸上的神情却十分严肃，又回想到先前所问的问题："你的同伴呢？"

胡顺唐看着婉清说："只有我一个人。"

"是吗？"婉清笑道，"撒谎可不好。"

说罢，婉清拿出别在大腿上的仪器，测量了空气质量，这才将防毒面罩给摘下，露出了里面的脸，还有一头短发。

黑暗中，胡顺唐没有看清婉清的脸，下意识打开了手电筒照过去，婉清却一个跨步来到胡顺唐的跟前，用手遮住他的手电筒道："你这样做很不礼貌。"

"不以真面目示人，也很不礼貌。"胡顺唐近距离盯着婉清的脸，想起夜叉王所说的"清朝余孽"，加之先前郭富城称婉清为"格格"，心中明白八九不离十就是王安朝的人，不过她真的是所谓的格格吗？清王朝的基因这么好？不可能，从前在网上看到的那些真实格格的照片和僵尸都没啥区别，这个叫婉清的女子怎么会这么好看？

"婉清！这里有个箱子！和先前棺材里的那个一模一样！"黎明终于发现了悬挂在鬼顶柱上端的那个箱子，同时也发现了上面的钥匙，"还有把钥匙！先前那个箱子没有钥匙！"

第三十五章

白骨手臂

婉清的手电也照向了鬼顶柱下端悬挂着的那口箱子，手电光停留在了箱子锁孔上插着的那把钥匙上，想了想开口问："还没请问你贵姓？如何称呼？"

"我姓陈，名奕迅。"胡顺唐随口说了个香港明星的名字，"你也可以叫我陈先生，我也不介意你直接称呼我奕迅。"

婉清笑了笑，知道胡顺唐在调侃四个手下的代号："好吧，陈先生，我首先得申明，我的中文名字的确叫婉清，他们的名字虽然是假的，但也因为不得已才这样做，请你见谅。另外，请问一下先前那间墓室中箱子上面的钥匙是你拿走了吗？"

胡顺唐没有想到这个婉清会这么客气，于是道："我叫胡顺唐，先前箱子上面的钥匙不是我拿走的。"

一旁的黎明听见婉清对胡顺唐这么客气，故意哼了一声来表示自己的不满。轻哼的这一声婉清虽然听得清清楚楚，但面对眼下的这种情况她并不想计较。

"哦，原来叫胡顺唐。嗯，好名字，顺唐顺唐，什么意思？梦回唐朝？"婉清道，眼睛却盯着那口箱子上面的钥匙。

胡顺唐摇头，之所以要叫顺唐他从前也不知道，也不想知道。经历"白狐盖面"事件后才得知自己是唐家领养的孩子，既不姓胡也不姓唐，完全是因为唐五入了胡家的族谱，为了不忘祖，才改了个名字叫"顺唐"，但按照开棺人的规矩，开棺就要入他人族谱，实际上唐五帮人开了多少次棺，又入了多少次族谱，谁能说得清楚。不过婉清竟然能将"顺唐"二字联系到梦回唐朝，这女的有毛病吧？

胡顺唐不想再纠结名字的问题，盯着那口箱子说："我们发现石棺中的那口箱子时，上面没有钥匙，被其他人拿走了。"

"哦！你们……"婉清面带微笑看着胡顺唐，随即脸色一变，冷冷地说，"胡先生，你不是说只有你一个人吗？"

胡顺唐暗骂了一句自己糊涂，一时放松警惕犯了低级错误，不过婉清等人能够跟着自己进来，先前又领着盐爷等人去过景点崖墓那边，一定是被跟踪了，再瞒下去也没有任何必要，只得说："我们有四个人，不过先前听见你们在隔壁墓室开枪，不知道发生了什么事，于是躲了起来，只不过现在……"

胡顺唐用手电在周围晃了一圈，又看着婉清说："他们消失了。"

"消失了？"婉清和黎明两人对视一眼，都想起来先前失踪的两个同伴，黎明转过身去对依然守着洞口的那人说："喂，情况怎么样？"

代号叫"郭富城"的人摇了摇头，表示没事，但模样很是紧张，连防毒面罩都一直没有摘下来。

黎明在周围扫视了一圈道："找东西把洞口封死！"

"没用的。"胡顺唐摇头道，"我想你们在第二间墓室也看见那具干尸了，那人用特殊办法将第一间墓室和第二间墓室的洞口封了起来，按理说那东西是不能通过的，但最终那东西还是钻了过去，所以那人在无奈之下只得选择了自杀。"

先前婉清虽然没有仔细查看过那具干尸，但也觉得蹊跷，因为干尸拿着毛瑟驳壳枪，却是一具干尸，而先前发现的两具尸体却是白骨，听胡顺唐这么一说，顿时没了主意。

郭富城正要拿旁边的石头碗罐封死盗洞，但听见没有办法阻止那东西，便停了手，站在那儿紧握手枪，看着黎明，不知道下面应该怎么做。

黎明一咬牙："把防水袋里面的手雷拿出来，设个诡雷放在那儿，管那是什么东西！我就不信炸不死！"

"你疯了！"胡顺唐和婉清几乎同时吼了出来，吼完两人又对视一眼。

婉清上前一步挡在黎明的跟前："就算能把那东西炸死！但洞口也塌了，我们没有退路，只得死在这里……另外，你还得给我解释一下，为什么要带手雷？"

黎明凑近婉清的脸，恶狠狠地说："婉清格格！我们和你不一样！我们是拿命换钱！而你是养尊处优的大小姐，衣食无忧，不懂得别人生命的珍贵！我已经失去了两个兄弟，而你却在这里和这个小白脸谈笑风生，告诉你，我就算死，也不想死得莫名其妙！"

婉清还未等黎明说完，就伸手去拿放在胸口的那支掌心雷，却被黎明抢先一步，伸手就抓了过去，那姿势有点儿像是袭胸。婉清抬手就给了黎明一耳光，虽然黎明抢先拔出了自己的匕首抵在了婉清的咽喉处，可没有想到胡顺唐已经摸出了棺材钉，对准了他的太阳穴。

胡顺唐自己也不知道为什么要这样做，只是一个下意识的反应，虽说他巴不得这群人内讧起来。

黎明斜眼看着胡顺唐，轻笑了一声道："不错，有两下子。"

"放下刀，慢慢地。"胡顺唐沉声道，就在此时又拔出另外一枚棺材钉直接刺向正在黑暗中向自己摸过来的郭富城的脚下，郭富城一惊，愣在了原地。

胡顺唐用眼角的余光看着郭富城："朋友，我不会在同一块石头上绊倒两次，你也应该知道，用同样的方法对付同一个人两次，只有 10% 的成功率。"

四人在墓室中僵持着，谁都不愿意先放手，胡顺唐也清楚了这四个人的身份不像是表面上看起来那么简单，虽说婉清是他们的雇主，但无论被雇用者是谁，在生命遭受到威胁时，雇主的身份随时可以转换成为敌人。

"黎明，我只是想让你冷静下来，没有其他的意思，谁也不想死在这里。"婉清轻声说，试图化解眼前的危机。

黎明打了个响指，让郭富城退到一边，自己也收起了匕首，用手指轻轻拨开胡顺唐的棺材钉，先也不说话，一直到胡顺唐将棺材钉重新别在腿部后才看着婉清说："这次的任务完成后，你得加倍付给我们两个酬金，还有其他两个人的抚恤金，他们都是有家小的。"

"没问题，不过眼下我得确定一件事。"婉清问。

"什么事？"

"我还算不算你们的主子？"

黎明笑了笑："主子？这种称呼我们一直很厌恶，但看在钱的份儿上算了，就像是妓女一样，只要付钱，你们想让我们怎么称呼都行，哪怕是让我们称呼你叫老婆，我们都可以满足，任务完成前你依然是我们的头儿，我们听你的。"

婉清和胡顺唐都听出来黎明是在口头上占便宜，但现在既要面对不知名的敌人，还要寻找盐爷等人的下落，最主要的是要找到牧鬼箱，有人帮忙当然是再好不过了。

胡顺唐拿着自己的手电照着牧鬼箱的锁孔，想了会儿说："我想打开箱子看看里面到底有什么东西，不过得先找到我失踪的那三个同伴。"

"他们先前的位置在哪儿？"婉清问。

胡顺唐指着鬼顶柱后方说："就在这里，不过十来分钟的时间，就平白无故地消失了。"

"会不会……"婉清怀疑会是那个叫"鬼水"的东西。

胡顺唐摇头："不可能，那东西就算突然出现，他们也会发出点儿什么声音，不可能无声无息就没了，就算没了，至少得剩下三具白骨吧。"

"那东西到底是什么？"婉清看着正在用周围东西封闭洞口的黎明两人。

"不知道。"胡顺唐蹲下来，伸手摸着地面上伸出来的一只白骨手臂，"应该算是古墓守护者，攻击一切进入古墓的人。"

"我明白了。"婉清说，"我明白为什么那东西先前没有袭击你们了。"

堵好洞口的黎明起身说："如果是我，我也会那样做，如果有两批人进入这个地方，而我在这里准备伏击，也会等待人员到齐了之后一网打尽，如果先袭击他们，我们就会察觉，扭头就会离开，这算是基本的战术，但这个战术可行性就在于，那东西必须有百分之一百的把握可以把我们全部干掉。"

"嗯。"胡顺唐握紧了那白骨手臂，向上一提，纹丝不动，再用手电仔细去找手臂的底部，没有裂痕，好像与地面融为了一体。

婉清拿着手电在周围找了一圈，终于在角落处又发现了一个盗洞，盗洞口很大，因为上面布满了蜘蛛网，蜘蛛网又不知道因为什么缘故变成了黑色，所以手电晃动了一圈都没有发现。

"有个洞口。"婉清说，胡顺唐赶紧走过去，查看着。

摸着那蜘蛛网，胡顺唐摇摇头："不，他们不可能从这里离开，因为蜘蛛网没有破损。"

两人正说着，黎明和郭富城两人已经合力爬上了鬼顶柱，扭动钥匙打开了那口箱子，胡顺唐见状赶紧阻止，但为时已晚，郭富城已经伸手进去从箱子里面掏出了一副人体上半身的骨架。

郭富城将那副骨架扔给黎明，自己跳了下来，用手电照着那骨架说："箱子里面就装了这玩意儿。"

婉清上前问："没有其他东西了？"

郭富城摇头："没有了，我沿着边缘摸了一圈，除了这副骨架外，没有其他的东西，就连灰尘都没有。"

"胡先生，知道这是什么吗？"婉清问胡顺唐。

胡顺唐伸手拿过那副骨架，仔细端详着，骨架很小，像是不到两岁孩子的，而骨架上的肋骨十分光滑，好像外表经过了特殊处理，但没有其他奇怪的地方，先前莎莉推断那里面装着的是刀剑一类的东西也被事实给否定了。

"不知道，看起来只是普通的骸骨。"胡顺唐说完，就准备将那骨架给装起来，却被黎明一把夺了过去，塞进了郭富城随身背着的包里面。

黎明道："这东西还是由我们来保管比较妥当，婉清，你认为呢？"

婉清看了胡顺唐一眼，默默点头。

胡顺唐笑了笑，没说话，转身走向那个盗洞口："去下一个墓室再看看有什么东西没有。"

刚要钻过去，胡顺唐愣了一下停住了，回想起图财所说的图拾叁进入了第四间墓室，虽说七十年过去了，蜘蛛网重新结上也不是没有可能，但这里有蜘蛛吗？而且这个地方就算有蜘蛛，能结出这样大的网，个头也应该不小。

刚想到这儿，胡顺唐就隐约看见洞中有一道红光闪过，刚要凑近去看，自己的双肩就被一双手猛地给抓紧，拽到了一旁……

第三十六章

腐液蜈蚣

那双手将胡顺唐拽到一边的同时，盗洞中就喷出了一股子腥臭的红色液体，液体直喷向先前胡顺唐所在的位置，那个高度刚好可以扑向胡顺唐的面部。

液体落地后在地面上泛起了一阵红色的泡沫，发出"吱吱"声，快速腐蚀着地面。

胡顺唐倒吸了一口冷气，若不是被人拽开，自己肯定死定了。他回头，发现抓住自己肩膀的却是郭富城，忙点头致谢。

郭富城松开胡顺唐，掏出手枪对准了盗洞，轻声道："你太大意了，没发现蜘蛛网有轻微的抖动吗？"

经他一说，胡顺唐才发现蜘蛛网果然在轻微地抖动，好像是有风吹过一样，不，更像是有什么东西在盗洞中呼吸，一收一放，一放一收。

婉清和黎明二人快速贴紧在鬼顶柱的两侧，黎明一手握紧手电，一手持手枪，问："那是什么东西？'鬼水'？"

胡顺唐和郭富城二人摇头，表示不知道，胡顺唐也只是看见有一道红光从那个地方一闪而过。

"退后，慢慢退后……"

郭富城腾出一只手来拍了拍胡顺唐的肩膀，胡顺唐挪动着自己的屁股，顺势拿起了别在大腿上的棺材钉，退了一阵站起来，这才用手电照着先前自己所在的位置，那地方已经被腐蚀得塌陷进了一大块，那可是一整块的石板，这种石板就连高浓度的硫酸都不可能腐蚀得那么彻底，盗洞里到底是什么东西？

此时，更离奇的事情出现了，被那红色液体腐蚀掉的蜘蛛网正在慢慢整合在一起，最终变成了和先前一样完整的蛛网，只是隐约可见蛛网在那儿来回抖动。

"这是个陷阱！"胡顺唐盯着那一层蛛网说，"不管那东西是什么，都知道人最容易忽略的东西是什么。"

"废话！都看见了，需要你说！现在怎么办！"贴在鬼顶柱一侧的黎明说，"现在退也退不回去，更没有办法前进，我们被困死在这里了！"

"这里应该有其他的出入口，否则你的同伴不可能离奇失踪。"婉清对胡顺唐说。

胡顺唐摆了摆手："不，我估计就是那东西将他们给拖走了，然后快速将蛛网恢复成原状，所以我先前才认为蛛网没破，他们不可能从那里离开。"

"你的意思是被那东西抓走了？同时抓走三个人？况且这种高浓度的腐蚀液体，不要说三个人，把我们加起来都可以瞬间给腐蚀了。"婉清越来越紧张，呼吸开始变得急促起来。

"也许是，他们自己钻过去的……"胡顺唐安慰着自己，同时看着那个可以供两个人出入的盗洞，从盗洞边缘的痕迹上来看，应该不是人工凿出来的，而是什么东西给腐蚀成那个模样的。

黎明蹲下来，从郭富城的背包中取出来一把登山锤，用力敲断一根地面上的手臂，随后向前走了两步，逗狗一样在盗洞口晃动了一下，接着扔了进去，那截白骨手臂刚扔进盗洞之中，又是一股红色的液体喷射了出来，将手臂腐蚀成两段，掉落在了地上。

黎明眼疾手快，对准液体喷射出来的方向开了一枪，可这一枪没有起到震慑作用不说，反而激怒了盗洞中的那个怪物，开始不断向这边喷射出红色的腐蚀液体，黎明慌忙退后了四五步，又将挂在腰间的弩弓取了下去，刚要瞄准发射，郭富城却抬手阻止了他，在弩弓上那支箭身上捆绑住了一根黑色的钢丝，又将钢丝的另外一端围着鬼顶柱绕了一圈，包裹在匕首的刀柄处，递给黎明，这才说："我去当诱饵，那东西再喷射液体的时候，你瞄准射进去，然后再把那玩意儿拖进来。"

胡顺唐见那弩弓箭的尖端是个四方的倒钩，知道郭富城的用意。

郭富城重新给手枪换了弹夹，黎明一手拿着弩弓，另外一只手也打开了腿部手枪带的安全扣。

郭富城向前迈了一步，回头对身后的三人说："再后退，因为地上有这些白骨手臂，就算拖进来，也会被地面上的手臂阻拦，我们要距离那东西越远越好。"

胡顺唐和婉清退到了鬼顶柱后方，给黎明和郭富城两人腾出了空间，黎明蹲下来瞄准了盗洞口对郭富城点头示意已经准备妥当。

郭富城慢慢向前迈着步子，还一边小声说着："过来，让我们看看你是什么东西，过来，亲爱的，慢慢地……"

快要到盗洞口的时候，郭富城突然意识到了什么，闪身跃向一侧，刚跃开一股液体就喷射了出来，擦身而过的郭富城衣角被腐蚀掉了一块，在后方的黎明立刻扣动了弩弓的扳机，弩弓带着那条黑色的钢丝直刺进了盗洞口中……

"嘻嘻嘻嘻嘻……"一阵类似人嬉笑的怪异声音从盗洞口传来，墓室中四个人听到都打了个寒战！

郭富城转身向鬼顶柱方向跑去，喊道："拖拖拖！"

黎明一个侧身放下弩弓，将缠有黑色钢丝的匕首横向一拉，同时双腿蹬住了鬼顶柱，开始用力向墓室内拖，郭富城过去抓住黎明的腰部开始协助他拖动，胡顺唐和婉清则躲在鬼顶柱的一侧盯着盗洞口。

黎明和郭富城两人拼命拖了一阵，终于有一个黑乎乎呈长方形的东西从盗洞口慢慢被拖了出来，婉清用手电照亮了那东西，定睛一看，不是什么蜘蛛！竟然是一条通体发黑，背部闪着红光的蜈蚣！

"干！"黎明骂道，"妈的！开火呀！"

"嘻嘻嘻嘻嘻！"那蜈蚣依旧发出那奇怪的声音，拼命缩着自己的身子想要缩回先前的盗洞中，黎明和郭富城很艰难地保持着身体的平衡，都腾出一只手来摸手枪，抓到手枪后，对准那蜈蚣的身体一阵狂射，将手枪中所有的子弹全部倾泻到了那蜈蚣的体内。

子弹打中那蜈蚣后，蜈蚣身体中弹处流淌出那红色的腐蚀性液体，开始拼命挣扎，挣扎导致了那红色的液体开始四溅开来，溅得周边满地都是。胡顺唐抓住婉清躲到鬼顶柱后方，同时另外一只手也将还在拼命拉着钢丝的黎明和郭富城两人给拨了过来。

"妈的！这东西怎么有这么大的力气！"黎明骂道，想换弹夹，但一松手那东西就会快速缩回去，现在是最好的攻击时机。

站在最后方的胡顺唐也在着急，正寻思着要不要将手中的棺材钉抛向那蜈蚣时，后背突然起了一阵凉意，那阵凉意从脚跟处一直爬向自己的后颈部，那感觉就像是有人拿着水管，从脚跟处开始慢慢向自己的后颈处浇水一样……

胡顺唐瞪大了眼睛，身体开始变得僵硬，张开嘴正要说话，婉清发现胡顺唐的身体有些异样，回头去看，手电翻转照向胡顺唐面部的时候，那瞪大的双眼还有发白的脸颊让她吃了一惊，正要问怎么回事，手电筒的光就被胡顺唐背后的什么东西给反射了过来……

婉清伸手去挡反射回来的光，还在纳闷为什么胡顺唐背后会有一面镜子，可胡顺唐原本僵硬的身体一抖，张开双手死死抱紧婉清的腰部就向一侧扑了过去。就在他们两人跳开的同时，原本拼命抓着连着钢丝线匕首的黎明和郭富城也因为蜈蚣身体突然间向前一送，两个人一时没有保持好平衡，直接跌落在了地上，压碎了一地白骨手臂。

那蜈蚣带着弩弓箭直接扑向了鬼顶柱，紧紧地贴在光滑的鬼顶柱上，探出前端的脑袋来，闪着红光看着在地上被摔得不轻的黎明和郭富城两人，两人愣愣地看着那个怪物，都拔出了匕首。

蜈蚣长长的身躯突然一个掉转，缠绕住了鬼顶柱，就在准备向黎明和郭富城两人发起攻击的时候，突然间好像发现了什么东西，昂着头发出了骇人的"嘻嘻嘻嘻嘻"的声音。

黎明还未反应过来怎么回事，郭富城则顺着蜈蚣头颅望向的方向，小心翼翼回头看去，发现在自己的后方不到一米的地方立着一个什么东西……

靠着洞壁的胡顺唐和婉清，都瞪大眼睛盯着郭富城身后那个像是镜子一样的东西，半天才反应过来，对夹在蜈蚣和那东西之间的黎明和郭富城喊道："跑！"

郭富城反应极快，向胡顺唐和婉清扑过去的同时，抓住了黎明的衣领，将其拽了过来，四个人像被吓坏的孩子一样团团挤在一起，看着正在对峙的两个怪物。

"这下好了，变成怪物大乱斗了……"郭富城张大嘴巴好半天才说出这样一句话，"这他妈都是些什么东西。"

黎明反应过来，快速给手枪换好了弹夹，先是瞄准了那面镜子怪物，随后又瞄准了那头蜈蚣，一时间不知道应该先对付哪一个。

胡顺唐伸手抓住黎明的手枪，低声道："不要动，不要动，他们现在的目标不是咱们。"

郭富城慢慢起身，保持下蹲的姿势，将婉清给扶起来，看着左侧的盗洞，遍地的白骨手臂因为那蜈蚣的挣扎被砸得粉碎，正好腾出了一条可以奔跑的通道。

"我们慢慢地向洞口方向跑……"胡顺唐看着盗洞的方向。

黎明看了一眼先前被自己亲手堵住的另外一个盗洞，没想明白那东西是从什么地方爬进来的，可一想到自己的防水包还扔在那儿，里面还有备用的子弹和器具等，想去伸手拿过来，却被郭富城一把拽住："队长，保命要紧。"

无奈，黎明只得变换了一个姿势，四个人排成一列，慢慢转了一个方向，面朝盗洞，但眼角的余光都放在正在对峙的两个怪物的身上。

四个人保持着很可笑的姿势，为首的婉清迟迟没有任何动作，胡顺唐靠近婉清想让她向前走，却发现婉清的双腿在发抖，心知婉清这是怕了，低声安慰道："不要慌，向那边慢慢走，慢慢地……"

婉清倔强，不愿意承认自己害怕，死撑着说："我只是忽然……蹲下来，双腿不适应。"

"赶紧走吧，没有时间给你适应了。"胡顺唐心急，一头的汗水，一滴汗水顺着太阳穴向下快速地滑落，滑到下巴尖的位置，形成一颗豆大的汗滴，汗滴慢慢积聚，又因为胡顺唐贴近婉清身体带来的抖动，终于落在了地上……

"啪嗒"汗滴砸在地上，胡顺唐都没有想到在这极其安静的环境会发出这么大的声响，同时侧头去看腐液蜈蚣还有那应该叫"鬼水"的东西。

"鬼水"保持着原先的姿势一动未动，而那蜈蚣的身子则死缠住鬼顶柱越来越紧，突然间身子一松，像一支箭一样刺向了"鬼水"……

"跑！"胡顺唐使劲一推婉清，婉清保持着蹲姿开始向盗洞口奔去，身后三人紧跟其后，谁都不敢回头，婉清甚至是闭着眼睛埋头向前冲，终于冲到盗洞口，也不管对面到底还有没有其他什么东西，一头就钻了进去。

在胡顺唐钻过去的同时，听到自己身后的腐液蜈蚣又发出"嘻嘻嘻嘻"的声音，只是这次的声音叫得比先前还要尖锐，声音也越来越低，自己也顾不上再回头去看，拼命爬了过去，然后转身将黎明拉了过来，爬得最慢的是郭富城，他苦着一张脸，咬着牙，终于将脸上的防毒面罩给摘了下来，胡顺唐俯身趴在洞中，抓住他的双手，将他拽了过来。

四个人在另外一间墓室中，听着对面不断发出的那"嘻嘻嘻嘻"的声音，大气都不敢出。黑暗中，郭富城却发出低低的呻吟，好像是受伤了。

胡顺唐忙问："郭富城，你没事吧？"

"别他妈这么叫我，我叫魏大勋！"郭富城终于说了自己的中文本名，"你也可以叫我 Peter。"

"你受伤了？"胡顺唐俯身去查看魏大勋的伤势。

魏大勋慢慢侧过身子："帮我看看屁股上是什么，好像什么东西给刺进去了。"

另外一间墓室中依然发出白骨手臂碎裂的声音，那两个怪物应该还在缠斗，胡顺唐打开手电筒，照亮了魏大勋的屁股，看着两瓣屁股中有一根白骨手臂的指骨给插了进去，鲜血直流……

"呃……"胡顺唐侧头看了一眼婉清，又镇定地对扭头过来盯着自己的魏大勋说，"你好像被菊爆了。"

"什么菊爆了？"魏大勋不明白，这个典型的美籍华人虽然说着一口流利的中文普通话，但对"菊爆"这种词汇完全不懂。

原本紧张的婉清看到这一幕，忍不住笑了出来，一旁的黎明往盗洞中小心翼翼看了一眼说："妈的，好不容易捡了一条命，别笑了，赶紧想办法离那两个东西越远越好，搞不好等会儿它们分出了胜负，就该来追我们了。"

胡顺唐起身，想起来第四间墓室中应该还有口箱子，手电筒往周围一照，果然发现这是一间由骷髅头组成的墓室，墓室上下左右六面都贴满了骇人的骷髅头，有一些骷髅头中还有小型的蜈蚣慢慢地从左边的眼眶爬向右边……

黎明将魏大勋屁股上的指骨给取下来，翻出他包中的急救袋，上了药简单包扎了一下，让魏大勋站起来靠着洞壁好好休息一下，魏大勋站在那儿不断地骂着自己怎么会那么倒霉。

胡顺唐绕过墓室中的鬼顶柱，用手电照着图财之前所说的图拾叁发现的那个镶嵌在洞壁上的箱子，箱子上面也插着一把钥匙，胡顺唐想了想，上前去扭动钥匙，然后打开箱子，婉清上前用手电照亮了箱子内部，发现其中放着一对白骨手臂。

"骨架，手臂……"胡顺唐盯着那对白骨手臂，婉清伸手刚要去拿，却被胡顺唐一把抓住手腕说，"你们保存骨架，我保存这对手臂，没有意见吧？"

婉清缩回手去，做了一个"请"的手势："没有意见，很公平。"

胡顺唐拿起那对白骨手臂，那手臂和先前墓室中的手臂模样相似，只是要小一些、短一些，而且表面和装在魏大勋包中的那副上半身骨架一样经过了特殊的打磨，摸起来很光滑。

看了一阵，胡顺唐将骨架小心翼翼装进了自己的包内，又四下走了一圈，依然没有盐爷等人的踪迹，开始着急起来。

如果说被那个腐液蜈蚣给抓走了，就算是彻底腐蚀了，也多少能留下点儿东西才对，但任何痕迹都没有，这就怪了，再说了夜叉王呢？夜叉王的影子都没有见到，这四个人去什么地方了？

"喂，这里还有个洞。"这次依然是婉清发现了在角落上的一个洞口。

胡顺唐和黎明赶紧走了过去，蹲下来看那个只能供一个人通过的洞口，拿着手电朝对面照了照，黑乎乎的一片什么都看不见，好像这个盗洞比先前的盗洞还要深。

胡顺唐盯着那个盗洞，伸手摸着那盗洞的边缘，寻思了一下说："好像不是盗洞……"

"什么意思？"婉清问。

"虽然我对盗墓完全一窍不通，但我也知道盗墓必须要找准方向，你看先前的墓室和这一间墓室，都只有一个盗洞，虽然这很符合逻辑，不过先前我的一个同伴说过，这个崖墓没有严格依照传统风水来设计，也就是说寻龙点穴那一套在这里没有任何作用，既然没作用，打出这些盗洞来的人，怎么会知道另外一间墓室的准确位置？"胡顺唐揉着额头。

"嗯。"黎明点头表示赞同，"如果换作我们不懂这些，要找出口，就得一面墙壁一面墙壁地试。"

"对！"胡顺唐说，"你看先前的墓室和这间墓室一样，除了一个盗洞，周围都没有被人工凿过的痕迹，这就说明，要不先前来盗墓的人十分熟悉这个崖墓，要不……"

"要不这根本就不是什么盗洞，而是修建崖墓时就已经挖好的。"婉清将胡顺唐接下去的话给说完。

"对，对……"胡顺唐一屁股坐在地上，"这就是为什么这一间间的墓室之间连最基本的墓门都没有，而墓室与墓室之间的墙壁都是后来堆砌而成的。"

“有什么目的呢？”婉清问。

胡顺唐起身来：“不知道，现在我只想找到我失踪的那几个同伴，其他的事情并不重要。”

婉清也起身：“眼下路只有一条，我们想分道扬镳也不可能，只能继续保持合作，再说了，你的包里还有我想要的东西。”

胡顺唐看着婉清问：“我想知道，你们到底是来找什么东西的，能告诉我吗？”

婉清依然回答：“我的目的和你的目的是相同的。”

“那达到了目的之后的目的又是什么？”胡顺唐不依不饶，“我和你目的之后的目的肯定不一样。”

“那可不一定，笼统来说，我是为了替别人完成一个心愿，也算是为自己完成一个心愿。”婉清的回答和胡顺唐所说的一样很笼统，覆盖面实在太大。

胡顺唐笑道：“和我一样。”

黎明在一旁听得不耐烦，插嘴道：“现在是争论这个的时候？赶紧走吧！”

刚说完，魏大勋也以奇怪的姿势走过来，低声道：“对面动静减弱了，估计那两个东西是分出胜负了。”

黎明扶了魏大勋，钻进了婉清发现的那个洞内，黎明在前，刚钻进去就发现有些不对劲，想要返回已经晚了，“啊”了一声立刻就消失在了洞口，紧随其后的魏大勋正要去抓他，前倾的身子也顺势一滑，直接掉入洞中。胡顺唐意识到不对劲，向洞口叫着两人的名字，只有回声，没有人答应，于是扭头对婉清说：“你抓着我的背包带。”

说完，胡顺唐先将双腿放入洞中，刚放进去想要挪动屁股向里面移动，就明白为什么黎明要“啊”那么一声，因为那个洞口并不是与地面平行的，而是直线向下，且洞壁十分光滑，还未来得及对婉清说一声，自己身子失去平衡直接坠落了下去，因为坠落的地道实在太大，婉清的整个身子猛地一下被拖到洞口卡住，没有坚持多久也抓着背包带坠落了下去……

地心引力的关系，胡顺唐急速向下坠落，原以为自己这一下肯定会被活活摔死，没想到却摔在一个人的身上，但那个人好像死了一样，吭都不吭一声。胡顺唐刚翻过身子，婉清也一头扎了下来，撞得他胸口一阵闷痛，刚要张口叫出声来，黑暗中就伸出一只手来将他嘴巴给捂住。

胡顺唐刚要反抗，就听见魏大勋在耳边说：“嘘！不要出声！”

胡顺唐默默点头，魏大勋这才松开手，拍了拍在旁边第一个落下来摔得不轻

川西秘闻 ❸ 蜈蚣骨

的黎明,示意众人都向后退,可黎明退了两步身子向后一靠,又反着拍了下魏大勋,示意魏大勋不要再动。

被挤在中间头昏眼花的胡顺唐昂起头来,向四下一看,这一看不要紧,一看浑身一抖,又赶紧把头缩了回去。

妈的!落到蜈蚣巢穴里了!

第三十八章

鬼计

 这间墓室上下左右前后的洞壁都爬满了先前所看到的那种巨型腐液蜈蚣，虽说黎明和魏大勋坠落后发现情况不对，立即关了手电，但在墓室的鬼顶柱下方掉落了两个已经打开的手电，照着洞壁的另外两个方向，也是因为这两个手电的关系，胡顺唐四人才看清楚了洞中的情形。

　　这间墓室中到处都是凸出来的人腿骨，那些巨型的腐液蜈蚣交错着爬在那些人腿骨的缝隙之中，不时闪出红光，但又好像是死了一样，没有任何动静，也没有发出如先前那条蜈蚣那种骇人的"嘻嘻"声。

　　四人挤成一团，一动不敢动，向前不远处就是鬼顶柱，鬼顶柱下方盘着一条腐液蜈蚣，有两三只带着钩的脚按在那两只手电筒之上，而在它头顶还有另外一条比其他的身体要大不少的蜈蚣用身体缠住了鬼顶柱，头部向着墓室的顶端。

　　"妈的，这次死定了……"黎明低声骂道。

　　魏大勋苦着一张脸，看着鬼顶柱下方那条蜈蚣："队长，老规矩，留一颗子弹吧，我可不想活生生被那东西给腐蚀了。"

　　黎明用手肘碰了碰胡顺唐道："喂，专家，有没有什么办法对付这些怪物？"

　　胡顺唐心想，如果面前的是什么鬼怪、僵尸，自己还有办法对付，可那是活物，说准确点儿应该属于变异的生物，自己也没有任何办法，如果是老虎狮子之类的还可以搏斗一番，但这玩意儿喷出来的东西立刻就可以把人给腐蚀了，能有什么办法。

"没有。"胡顺唐实话实说，也想不出什么话来安慰黎明。

"妈的！"黎明听罢骂道，"想爬回去也是不可能的，这些东西不是一两枪就可以解决得了的，Peter，你还有多少子弹？"

魏大勋挪动了下屁股，顿时疼得龇牙咧嘴的，但不敢叫出声来，半晌才说："身上有五个弹夹，都是满的，包里还有五十发，就算子弹够，这些东西全都扑上来，我们也只有死路一条。"

"手雷！"黎明拍了拍魏大勋，"把手雷拿给我！"

婉清最害怕听到那两个字，忙问："你要干吗？"

黎明恨恨地说："我拿一个，要是这些蜈蚣一拥而上，我就跟它们来个同归于尽！"

"别冲动，千万别冲动……"胡顺唐低声道，"动动脑子，我们刚捡回来一条命，老天爷要是想让我们死，在上面那个墓室我们就已经完了，车到山前必有路。"

黎明显得有些不冷静："都被困死了！还动个什么脑子？！专家！那你说说有什么办法！"

胡顺唐观察了一下四周，随后说："这些东西一动没动，好像睡着了，我们趁机会找找有没有其他的出口，找到出口就有了希望。"

"出口！你做梦吧！这里都被堵死了，就算有出口，也被蜈蚣给封了！还指不定出口那边是什么东西呢！"黎明低声道。

"等等……"胡顺唐好像在鬼顶柱方向发现了什么东西，顺着那条缠在鬼顶柱上的蜈蚣头颅向上一看，在那里倒挂着四个人，胡顺唐一惊，又看了一眼在鬼顶柱下被另外一条蜈蚣压住的手电筒，寻思了一下，掏出了自己的手电筒，试探性地照向了在鬼顶柱上的那条腐液蜈蚣。

手电光亮起的瞬间，黎明伸手就要去抢，被胡顺唐躲开，手电光直射向那条蜈蚣，可蜈蚣依然是没有任何反应，连一个细微的动作都没有。

"这些东西对光源没有特别的反应，算我们运气好。"胡顺唐松了一口气。

黎明则在一旁骂道："刚才那一把你要是赌输了，现在我们已经没了！"

婉清忙道："黎明闭嘴！"

魏大勋也赶紧轻轻拍了下黎明，示意他冷静点儿，看看胡顺唐有没有什么好办法。

胡顺唐的手电光朝上，照亮了倒挂在那里的四个人，灯光一一扫过，果然和他想的一样，那里倒挂着的四个人分别是——盐爷、莎莉、图财和夜叉王。

连夜叉王这怪物都被抓住了，胡顺唐心里顿时就失去了希望，原本还指着那比怪物还可怕的怪物突然出现解救大家，没想到也已经被抓在这儿了。这四人浑身上下都包着蛛网，这是最奇怪的地方，先前胡顺唐也没有想明白，头一次看见会织网的蜈蚣！

胡顺唐用手电照着莎莉的面部，仔细看着，发现她面部的蛛网在一收一放，也就是说还有呼吸，又看了看盐爷和图财两人,也有呼吸,这算是不幸中的万幸了，最奇怪的是被倒挂在那儿的夜叉王脸色苍白不说，面部的蛛网也没有收放抖动，难道这怪物死了？

胡顺唐慢慢起身来，举起手电照向夜叉王的胸口位置，等手电光照向夜叉王腿部位置时，看清楚后手一抖，差点儿没把手电给掉落下去——夜叉王从腰部往下的位置已经完全被腐蚀了，露出森森的白骨不说，有部分骨头都已经被腐蚀了，如果不是表面被包裹着那层层的蛛网，恐怕早已经掉落下来了。

胡顺唐蹲了下来，自言自语："夜叉王死了？"

"谁死了？你的同伴？"婉清问，黎明和魏大勋也侧头看着他。

胡顺唐摇头："不是同伴，也是个怪物，我原以为那家伙应该比这些蜈蚣还可怕，没想到竟然死了。"

"谁死了？"一个声音突然从墓穴顶端传下来，四人一惊，同时抬头向上方看去。

听那声音胡顺唐知道是夜叉王，赶紧又将手电照向被倒挂着的夜叉王，没想到原本还紧闭双眼的夜叉王突然睁开了眼睛，血红的双眼瞪着下面的四个人。

婉清、黎明和魏大勋当然不知道夜叉王是什么人，但看见这个下半身已经腐蚀的"人"睁开了眼睛，那张苍白的脸上还有一对发红的双眼，都瞪大双眼张大嘴巴看着，一句话也说不出来。

胡顺唐盯着夜叉王，又听到那家伙说："把手电光关了，晃得我眼睛难受！"

胡顺唐赶紧关了手电，问："怎么回事？"

"失策了，被抓了，就这么简单，这次可不是我自首。"夜叉王还在开着玩笑。

胡顺唐又问："你先前跑到什么地方去了？"

"当尖兵探路，发现了这东西本想警告你们，结果被抓了，身子也被吃了一半，麻烦了。"夜叉王沉声道，没有一丝的慌乱，就好像是这些事情都在他计划中一样。

婉清、黎明和魏大勋在黑暗中依然抬着头看着夜叉王的方向，没有听明白胡顺唐和夜叉王到底在说什么，但听夜叉王说自己的身子被吃了一半，又都愣了一下。

"现在怎么办？"胡顺唐说，"这些蜈蚣到底是什么？"

"我怎么知道？你们想办法先把我放下来。"夜叉王说。

"放下来？怎么放？"胡顺唐问，又看着下面那条蜈蚣，先不要说怎么放夜叉王下来，就算是放下来了，夜叉王没有办法支撑自己的身体肯定会重重砸在那蜈蚣的身上，那后果可就不堪设想了。

夜叉王深吸一口气："算了，靠你们还不如靠自己，不过如果你们不来，我也不能下来。"

胡顺唐没明白夜叉王这句话的意思，刚想问，夜叉王就使劲晃动了一下身体，在空中荡了一下，脑袋直接砸向了缠在鬼顶柱上的那条蜈蚣的脑袋……这一个动作，让下面的四个人心跳立刻加速，心都提到嗓子眼了。

夜叉王的脑袋这么重重地一砸，那条最巨型的蜈蚣立刻苏醒了过来，第一时间向夜叉王的身体喷出了红色的液体，在液体喷出的瞬间夜叉王一侧身，将自己手部的位置换了个方向，那红色的液体喷到他手部后，立刻腐蚀了外面的蛛网，同时夜叉王的右手也立刻化成了白骨，但左手也解放了出来，随后喊道："把枪扔给我！快！"

黎明还在发愣，胡顺唐眼疾手快将他手中的枪夺过来，扔向夜叉王，夜叉王握住枪后，对准自己已经化为白骨的双脚扣动了扳机，枪声过后，腿骨断裂，整个人落了下来，直接砸中了下面的那条蜈蚣。

"嘻嘻嘻嘻嘻嘻嘻……"那条蜈蚣被砸中之后立刻发出了诡异的叫声，胡顺唐四人一惊，下意识挤成一团。

落地的夜叉王抬起左手，对准那条蜈蚣的头部就开了两枪，接着一个翻身，到了黎明的身边，将手枪往地上一放，随后向黎明伸出手去说："把手伸给我。"

黎明还在发愣，没有任何反应，此时缠在鬼顶柱上的那条蜈蚣昂头开始叫了起来，那"嘻嘻"的叫声顿时唤醒了在墓室内的其他腐液蜈蚣，那一刻整间墓室中都开始充斥着那种诡异骇人的"嘻嘻"声，众人立刻便有了一种眩晕的感觉。

"啪啪啪啪……"好几条原本爬在墓室洞壁上的蜈蚣掉落了下来，昂起头朝向胡顺唐等人，却没有立即进攻。

"快把手给我！否则我们都完蛋！"夜叉王对黎明喊了出来。

黎明反应过来，下意识将手伸向夜叉王，此时胡顺唐看见夜叉王脸上闪过了一丝诡异的笑容，忙喊："不要把手给他！"

　　可为时已晚，黎明将手递给夜叉王后，夜叉王一把抓住黎明的手，笑道："很好。"

　　胡顺唐见状就要扑过去，夜叉王一把将黎明的手腕拖到自己的嘴边，张口就咬了下去，黎明"啊"了一声后开始惨叫，一旁的魏大勋赶紧抬腿就朝夜叉王踢过去，可夜叉王的身体挨了那一脚却没有任何反应，依然死死地咬住黎明的手腕，嘴里还嘀咕着什么话……

　　腐液蜈蚣群发出的"嘻嘻"声，黎明的惨叫声，还有夜叉王嘴里低声的嘟囔，在这一刻交织在一起，在墓室四壁碰撞着，回荡着。与此同时，抱住黎明的胡顺唐发现夜叉王那血红的双眼开始慢慢暗淡，赶紧抬头去看黎明，发现黎明的双眼开始发红，尖叫声也开始减弱，最终张大的嘴巴慢慢合起，原本红润的脸开始变得苍白，紧接着脸上便有了一丝奇怪的笑容。

　　胡顺唐盯着黎明的脸，知道夜叉王的"仪式"已经完成，只得慢慢松开自己的双手，此时却听到黎明开口道："你好，胡先生……"

第三十九章

唯物主义者

魏大勋拔出手枪，对准了"夜叉王"的身体开了数枪，见"夜叉王"没有任何反应后，这才回头去看"黎明"，问："队长！没事吧？我拿急救包！"

此时，胡顺唐已经不再关心周围团团围住他们的那些腐液蜈蚣，注意力全集中在了黎明身上，不，现在的夜叉王身上，用手按住魏大勋握枪的手说："已经晚了。"

"黎明"摊开自己的双手看着，闭上眼深呼吸了一口气，盘腿坐在地上自言自语地说："这个身体倒不错。"说罢，"黎明"用手指蘸了手腕处的鲜血，在伤口处画了一个小小的符号，又喃喃念了一堆周围人都听不懂的词语，随后手腕处被咬开的伤口中流淌的血液开始慢慢减弱，伤口也逐渐开始愈合。

魏大勋盯着那慢慢愈合的伤口，放下手中的枪，瞪大双眼道："What is this fucking hell！"

"黎明"扭头盯着魏大勋，猛地凑近了他的脸，舔了下嘴唇道："My name is god！"

一旁的婉清呆呆地看着，不明白短短的几分钟之内到底发生了什么事，是自己的幻觉，还是一场华丽又血腥的魔术？

"黎明"说罢，抓起在地上的枪，对准"夜叉王"的胸膛处又开了两枪，随后用胸膛渗出的鲜血在尸体的腹部画了一个类似鸟模样的符号，将手掌压了下去，刚压下去就皱起眉头道："糟了，这崖墓里有古怪！没有生魂！"

胡顺唐盯着"黎明"，不，应该是夜叉王半天都说不出话来，终于明白为什么夜叉王被通缉多年都没有被抓捕，而是自首后才被抓，也明白为什么夜叉王有省医院儿科医生李思维，以及已死的那个驴友赵毅的身份，他根本就没有属于自己的身体，不停地从一个人的身体跳转到另外一个人的身体上，这样的方式，就算警察布下天罗地网也不可能抓获他。

而夜叉王所说的"生魂"，对胡顺唐来说并不陌生，这算是地师、开棺人和赶尸人的一种通用的术语，泛指的是死后游荡在人间的鬼魂，没有归属，不会前往冥界，特别是那种被特殊棺材封住的鬼魂，指的就是生魂，而夜叉王要养鬼，本身就要利用生魂，如果没有生魂存在，他的奇术便没有任何作用，就像是有枪，却没有子弹一样。

夜叉王刚说完那句话，抬头往先前胡顺唐等人掉落进来的洞口看了一眼，又笑了出来："还好，刚才他们死了两个，时间不长，暂时借用一下。"

说罢，夜叉王将尸体翻转过来，掏出匕首将尸体的后背剥开一道口子，将手雷给放了进去，挂在胸口的肋骨处，随后将手中的枪递给了那具尸体。

随后，在旁边的胡顺唐、婉清和魏大勋三人亲眼见到已经只剩下半截身子，还中了数枪的"夜叉王"的尸体慢慢昂起头来，先前血红色的眼珠子上下晃动了一下，瞳孔不断缩小，最终只剩下白色的眼肉，同时还算完整的左手也猛地抬了起来，接过了夜叉王左手的手枪。

夜叉王拍了拍那尸体的脑袋，看着周围正在慢慢聚拢过来的腐液蜈蚣道："看你的了。"

尸体翻转过来，毫不犹豫，举枪就朝着鬼顶柱上那个最大的腐液蜈蚣开枪。开枪的频率并不快，只开了两枪，但两枪都瞄准了那腐液蜈蚣的头部，同时向不远处的墓室角落中缓慢爬行，枪声和身体上还在流淌的血水顿时便吸引了周围所有腐液蜈蚣的注意，掉头向他的方向爬行。

夜叉王蹲在地上，对胡顺唐说："我去救挂在那上面的三个人，等那群蜈蚣都被那家伙吸引开之后，你们就向前冲，冲到那扇石门前。"

胡顺唐抬眼看着前方，根本没有看到有什么石门，夜叉王在身上摸索了一阵，拿出两根荧光棒，对折发亮后，向前方扔了过去，荧光棒撞到洞壁后又落到了墓室的地面上，将周围两米的范围照得透亮，一扇石门的轮廓也立刻出现在了众人的眼前。

"看见了吗？就是那扇石门，唯一的出口，你在鬼顶柱下面等着，我只能带两个人离开，你得负责带其中一个人，而你们两个……"夜叉王扭头看着依然不明白发生了什么事的婉清和魏大勋，"你们到了石门前，要合力去推开那扇石门，要是等我们救下了人到了石门前，你们还没有打开，那大家都准备死在这里吧。"

说罢，夜叉王向前跳了一步，踩在最近的那只蜈蚣的头顶一跃而起，先是一脚踹在那条最大蜈蚣的身体上，借力反弹过去抱住了图财的身体，反手抓准匕首，割断了莎莉脚踝处的蛛网，莎莉落了下来，胡顺唐赶紧接住，又退了回去。此时，那具活尸已经到了墓室的左侧角落，浑身上下已经被那红色液体腐蚀得差不多了，只剩下胸膛、脑袋以及开枪的左手。

"去开门！"抱住图财身体的夜叉王冲婉清和魏大勋两人喊道。

两人虽不知到底发生了什么事，但眼下也知道这是唯一能够逃离的机会，起身就向有荧光棒的方向跑去，随后开始合力去推那扇石门。

夜叉王用匕首割断了盐爷脚踝处的织网，又迅速割断了图财脚踝处的蛛网，在盐爷身体下滑的同时，伸出左手抓住，自己也抱着图财的身体开始坠落，快到地面时，松开图财的身体，同时向上一提，稳稳落地，两边肩膀各扛了一个人，开始向石门跑去，喊道："推门！推门！推门！"

胡顺唐紧跟夜叉王的身后，发疯似的冲向那扇石门。

石门纹丝不动，婉清和魏大勋急得满头是汗，都差点儿用头去撞门了。

胡顺唐扛着莎莉，回头去看角落中的那具活尸，活尸在腐蚀液体的攻击下，只剩下了一只手和半边胸膛，脑袋已经彻底没了，但那只手依然在扣动扳机，可枪膛内已经没有了子弹，手枪发出"咔咔"的声音……

夜叉王见门依然没动，放下盐爷和图财两人，帮着婉清和魏大勋推门，终于在一声闷响后，石门被缓缓推开，夜叉王随即又抓起盐爷和图财两人，让婉清先进去，紧随其后的魏大勋想要回头去看，被夜叉王一脚给踹了进去。

魏大勋跌进石门后，夜叉王闪身到了一边，让抱着莎莉的胡顺唐先进，待胡顺唐将莎莉交给魏大勋后，自己又将盐爷抛给胡顺唐，紧接着才回身看着墓室角落中已经只剩下一只左手的尸体，从腰间摸出一个手雷，咬下拉环，扔了过去。

手雷脱手，从正掉头向石门方向奔来的那群腐液蜈蚣头顶飞过……

夜叉王转身跑进石门内，头也不回地向前冲，魏大勋耳朵很灵，虽没看见夜叉王扔出手雷，却清楚地听见手雷保险片弹开的声音，将手中的莎莉往地上一放，双手展开扑倒了在自己跟前的胡顺唐和婉清，在张开双臂的同时，身后墓室中已经爆起了火光，发出了震耳的爆炸声。

第一声爆炸声响起之后不到一秒，又开始了第二次爆炸，原本活尸身上挂着的那个手雷也顿时爆炸。爆炸后许久，众人才从地上爬起来，因为手雷是在过于狭窄的空间内爆炸，虽说杀伤半径并不大，可产生的震荡在墓室中得不到释放，只得在墓室四壁中碰撞，导致的声波已经让众人头昏脑涨，好一阵子才算是缓过来。

逐渐清醒过来的魏大勋下意识拔出自己的手枪，猛地转身用枪口对准了那扇石门，嘴唇微微发抖，担心还有腐液蜈蚣从里面钻出来。

前方的夜叉王起身，踢了一下魏大勋说："起来，帮忙把石门重新关死，我们就算暂时安全了。"

说罢，夜叉王慢慢走到那扇半打开的石门前，刚伸手要去拉门，石门下方就钻出一个腐液蜈蚣的脑袋，昂着头发出"嘻嘻嘻嘻"的声音，夜叉王一惊，正要躲避，持枪的魏大勋立即连开了几枪，夜叉王趁着腐液蜈蚣被击中之后还在挣扎的瞬间，抬脚将其踢回了墓室中。

魏大勋赶紧上前，帮助夜叉王将石门拉回来关好，随后喘着气问夜叉王："队长，你的伤没事吧？"

魏大勋显然还是没有明白刚才到底发生了什么事，起身来的婉清虽然隐隐约约觉得不对劲，也与魏大勋相同，并不明白现在眼前的黎明已经变了，张口就吼道："黎明！我说了不允许用手雷！现在回去的路被堵死了！"

夜叉王连正眼都不看着两个人，摇摇头走到胡顺唐身边，拍了下他的肩膀说："开棺人，你给他们解释下。"

胡顺唐分别看了看婉清和魏大勋，淡淡地说："他已经不是黎明了，你们认识的黎明会操纵尸体开枪吗？"

夜叉王蹲在地上哼着歌开始用匕首将莎莉身上的蛛网给一一割开，又说："胡先生，我算是对得起你，本来可以利用他们三个人当中的一个逃跑的，可想了想，盐爷和莎莉对你很重要，如果他们出了事，我们的交易就算是失败了，你也不会放过我，当然并不是因为我怕你，而是因为我是个信守承诺的人，至于这个图财，他暂时还不能死，所以……"

说到这儿，夜叉王回过头来看着婉清和魏大勋："我只能等你们到了之后再动手了，幸运的是，黎明是个军人，有强健的体魄，身体也比从前的那些家伙灵活许多，我会好好爱惜的。"

婉清和魏大勋算是明白了怎么回事，可他们的世界观并不愿意接受这个事实。

魏大勋听完夜叉王的话，愣了半天才故意笑道："队长，别开玩笑了。"

说罢，魏大勋还向前走了两步，作势要靠近夜叉王，同时婉清也说："黎明，这个笑话一点儿都不好笑。"

夜叉王倒转匕首握在手中，蹲在那儿抬头看了一眼墓室的顶端，闭上眼说："胡先生，你知道吗？我最讨厌的就是别人不信任我，不信任我也就算了，还非得让我解释，他们这种人从学术上应该怎么称呼呢？哦，想起来了，唯物主义者……唯物主义者都是不信邪的对吧？胡先生，你是唯心主义者，我也是，我们和他们不是一路的。"

胡顺唐没有回答，抬手阻止了又要上前去的婉清和魏大勋。

夜叉王扭过头来，原本一双看似无神的眼睛又闪过了一抹血红色，冷冷地问道："胡先生，你算是这次的领队，是咱们的头儿，要不要留着这两个累赘，我听你的。"

胡顺唐心知夜叉王这个神经病又要准备动手杀人了，忙低声对婉清和魏大勋说："你们不想死，就听我的，闭嘴，退后，不要说话，不要有任何动作！"

"我听你妈！"魏大勋一把将胡顺唐推开，侧身一闪，在旁边的洞壁上借力跃起，高抬腿向夜叉王的头顶狠狠压了下去，同时拔出了匕首。

就在魏大勋的右腿快要击中夜叉王的同时，夜叉王冷冷一笑，身子猛地向下一沉，快速变换了姿势后，闪身到了一侧，速度之快，连在攻击中的魏大勋都吃了一惊，但吃惊的表情还未反应到脸上时，自己的腹部就重重挨了一脚，整个人横着飞出，撞在旁边的洞壁上，又掉落下来，匕首脱手，弓着身子痛苦地缩成了一团，在那儿低声哀号。

夜叉王抬起自己的右腿，左右活动了下脖子道："这算是一个警告，如果还有下次，你就再也别想站起来了，听懂了吗？"

"听懂了吗？"这四个字出口时，夜叉王转而看向了婉清。

婉清看着躺在地上的魏大勋，一咬牙就要扑向夜叉王，胡顺唐一把将其抱住，在她耳边轻声道："相信我，你刚才看到的不是什么魔术……"

婉清浑身止不住地抖动着，并不是因为愤怒，而是眼前几米开外的夜叉王身上那股散发出来的无形的压迫感导致了她身体根本不听使唤，眼前所发生的事情就像是父母所讲的睡前恐怖故事，导致孩子在进入梦乡后所做的噩梦一样。

正在此时，慢慢苏醒过来的莎莉睁开了双眼，睁眼后所看到的第一个画面便是胡顺唐抱着一个自己不认识的漂亮女人……

第四十章

两枚玉钥匙

　　莎莉醒来后，看见那一幕，下意识又闭上眼睛，装作昏迷的模样。这一细微的动作胡顺唐虽然没有发现，可站在莎莉身边的夜叉王却看得一清二楚，看到后只是淡淡一笑，又蹲下来拿起匕首割断图财和盐爷身上的蛛网。

　　"有时候视而不见并不是最好的办法，因为你得搞清楚一件事——你和对方到底是什么关系？"夜叉王低声装作自言自语的模样，可莎莉却很清楚这句话是故意说给她听的。

　　婉清身体的抖动好不容易才平静下来，胡顺唐松开她，伸出双手向下压了压，示意她冷静下来，随后倒退着到了已经慢慢缓过来的魏大勋身前。魏大勋靠在墓室的边上，不断地深呼吸，每呼吸一次都感觉腹部一阵剧痛，而屁股同时也如被火烧一样地难受，见胡顺唐来到跟前，瞪眼道："到底是怎么回事？你们都是些什么人？"

　　胡顺唐并没有回答他这个问题，只是比画了一个手势让他保持冷静，随即站起来问夜叉王："那些到底是什么东西？"

　　"你眼睛瞎了？那是蜈蚣，只是体积比平常看到的要大很多，大概是吃了什么东西变成这副模样了。"夜叉王头也不回，继续仔细地割开图财身上的蛛网。

　　胡顺唐又想起那面像镜子一样的怪物，又问："我们先前还遇到一个东西，像镜子一样，看起来没有固体的形态，不知道那是什么，'鬼水'吗？"

"你愿意怎么叫那东西都行，不过那玩意儿我也是头一次见过，看模样像是镜妖。"夜叉王说，放下手中的匕首，"喂，半桶水，没听过镜妖这种东西吧？属于生魂的一种，但形态变了，可以根据周围的环境而改变自身的形状和外貌，但唯一不能改变的便是身体的颜色，永远都会是透明的，乍一看像是镜子，也会反光，我没有听说过有对付这种东西的最好办法，那个穆英杰不是做了个简易的封魂罐吗？封魂罐对生魂是有作用的，但那东西最终还是在墓室之间来去自如，所以穆英杰只得举枪自杀了，他大概也没有想到在这里会有那种东西。"

镜妖？胡顺唐闻所未闻，身后的婉清和魏大勋两人对视了一眼，认为夜叉王的话不是危言耸听，况且不久前还亲眼目睹了自己熟悉的"黎明"在刹那间就变成了另外一个人。

"也就是说，我们要是再遇到镜妖，就死定了？"胡顺唐问。

夜叉王想了想："看运气。"

"运气？"胡顺唐回头看了眼那扇石门，猛然想到一个关键性的问题，又问，"刚才在那间墓室中你有没有发现一个箱子？刚才情况紧急，我都忘了这件事了。"

夜叉王头也不回，从跟前图财的衣服口袋中掏出两枚玉钥匙，举起来给胡顺唐看："我已经查看过了，刚才那间墓室中的箱子中就放着一枚钥匙。"

胡顺唐盯着那两枚玉钥匙，很不解："你怎么会有两枚玉钥匙？"

夜叉王伸手拍了拍还在昏迷中图财的脸颊："这小子私藏了一把，我估计应该是图拾叁当年拿下来的那把，就是可以打开第二间墓室中那口箱子的钥匙，而我这一把，在发现之后，知道我先前那副身体保存不了了，只得顺势放在他的口袋中，先行牺牲了一下自己，而且我的身体内有毒，那些蜈蚣吃了短时间内会昏迷，所以吃完了我，会暂时昏睡一会儿，为等待你们的到来腾出了时间。"

妈的！夜叉王这家伙到底算得有多精明，提前给自己的身体中注毒！胡顺唐看着两个外型完全一样的玉钥匙，伸手就要去拿，夜叉王却将拿着钥匙的手缩了回去，放入自己的口袋中，问道："你们呢？在先前墓室的箱子中都找到了些什么东西？"

"一副骨架，一对白骨手臂……"胡顺唐说，说完回头看着魏大勋，"那副骨架在他们那儿，而白骨手臂我保管着。"

夜叉王笑了笑："那很好，你们各自都有保存的东西，为了公平起见，我保存这两枚玉钥匙，这样做大家都应该没有意见。"

当然没意见。就算婉清和魏大勋有意见也拿夜叉王没有任何办法，婉清刚才看得很清楚，魏大勋的攻击从常理上来判断，夜叉王只能防守再反击，躲避是绝对不可能的。不过夜叉王却做出了躲避，又抓住魏大勋攻击空隙的瞬间发动反击，速度已经快到了一种不可思议的地步，就算是黎明本人也达不到，先抛开夜叉王本身具备的搏斗技巧不说，以这种惊人的速度，就算加上胡顺唐，他们三个人同时上，胜算都不到一成。

"现在我们有一副骨架，一对白骨手臂，还有两枚钥匙，从规律上来判断，第一间墓室中的箱子我们没有打开过，里面肯定还放着什么东西，不过先前墓室中箱子里的钥匙又是来干什么的？"胡顺唐分析道，其实也是为了让婉清和魏大勋两人不要把注意力过于集中在夜叉王的身上，这支临时拼凑起来的队伍矛盾已经够多了，无论如何，暂时也必须团结起来，否则找不到牧鬼箱不说，就连活着出去都是一种奢望。

"第一间墓室中的东西，你们不要担心，我会找机会去拿出来。"夜叉王将盐爷身上的蛛网全数割开后，起身活动了一下身子。

魏大勋盯着夜叉王道："凭什么是你去取？"

"噢，对，现在的游戏规则变了，好像是谁取到了东西就交给谁保管对吧？如果你想回去取，那请便，我不反对，我双手赞成，去吧，我帮你开门。"夜叉王连头都不回。

"你……"魏大勋知道自己不可能返回去取，先不要说先前墓室中到底还没有活着的腐液蜈蚣，就连自己坠落下来的那个洞穴自己都没有办法再爬回去。

躺在地上的莎莉依然闭着眼睛，虽然一直在听，却装作昏迷的模样，而一旁的图财和盐爷也的确没有苏醒，盐爷是因为年龄太大，而图财则是遭受到的惊吓过度。

"去想那间墓室，不如想想我们所处的是什么地方。"夜叉王掏出两根荧光棒，对折后扔在自己的左右两侧，把周围都给照亮了。

墓室被彻底照亮后，众人才看清楚这间墓室，大小和先前的几间墓室差不多，不同的是墓室四壁全都是人上半身骸骨排列而成，最离奇的是在墓室中间的鬼顶柱，乍一看与先前墓室中的相同，可用手电照去，光线却能穿透鬼顶柱内部，从另外一头出来时光线又会被分散开来。

"骨架？"胡顺唐走近洞壁，摸着贴在墙面上的骨架，数过一排来，足足有二十个之多，粗略计算了一下，一面墙壁就有一百二十个人的骨架，那四面墙加起来至少有四百八十个。也就是说，如果这算是殉葬的一种，那么崖墓修建的时候，就得杀死四百八十个人，将头颅、身体、手臂和腿部四部分全都分开，分别摆放在四间墓室之中，这样做有什么意义？

婉清和魏大勋两人绕行到另外一边，魏大勋将背包翻转过来，抱在自己的胸前，担心夜叉王会趁自己不注意将背包中那副骨架抢走。婉清仔细查看了一阵骨架，又打开魏大勋的包看了下包内的骨架，转头对胡顺唐说："胡先生，这里的骨架应该都不是成年人的，是孩子，而且年龄都不大，以骨架大小来判断，应该只有不到五岁。"

"错了，是七岁。"站在鬼顶柱跟前的夜叉王纠正道，用手电照着鬼顶柱，此时转头来看的胡顺唐、婉清和魏大勋才发现，那个所谓的鬼顶柱也是由骨架组合而成，而在骨架组成的鬼顶柱中间，似乎还有什么东西。

"为什么说是七岁？"胡顺唐走到鬼顶柱前，婉清和魏大勋也走了过去，但和夜叉王保持了几米的距离。

"这里虽然是汉墓，但其中大部分都具有商朝的风格，而且殉葬的方式在汉朝时期已经被严令禁止，从汉朝到元朝这段时间，很少有帝王采取殉葬，一直到明朝才又死灰复燃，况且这个地方根本不是什么帝王墓，所以采取殉葬的方式肯定是有其他的目的。"夜叉王用手电照着里面的那个黑乎乎的东西，"而且商朝时期奴隶殉葬，虽说也有幼儿，但也极少有七岁以下的孩子，因为七岁以下的孩子还没有办法像正常奴隶一样服侍他人，能勉强照顾自己就不错了。"

"但从骨架上看却不像。"胡顺唐身后的婉清提出了疑问。

"小姐，那是汉朝，不是现代，那时候的孩子身形可没有现在这么健硕，七岁的孩子骨架看起来像五岁的很正常。"夜叉王道。

"可也不至于……"婉清还要争辩，胡顺唐回头来伸手制止了她。

胡顺唐当然明白，夜叉王这个神经病杀人狂，残杀的儿童不下几十个，也许还有警方根本没有发现的，更何况他还一度占据了儿科医生李思维的身体，在这个墓室内恐怕找不出第二个人能比他还了解孩子骨骼的情况。

"哦，对了，差点儿忘记一件很重要的事情。"夜叉王转身拿手电照着胡顺唐的背包，"胡先生，借用一下你的香烛和纸钱行吗？我估计你带了这些必需品吧。"

胡顺唐点头，夜叉王伸出手去："两对红烛，六炷红香，还有两沓纸钱。"

胡顺唐的包内虽说有这些东西，但暗包内装下的并不多，大部分的东西都在先前逃跑的时候给丢弃了，但这些吃饭的家伙都还留着，只得将剩下的香烛纸钱全都给了夜叉王，却不明白他要做什么。

夜叉王在面朝那扇石门的地方用匕首凿下几个洞来，将香烛点燃插好，又燃了纸钱，随后盯着燃烧的纸钱发呆。

胡顺唐不明白他在做什么，便问："你在干什么？"

"借了生魂，虽然还了，但总得给点儿利息吧？有借有还再借不难，如果不是那两位，恐怕我们都已经死了，做人得讲良心。"夜叉王起身来拍拍手。

做人得讲良心？胡顺唐打死都不相信夜叉王会说出这句话来，这家伙真的是精神分裂吗？一会儿无比残暴，做事不可理喻，一会儿又有条不紊，极讲道义，这家伙脑子里到底装的都是些什么东西？

婉清和魏大勋听明白夜叉王是为他们死的那两个同伴焚香，虽说有那么一丝小小的感动，但瞬间便消失得无影无踪，毕竟夜叉王占据了黎明的身体，而黎明呢？到底是死了还是……

婉清盯着那燃烧的香烛和纸钱："你的好意我们心领了，不过他们信仰不同，他们信的是基督教，这些东西烧了也到不了他们的手中。"

"你傻呀？"夜叉王冷冷地看着婉清，"这里是中国，是中国的汉代崖墓，不是你们美国教堂外的公墓，我难道还换身衣服打扮成神父的模样来念一段悼词？说什么——当我走过这片阴暗的死亡之地，我不会感觉到恐惧，因为你们的灵魂与我同在？"

胡顺唐看着夜叉王，知道他再这样说下去，冲突又得升级，谁知道夜叉王顿了一下摘下了自己脖子上的狗牌，放在掌心掂量了一下扔给魏大勋道："这家伙也已经死了，按照你们的规矩把这玩意儿还给你们。"

魏大勋接过狗牌，摊开在掌心看着，咬咬牙，最终还是什么话都没有说出来，将狗牌捏紧在掌心内，小心翼翼放入贴身的口袋中。

"人有人事，鬼有鬼事，在这个世界上哪个地方都不例外。"一个声音从旁边响起，胡顺唐回头去看，竟是刚苏醒过来的盐爷，刚要去搀扶，莎莉却起身来扶起正在揉着胳膊大腿的盐爷。

莎莉扶着盐爷，也没有走向胡顺唐，反倒是径直向夜叉王走去。盐爷走到夜叉王跟前，上下打量了一眼，摇头道："借尸还魂术吗？不过看你这副身体，不像是死人，倒像是活人，夜叉王，我很好奇你到底是谁？"

夜叉王轻哼了一声，昂着头看着盐爷道："盐爷，你都说过了，人有人事，鬼有鬼事，但我不是人，也不是鬼，在两者之间，就叫夜叉……我是夜叉中的王者，明白了吗？干正事吧。"

　　矛盾、冲突，这个暂时组成的团队让胡顺唐头疼不已，站在一旁慢慢地揉着额头，毫无疑问，婉清等人和自己的目的相同，是来寻找牧鬼箱的，现在还好，还没有找到牧鬼箱，如果找到了，到时候肯定少不了一场争夺战。届时，这个团队中会分成三部分，自己、盐爷、莎莉和图财算是一伙儿的，夜叉王单独成伙儿，而婉清和魏大勋又成为一伙儿，从本质上来说这个团队本身也就如此，只是一系列的变故导致了他们不得不暂时联手。

第四十一章

半桶水

　　墓室中，婉清与魏大勋始终紧靠在一起，婉清一直没有将放在胸口的那只掌心雷给掏出来，那是她最后的杀手锏，用来保命的玩意儿，同时也暗示魏大勋将手枪放回枪套之中，因为魏大勋紧握手枪的时候，婉清总觉得夜叉王的眼神一直是落在他们两人的身上，让她觉得莫名的紧张，好像死神就站在两人的身后，拿着镰刀随时准备收割灵魂……

　　莎莉搀扶着盐爷站在胡顺唐和夜叉王的身后，图财依然躺在地上，沉沉地睡着，没有苏醒的迹象，甚至还能听到轻微的打鼾声。盐爷回头看了一眼图财，摇了摇头，靠近了那根用骸骨组成的鬼顶柱，利用夜叉王手电发出的光仔细看着里面的那个物件。

　　"里面应该是一口箱子。"盐爷看了半晌终于开口说。

　　夜叉王默不作声，异常安静，不知道脑子里思考着什么。

　　胡顺唐凑近看了一眼，依然没有看清楚里面的东西，手电光虽然能够穿透鬼顶柱，但光线在照进鬼顶柱之后好像就被里面的那一团漆黑给彻底吞噬掉一样，根本无法照亮里面那个物件。

　　"现在这是第六间墓室，除了第一间墓室之外，都有一口箱子，那么这一间墓室应该也不例外。"胡顺唐分析道。

盐爷拿过夜叉王手中的手电,伸手进去,靠近那口箱子,离奇的事情发生了,手电在被放进鬼顶柱之后就好像被立即关闭了一样,暗淡无光,可另外一头却有光源穿透过来。胡顺唐走到鬼顶柱的另外一面,伸手在射出来的光源处用手上下比画着,确定那是手电射出来的光源无疑,可为什么手电放进鬼顶柱之中却像被关闭了?鬼顶柱里面到底是什么东西?

　　"光源折射。"一直沉默着的夜叉王开口了,伸手进鬼顶柱中左右比画了一下,脸上也有了一丝笑容,"果然,这根鬼顶柱里面四下都有类似镜子的东西,应该是水晶之类的矿体。"

　　"这样做有什么意义?"胡顺唐下意识问,在他身后的婉清和魏大勋两人作势也要靠近,但看见夜叉王后退了一步后,两人也赶紧后退了两步,十成注意力有九成都放在夜叉王的身上。

　　"意义?"夜叉王扭头盯着胡顺唐,"就是不想有人发现里面有什么东西,盐爷说得对,应该就是一口箱子,半桶水,都说你脑子好使,但好像不是那么一回事。"

　　胡顺唐极其厌恶"半桶水"这三个字,头脑一热,伸手就要去抓夜叉王,手腕却被盐爷一把抓住。

　　"夜叉王,你应该学习下如何尊重别人。"胡顺唐被盐爷抓住的右手握成拳状。

　　夜叉王轻蔑地一笑:"半桶水就是半桶水,这是事实,你难道不承认?如果你不是半桶水,在张坝桂圆林我就被你给抓住了,就算在那儿没抓住我,在先前那间墓室中,你们被困在蜈蚣群中也不至于要我出手相救。"

　　盐爷抓住胡顺唐的手用力一捏,示意他冷静,又对夜叉王说:"夜叉王,我们欠你一个人情,不过他们两人却不欠你的。"

　　胡顺唐听到这句话,突然间便冷静了下来,目光先是跳过盐爷看着婉清和魏大勋两人,随后又将目光收了回来盯着盐爷,放下自己的那只手。盐爷那看似无心的一句话,实际上就是在转移矛盾,将矛盾转嫁到婉清和魏大勋两人的身上,盐爷这样做有什么目的?为了保护自己?抑或巴不得婉清和魏大勋被夜叉王杀死?

　　"对,他们不欠我的,因为我占了黎明的身体,不过老爷子,你别忘了,我是为了救你们才占了黎明的身体,现在是你们这几个人欠他们两人的。"夜叉王说完习惯性地伸出舌头舔了舔嘴唇,咧嘴一笑,后退两步,抬脚就向鬼顶柱踢去。

　　盐爷本想将矛盾转移,却没有想到夜叉王以同样的手法将矛盾又转移了回来,他所说的也是事实，夜叉王本可以对盐爷、莎莉和图财三人中任何一人下手，却偏偏等到了婉清等人的到来，利用黎明的身体逃离了那间墓室，从道理上来讲，的确应该是胡顺唐等人欠了婉清两人一个无法偿还的人情。

人命和人情是永远无法对等的，人情也许有价，但人命却是无价。

胡顺唐站在那儿，看着夜叉王一脚一脚将骸骨组成的鬼顶柱给踢碎，又小心翼翼盯着婉清和魏大勋两人，婉清还好，面无表情，一只手轻轻拍着魏大勋的腰部，示意他不要遭夜叉王挑拨，但魏大勋怒视着胡顺唐，无论胡顺唐和夜叉王之间有什么交易，在他眼中两人都是一伙儿的。

胡顺唐懂得什么叫作道义，却没有办法去真正理解黎明、魏大勋这些从战场上互相扶持又最终活下来的军人之间那种特殊的感情，这种感情和道义就是永远无法并行的两条直线，虽然都没有终点。

鬼顶柱被夜叉王踢开了一个大口子，夜叉王收回腿，脚尖着地左右晃动了一下，伸出双手就将里面那个物件给抱了出来，果然和盐爷所说的一样，那是一口与其他墓室中外形完全相同的箱子。

箱子是竖着放置在鬼顶柱之中，夜叉王小心翼翼将其抱出来之后，平放在地上，却发现锁孔上没有插着钥匙，沿着箱子关闭的缝隙扣往上一提，也没有办法打开，夜叉王蹲在那儿，用手轻抚着箱子，想了想，掏出自己衣服里面的两枚钥匙，用其中一把试了试，能够顺利插进锁孔内，正要扭动的时候，盐爷和胡顺唐同时抓住了他的手。

盐爷说："小心！"

胡顺唐却说："你怎么确定就是这一把？"

夜叉王分别看了看两人，道："不试试怎么知道？"

"这也许是机关盒呢？和活寿材一样的东西，从前就有高超的手艺人能给普通的木箱做一到三层的暗格，其中有两层是诡格，上面的锁如果不用正确的钥匙打开，只能打开两层诡格，里面要不就是致命的机关，要不所装的东西就不对。"盐爷冲夜叉王摇摇头，"更可怕的是，如果一旦开错了，里面的机关开启就有可能将原本真正存放的东西给销毁，这样做得不偿失。"

夜叉王听完盐爷的话没有做任何表示，而是看着胡顺唐，想听听他的看法。

胡顺唐松开夜叉王的手："我只是想知道，你为什么会这么确定就是这一把钥匙？"

夜叉王淡淡一笑，依然说："不试试怎么知道？"

"这很冒险。"

"我们本来就在冒险。"夜叉王不依不饶，"在这间墓室中，有七个人，我们投票表决，确定或者否定，只要是四比三的结果，那我们就遵守，如何？"

"好。"胡顺唐知道这是没有办法的办法，夜叉王做事的方法一直很奇怪。

"同意用我手中两把钥匙打开箱子的举手。"夜叉王说这句话的时候盯着胡顺唐。

说完，夜叉王第一个举起手来，随后是婉清和魏大勋，这在胡顺唐意料之中。

"四比三，我们赢了。"胡顺唐冷冷地说。

"四比三？噢，你竟然还把昏死过去的图财给算上了。"夜叉王冷笑道。

胡顺唐看了一眼在旁边躺着的图财："你自己说的七个人，难道图财不算一个人吗？"

夜叉王笑了："好吧，那么现在不同意打开箱子的举手。"

胡顺唐、盐爷和莎莉三个人举起手来，夜叉王笑了笑道："看，依然是四比三，这是个没有结果的投票，永远都是平手，因为那个家伙投了弃权票，确切地说应该是三比三。"

"我同意打开箱子！"此时图财突然翻身爬起来。

夜叉王看着起身来的图财一笑，然后朝胡顺唐舔了下嘴唇道："我赢了。"

话音刚落，夜叉王就扭动了钥匙，胡顺唐想要去阻止已经来不及了，锁孔内发出"咔嚓"一声响，箱子开合口跳开，露出一条小指头大小的缝隙来。

胡顺唐皱起眉头怒视起身在一旁站着的图财，图财装作没有看到，故意贴近夜叉王，远离婉清和魏人勋两人，看来这小子先前一直在装睡，故意避开矛盾，自己平衡了下利弊，认为夜叉王才是这里看起来最可靠的人。

墙头草！胡顺唐暗骂道。

夜叉王抓着箱子的边缘，伸手轻轻去打开，看见在箱子里面平放着一对不大的人腿骨。

"bingo！"夜叉王盯着那对腿骨，用手轻轻地上下抚摸着。

"等等！"胡顺唐阻止夜叉王去拿那对腿骨，"两把玉钥匙完全一样，你用的是哪一把？有一把是第二间墓室石棺中那口箱子上插着的。"

说到这儿，胡顺唐顿了顿，故意抬眼去看夜叉王身后的图财，图财避过他的眼神，盯着箱子中的那对腿骨。

"难道说墓室中箱子上插着的钥匙，随便一把就能打开所有的箱子？"胡顺唐又问。

"当然不是，这是在那间蜈蚣墓室中找到的那一把。"夜叉王说完拿起腿骨来，仔细端详着。

"你能分清楚？"胡顺唐不相信，因为他看过那把钥匙，从外形上来讲，完全一模一样，根本没有办法分清。

夜叉王深吸一口气，将钥匙拔出来，放到胡顺唐的掌心中，又用食指指着那把钥匙下端兽纹处那道并不深的划痕："你也算是动了脑子，不过半桶水就是半桶水，我不至于傻到和你一样将两把完全一样的钥匙不做记号就放在一起！"

夜叉王一句话差点儿没把胡顺唐憋出内伤来，在其身后的图财也捂住嘴偷笑，胡顺唐语塞，只得握紧钥匙，看着夜叉王手中捧着的那对腿骨。

第四十二章

第二扇门

"把你们从箱子里面找到的骨头都拿出来。"夜叉王将腿骨平放在墓室的地面上。

谁都没有动，无论是胡顺唐还是婉清、魏大勋都担心夜叉王会使用暴力手段将自己保存着的骨头给抢走。胡顺唐和婉清两人对视一眼，魏大勋下意识用左手抱紧在胸前的背包，右手摸着枪套中的手枪。

夜叉王看见魏大勋这个动作，双手慢慢举起来说："别紧张，我没有其他的意思，我以人格保证。"

"你有人格吗？"婉清冷冷地问。

"当然。"夜叉王慢慢起身，捧起腿骨，四下看了看，竟将那对腿骨交给了莎莉的手中，"这件东西交给这位小姐保管，怎么样？没有意见吧？"

众人依然没动，盐爷盯着莎莉手中捧着的腿骨，不知道夜叉王要准备做什么。夜叉王环视了周围一眼，从身上掏出一枚不知道哪儿来的手雷，走近莎莉，将拉环套在莎莉的食指上，让她握紧，随后退开道："要是我有任何不轨的动作，这位小姐就可以拉响手雷……嘣！腿骨没了！我不想失去这对腿骨的，这下你们放心了吧？"

夜叉王这一举动再明显不过了，是要胡顺唐带头把东西交出来，说是手雷的作用是如果他有不轨就毁灭腿骨，但手雷却握在莎莉的手中！莎莉要是死了，胡顺唐所做的一切还有什么意义。

无奈，胡顺唐只得单膝跪地，将自己背包中装着的那对白骨手臂取了出来，平放在了地上，然后直起身子来看着婉清和魏大勋。

魏大勋看着夜叉王掏出手雷的时候，心中一惊，下意识去摸了摸自己的身上，果然多功能武装带上面少了一枚手雷，应该是先前和夜叉王打斗的时候被他顺手牵羊给拿走了。

这家伙！在那种情况下，可以做出闪避、取下手雷、还击这三件事！他是怪物吗？！魏大勋不愿交出那副骸骨，可婉清却拉开他胸前背包的拉链，小心翼翼将骸骨掏出来，平放在地面上。

图财紧挨着夜叉王，摆出一副现在与夜叉王同一战线的姿势，却依然害怕婉清和魏大勋两人，但最怕的应该是魏大勋枪套中的那把手枪。

夜叉王将骸骨、手骨、腿骨摆放在一起，随后说："差了一个脑袋。"

"第二间墓室中那个箱子应该装着一个人头骨。"胡顺唐说，这是无须质疑的事实，现在差的就是一个人头骨。

"对，不过还是有点儿不对劲。"夜叉王盯着拼凑好的那副骨架，"第一间墓室中是一口被砸开的石棺，里面什么都没有，第二间墓室的石棺装着一口箱子，我们现在推断那里面放着的应该是一颗骷髅头，第三间墓室中是一副人体骨架，第四间是一对白骨手臂，第五间是一把钥匙，第六间也就是我们现在所在的这间墓室中装着一对腿骨。按道理说，第五间墓室应该是装着腿骨，第六间墓室应该存放着牧鬼箱，而这副骨架就是找到牧鬼箱的关键所在，可是你们看看……"

夜叉王环视着周围，用手电仔细地照着每一个角落，随后道："这间墓室除了我们来时的那扇石门外，没有其他任何的出入口，这不奇怪吗？"

此时，在其他人都在观察这间墓室的时候，图财却蹲在那口箱子前，仔细地看着那个箱子上面那些岁月留下的纹路，抚摸着箱子上面镶嵌着的那一大块青铜和玉片，单是那个镶嵌在那的玉锁，如果撬下来，只要被撬坏的地方痕迹不大，放在黑市上面，依然会有人出大笔的价钱购买。

图财想找工具将玉锁给撬下来，但转念一想，箱子虽大，但也不一定抱不走，这一口箱子如果能够全部抱走，完整的箱子放在黑市上面的价钱，随便卖个上千万不成问题！遇到识货的，说不定还可以卖更高的价钱，想到这儿，图财将箱子抱了起来，就往夜叉王身边靠，谁知道刚走了两步，觉得箱子好像被什么东西给拽住了，于是用力抱住向后方使劲一拉，这一拉不要紧，却听到一声响彻墓室的"咔嚓"声。

"咔嚓"声响起之后，众人都吃了一惊，莎莉害怕赶紧抱紧了盐爷的胳膊，盐爷拍拍她的手安慰着她。婉清与魏大勋立刻背靠背，掏出武器准备应对突发情况。胡顺唐和夜叉王两人站在原地，一动未动，判断着声音发出的方向是在身后，两人同时回头看向抱着箱子的图财。

图财站在那儿一动不动，保持着一个特别奇怪的姿势，浑身僵硬，好像胡顺唐和夜叉王两人的目光点了他的穴位一样。

"你做了什么？"胡顺唐问，但没有挪动步子。

虽说周围有荧光棒散发出的光芒，夜叉王还是用手电照着图财手中的箱子，从头到尾扫了一遍，问："你在干什么？"

"我……我……不想空手……"

"别动！"夜叉王喊道，将手电对准箱子的尾端，因为他发现在尾端处有数根钓鱼线一样的东西连接到鬼顶柱的内部，在手电光的照耀下闪闪发光。

夜叉王这一吼，所有人的目光都看向了图财。图财艰难地维持着那个抱着箱子往后退的姿势，上半身向后仰着，就快要无法保持自己身体的平衡，再张嘴说话，腹部那股气一旦漏出去，要不箱子撒手落地，要不就整个人向后仰去。

胡顺唐见状不好，赶紧上前就要扶住图财，谁知夜叉王和他有相同的想法，两人同时上前却撞在了一起，这一撞交叉的力量导致了图财整个人的身体再也没有办法保持平衡，却不想摔坏了箱子，整个人抱着箱子就向后仰去，同时箱子尾端的那些连接到鬼顶柱内部的线被绷紧，同时不断有"咔嚓"声从鬼顶柱内部传来，里面就像是放了一个上发条的古老吊钟一样。

"咔嚓"声过后，墓室中又恢复了平静，除了众人沉重的呼吸声之外，听不到任何的声音，依然抱着箱子的图财躺在地面上大气都不敢出一口，不知道过了多久，图财终于将头轻轻地放在了墓室的地面上，长吁一口气道："没事了……"

话音刚落，整间墓室就开始不断地抖动起来，抖动的频率越来越快，众人都站不稳，盐爷和莎莉两人率先摔倒在地面，婉清和魏大勋也赶紧贴紧了洞壁，但担心洞壁上镶嵌着的那些骸骨掉落下来砸到自己，也赶紧跑到盐爷和莎莉身边趴在地上，抱住自己的脑袋。

胡顺唐和夜叉王两人死死地抱住鬼顶柱，胡顺唐第一反应便是地震，因为这种震动的频率发出的力量，和自己经历"5·12"时差不多，不，比那个时候更为骇人。回头看着墓室地面，地面也如地震一样呈现出波浪的形状，一层层地翻滚着。在鬼顶柱另外一端的夜叉王也咬着牙死死地抱着鬼顶柱，双眼瞪大，无论他的实力如何，都没有办法抗拒大自然的力量。

许久后，震动终于停止，但众人依然保持着原先的姿势，趴着的依然趴着，抱着的依然抱着，没有一个人妄动，大家都在担心这平静只是更大震动的前奏。这短短的几分钟，对墓室中的七个人来说太长了，长得就好像过完了一辈子。

"没事了？"图财试探性地问，自己都不知道在问谁。

"闭嘴！"夜叉王很恼火，抬脚就踹图财，图财挨了一脚立刻松开箱子摸着自己被踹伤的胳膊开始呻吟起来。

盐爷等人慢慢地爬了起来，魏大勋和婉清互相搀扶着用手电打量着墓室，在震动如此之大的情况下，周围洞壁上的骸骨竟然没有被震落下来一具，依然都好好地镶嵌在墓室的四壁之上，同时魏大勋发现了先前一直关闭着的石门又打开了，心中一惊，立刻拔枪相对，担心那里又跑出什么腐液蜈蚣来！

"门！开了……"魏大勋深吸一口气，他再也不想去面对那些人力无法抗拒的东西，就算现在还有手雷，在这个地方炸开来，大家都别想活着。

"门开了？"胡顺唐用手电照着原先那扇石门的方向，却发现那扇石门死死地关着，连一条缝隙都没有，再转身过去看着魏大勋手电照的方向，这才意识到墓室中又多了一扇石门来！

"不是门开了，是多了一扇门。"胡顺唐走到魏大勋跟前，拍了拍他的肩膀，示意他往身后的方向看，先前的震动让魏大勋扑倒后将石门的方向给记反了，起身来用手电一照，下意识将新出现的石门当作了先前自己和夜叉王拼命关闭的那一扇。

两扇门一左一右对应着，在鬼顶柱旁边的夜叉王松开手，站在中间左右看着，看了一会儿，竟没有向打开的那扇门走去，相反走向关闭着的那扇门，抓着缝隙用力拉动着，魏大勋见状，掉转枪口对准夜叉王喊道："你在干什么！你疯了吗？"

夜叉王完全没有理会魏大勋，竟用自己一个人的力量将那扇石门给推开了一个缝隙，随后折了一根荧光棒扔过去，蹲在石门那儿看了看，回头对胡顺唐说："不是先前那间墓室，看起来像是第三间墓室。"

胡顺唐听闻赶紧走到石门前，其他几人愣了下也紧跟其后。

来到那扇石门前，透过缝隙，看见被荧光棒照亮的墓室中，果然是第三间墓室，因为能够清楚地看见墓室四壁"长"出来的白骨手臂，以及鬼顶柱上端悬挂着的那个被打开的箱子。

"会不会只是完全一样的墓室？"在人群中盯着那间墓室的魏大勋提出了自己的疑问。

胡顺唐摇摇头，高举手电照着鬼顶柱下方，靠近进入第三间墓室的那个洞口处，众人清楚地看见在那儿躺着一具腐液蜈蚣的尸体，准确地说应该是骨架——蜈蚣骨架！

"这是什么东西？"婉清很疑惑，盯着那副白森森的骨架，如果不是那个还没有完全被腐蚀的蜈蚣头，恐怕谁都会认为那是一具蛇骨。

"蜈蚣骨。"被莎莉搀扶着的盐爷肯定地说。

"蜈蚣骨？"婉清回头看着盐爷，"蜈蚣是多节肢动物，属于无脊椎类，没有脊椎动物那样的系统骨骼吧？"

盐爷点头："按理说应该是那样，不过我曾经见过大型蜈蚣的骨头，是一个苗人的珍藏，我原以为那只是死后被晒干的蜈蚣，但摸过之后确定那是骨头，不是蜈蚣干尸。"

胡顺唐用手电照着那蜈蚣脑袋，问："盐爷，你曾经见过这种怪物？"

"不。"盐爷摇头，"比起先前遭遇的那些要小很多，但也算大型了，听那苗人说那是五毒之首。"

盐爷说完，一侧的莎莉想了想，说："盐爷，按理说蝎子才应该是五毒之首吧？"

莎莉脑子里又展现出胡淼曾经的回忆，见众人讨论，一时间没忍住便脱口而出。

"错了，五毒之首其实没有确切的定义，常人判断所谓的五毒之首无非是判断蝎子、蛇、蜈蚣、蟾蜍和蜘蛛这五种生物中哪一种更毒，可实际上根本没有确切的定义，谁更毒只能按照当时的情况来判断，就拿眼前的情况来说，你们是愿意对付一条剧毒眼镜蛇还是愿意对付这种腐液蜈蚣？"盐爷带着莎莉往后退了几步，找了个地方盘腿坐下。

"当然是眼镜蛇！"魏大勋道，他与黎明的小队在中东作战时没少遭遇眼镜蛇，对付那种东西，一颗子弹就可以解决。

婉清打了个寒战，她天生怕蛇，哪怕是在电视上看见有蛇的画面都会浑身发软，瘫倒在地，她既不愿意遭遇眼镜蛇，更不愿意遭遇这种可怕骇人的腐液蜈蚣。

此时一直站在最前的夜叉王说话了："不管那是什么东西，不管蜈蚣有没有骨头，都不重要，我倒觉得是件好事，这间墓室应该是可以移动的，不管怎样，至少缩短了我回去开那个箱子的距离。"

夜叉王此话一出，一直站在最后揉着自己被踹伤胳膊的图财赶紧靠到了盐爷身边，生怕夜叉王回去开那个箱子得带上自己。

夜叉王说要回去开那个箱子取里面的东西，胡顺唐下意识回头看了一眼被震得四处都是的那具骸骨，婉清也立即意识到这个问题，转身就要去拿原本自己和魏大勋保存的骨架。婉清和魏大勋两人配合得十分默契，一个拿，一个打开背包装，装好后魏大勋伸手就要去拿那对腿骨，手指刚碰到，一柄匕首就从后方飞去，狠狠地刺进了魏大勋的指缝之中……

魏大勋的手停住了，一滴冷汗从太阳穴的位置慢慢流淌下来，要是那柄匕首偏差多一厘米，自己的食指就已经被切断了。魏大勋倒吸了一口冷气，慢慢地将手缩了回去，和婉清对视了一眼，将背包拉链给拉好，这才起身。

夜叉王站在石门口，冷冷地看着婉清和魏大勋两人道："既然定下了规矩，大家就得遵守，不遵守规矩的人要不死，要不滚蛋！"

说完，夜叉王穿过几人，走到那对腿骨前，俯身小心翼翼捡起来交给一旁的莎莉说："先前就已经说好，这对腿骨交给这位小姐保管，而手骨交给胡先生保管。"

说到"胡先生"三个字的时候，夜叉王有意无意地看了胡顺唐一眼，只是一眼胡顺唐便明白了，夜叉王宁愿相信自己与盐爷几人，也不愿意相信婉清与魏大勖二人，现在腿骨、手骨都在自己的手上，而骨架在婉清和魏大勖手上，加上他即将取回来的骨头，那就是三比一，不过从实际情况来判断，这副骸骨缺少了哪一部分都不行。

"我跟你去。"胡顺唐收好那对手骨后对夜叉王说。

夜叉王摆摆手，检查了下自己随身的装备，摸索着自己身上的多功能武装带，随后摊开手对魏大勖说："把枪给我。"

魏大勖当然不肯，下意识用右手护着自己的枪套。

"把枪给我。"夜叉王又重复了一次，"你是唯一一个有枪的人，我走之后，保不准你会做出什么事来。"

魏大勖依然不肯，但婉清却主动从他枪套中取出那把手枪来，递给夜叉王。夜叉王拿过枪，检查了下子弹，又从魏大勖的多功能武装带中取出了三个弹夹，转而对胡顺唐说："半桶水，我相信只要这家伙没枪，以你现在的实力完全可以对付他们两个。"

胡顺唐心中清楚，进洞后经历过的那些所谓的实战，并不算什么，虽说曾经制住过黎明，又抛出棺材钉制止过要偷袭自己的魏大勖，可那仅仅是因为自己做了下意识的反应，面对有无数实战经验、职业军人出身的魏大勖，自己到底有多少胜算，他自己也说不准，可夜叉王这句话明显是摆了一个"空城计"，吓唬吓唬魏大勖和婉清，让两人不要妄动。再者，夜叉王也相当清楚，盐爷也不是一个好对付的家伙。

夜叉王手指着另外一面打开的石门，对众人说："你们先不要进去，说不定里面会有什么东西，这间墓室相对来说还比较安全，不过那个白痴，喂，说你呢！"

几人都扭头看着图财，图财左右四下看了看，见大家都看着他，伸手指着自己，脑袋向前一探："我？"

"对，说的就是你这个白痴！"夜叉王说，"你不要再做任何白痴举动！否则我回来肯定弄死你！别忘了，你胸口还有个符咒！"

图财这时才意识到胸口还有个致命的符咒，双手护在胸前，赔着笑脸，又竖起三根手指头发了一通毒誓，夜叉王懒得听，转身进了那间墓室，进去后又将旋转的石门给关好。

石门关闭的瞬间，胡顺唐和夜叉王两人对视了一眼，夜叉王脸上露出了一丝笑容，奇怪的是，这一丝笑容是夜叉王这种人不应该拥有的，在笑容中胡顺唐竟然能够感觉得到正常人该有的良知。

第四十三章 蜈蚣骨

夜叉王离去之后，剩下的六个人分成三批各自找了地方开始休息，胡顺唐、盐爷和莎莉坐在鬼顶柱下方，图财则靠着那口箱子偷偷地注视着婉清与魏大勋两人，两人没有说话，只是靠着洞壁，一个人闭眼休息，另外一个人警戒。

　　胡顺唐扭头去看图财，目光随之掠过在一旁的婉清和魏大勋，原本闭眼休息的婉清却不知道为何睁开了双眼，两人四目相对，又赶紧各自都将目光给移开。一直在留心偷偷注意胡顺唐的莎莉也注意到了这一点，在低下头的瞬间，盐爷却轻轻捏了捏莎莉的手腕，莎莉不知盐爷的用意，抬眼去看盐爷，却发现盐爷好像已经进入了梦乡……

　　沉默，长久的沉默，说三批人都"各怀鬼胎"也不为过，但沉默最终还是被婉清给打破，婉清开口问道："听说你是美籍华人？"

　　胡顺唐知道她问的是莎莉，刚想制止莎莉回答，让她装睡，没想到莎莉却点头应声道："对。"

　　"住在哪个州？"

　　"纽约州。"

　　"纽约州……怎么会来中国？"

　　两人一问一答，胡顺唐担心这样下去，莎莉那奇怪的身份会被婉清察觉，于是打岔道："婉清，你们为什么来找牧鬼箱？"

　　"我可没说过是来找牧鬼箱的。"婉清又开始玩起了语言游戏，脸上还带着淡淡的微笑。

　　"当我没问。"胡顺唐原意也仅仅是想岔开两人的话题，不让婉清去追问莎莉的身份，却没有想到经历过一系列的事件后婉清开始对胡顺唐产生出浓厚的兴趣来，虽说还拿不准胡顺唐到底是什么样的人，直觉告诉她，这个人不是平常所说的坏人。

　　"我是来找牧鬼箱的，想在我爷爷百年前给他圆个心愿。"许久，婉清终于说了实话，一侧的魏大勋原本想制止，但想想自己也仅仅是个被雇用者的身份，雇主的家事自己不应该多插嘴。

　　图财竖起耳朵，仔细听着两人的对话，靠着那口箱子的双手也越捏越紧。

　　"百年前？"胡顺唐侧头看着婉清问。

　　婉清愣了一下，反问："就是老人去世的说法，你们中国人不是这样说的吗？我记得我的中文老师是这样教我的。"

　　"你们中国人？你不是中国人？"胡顺唐不喜欢婉清的这句话。

婉清笑着摇摇头："我只是有一张中国人的脸而已，我是美国人。"

"但你还是中国人。"胡顺唐不依不饶。

"我怎么会是中国人？我有美国国籍，在美国长大，受的是美国的教育，和中国都没有关系，我最爱说的也是美语，不是中文。"

"但你爸妈都是中国人，你也是，你爷爷也是，不然为什么要回中国来？不是叶落归根吗？"

两人争论着，话题越扯越远，压根儿就与牧鬼箱没有了半点儿联系。莎莉本想阻止两人说下去，却又不知道自己到底应该站在哪一方，她本应该是纯正的美国人，但却有一个中国人的身体，美国灵魂，中国身体，实际上这与正在和胡顺唐争论的婉清没有什么区别。

"吱吱吱吱……"

两人正争论着，突然墓室的一侧传出了一阵石头摩擦发出的声音，不注意听还以为是什么野兽在磨牙，众人一惊，赶紧回头向声音发出的方向看去。

第四十四章

贪婪的本性

众人回头的刹那间，终于发现是那扇打开的旋转石门正在缓慢移动，石门移动后下方摩擦着地面，发出了那种类似磨牙的"吱吱"声。

图财"咕噜"一声吞了口唾沫，因为他是离那扇石门最近的一个人。

图财本还伸直的双腿慢慢地收了回去，双腿盘着，反背着的双手死死地扣住了那口箱子，担心旋转的石门中突然扑出个什么类似腐液蜈蚣一样的怪物。

异常安静的墓室中，图财吞唾沫的"咕噜"声使众人更加紧张起来。盐爷下意识将莎莉挡在自己的身后，胡顺唐贴近了鬼顶柱，盯着那扇石门，洞壁旁的魏大勋和婉清两人缓慢移动着，到了鬼顶柱的后方，魏大勋要去摸枪，才想起枪已经被夜叉王拿走，心中暗骂了一句，只得拔出匕首严阵以待。

缓慢移动的石门终于停顿了下来，刚停下来里面就吹出来一阵阴冷的寒风，那股寒风向众人迎面袭来，大家都打了一个寒战，胡顺唐盯着远处的石门，轻声对还在箱子前方坐着的图财道："过来。"

图财反应过来，想挪动身子，却发现自己的双腿发麻，不知道是因为血液不流畅的关系，还是因为受到了惊吓，就是没有移动，哭丧着脸说："我……动不了……"

"妈的！"胡顺唐和魏大勋几乎同时骂了一声，都没有想到图财胆子会小到这种程度。胡顺唐更是怀疑图财这家伙是不是干掘冢出身的，估计先前说的一些话都是自己吹的牛。

胡顺唐伸出一只手去将图财给拖了回来，拖回来后，图财换了个姿势，趴在胡顺唐的肩膀上探头去盯着那扇不再动弹的石门，好半天才问："你们说，那里面有什么东西？"

盐爷哼了一声道："金银珠宝。"

"不可能吧？"图财看着盐爷，嘴上虽这样说，但心里却期盼着里面有什么值钱的东西，最好比那口箱子小，比那口箱子还要值钱，这样自己就省事了。

"荧光棒。"胡顺唐向婉清伸出手去，婉清拿了一根递给他，胡顺唐对折后晃动了一下扔进了石门内。

荧光棒扔进石门后，弹了几下，慢慢地滚了一圈停了下来，刚停下来的时候突然光亮就消失了！

一直盯着荧光棒的众人一惊，互相看了看对方，不明白是怎么回事，虽说石门内一团漆黑，但也不至于黑到完全压制住荧光棒发出的光芒。

"再来两根，不，三根。"胡顺唐又向婉清伸出手去，谁知道婉清递给他一个燃烧棒。

虽说常在电影里见到这玩意儿，但胡顺唐却不知道使用方法，魏大勋伸手拿过去，打开然后奋力向石门中扔去。

"我们一人就带了两根燃烧棒，每根可燃烧三十分钟，现在还剩三根，省着点儿用吧。"魏大勋虽然是解释给胡顺唐听，但语气中有无法掩饰的忧伤，毕竟现在五人小队中，有三个人已经没了，在战场上来说，所在小组减员三分之二，如果不是执行特殊任务的特种部队，就可以直接撤离战场，但眼下他面对的情况似乎要比战场残酷上百倍。

那根燃烧棒被抛入石门中之后，一头发出刺眼的红光，这次燃烧棒的光芒并没有消失，照亮了周围大面积的地方，众人清楚地看见在石门的那一头堆着很多物件，瓶子、罐子、碗甚至还有一些发出金光的钱币，在一侧还有一棵绿色的看起来像是玉石雕琢的树。

图财看到这一切，张大嘴巴站起来，完全忘了先前石门移动给自己带来的恐惧，慢慢地向前走着，走了两步还不忘回头看盐爷一眼，那意思好像是在说：老爷子，你猜得挺准的。

除了胡顺唐、盐爷和莎莉之外，图财、婉清和魏大勋三人都有点儿按捺不住，开始向前走去，胡顺唐闪身挡在几人的跟前，张开双臂道："不能去！"

图财哪里管得了那些，绕过胡顺唐就加快了脚步，胡顺唐回身抓住图财的胳膊往回一拽，利用惯性将图财给拉回来后，用右脚在其脚踝处一靠，轻松将图财给绊倒在地，随后用右腿压住图财道："你要是不想死，就老老实实地待在这儿，等夜叉王回来！"

图财哪儿听得进这些，眼前有金银珠宝玉器难道不管吗？挣扎着要起来，但胡顺唐依然将其死死制住，不让他起身，图财急了，骂道："那怪物说你是半桶水！你还真是半桶水！他不回来你就不敢去对不对？你还算是个什么开棺人，狗屁开棺人！"

胡顺唐没有理会他在那儿用无赖姿势施展激将法，重重地压在他的身上，回头去看着婉清，婉清虽然停下了脚步，可魏大勋却忍不住依然向前走去，而且速度越来越快。对婉清这种从小就衣食无忧的小姐来说，钱对她没有任何诱惑力，完全是出于好奇，而魏大勋则不同，虽说也算是美国华人的中产阶级出身，但也不是生活得嫌钱太多而烦恼，再者这一趟本就牺牲太大，虽说王安朝会给一笔数目不小的费用，但眼前出现的这些额外的"小费"哪有见到了不拿的道理？

"魏大勋！停下！"胡顺唐盯着魏大勋的背影喊道，魏大勋充耳不闻。

"婉清！"胡顺唐转而看着婉清，"叫他停下！那有可能是陷阱！"

婉清想要去阻止魏大勋，可已经晚了，魏大勋已经到了石门口，抬腿就迈了进去。胡顺唐松开图财，盯着魏大勋逐渐迈进石门内的那只脚，担心这一脚下去有可能触动什么机关，随后就……

"啪！"魏大勋的那只脚落在了石门内的地面上，随后又走了几步，四下观望着，什么事都没有发生。

耍着小心眼的图财见平安无事，撒腿就往里面跑去，跑进石门，看见面前堆积成小山的金色钱币，张大嘴巴狂叫了一声，就扑了上去，在那堆钱币上面打着滚儿。

胡顺唐摇摇头，叹了口气，此时盐爷和莎莉上前来，看着石门内，许久在门外的四人也终于走进了石门之中。

进入石门后，婉清又摸出两根荧光棒，分别扔在那个洞穴中的左右两侧，基本上算是把那个洞穴给彻底照亮，照亮后发现所在的地方虽说是个墓室，但更像是一个原始的洞穴，四面都是坑坑洼洼的石壁，明显看得出人工凿过的痕迹，周围还有不少布满了石壁尘灰的工具，工具旁边放置着各种各样的箱子，有些箱子上了锁，有些箱子则是打开的，露出里面放着的金银玉器。

在洞穴的正中央，有一座形状怪异的高台，高台看起来像是梯形，但梯形的两侧却故意凸起，像是两根长角一样，而在那高台的上端则放置着一口巨大的石棺，石棺的大小比先前那些墓室中的还要大上至少一倍，可奇怪的是高台周围都没有阶梯，全是呈四十五度角异常光滑的石面。

"这到底是什么地方……"婉清很惊讶，三十出头的人，终于第一次亲眼见到时常在冒险故事中能够听到的地方了。

莎莉搀扶着盐爷站在高台前，四下观望着，胡顺唐上前几步，走到那光滑的石面前，伸手摸了摸，冰凉无比不说，感觉上就像是摸到了一块寒冰，但那块巨石的颜色很奇怪，表面透明，在里面一层却是呈现出暗绿色。

在四人右手边的魏大勋开始打开背包，往里面装着各种各样自己认为值钱的东西，每拿起一样来，脸上就浮现出贪婪的笑容，左侧的还在钱币上打滚儿的图财看见魏大勋装东西，自己反应过来，也赶紧向衣服口袋中装钱币，一边装还一边说："白痴！那些东西都没有这些钱币值钱！"

盐爷看着图财手中大把抓着的钱币，眉头一皱"咦"了一声，自语道："金五铢？"

莎莉也侧头过去，点头道："对，看模样像是金五铢，我曾经在图册上……"

说到这儿，莎莉闭上了嘴，反应过来不是自己曾经在图册上看见过那些叫"金五铢"的汉代金币，而是胡淼曾经看到过。莎莉抬眼偷偷看了看身边的胡顺唐，心中也明白，之所以自己会对胡顺唐逐渐产生出一种奇怪的念头，也是因为自己与胡淼的记忆混淆了。

混淆记忆其实并不可怕，可怕的是自己和胡淼的记忆混淆之后，将胡淼对胡顺唐的那种特殊感情也融入了自己的记忆之中，那种特殊的感情是叫——爱？

莎莉不确定，但也十分害怕，她没有爱过，无法理解什么叫作爱，就连对异性的那种喜欢都没有办法理解，可此时她却忘了，感情是人类与生俱来的一种东西，不需要学习，更不需要模仿。

胡顺唐、盐爷和莎莉三人向图财走去，图财见状，赶紧将还抓在手中的金五铢松开，整个人趴在那个小金币山上，四肢张开道："我的！是我的！你们都不能抢！"

在原地没动的婉清见状摇摇头，可再回头去看魏大勋时，眉头凸起，叹了一口气，因为现在魏大勋的模样比起图财来，有过之而无不及，人贪婪的一面在这种时候表露无遗。

"格格，去装点儿金币呀！"魏大勋知道婉清在看着自己。

婉清没说话，只是突然有些后悔来这个地方，这些玩意儿虽值钱，但能当饭吃吗？他们进来已经有不少时候了，带来的干粮也仅仅只够三天食用，如果三天内无法返回，他们只能被活活饿死在这里，况且说不准这洞穴里还隐藏了什么其他的东西。

在金币山前的盐爷蹲下来，捡起一枚金币，放在手中，图财也心知自己不可能全部拿走，干脆盘腿坐在上面，用一种奇怪的口吻说："这枚金币就算赏给你啦！拿走吧！还不快谢恩！"

盐爷抬眼一瞪，图财声音立刻就低了下来，也不敢再说话，只是默默地开始装着金币，随后又哀求胡顺唐将背包借给他，胡顺唐拒绝了，他可不想背着那么沉重的东西，万一出了什么状况，这些东西会极大减慢自身的速度。

第四十五章

原石棺材

　　离开金币山，胡顺唐在周围晃了一圈，发现周围的东西在市面上都应该属于精品，任何一件东西拿出去都可以成为当日报纸的头条新闻，可这并不是关键，他如今思考的关键问题有三个——其一，为什么身为开棺人的穆英杰要来找牧鬼箱，牧鬼箱与开棺人有什么联系？其二，穆英杰为什么要自杀？仅仅是因为发现自己无法对付那个镜妖？其三，为什么要带一个既白痴废物又贪财的图财来？其四，从夜叉王和婉清的话来分析，婉清的爷爷的确是王安朝，从时间上来算，王安朝也应该属于 90 岁高龄，虽说婉清比自己年长几岁，但也应该是王安朝的重孙女才对，怎么会是孙女？王安朝的目的就是找到牧鬼箱复兴清朝，这种做法无论在现在哪个国家，都属于重罪，古科学部难道一点儿都没有察觉？就算他们没有察觉，国家安全部门也应该收到情报才对，这种事是不可能不走漏风声的。

　　盐爷和莎莉依然在研究那些金币，搞不明白如此珍贵的东西怎么会在这间墓室中，还有如此多的数量，胡顺唐则来到那扇石门前，用手电照着石门的后方，想搞清楚是什么原因使这扇石门自己打开和关闭，力学原理？就算是力学原理，这东西这么沉重，除非是夜叉王那个怪物，其他任何一人凭借自己的力量是没有办法推开的。

　　对了，那口石棺。胡顺唐想起来石棺也许才是这个洞穴的关键所在，于是转身向石棺方向走去，手电拿起的同时，扫过在石门下方的一道他根本没有看到的划痕……

站在那石棺前，胡顺唐尝试了一下，根本无法向上攀登，无论使用什么法子都不行，就算是用登山锤狠狠地砸那石面，连登山锤前端都起了卷，石面上都留不下任何痕迹。

"也许这石棺是吊上去的？"走过来的婉清抬着头看着那上端的石棺说。

胡顺唐也抬头看着："就算吊上去，周围也应该有大型的工具吧？如果有大型的工具，那毫无疑问，这里就有其他的出入口，单凭我们进来的地方，是绝对不可能搬进来什么大型的工具的。"

"这算是个好消息，至少有个希望，对吧？"婉清笑了笑。

胡顺唐露出些许的笑容，看着那石棺上端，突然有了主意，转身对婉清说："我有个办法可以上去。"

"什么办法？"

胡顺唐从背包外侧取下了绳子，将一端绑在登山锤后端，使劲拉了拉，随后说："用登山锤扣住石棺的另外一面，然后趴在石面上爬上去，应该问题不大。"

说完，胡顺唐晃动着登山锤，随后将其抛向了石棺，登山锤是上去了，但胡顺唐同时也意识到绳子实在太短，那个石台的高度也超出了自己目测的范围，只得赶紧往回一收，将绳子和登山锤收了回来。

"不行。"胡顺唐道，在看到婉清的时候，突然心中多了个主意，转而看向在石面下方边缘处凸出的地方，随后道，"我有个主意，我先上去，趴在石面上，随后你拿着登山锤和绳子从我身上爬上去，踩着我的肩膀，这样就弥补了绳子长度不够的问题。"

婉清点头表示同意，随即又说："你是专家，我不是，我上去了也不知道该做什么，要不你踩在我的肩膀上？"

胡顺唐想了想摇头道："还是你上去，上去之后，把绳子扔下来，我原地不动，你试试看能不能把我拽上去，如果不能，就在上面告诉我看到了什么，因为我比你重，万一你的身体承受不起……"

实际上胡顺唐只是觉得一个大男人踩在一个女人的双肩上有些不妥，这对他来说算是一个个性上的忌讳。

婉清一笑，拿过登山锤和绳子说："专家，我可没有你想的那么脆弱，不过你的建议我接受。"

在婉清的帮助下，胡顺唐艰难地趴在了那块光滑的石面上，为了方便协助婉清爬上去，翻过了身子，干脆躺在石面之上，随后对婉清招招手，示意她爬上来，婉清将登山锤和绳子缠在肩头，抓着胡顺唐的双手爬了上去，刚爬上去脚一时间没踩稳，整个身子直接趴了下去。

两人身体相撞的同时，都下意识闭上了双眼，再睁眼的时候却发现两人几乎是脸对脸地凑着。婉清为了不滑倒，整个身子死死地贴在了胡顺唐的胸口，胡顺唐也能清楚地感觉到婉清胸部压在自己身上，几乎都能感觉到她的心跳。

两人对视了几秒后，胡顺唐把头一侧，仰头看着上面说："赶紧上。"

婉清也不说话，抓住胡顺唐的双肩向上爬，胡顺唐用双手抱住婉清的腰部用力往上举，随后到了屁股，再然后是大腿……

终于，婉清爬了上去，踩住了胡顺唐的双肩，胡顺唐也顺势抓稳了婉清的脚踝处，说："赶紧！抛上去！"

婉清躺在石面上，根本无法利用惯性抛动登山锤，只得在胡顺唐身前晃动着，借力倒着向上使劲抛，抛了几次都没有成功，登山锤落下来的时候还差点儿砸着自己。

正在婉清有些烦躁的时候，已经装好东西来到石台下的魏大勋，伸出手说："格格，你握住绳子的尾端，把登山锤给我，我帮你抛上去。"

胡顺唐觉得是个好主意，让婉清把登山锤递给了魏大勋，魏大勋接过登山锤后，并没有立即动手，反倒是来到胡顺唐跟前，低声道："不要做白日梦了，要是刚才那个举动被她爷爷看到，你的皮会被扒下来放在他书房当摆设的……"

胡顺唐知道魏大勋误会了，正要解释，魏大勋向后退了几步，奋力将登山锤扔上了石棺，随后死死扣住后，对婉清喊道："使劲拉一拉，看看稳不稳。"

婉清使劲一拉，感觉上很结实，艰难地翻转了身体趴在石面上开始缓慢地向上爬。

当众人的目光都落在婉清身上的时候，一直看着胡顺唐和婉清的莎莉心里却觉得发堵，有一种说不出来的滋味，生气？愤怒？难受？好像什么都有，并且一种不安和烦躁涌上心头。莎莉身边的盐爷察觉到了什么，苦笑了下，从旁边拿起一个瓶子故意询问莎莉知不知道那是什么东西，以此来转移她的注意力。

全身口袋里都塞满了金币的图财，如今恨不得连嘴里都含一口金币，胡顺唐没有借给他背包后，他便开始四下寻找起相对轻便又可以装东西的物件来，找了几口箱子觉得太沉重不合适，便放弃，找了一圈，最终来到那小型金币山的后方黑暗处，想在那个地方碰碰运气，谁知道刚翻过去，就发现那个地方有些异样，异样的来源是因为在金币山后方有几根像是动物尾巴一样毛茸茸的东西。

图财盯着那个东西，看了半天，心想是不是貂皮之类的东西，正想着便听到已经爬上石台顶端的婉清大声喊道："石棺是封死的！打不开！"

图财爬了回去，站在金币山顶端昂头看着，不知道胡顺唐和婉清到底想做什么。

"你描述一下石棺的模样！"胡顺唐在下方大声喊着，声音回荡在整个山洞中。

"石棺高度齐我的胸口，宽度大概能躺进去四个成人，长度是我身高的两倍，石棺外表没有什么特殊的记号，没有痕迹，很光滑，好像是透明的，但又不是，摸起来很凉。"婉清一边看着石棺一边大声喊。

"周围呢？石台上面有没有什么东西！"胡顺唐继续大声问道。

"没有！什么都没有！但是很奇怪，石棺好像与石台是一体的！下方衔接处没有任何缝隙！"蹲下来查看着石棺底部边缘的婉清回话道。

一体的？用一块这么奇怪的巨石雕琢成石台和石棺，为什么？胡顺唐想了半天也没想明白，侧头去看盐爷，一直在留心听两人对话的盐爷也缓慢地摇了摇头，表示自己也不明白怎么回事。

不行，看来自己不上去亲眼看看是得不出答案的。胡顺唐让婉清抛下了绳子，随后自己抓住绳子让婉清把自己拉了上去，拉上去后胡顺唐很是惊讶地看着婉清，因为他没有想到婉清这个看似柔弱的女子竟然有这么大的力气？

"专家，我说过，我没有你想象中那么脆弱。"婉清看着胡顺唐一脸的惊讶笑了笑说。

"不要叫我专家，我有名字，对了，也不要叫我胡先生，我很讨厌这种称呼。"胡顺唐正了正色说，随后开始查看起跟前的石棺来。

在胡顺唐查看石棺的同时，石台下方站在金币山上的图财隐约感觉到脚下的金币山在微微抖动，开始以为是自己腿抖，强制性让自己平静下来后，发现并不是自身的原因，心中一惊，赶紧跳了下来，想都没想一把就抓住了莎莉的胳膊。

盐爷见图财去抓莎莉的胳膊，手掌抓过莎莉胳膊的位置绕过去就到了她的胸部，抬脚就踹了上去，将图财给踹翻在地，图财捂着肚子半天说不出话来，伸手指着金币山，想说那里有异样，可盐爷却怒视着他，带着莎莉去了魏大勋身边。

"为什么你讨厌别人称呼你为先生？"婉清站在胡顺唐背后问。

川西秘闻 ❸ 蜈蚣骨

胡顺唐仔细地观察着那口石棺，看了一阵头也没回地说："因为这样称呼我的人，通常都带着不可告人的秘密，而且还会发生很多奇异的事情。"

"奇异的事情？比如说？"婉清饶有兴趣地在后面问。

"比如说见鬼。"胡顺唐发现石棺果然如婉清所说的一样，没有任何奇怪的地方，没有明显的花纹，也没有暗纹，完全就是一口刚刚成型的石棺，从表面上来看也没有任何活寿材的痕迹。

"见鬼？"婉清听完笑了起来，"胡先生，不，胡顺唐，用一句你们中国人的话来说，那就是——你真逗。"

胡顺唐直起身子来，面朝婉清，他很不乐意听到"你们中国人"这五个字，本又准备与其辩论一番，却没有想到抬头的瞬间发现在石台下方的地面有异样——就在图财所坐的位置下方，明显有一团黑漆漆的东西在那里慢慢蠕动！

第四十六章
怪脸的真身

　　那团奇怪的黑影在石台正下方的地面慢慢蠕动，黑影的面积也随着蠕动开始慢慢变大，就像向白纸上洒下一滴墨汁一样。

　　胡顺唐呆呆地看着石台下方，伸手去制止还在说话的婉清，婉清看见胡顺唐的手势，顺着他双眼的方向一看，也发现了地面上那团奇怪的黑影。

　　石台下盯着胡顺唐和婉清的几人，还在纳闷为什么他们突然保持了沉默。

　　婉清不敢大声说话，只得比画了个手势，伸手指了指盐爷等人的脚下，让他们注意。盐爷开始不明白，但一旁的魏大勋却意识到不对劲，忙低头向下一看，除了一片漆黑之外，什么都没有发现。

　　胡顺唐和婉清两人对视一眼，明白在没有天光的洞穴中，石台下方的几人站在一团黑影中是根本没有办法察觉到异样的。

　　婉清打了个响指，吸引住了魏大勋的注意，随后比画了一个手势，示意魏大勋带着众人走向所在位置的左侧。一来可以离开黑影所在的危险区域，二来可以让她和胡顺唐看清楚那团黑影到底是什么东西。

　　魏大勋双手抓着盐爷和莎莉两人，开始向左侧跑去，一边跑动一边留心注意在石台上端的婉清，一直到婉清做了一个"停止"的动作，这才停下脚步来，同时自己蹲在地上，拔出匕首来，可一抬眼便看到图财还傻愣愣地站在那个金币山上，不明白发生了什么事。

魏大勋向图财做了一个"赶紧过来"的姿势，图财在注意看魏大勋手势的时候，目光向下一垂，同时发现了地底有一团巨大的黑影正在慢慢移动，联想起了先前金币山那些许的抖动，浑身一哆嗦，抬脚就从上面跳了下来。

由于图财浑身都塞满了金币，行动起来十分不方便，滑落下来的瞬间身体失去平衡，整个人就迎头栽了下去，刚栽下去，就从金币山的后方黑暗处冒出来一张巨大的诡异人脸！

那张人脸冒出来之后，盐爷、莎莉和魏大勋三人同时愣住了，与此同时在石台顶端石棺旁边的胡顺唐和婉清也发现了那张从黑暗中离奇出现的人脸，那张人脸足有三个人身体那样宽，长度差不多与图财的身高持平，在黑暗中朝向图财的方向，似乎在寻找着什么。

魏大勋三人慢慢向后方退着，完全忽略了脚下那团还在慢慢扩张的黑影，一直退到洞穴的角落中，靠到洞壁上，三人才反应过来。金币山下的图财艰难地爬起来，看着三人盯着自己的身后，随即向身后一望，这一望不要紧，一望竟失声叫了出来。

"妈呀！"图财尖叫了一声。

这声叫喊好像是一个讯号，那张人脸也跟着抖动了一下，接着隐入了黑暗之中。

"过来！"魏大勋向图财喊道。

图财连滚带爬向魏大勋方向跑去，边跑边伸出手去，魏大勋见图财行动不便，刚要迈步过去拉他，但身上的背包也沉重无比，使得自己行动不便，一咬牙将背包扔在地上，拔腿就向图财方向奔去。

就在魏大勋奔过去抓住图财伸出来的那只手的同时，金币山后的那张诡异的人脸又一次出现，只不过这次却是高高跃起，腾在空中，作势就要向两人压下去。

魏大勋抓住图财的手用力一拉，按理来说魏大勋的臂力足以将矮小的图财整个人给甩开，可因为图财浑身上下都塞满了金币，身体重量大大增加，这一拉一甩图财的身子依然纹丝不动，眼看着那张诡异的怪脸就要压下来了，魏大勋只得翻身将图财保护在自己的身下，暗骂了一句：shit！

"嘣！"

一声枪响，那张诡异的怪脸中枪后摔落在一旁，发出刺耳的怪叫，挣扎着要翻身起来的时候，又是一声枪响，怪脸浑身抖动了一下，开始慢慢向后退着，同时抬起自己那张怪脸朝向枪声传来的方向。

石台上端，石棺旁的婉清单手握住刚从胸口掏出来的贝雷塔掌心雷，枪口处还腾起了一丝青烟，本应在开完两枪后快速换子弹的她，却因为和那张怪脸的对视而忘记了下面该做的事情。

胡顺唐侧头看了一眼婉清，见婉清还在发愣，俯身下去对魏大勋和图财喊道："跑！"

魏大勋翻身起来，费力地拖着图财，在远处的盐爷和莎莉也赶紧跑过来帮忙。

"把金币扔了！"魏大勋对图财说。

图财一把捂住自己的衣服口袋，先捂住下面两个兜，随即又捂住上面的两个衣服兜，生怕魏大勋拿了自己的金币。

"不扔！死都不扔！"图财喊道，双腿还在那儿上下搓动。

莎莉盯着远处那张诡异的怪脸，抓住图财的手微微发抖，盐爷见图财不扔金币，一怒之下，抬手就给了图财一耳光骂道："你是要钱还是要命？！"

"要钱也要命！"图财双手一只在上，一只在下，横在胸口和腹部，护住自己塞满了金币的四个口袋。

那张诡异的怪脸此时低下头来，又朝向盐爷等人的方向，在低头的瞬间，盐爷似乎察觉到了什么，将脸向下一埋，腾出一只手去压下莎莉的脑袋喊道："不要看！"

魏大勋也立即低下头去，拼命拖动还在挣扎的图财，可图财听盐爷一说"不要看"，反而抬眼就向那张诡异的脸看去，刚对准那张怪脸上的那双暗黑色又泛着蓝光的眼睛，整个人立刻软了下去，双手耷拉到了身体的两侧……

石台顶端，诡异的脸移开后，一直发愣的婉清猛地倒吸了一口气，整个人瘫倒在地，胡顺唐赶紧一把将其抱住，问："怎么了？"

婉清好半天才缓过气来，但双眼还在翻白，胡顺唐赶紧伸手轻轻拍着她的脸，试图让她清醒过来。

婉清双眼的眼珠恢复正常后，吐出先前吸进去的那口气，道："头晕。"

头晕？胡顺唐不明所以，又侧头看着在下方的几人，盐爷、莎莉和魏大勋低着头，不敢去看那张怪脸，随即七手八脚地将图财口袋中的金币全部掏出来扔掉，拖着如同死人一样的图财向洞壁的角落中走去。

"顺唐！不要去看那张脸！"盐爷靠到洞壁后，低着头大声喊道。

不要看那张脸？什么意思？胡顺唐还在想怎么回事，回头去看怀中的婉清时，那张脸却猛地抬起头看向了胡顺唐，胡顺唐目光移动的同时，掠过那张脸上泛着蓝光的双眼，却忍不住又移回去与其对视。

刚一对视，胡顺唐就感觉到有一种被人强行灌入什么东西的感觉，整个脑子发涨，但很快那种感觉便消失了，自己恢复了神智。那张怪异的脸突然发出一声刺耳的怪叫，开始向后面退着，一直退到那扇开启的石门前这才停下，与此同时夜叉王恰好出现在石门口，差点儿撞到那张怪脸之上。

"拿到了……"夜叉王还未说话，举着燃烧棒的手就撞到了那张怪脸，同时燃烧棒的光芒将那张怪脸彻底照透，胡顺唐也因此终于看清楚了那张怪脸的全貌——是一只巨型蜘蛛！

模样虽说是巨型蜘蛛，但胡顺唐却看见那只巨型蜘蛛加起来竟有十六条腿，左右各八条，按理说蜘蛛应该加起来只有八条腿，从身形上来看的确是蜘蛛无疑，但站在高处，俯瞰下去那所谓的蜘蛛看起来又像是长了一张诡异人脸的蜈蚣。

"这是什么东西……"胡顺唐看清楚了那怪脸蜘蛛后，张大了嘴巴，一旁恢复了神智的婉清也是目瞪口呆。

怪脸蜘蛛与夜叉王相撞之后，立刻闪身到了一侧，用那张怪脸正对着夜叉王，夜叉王在与其对视的同时，整个人犹如触电一般浑身剧烈抖动了一下，垂下了双手，脑袋也歪向一旁，但依然保持站立的姿势，就如同一个被摘了电池的玩具。

原本在见到夜叉王的瞬间，胡顺唐心中还燃起了些许的希望，毕竟他亲眼见过夜叉王的实力，就算对付这只怪脸蜘蛛有些吃力，但估计还能解决，但现在这情况，夜叉王竟然也中招了！

怪脸蜘蛛见夜叉王浑身僵硬住，慢慢向前靠近了两步，刚靠近又猛地向后一退，等待了一会儿后，随即又慢慢靠近，怪脸凑近了夜叉王，如同一只狗一样从上到下地开始闻着，闻了一会儿怪脸的双眼终于停留在夜叉王右手提着的背包上面。

那个背包哪儿来的？！胡顺唐盯着夜叉王手中莫名其妙多出的背包。

"他拿了先前失踪两人其中一人的背包，背包外侧挂着弩弓的箭筒！"一旁的婉清看清楚了那个背包后说。

胡顺唐道："夜叉王说拿到了，肯定是拿到了那个骷髅头，又找到了背包，否则他哪儿来的燃烧棒，骷髅头也肯定在背包里面。"

虽然如此，但现在的关键问题是——如何救下夜叉王？因为那只怪脸蜘蛛整张脸停留在了夜叉王手中的背包后，发出了怪异的声音，一开始是"吱吱"声，

225

就如同先前石门打开的声音，随后变成了腐液蜈蚣发出的那种如同嬉笑的声音：

"嘻嘻嘻嘻嘻嘻……"

胡顺唐松开婉清，向下方看了看，自己和婉清躲在上面也没有任何办法，如果自己不下去，不要说夜叉王，就连盐爷等人也在劫难逃，想到这儿作势就要滑下去，却被婉清一把拉住道："你没有武器，下去也是送死！"

胡顺唐将别在双腿两侧的棺材钉拔出来，握在手中说："你待在这儿别动，伺机掩护我……"

说罢，胡顺唐看了一眼婉清手中紧握着的贝雷塔掌心雷，正要向下滑落的时候，却看到那怪脸蜘蛛那张怪脸向后猛地仰了过去，下方出现了一张布满了白色细齿和鲜红色触角的嘴巴，看那模样是要准备将夜叉王给一口吞掉！

就在怪脸蜘蛛张口要吞下夜叉王的时候，胡顺唐猛地将右手上的棺材钉抛向了那张怪脸蜘蛛，但由于距离太远，棺材钉只是刺进了距离夜叉王和怪脸蜘蛛几步远的地方，但棺材钉刺入地面那不小的震动，让怪脸蜘蛛浑身一抖，又后退了几步，张嘴朝向胡顺唐所在方向发出"吱吱"的怪叫。

胡顺唐靠着石棺，右侧抓着石棺边缘准备滑落的时候，离奇的事情发生了，就在右手抓住石棺边缘的瞬间——孟婆之手出现了！

那只半透明泛着暗绿光的孟婆之手从胡顺唐右手手臂中伸出来，牢牢抓住棺材边缘的同时，婉清向后退了好几步，一直到快到石台边缘才停下来，嘴唇微微抖动，完全不知道发生了什么事，看胡顺唐的眼神也立即变了，如今在婉清的眼中胡顺唐和下面那只怪脸蜘蛛、夜叉王相同，都是怪物！

孟婆之手！胡顺唐坐在石台的边缘，看着自己右手的手臂上出现的孟婆之手。

孟婆之手抓着那石棺，又慢慢抬起来，像抚摸一个婴儿一样摸着石棺的棺盖表面，很温柔，但又是那么诡异。

胡顺唐向后抽动着右手，但右手好像被孟婆之手和石棺粘上了一样，纹丝不动，回头再看那怪脸蜘蛛，见胡顺唐没有下一步的动作，掉头回去，又开始慢慢靠近僵硬的夜叉王。

妈的！胡顺唐不知道哪儿来的力气，费力将右手拉了回去，向石台下方滑去，滑落的途中还对婉清喊了一句："待在那里不要动！"

婉清根本没有听清楚胡顺唐在说什么，目光依然落在先前胡顺唐右手臂"长出来"的孟婆之手抚摸过的石棺位置。

滑落在地的胡顺唐，脚尖踮地，随后脚跟向后抵住石台下端的边缘，借力向怪脸蜘蛛奔去，在离怪脸蜘蛛两步之遥的地方，腾空跃起，双手握住棺材钉狠狠地刺向了怪脸蜘蛛仰向后方的那张怪脸，在身子失去平衡的同时，向旁边一侧，将夜叉王的身体压到了一旁。

怪脸蜘蛛那张怪脸之上中了一枚棺材钉，开始发出刺耳的惨叫，前方突出的头颅开始四下猛烈地碰撞，试图将刺进去的棺材钉给撞出来。滚到地面的胡顺唐双手抓住夜叉王身上的多功能武装带向后拼命地拖拽，幸运的是夜叉王右手还死死地抓住那个背包，在胡顺唐拖拽的过程中没有滑落。

怪脸蜘蛛依然在那儿左右碰撞，愤怒的"吱吱"尖叫声响彻了整个洞穴，在洞壁后方的魏大勋见状忙要上前帮忙，却被盐爷一把拉住说："不要看那东西的脸！"

魏大勋点点头，快速跑到胡顺唐跟前，两人合力将夜叉王给拖向洞壁的角落，此时那怪脸蜘蛛似乎恢复了平静，猛地趴在地上一动不动。抓住夜叉王的魏大勋和胡顺唐两人对视一眼，心中都有一个相同的念头——会不会死了？

刚想到这儿，那怪脸蜘蛛突然跃起，向三人所在的方向扑来，两人见状不好，合力将夜叉王向后方一扔，随后两人分别向左右扑去。怪脸蜘蛛落地之后，刚好压在先前三人所待的位置上，收回了张开的那张诡异的怪嘴，将仰在身后的那张诡异的脸又拉了下来，先是朝向了胡顺唐，但脑袋还没有彻底转过去，又猛地转向魏大勋那一面，似乎明白自己那张脸上的眼睛对胡顺唐起不到任何作用。

那张怪脸转过来的同时，魏大勋猛地将左手挡在自己的双眼前，目光朝下方的左右看去，辨别自己所在的位置以便移动，同时右手紧握着匕首快速向后退着。

"退退退！现在向你的左边跑！"在怪脸蜘蛛后方的胡顺唐给魏大勋说明方向。

胡顺唐话音未落，怪脸蜘蛛又猛地掉头直接撞了过来，由于这一次速度太快，力道太猛，胡顺唐整个人被撞到了那张怪脸上，被怪脸蜘蛛用脸顶到了洞壁之上。

胡顺唐双手撑着那张怪脸，终于近距离目睹了那张白色的怪脸，说是鬼脸也毫不为过。脸上的皮肤下有一条条细小的黑色纹路，像是血管一样左右流淌着什么东西，纹路从四面八方最终流向怪脸之间的中心位置，下方那张紧闭的嘴巴好似摆设一样，只是紧紧闭着。

"盐爷！救救顺唐！"莎莉抓紧了盐爷的手，又猛地松开，准备向那只怪脸蜘蛛冲过去，却被盐爷一把死死拽住，拉到身边来。

盐爷咬牙道："你上去只能添乱！待在这儿别动！"

盐爷说完，四下看了看没有任何可以当武器使用的东西，只得抓了旁边的一个瓶子向怪脸蜘蛛冲去。此时，在石台顶端的婉清回过神来，注意到下方胡顺唐被怪脸蜘蛛制住的这一幕，抬手就要射击，却发现没了子弹，俯身对下方的魏大勋喊道："子弹！子弹！"

魏大勋听她说子弹，目光落在先前自己扔下的背包上，抬头喊道："把枪扔给我！快！"

魏大勋说完向背包扑去，刚好与举着瓶子向怪脸蜘蛛冲去的盐爷擦身而过，同时石台上端的婉清将贝雷塔掌心雷扔向了魏大勋，半空中的魏大勋接住，扑到背包前，掏出子弹，快速装填，在盐爷手中的花瓶砸中怪脸蜘蛛的瞬间，连开两枪。

两枪过后，怪脸蜘蛛后背处中弹的地方冒出一股血红色的液体，盐爷暗叫一声"不好"，纵身向旁边扑倒，那血红色的液体溅得满地，但凡被溅到的地方都冒出了白色的泡沫，看得出和那些腐液蜈蚣吐出来的红色液体相同。

怪脸蜘蛛中枪后，并没有松开胡顺唐，只是发出了阵阵惨叫声后，更加用力将胡顺唐往洞壁上顶，想将胡顺唐给活活挤死在那儿。胡顺唐双手死命撑着怪脸蜘蛛，同时也有些意外，只是半年的训练，让自己的臂力已经超过了从前的几倍，换作从前的自己，恐怕早就成为了一团肉泥，可胡顺唐内心还没有惊吓完毕，便感觉双手撑住的怪脸正在慢慢向上移动。

不好！胡顺唐意识到怪脸蜘蛛是要像先前那样，将怪脸向背后一仰，露出那张长满了白色细齿和触角的嘴来将自己活活咬死！

胡顺唐死命地抓住那张怪脸，拼命向下拉，无奈的是双腿被怪脸蜘蛛死死压住，根本没有办法动弹。

"顺唐！"莎莉向还在四下溅着红色腐液的怪脸蜘蛛后方跑去，被魏大勋一把抓住。

魏大勋吼道："你一靠近就完了！"

"开枪呀！快开枪！"莎莉想要拼命挣脱魏大勋的手臂。

魏大勋当然想开枪，掌心雷的子弹还剩下不少，但那怪脸蜘蛛已经身中四枪，只是出现了几个会喷射腐液的血洞，那庞大的身躯估计就算打光自己背包中所有子弹，都没有办法将其彻底杀死，只能想办法去找到那蜘蛛的弱点。

累赘图财现在成为了累赘中的累赘，原本最有实力的夜叉王也不知道怎么回事变成了一具如同尸体一样的东西，站在高台上的婉清只能瞪眼干着急，让她下来也没有任何作用。

魏大勋看了看不远处的盐爷，两人对视一眼，都明白，现在靠近正在喷射腐液的怪脸蜘蛛，完全就是送死。

"顺唐！"莎莉拼命喊着，拼命想去挣脱魏大勋的手臂。

这一边，正在拼命抓住那张怪脸，不让那张长有细齿和触角的大嘴张开的胡顺唐感觉自己的力气已经开始逐渐变小，在这种情况下，除非是夜叉王那样的怪物，任何人都会和胡顺唐一样无奈。

使劲抓住那张怪脸的胡顺唐目光落在怪脸上那枚深深刺进的棺材钉上，顿时有了主意。但这个主意也够糟糕的，稍不注意，自己一双腿就彻底完蛋了！

拼一拼了！眼下只有这个办法可行！

胡顺唐瞧准了离自己手臂近一米距离的棺材钉，腾开右手伸向那个方向，随后左手一松，那张怪脸立刻向上一扬，满是细齿的大口就向他的双腿咬去，胡顺唐双脚一蹬，刚巧踩在怪脸蜘蛛大嘴的下端，借力向上一跳，双手抓住棺材钉向旁边一滑，借着惯性，荡上了怪脸蜘蛛的后背。

见胡顺唐暂时脱离了陷阱，周围注视着的众人松了一口气，但那口气还没有彻底松懈，又都倒吸了回去，因为那怪脸蜘蛛察觉到胡顺唐跳到自己后背之后，开始发疯似的向旁边的洞壁撞去，撞了好几下之后又变换了姿势，侧着身体开始向洞壁碰撞，试图将胡顺唐从后背上撞落下来。

胡顺唐死命抓着棺材钉，随着呈波浪形的怪脸蜘蛛的身体一上一下，不敢松手，一旦松手自己遭殃不说，还会祸及到盐爷、魏大勋和莎莉等人，况且图财和夜叉王两个还昏迷不醒。

魏大勋拽着莎莉，靠近盐爷，三人盯着那怪脸蜘蛛在那儿碰撞，一筹莫展。高台顶端的婉清先是看着怪脸蜘蛛，随后目光落在夜叉王拿来的背包上，在背包外侧有一圈登山绳，心中有了一个冒险的主意，立刻对魏大勋喊道："Peter！我把绳子扔下来，你把两根绳子结上，让他们先上来！"

魏大勋会意，立刻奔向夜叉王身边，取下背包上的绳子到石台下端，将两根绳子打结接着绑住莎莉的腰部，拖住她向上爬去，让婉清奋力把莎莉拉上去，接着是盐爷，等盐爷和莎莉爬上去之后，魏大勋又如法炮制将昏迷不醒的图财也绑上，让盐爷和婉清合力拉上去，可当他准备将夜叉王绑上的时候，怪脸蜘蛛察觉到了什么，停止了碰撞，掉头向魏大勋快速爬去……

正在给夜叉王捆绑绳子的魏大勋见状，立刻加快了手中的速度，因为现在解下夜叉王，背着他离开，重量会导致两人都跑不了，只得快速绑好，飞起一腿踹向夜叉王的肩膀，将其踹向一边，避开了怪脸蜘蛛的碰撞，自己则向旁边扑倒。

怪脸蜘蛛撞向石台之后，先是掉头准备向魏大勋扑去，但随之发现荡向半空中的夜叉王又荡了回来，于是又掉头回去，原地站立不动，张开自己那张嘴朝向正荡回来的夜叉王！

魏大勋见状不好，抬手就对准怪脸蜘蛛的脑袋开了两枪，怪脸蜘蛛中了两枪，脑袋只是稍微抖动了一下，但依然一动不动，在其背上的胡顺唐赶紧抓稳了棺材钉，跃起一脚又踹向荡回来的夜叉王，将其踹到半空中去，同时喊道："拉呀！你们傻站着干吗？"

在石台上的婉清和盐爷一直拽着绳子，不敢松手，也不敢用力，如果两人用力一拉，绳子就会变得垂直，而夜叉王就会立刻变成那怪脸蜘蛛的盘中餐。

两人不敢拉动绳子，只得拼命拽住，任由夜叉王在空中荡着，眼看着再荡回去，如果胡顺唐再来一脚，就算夜叉王有不死身，那种力道再多踹几脚，夜叉王现在那副身体也彻底完蛋了。

胡顺唐没意识到他们为何不拉绳子，知道这样荡下去没有任何办法，只得想办法吸引怪脸蜘蛛的注意力，他单脚踩住棺材钉顶端，向下狠狠一压，同时快速换好子弹的魏大勋对准了蜘蛛的头部又开了两枪。

剧痛之下，怪脸蜘蛛终于掉头向魏大勋袭去，魏大勋转身拔腿就跑，抓着自己和夜叉王的背包，开始玩命地在洞穴里绕着圈子，一边跑还一边将背包里先前装着的金银器皿全部扔掉。

如今保命要紧，金银器皿再多也换不回自己一条命，但背包里面还有一副人体骸骨，一个骷髅头，这两个重要的东西是绝对不能丢掉的！

怪脸蜘蛛掉头之后，胡顺唐转身向荡回来的夜叉王扑去，抱紧其身体后，婉清和盐爷、莎莉三人开始奋力将胡顺唐拉了上去，胡顺唐刚跳上石台，放下夜叉王，就立刻蹲下来冲下面还在和怪脸蜘蛛"捉迷藏"的魏大勋喊道："不要看那怪物的脸！"

魏大勋当然知道，现在不是看不看脸的问题，关键是自己这样跑下去迟早体力要被耗尽，到时候还不是死路一条！

石台上，胡顺唐从婉清腰间拔了匕首，道："不行，我得下去，否则魏大勋死定了！"

莎莉一把抱住胡顺唐道："不行！"

先前莎莉并没有意识到一个关键的问题，在胡顺唐遭遇危险的刹那，她脑子里面那些胡淼曾经的回忆全部跑了出来，占据了她的整个身体，只是瞬间两种不同的灵魂带着不同的回忆融合了，在这个时候她自己都不知道现在开口说话的是莎莉还是胡淼……

胡顺唐抓住莎莉的双手掰开，面朝莎莉说："不能见死不救！"

"我陪你下去，那是我的人！"婉清一把抓住胡顺唐的手腕。

一旁的莎莉看着婉清抓住胡顺唐的手腕，胡顺唐并没有掰开，而自己先前抱住胡顺唐的双手还未合拢就被胡顺唐掰开甩到一旁，心中一冷，低下头去，眼眶有些湿润。

胡顺唐根本没有留意莎莉的举动，转身和婉清就准备下去，双腿刚搭在石台边缘，就发现在洞穴地面下那团黑影开始向慢慢逼近洞穴角落中魏大勋的怪脸蜘蛛移去，那种移动更像是慢慢蠕动着的扩展，虽然速度不快，但蔓延开来的面积越来越大，眼看就蔓延到了怪脸蜘蛛的后方。

魏大勋靠着洞壁，将自己的那个背包背好，打开掌心雷塞进两颗子弹，将另外一个背包慢慢放在地上，面朝逐渐逼近的怪脸蜘蛛，对准蜘蛛张开的大嘴开了一枪，一枪后怪脸蜘蛛向后一缩身子，摇晃了一下脑袋，爬起来又开始慢慢逼近，十六条腿每擦动一下地面，就会摩擦起一阵粉尘，在地面留下一道触目惊心的痕迹。

魏大勋咬着牙，把自己最后一颗手雷拿出来，握在手中，抬眼看着怪脸蜘蛛身后高处石台上的婉清，沉默了一阵，喊道："Rangers, lead the way！"（游骑兵！做先锋！）

喊完之后，魏大勋对准了怪脸蜈蚣的大口又开了一枪，同时拉开了手雷的拉环，按住保险片，吼道："All the way！"（勇往直前！）

魏大勋手中手雷扔了出去，手雷刚出手保险片便弹开，向怪脸蜘蛛的口中飞去，谁知道在这刹那间，怪脸蜘蛛突然收回自己那张大嘴，将后仰的那张怪脸拉了下来，怪脸拉下来的瞬间正好撞到那颗手雷上，可时间仅仅只是过了两秒！

对三秒延迟的手雷魏大勋再清楚不过，双眼瞪大的瞬间，向旁边的金币山后方扑了过去，刚扑倒身后落地的手雷就炸开来，气浪炸开了金币山的一个小角，而那怪脸蜘蛛也被突如其来的爆炸震得后退了好几步。

魏大勋抬头起来，感觉到地面依然在震动，不知发生了什么事，与此同时在高台上的众人也被突如其来的震动给吓了一跳，众人赶紧互相搀扶着抓住了石台中心的那口石棺。

震动一直在持续，胡顺唐注意到在那怪脸蜘蛛下方地面的黑影一会儿缩小，一会儿又扩大，而震动也随着那黑影的缩小和扩大有规律地进行，他立刻明白了，对周围的人说："这个洞穴的下方有东西在往上面撞！"

刚说完，胡顺唐就发现自己紧紧扣住石棺边缘的双手处又出现了孟婆之手……

孟婆之手对盐爷和莎莉来说并不陌生，虽说婉清先前也见过，但依然不明白那是什么东西，看了一眼胡顺唐之后，立刻挪动着身子向旁边移开，惊恐地盯着胡顺唐那张被孟婆之手发出的暗绿色光芒衬得发绿的脸。

"孟婆之手……"盐爷盯着那双不知道为何会在此时出现的手喃喃自语。

胡顺唐死死扣住石棺边缘，眼睁睁看着孟婆之手隔着石棺的顶端伸了进去，随后又像一条蛇一样从另外一头冒了出来，同时胡顺唐感觉到身体里有什么东西被抽动了出来，一阵反胃和恶心，想呕吐但嘴巴却张不开，只得瞪大了双眼。

一旁看着胡顺唐那张"绿脸"的婉清，觉得胡顺唐的眼珠子都要掉出来了，竟躲闪到了盐爷的身后，小心翼翼地看着。

孟婆之手钻入石棺内后，胡顺唐的身体也开始慢慢移动起来，整个人犹如被控制了一般竟然推开了石棺的棺盖，石棺的缝隙露出来之后，一股白色的烟雾从其中射了出来，直刺向洞穴的顶端，在顶端盘旋了一阵，像一团旋涡一样开始向中心部位收缩，随后又猛地四散开来，像流水一样顺着洞壁四周向下流淌……

那些白烟流淌的速度越来越快，也越来越急，很快便将整个洞穴给包裹了起来，同时洞穴之中那种抖动也越来越重，站在石台上的众人都有些站不住了，只得抓住胡顺唐的身体来保持平衡。

怪面蜘蛛探头四下看着，发出惊恐的叫声，随后像无头苍蝇一样乱撞，终于找准了那扇半开的石门，试图让自己那庞大的身躯从石门中挤出去。

石棺的棺盖终于被打开，从胡顺唐手腕之中"长"出来的孟婆之手也随之缩了回去，就像是从未出现一般。胡顺唐身子有些虚脱，一下瘫倒在地，盐爷和莎莉赶紧将其扶住，同时盐爷对还在金币山后方发愣的魏大勋喊道："快上来！"

魏大勋听到盐爷的声音，点了点头，看了一眼还在向石门内拼命挤着身体的怪脸蜘蛛拔腿就向石台下方跑。

盐爷又用胳膊肘撞了撞还在发呆的婉清："愣着干吗？！放绳子！"

婉清回过神来，赶紧拿起旁边的绳子抛下，让魏大勋绑在腰上，与盐爷一起合力将其拉上来，被拉动的途中魏大勋手中的掌心雷还瞄准了在那儿拼命向石门内挤动的怪脸蜘蛛，怪脸蜘蛛的两条腿都被石门的边缘给挤断，红色的腐液溅得四处都是。

"我他妈还以为那东西什么都不怕！"魏大勋被拽上后终于松了一口气。

一旁的婉清也喘着气，不过现在的注意力完全不在那只怪脸蜘蛛上，而是在胡顺唐的身上，喘了半天的气才开口问："刚才……那是什么东西？"

实际上婉清都不知道是问胡顺唐，还是在问自己，抑或在问身边的盐爷。

盐爷没有回答她的话，反倒是站起来看向石棺内，才看了一眼便点头道："对了，那就对了。"

"什么对了？"稍微缓过来的胡顺唐抬头问。

石棺内空荡荡的什么都没有，只是在石棺底部有一个凹进去的平躺的人形，从人形的大小来判断，应该是一个孩子，不过头部位置的形状却有些奇怪，左右两侧有多出来的两条分别向上的凹坑。

盐爷盯着石棺内那个凹进去的人形说："把我们找到的骨头拿出来，试试能不能放进去。"

胡顺唐点点头，拿出自己背包中的那副手臂递给盐爷，盐爷拿起放了进去，果然大小一样，没有丝毫偏差，接着又拿了骨架和腿骨放进去，也刚好合适，但当他从夜叉王拿回来的背包找那个所谓的骷髅头的时候，伸进背包的手突然停住了，脸上的表情开始变得很怪。

　　"怎么了？"胡顺唐扶着石棺起身问道。

　　魏大勋、婉清和莎莉也很不解地看着盐爷，盐爷的一张脸猛地变得惨白，十分骇人。

　　盐爷低下头去看着背包内，随后手慢慢从里面拿出来，在他手中那个东西呈现在众人眼前的一瞬间，所有人都愣住了——那根本不是什么人类的骷髅头！

第四十九章

鬼头骷髅

鬼头！

众人看见盐爷手掌中那个骷髅头后第一反应便是这两个字。正常人类是永远不可能会有这样的头骨的，骨头左右两边各有两张脸，两张脸上都有凹陷进去的眼眶，眼眶很巨大，占据了整个头骨的三分之一，原本鼻子前段应是由于鼻骨腐烂而导致的深坑却有一根类似犀牛角一样的东西，凑近去看上面还有一条条横向的纹路。那根长角下方的嘴巴内，也有牙齿，但只是一些白色的细齿，上下交错合并在一起。

"这他妈是什么东西？"魏大勋看着盐爷手中的鬼头骷髅忍不住问道。

没有人能够回答他这个问题，就连在这个临时团队里见识最广的盐爷也只是摇头。

盐爷将手掌抬高，放在自己的眼前，仔细看着："不知道，见所未见闻所未闻。"

胡顺唐摊开手让盐爷将那鬼头骷髅放在自己的掌心中，看了一眼莎莉，这一举动的目的很清楚，因为胡淼曾经喜欢看各种各样记录稀奇古怪事物的书籍，也许莎莉能从胡淼的回忆中找出点儿线索来，可莎莉盯着那鬼头骷髅也是止不住地摇头。

震动还在持续，而且一次比一次要强，洞穴震动的频率和力量完全盖过了怪脸蜘蛛在石门那里的碰撞，面对那怪脸蜘蛛时似乎已经用光了自身所有勇气的魏大勋，盯着棺材内说："我们试试把这东西放进去。"

胡顺唐看着魏大勋说："放进去会发生什么事，谁都不知道，也许……"

说到这儿，胡顺唐回头看了一眼还在远处碰撞的那怪脸蜘蛛又说："也许会放出个比那怪物更难缠的东西。"

魏大勋眼睛盯着怪脸蜘蛛："不管发生什么，总之我是不想再留在这个鬼地方了，这里比地狱还可怕！我宁愿前往地狱！"

说罢，魏大勋看着在胡顺唐身后的婉清，想得到婉清的支持。经历过腐液蜈蚣、怪脸蜘蛛，又亲眼目睹过胡顺唐那双孟婆之手的婉清，此时的人生观、世界观已经彻底崩溃，对她来说，现在最想做的事情就是尽快离开这个崖墓，回到省城的酒店内，洗个热水澡，吃一顿热乎乎的饭，再足足睡上二十四小时，醒来后将所有的事情都给忘掉，就当是听了一个身临其境的睡前故事。

"格格？"魏大勋见婉清没有回应，双眼有些呆滞，忙用手在她眼前晃动了一下。

婉清反应过来，问："什么？"

众人此时的注意力都放在了婉清的身上，婉清勉强挤出个笑容，有些尴尬地说："怎么了？"

胡顺唐捧着那个鬼头骷髅道："现在我们有两条路，其一是将这个鬼头骷髅放入石棺内，赌一把，看看会发生什么事；其二就是原路返回，但也是赌一把，因为那个怪物堵在了石门口，我们必须引开它抑或杀死它，最重要的是，先前在那间墓室中触碰到的机关，导致了这些崖墓的结构出现了变换，返回的路是否出现了变化，还是未知数。"

众人都听得出，胡顺唐所说的数种可能，言中的意思再明白不过，他是倾向于将鬼头骷髅放进石棺内，不过他的其他担心也并不是多余的，墓室结构改变是众人都亲眼所见，要是再误入腐液蜈蚣的巢穴，还得背上夜叉王和图财两个行走，恐怕是九死无生。

"我要找到牧鬼箱。"婉清突然张口说，说完自己都对突然做出的决定吓了一跳，因为她心里已经对这趟冒险有了至少上万个后悔的理由。

魏大勋听婉清这样一说，很无奈地点头道："好吧，既然你们都赞成，我反对也没有任何作用。"

胡顺唐将那个鬼头骷髅握住，轻轻放入石棺内头部的凹槽处，果然大小一模一样，不大不小刚好合适,但在放入的瞬间,他意识到了一个问题！一个最恐怖的问题！在"白狐盖面"事件中，自己和胡焱被掳进将军坟后，在十幅鬼画上看到过，关于开棺人的过程，也判断出开棺人要打开棺材的其中一个目的，就是要释放出在棺材内的无法逃离的灵魂，而孟婆之手在面对死物的时候才会出现，先前孟婆之手出现，自己完全没有意识到这个问题，那么——这口石棺内会释放出什么东西？

死物？生魂？抑或……胡顺唐没有答案！虽说已经将鬼头骷髅放入了凹槽之中，但握住鬼头骷髅的那只手依然没有拿开，他深呼吸了一口气问盐爷："盐爷，你说……"

话刚出口，自己右手臂上的孟婆之手又一次出现，出现后像一条蛇一样将手掌高高昂起，呈爪状，随后重重地向那个鬼头骷髅压了下去，速度之快，连胡顺唐自己都没有反应过来，紧接着孟婆之手的手掌彻底没入鬼头骷髅之中，随即洞穴中的震动停止了，同时在石棺旁边的众人听到下方的怪脸蜘蛛发出的悲鸣声！

开始众人都以为听错了，但随即意识到那的确是悲鸣声，是惨叫，是一种绝望的叫声，不同于先前怪脸蜘蛛发出的那种兴奋的鸣叫！

悲鸣声过后，从洞穴周围的缝隙中钻出无数条腐液蜈蚣，穿过覆盖在洞壁上的那层白色的气体开始向洞穴的地面滚动，远远看去就像是突然出现的黑色瀑布！

无数的腐液蜈蚣翻滚着落地后，开始以极快的速度向石门口爬行，触角在地面发出"吱吱"的声，传入双耳之中有一种猫抓心的感觉，就像是那触角触碰的并不是地面，而是石棺旁众人的身体。

腐液蜈蚣聚集在怪脸蜘蛛的身后，一开始还仅仅是等待，随后等待变成了冲刺，部分腐液蜈蚣开始爬向怪脸蜘蛛的身体，越过其身体向石门内钻过去，一部分被怪脸蜘蛛堵住的腐液蜈蚣发了疯似的发动了攻击，向怪脸蜘蛛喷射出红色的腐蚀性液体。

怪脸蜘蛛整个身体卡在了石门口，无法动弹，只得扭动着身躯发出惨叫声，身体两旁的触角艰难地舞动着，将周围的腐液蜈蚣拨动开，但那也是徒劳的，仅仅过了几分钟而已，怪脸蜘蛛的整个身体就被腐蚀得七七八八，只剩下身体上那张怪脸还算完整，漂浮在一片红色的腐液之中。

"这下好了，退路完全被封死了。"魏大勋见到这一幕，一屁股坐在地上，伸手去摸口袋，只摸出了个打火机，并没有如愿以偿地摸到香烟，"烟也没了，妈的！"

魏大勋埋怨的同时，孟婆之手也消失了，胡顺唐也没有如先前一样感觉到头晕乏力，反而是一身轻松，收回了右手后，放在眼前仔细看着，又看了看四周，洞穴中并没有什么变化。

"怎么回事？不可能放进去后只能触动那些蜈蚣离开吧？"盐爷四下看着。

川西秘闻 ❸ 蜈蚣骨

莎莉依然有些惊慌，手不自觉地就握紧了胡顺唐的胳膊，这次胡顺唐并没有甩开她，只是盯着石棺内。

盐爷的话说完没多久，"吱吱"声又开始出现，这次并不是那只怪脸蜘蛛触角划动地面的声音，而是那扇石门开始关闭，关闭的瞬间也轧碎了很多还在蜂拥向石门内爬行去的腐液蜈蚣，等石门紧紧关闭之后，那些腐液蜈蚣掉头就向石台方向冲来。

握住打火机的魏大勋脸色一变，起身指着下方道："不好！那些东西过来了！"

密密麻麻的腐液蜈蚣团团围住了石台，开始向上爬行，但由于石台表面太光滑，没有一条能够爬行上来，只得围在石台下方发出"嘻嘻嘻嘻嘻"的叫声。

"妈的！妈的！"魏大勋站在石台上端来回走着，十分焦急，终于停在胡顺唐的身边，伸手指着他道，"我说过！不要赌这一把！因为你的赌注不仅仅是你自己的性命！"

胡顺唐没有想到事情会发展成这样，也没有回应魏大勋，只是蹲在石台边缘盯着下面还在努力向上爬行的腐液蜈蚣自语："为什么这些东西一开始不向石台上端爬行，偏偏要在石门被关闭之后才掉转方向？"

魏大勋一把抓住胡顺唐，压住他的脖子，指着下面那些还在拼命向上爬的腐液蜈蚣道："你现在想这些有什么用！有用吗？"

胡顺唐本不想理会魏大勋，但脖子被人下压带给他一种屈辱的感觉，顿时一扭头反手制住了魏大勋，同时右手拔出了魏大勋的匕首，靠在他的脖子边缘，冷冷地看了对方一眼后，这才松开手，倒转匕首还给了他。

婉清见状赶紧上前拉开魏大勋，魏大勋被拉到一边，心头的愤怒依然没有化解，怒视着又蹲下察看的胡顺唐。

盐爷和莎莉对视一眼，没有说话，盐爷干脆盘腿坐下来，拿出佛珠放在两指之间，合上双眼，嘴里念念有词，看模样像是在祈祷。

婉清也靠着胡顺唐蹲下来，故作冷静地问："专家，有没有想出什么好办法？"

"我说过别叫我专家。"胡顺唐盯着下方的那些腐液蜈蚣，虽然情况危急，但也许是因为长时间的运动导致身体特别疲惫，仰头就向石棺上靠，头刚靠过去，一个念头猛然闪过，他顿时坐直了身子，脑子里出现了第一次在广福镇老宅中发现堂屋那口活寿材秘密的场景。

那场景从胡顺唐脑子中快速闪过之后，他立刻回头看向石棺下端与石台相接的位置处。

第五十章

发狂的游骑兵

在婉清爬上石台后，发现石棺与石台几乎是融为一体，随后胡顺唐上去后看到的情形也完全相同，不过此时却不一样了，在石棺与石台相接的地方出现了一条细小的缝隙，缝隙虽小，不容易发现，但胡顺唐吹开缝隙外面那层薄灰后终于看清楚了。

"这下面肯定有一条通道！"胡顺唐快速起身来，对众人说，"我们合力推开这口石棺！"

事不宜迟，原本还在愤怒的魏大勋赶紧上去，和婉清、胡顺唐一起推动石棺，盐爷和莎莉也起身在一旁助力，果然和胡顺唐猜想的一样，现在的石棺已经可以推动，并且集合众人的力量很快便将石棺给完全推开，一直推到了石台的边缘，可接下来的事情让众人，特别是胡顺唐陷入了绝望中——石棺下方只是石台，没有通道，哪怕连一条缝隙都没有！

"不可能！"魏大勋脸上原本带着希望的笑容消失了，猛地趴在石台上方，开始仔细地寻找着，"不可能！肯定有的！肯定还有其他的什么机关！"

众人一开始只是看着失去理智的魏大勋，魏大勋摸索了一阵，发现石台表面什么都没有之后，抬头看着胡顺唐，随后大家的目光也都集中在了胡顺唐的身上。

"你不是说有什么通道吗？"魏大勋开始说话的声音还算正常，说完这句之后，突然起身，凑近胡顺唐的脸，张口大吼道，"通道在哪儿？！告诉我！通道在什么地方！"

胡顺唐没有说话，只是呆呆地看着石台表面，脑子里面一片空白。

不可能的，怎么可能没有通道？没有通道的话，那么这副石棺在这个地方又有什么意义？那些分开存放的骸骨还有什么意义？为什么会这样？

终于空白的大脑里被填充进了无数个问题，习惯性的头疼又开始发作，他揉着自己的额头，仰头看着洞穴的顶端，顶端处依然盘旋着那些白气，像是一团团诡异的云朵一样。

"它们要上来了！"刚侧头去看石台下的莎莉突然喊道，这一声喊叫让除了胡顺唐之外的所有人都低头去看石台下方，那些腐液蜈蚣竟然想出了先残杀同类，将尸体累积在石台光滑的表面后，再顺着尸骸爬上去的办法，它们已经爬行了石台的三分之一，照这个速度下去，不出十几分钟腐液蜈蚣就会全部爬到石台顶端来。

"妈的！"魏大勋见到此场景，从自己的背包内翻出各种没有用的东西，开始向下方正在爬行的腐液蜈蚣砸去，在抓到背包内的子弹准备往下扔的时候，婉清一把抓住他的手腕。

婉清怒视着魏大勋道："你疯了！"

魏大勋被抓住的手腕在发抖："我没疯！"

"你还记得你曾经是一名军人吗？！"婉清道。

魏大勋甩开婉清的手腕，凑近她说："我宁愿去对付那些残酷的恐怖分子！因为他们是人，而这些东西是怪物！不应该存在于这个世界上的怪物！你叫我怎么冷静！"

魏大勋说话的同时，眼神落在旁边躺着的夜叉王身上，在他腋下的枪套处还放着那把格洛克18手枪，冲过去跪倒在其身边，掏出手枪，查看了弹夹后，上膛对准下方的腐液蜈蚣开火，一开始魏大勋还仅仅是点射，随即点射变成了无目的的开火，射完一弹夹的子弹后，又取下弹夹向里面拼命压着子弹，好几次手指的皮肤都被弹夹口夹伤还浑然不知。

婉清走近魏大勋，抬手就是一耳光，魏大勋挨了一耳光后，有些惊讶，刚要开口说话，婉清又是一耳光。本以为魏大勋挨了两耳光之后能够冷静一些，却没有想到他在低头笑了笑之后，抬手就向婉清击去，一旁的胡顺唐眼疾手快，拉开婉清帮他挡下了魏大勋的那一击，那一击力道实在太重，将胡顺唐整个人撞向了石棺之上。

胡顺唐捂住腹部，咬牙看着魏大勋，魏大勋好像是吃错了药一样拨开盐爷和莎莉两人又冲了上去，这一拨不要紧，原本站在石台边缘的莎莉一时没站稳，身子一个倾斜就掉了下去，盐爷反手一把抓住莎莉……

莎莉被盐爷双手抓着，脸色吓得惨白，这个距离掉下去会不会摔死另说，但肯定立刻会被腐液蜈蚣瞬间腐蚀掉！

婉清忙上前去帮盐爷，魏大勋却好像对这一切视而不见，继续发狂似的攻击胡顺唐，胡顺唐闪身躲过，魏大勋连续两脚重重踹在石棺之上，反手又将避开的胡顺唐给拖回来紧紧摔在石棺之上。

胡顺唐被魏大勋摔在石棺上，还没喘过来那口气，魏大勋又猛地上前撞向胡顺唐，双脚蹬地将胡顺唐的身体重重挤向石棺，力道之大，将其身后的石棺也推动至石台的边缘。

"你吃错药了？"胡顺唐感觉到魏大勋的力气不知道为何变得如此之大，自己的身体完全没有办法动弹，在抬眼看向魏大勋的同时，发现对方的眼光泛起了一阵蓝色，那蓝光看起来就和怪脸蜘蛛的怪脸双眼完全一样！

这小子什么时候中招的？难道是在下面单独对付那蜘蛛的时候？胡顺唐侧头看了下石棺，三分之二个石棺已经移出了石台，再推动整个石棺都会掉落下去。

胡顺唐怒吼一声，用膝盖顶住魏大勋的腹部，用力将其顶开，刚想闪身，魏大勋又冲了上来，这一次的冲击力道更大，撞向胡顺唐之后，直接将石棺从石台边缘撞落了下去，胡顺唐也因为承受了那沉重的一击，身子一软，径直掉落下去。

死了！掉落下去的瞬间，胡顺唐脑子里出现了这样两个字，周围的一切好像都开始减慢了速度，自己的身体像绑了一块石头一样向下坠落，双眼之中只有站在石台边缘魏大勋那张冷酷的脸。

"啪！"

一个人突然出现在石台边缘，俯身下去紧紧抓住胡顺唐的手腕，同时向上猛地一提，将他甩了回去。将胡顺唐甩回去的同时，那人又回身一拳狠狠打在魏大勋的脸上，那一拳击出后，魏大勋的脑袋向旁边一偏，失去平衡眼看就要摔落石台下，那人出拳的左手又接着变成爪状，一把抓住他的衣领，将其又拖了回来，拉近到自己的眼前，冷冷地问："醒了吗？"

胡顺唐平躺在石台上，憋着的那口气终于吐了出来，随后胸口便是一阵闷痛，与此同时，盐爷和婉清也合力拉起来了莎莉，三人坐在一旁大口喘着气。

胡顺唐模糊的双眼逐渐变得清晰，看清楚抓住自己甩上来，现在又抓住魏大勋衣领的正是夜叉王！

被夜叉王抓住的魏大勋双眼依然泛着蓝光，身子绷紧，看样子想要发动下一次攻击，可夜叉王根本没有给他任何机会，用额头重重撞向了他的额头，这一次撞击让魏大勋终于身子一软，瘫倒在地。

刚喘了几口气的莎莉，见胡顺唐脱离了危险，爬着过去从后面一把抱住他，大声地哭泣起来，胡顺唐拍了拍莎莉的双手示意没事了，还未开口说话，就听到在石台边缘的婉清指着下方喊道："快看！"

胡顺唐抓着莎莉的手来到石台边缘，看着婉清指着石台下方石棺摔落的位置，离奇的事情发生了，那副石棺落地之后砸死了不少腐液蜈蚣，同时在石棺的周围出现了近三米的空白区域——那些腐液蜈蚣似乎很害怕石棺，都纷纷绕过石棺向上方爬行，如今它们离石台顶端的距离不过两个成人的高度。

它们怕石棺？为什么还要向上面爬行？它们到底在怕什么？这三个问题刚出现在胡顺唐的脑子中，答案立刻就出现在了他的眼前，就在石棺坠落地面处出现了蜘蛛网一样的裂痕，裂痕下方还能清楚地看见那团黑色的影子在那儿蠕动，蠕动的范围越来越大，随即又开始逐渐缩小，胡顺唐意识到了不对，翻身将莎莉抱住压在石台上，对周围的人喊道："趴下！抓稳！"

话音刚落，那黑色的影子又猛地在地面之下变大，同时整个洞穴好像被炮击了一样开始剧烈地震动起来，周围的众人瞬间趴下来，互相抓着对方的手，另外一只手护住自己的脑袋，担心被洞穴顶端掉下来的碎石砸伤。

随着那团在地面之下的黑影缩小和扩大，震动开始变得越来越大，最终石棺所在的地方终于彻底裂开，周围的地面开始向裂开的中心位置塌陷，塌陷的速度越来越快，还未来得及爬向石台的腐液蜈蚣发出悲鸣的叫声掉落下去，原本已经掉落到裂缝中心的石棺被一股不知名的力量给抛向了洞穴的顶端。

趴在地上的胡顺唐看见那被抛起来的石棺，双眼瞪大，意识到下面那团黑影恐怕不是什么黑影，而是比那怪脸蜘蛛还要巨大的怪物，刚想到这儿，眼前猛然一黑，等反应过来的时候才发现根本不是双眼发黑，而是一团黑得发亮的东西从石台下方呈直线跃了起来，冲上了洞穴的顶端，瞬间包裹住了那口石棺，紧接着又掉落了下去，同时发出了"呜呜呜"犹如狂风吹过的可怕叫声。

"呜呜呜"的声音越来越小，越来越远，单是从声音就可以判断出洞穴下方地面塌陷的深度。

第五十一章

游骑兵的过去

震动终于停止，胡顺唐起身来，看了一眼被自己保护着的莎莉，两人四目相交，原本脸色苍白的莎莉，两侧的脸颊突然红了，忙转头朝向另外一边。

胡顺唐来到石台边缘，刚站定，夜叉王也起身走了过来，盯着石台的下方。刚看上一眼，胡顺唐就倒吸了一口冷气，原本洞穴的地面完全塌陷，只剩下这座石台还竖立在深渊的中间，而周围那些腐液蜈蚣也因为震动几乎全数掉落了下去，剩下为数不多的几条还在石台边缘挣扎，但因为石台侧面过于光滑，没有同伴尸骸支撑的腐液蜈蚣也开始一条条向下掉落。

"这下好了。"胡顺唐盯着下方，胸口还在发痛，先前魏大勋的攻击力道实在太足。

夜叉王盯着下方仔细看着："不幸中的万幸，要是刚才你摔下去没死，紧接着也会掉进这个深渊里面。"

胡顺唐回头看了一眼昏迷的魏大勋，他双手的手指在轻轻勾动，看得出夜叉王没有下狠手，如果想杀了他，直接将他扔下去就行了。

胡顺唐看着脸色苍白，毫无血色，如同僵尸一样的夜叉王问："你先前怎么了？"

"没怎么，太累，睡着了。"夜叉王冷冷地回答，从背包里取了一根荧光棒，对折后扔下了深渊，扔下去的同时趴在石台边缘仔细看着。

胡顺唐知道答案没有那么简单，夜叉王也与怪脸蜘蛛的双眼对视过，对视的瞬间便失去了行动能力，陷入了昏迷，婉清也是相同，而魏大勋也同样可能是不小心受到了那怪脸蜘蛛的影响，可唯独自己没有事，这是为什么？

这只蜘蛛看来不仅仅是其他人的弱点，也是夜叉王的弱点，可惜怪脸蜘蛛没了，那张怪脸也掉落进了深渊中，如果能找到，说不定可以研究一番。

"下面有阶梯，果然有通道。"夜叉王指着下方说。

胡顺唐看了看，没有发现任何阶梯，摇摇头说："我没有看见。"

夜叉王本想再扔一根荧光棒，发现剩下的不多，只得作罢，一翻身双脚搭在石台的边缘说："都收拾一下，我先顺着石台滑下去，找准了落脚点之后你们再下来。"

刚说完，夜叉王就滑了下去，速度极快到了石台边缘，但脚跟也是微微踩到石台边缘的一半，差点儿掉落下去，在石台上端的众人看着都捏了一把冷汗，完全遗忘了夜叉王是一个冷酷无情的连环杀人犯。

夜叉王站稳后，向下面挥挥手，示意大家下来，想了想又说："先放那个白痴下来，然后是那个叫魏大勋的二号白痴。"

夜叉王刚说完，旁边的魏大勋就挣扎着起来，嘟囔道："谁是白痴？妈的！脑袋这么疼，发生了什么事？"

胡顺唐也不知道魏大勋清醒过来是装傻还是真的没有了先前的记忆，现在这些已经不再重要，转身和婉清两人将图财的身子滑了下去，让夜叉王接好，放在台阶上。夜叉王抬头的时候，看见探出脑袋的魏大勋，低声自语道："果然是白痴，不打不清醒。"

众人都小心翼翼从石台上滑落下去后，来到下方的台阶上站好，但刚刚松懈的心理又突然紧张起来，因为那台阶实在太诡异，向着黑暗的深渊底部盘旋着，周围是一片漆黑，什么都看不清楚，好像是架在空中的一座浮桥。

好在台阶上端有一块够大的平台，足够让众人都舒舒服服地坐着或者躺着。

夜叉王回头看了一眼胡顺唐，摸出自己唯一剩下的一根燃烧棒说："准备出发。"

胡顺唐伸手抓住那根燃烧棒，回头看了一眼其他人说："我们和你不一样，我们是人，需要休息。"

说完，胡顺唐侧头问婉清："我们进崖墓多长时间了？"

婉清抬手看了下自己的表，随后摇头将手腕立起给胡顺唐看："我的表已经坏了。"

胡顺唐又看着莎莉和魏大勋，知道他们也肯定有表，但莎莉看了看却表示自己的手表早就停了，魏大勋只是晃动了下手腕表示手表没有任何用处。

"大家的表不可能都坏掉了，肯定是这个洞穴中磁极被什么东西改变了。"说完胡顺唐拿出罗盘，果然罗盘上的指针不停地在那儿旋转，就像小型风扇一样，看到这儿，胡顺唐顺手将罗盘给扔在了地上。

婉清一屁股坐在地上，靠在倾斜的石台上道："我们进来十二个小时了，没有吃东西，没有喝水，也没有睡觉。"

说完婉清就打了一个哈欠，这个哈欠好像是病毒一样迅速感染了除了夜叉王之外的所有人，胡顺唐伸出手捂住嘴巴，盯着夜叉王说："休息。"

夜叉王扫了一眼众人，又看着胡顺唐道："好吧，领队先生，我听你的，我先去打个前站，看看下面有没有危险。"

夜叉王要走，又被胡顺唐一把抓住道："不要单独行动，我们是一个团队。"

"团队？"夜叉王听罢一笑，点点头，"对，至少现在还算是一个团队，好，休息。"

夜叉王说完走到魏大勋身边坐下，坐了一会儿又直起身子来，从上衣口袋中取出了两个带链的狗牌，扔给了魏大勋，随后闭上了双眼。

旁边的莎莉、盐爷已经沉沉睡去，这一幕婉清、胡顺唐都看在眼里，都很清楚那两个狗牌就是先前婉清队伍中失踪的两个同伴。

魏大勋摊开手看着掌心的两个狗牌发呆，许久后才捏紧，握在手中，低声说了句"谢谢"，夜叉王没有睁眼，没有任何回应。

魏大勋起身来，握紧两个狗牌转身走到石台的另外一侧，婉清看了胡顺唐一眼跟随过去，胡顺唐想了想，担心有事，也紧随其后，却在石台拐角处停下来，只是安静地注视着魏大勋。

魏大勋蹲在地上从口袋中摸出黎明的狗牌，将三个狗牌并排放在地上，盘腿坐下用手指在三个狗牌上面慢慢滑过，左手又拉扯下自己脖子上那一块，将四个狗牌绑在一起，捏在掌心中亲吻了一下，放在额头上闭眼道："Rangers, lead the way."

先前魏大勋在石台下方单独面对那只怪脸蜘蛛的时候，胡顺唐就听见他曾经那样喊过一次，这句名言是如今美军第 75 游骑兵团的格言，对大多数喜欢看美国电影的人来说都不陌生。这句格言出自1944年6月6日，诺曼底登陆战役中，在奥马哈海滩上面对德军猛烈的阻击，时任美军29师指挥官的诺曼·柯塔将军找到了游骑兵第五营指挥官麦克斯·施耐德少校询问这是哪一支部队。得知是游骑兵第五营后，诺曼将军点头道："好吧！游骑兵，做先锋！"

从此这句"Rangers, lead the way"就成为了游骑兵部队的格言，每当有人喊出这句话的时候，其他的士兵就会相应地怒吼一声"All the way"即"勇往直前"的意思。

婉清抓住石台的边缘，深吸了一口气，转过身去，不想看到这一幕。胡顺唐站在身边，看着将四个狗牌握紧靠在额头前的魏大勋喃喃道："兄弟们，你们忘记了该如何回答我吗？"

胡顺唐走过婉清的身边，站在魏大勋的身后，轻轻拍了下他的肩膀说："All the way。"

魏大勋没有睁眼，只是象征性伸手拍了拍胡顺唐按住他肩膀的那只手，以示感谢，随即又变魔术一样拿出一枚棺材钉递给胡顺唐，先前魏大勋爬上石台的同时，没有忘记将胡顺唐扔向地面的那根棺材钉给捡回来。

胡顺唐接过棺材钉，别在大腿边上，又回头看婉清，婉清给他递了一个眼色，他起身来和婉清两人绕到另外一侧。

"他们都是最好的军人，至少我这样看。"婉清停下脚步说。

胡顺唐点点头："看得出来。"

"希望你不是在讽刺。"婉清很严肃地说，目视胡顺唐的双眼，"他们四人，除了魏大勋之外，其他三人都是几代前就到美国的华人，Peter是18岁才到美国，虽然已经拿到了绿卡，不过要获得公民身份，最好的途径就是参军，一开始他只是象征性地想走个形式参加了预备役，在后勤部门，和战争没有任何关系，可后来战争接连不断地发生，Peter又因为出色的表现被军方邀请签订了最低四年的服役合同，原本他可以前往电子技术部门，因为那不用上战场，可是在军队中核动力、电子等技术密集型军中最低服役年限是六年，无奈之下，他就选择了到作战部队。"

魏大勋服役四年后可以退役，但是出众的表现让军方挽留他，同时由于他所在的部队和游骑兵配合作战过，见识过那支部队的勇猛，于是萌生出了投入游骑兵的念头，很快他这个愿望得以实现，随后在游骑兵中又认识了黎明等人，成为了生死与共的兄弟。不过他们与大多数士兵一样，很快就知道了战争比电影和游戏中表现得还要残酷千倍，于是申请退役，获得批准后回归到了社会，竟然发现自己已经与一直在保护着的这个国家脱节了，除了拿枪之外，其他任何时候都没有安全感和归宿感，于是他们去了雇佣兵公司，干了半年后准备出来单干，运气极好地遇上了正在"招兵买马"的王安朝。

"知道吗？别看他年龄与你差不多，但经历的战役却不少，中东、非洲、拉丁美洲都去过，他的档案放在任何一名职业军人面前，都会让对方惊讶。"婉清说。

胡顺唐浅浅一笑，的确战争是残酷的，在眼下他们所经历的这一切却是躲在战争背后的恶魔，如果说枪械能够解决的事情，放到这里来，只能当作是保命的工具而已，但他此刻最想知道的是王安朝的事情。

"你爷爷叫王安朝？"胡顺唐开门见山地问。

婉清愣了一下，不知胡顺唐为何会知道他爷爷的名字，心中一惊，担心他们此行来的目的被中国安全部门知道，因为不管如何，他爷爷的所作所为是要颠覆一个国家的政权，虽然说她不支持，也知道那是根本无法实现的白日梦，可担心总是必然的。

胡顺唐见婉清露出惊讶的神情，忙说："不用担心，只是那个叫图财的男人告诉过我，你爷爷几十年前的事情，其他的事情我并不关心，也不是我能插手的范围。"

婉清笑了笑，又收起了笑容："我爷爷是一个……很有恒心的男人，不过他的恒心完全建立在一个不切实际的梦想之上，所以几十年来才拼命在美国积累财富，弄得老来得子，后来我母亲生下我的时候，他听说是个女孩儿，在产房门口号啕大哭，说着什么大清无望之类的话，很可笑吧？"

"中国传统观念中的男尊女卑思想不止影响了你爷爷，也影响了现在的人，认为男人才是传宗接代的血脉，女人虽然带着本家姓，却迟早要成为外家人。"胡顺唐说，说完盘腿坐了下来，从背包里拿出饼干递给婉清。

婉清咬了一口饼干，嚼了几下咽了下去后说："牧鬼箱……我只是想完成我爷爷的一个心愿，因为医生告诉我，他时间不长了，现在虽然还能正常生活，但那都是用意志拼命支撑着。"

"你知道牧鬼箱是什么吗？"胡顺唐吃下几块饼干后问。

"不知道。"婉清摇头，"你知道？"

胡顺唐面色严肃："我听说，如果能够自如地使用那东西，威力不亚于一颗核弹。"

"不可能吧？"婉清显然不愿意相信，因为在她心中牧鬼箱充其量算是一件价值不菲的古董。

"我也希望那是个传言，所以我不希望牧鬼箱落到居心不良的人手中。"胡顺唐一边说一边看向在不远处闭眼"休息"的夜叉王，虽然他知道这句话很可能会被夜叉王听到。

"我也不希望，我是个天天睡前都会祈祷世界和平的人。"婉清显然误会了，胡顺唐那句话所指的并不单单是她爷爷，"不过，我还是要找到牧鬼箱，圆我爷爷一个心愿。"

"我……"胡顺唐刚说出一个字来，婉清就拿出一块饼干塞住了他的嘴。

婉清笑道："像那个家伙说的一样，我们至少现在还算是一个团队，所以有什么恩怨还是留到找到牧鬼箱再说。"

说完，婉清靠在石台边缘闭上了双眼，没多大一会儿便沉沉睡去。

胡顺唐想了想，苦笑了一下也闭上双眼睡去，刚闭上双眼靠着盐爷的莎莉便睁开双眼，微微侧头看了两人一眼，又回过头来，盯着阶梯下那无尽的黑暗，心中涌起了阵阵莫名的不安感。

少了一个人

不知睡了多久，还在迷糊中的胡顺唐被一只手给重重摇醒，睁眼后发现夜叉王蹲在自己跟前，正要开口，却被他伸手捂住嘴巴，看见他将手指放在嘴边做"静音"手势。

胡顺唐瞪眼，不知道夜叉王想做什么，只是点点头表示自己不会出声，夜叉王这才起身来，示意胡顺唐跟着自己。

胡顺唐慢慢起身，看着周围的盐爷、莎莉、魏大勋和婉清睡得正香，但原本应该处于昏迷状态的图财却不知所踪，心中一惊，伸手去抓夜叉王，夜叉王却伸手指了指阶梯前方，示意胡顺唐跟随就可。

两人一前一后，慢慢从平台向阶梯下方走去，在黑暗中行走了大概几分钟后，在阶梯下方转角的一块方形平台上夜叉王停下了脚步，用手电照着平台上散落一地的装备，其中还有不少子弹，低声道："图财不见了。"

胡顺唐蹲下来，看着那些散落在周围的东西，只要看见子弹便可以知道那是魏大勋背包里面的东西，毫无疑问背包也已经被图财给拿走了。

"不是不见了，是他跑了。"胡顺唐查看了一阵说，随即又问道，"你不用睡觉，为什么还让他跑了？"

夜叉王用手电往阶梯下方一照"我趁你们睡着了,想下去看看有些什么东西,谁知道走了半个多钟头都没有走到底，于是只得返回，回来后便发现图财不见了。"

"这不可能。"胡顺唐想都没想便说，"我们所在的平台，没有其他的出路，图财要跑，也只能顺着阶梯往下走，除非他有翅膀可以飞……夜叉王，你到底想做什么？"

图财突然消失，而出路只有一条，胡顺唐自然而然便将图财消失的责任归于夜叉王的身上。夜叉王将手电放下来，照着胡顺唐的脸，胡顺唐赶紧伸手去挡住射来的强光。

夜叉王手持着电筒冷冷地说："我要是想杀掉图财，就算当着你们的面，你们几个人也没有办法阻止我，至于这么大费周章地演戏吗？半桶水，那个姓詹的一直夸你脑子好使，我看你脑子里面装的都是豆腐渣吧？"

胡顺唐虽然明白这个道理，但眼下嫌疑最大的就是夜叉王。

"夜叉王，我想知道一件很重要的事，图财这样一个被你骂作白痴，本性贪婪，贪生怕死的家伙，为什么还要一直带着？如果说仅仅是因为他偷藏了那把玉钥匙，以你的个性，在进崖墓前从他手中抢过来便行了，至于将他一直带在身边吗？"胡顺唐将头一偏，躲过电筒射来的强光，同时打开自己的电筒，照亮了夜叉王那张苍白的脸。

夜叉王哼了一声，没有回答，只是俯身去收拾地上的那些散落的装备，在伸手去拿一盒子弹的时候，胡顺唐抬脚踩住那盒子弹，又问："回答我，为什么？"

夜叉王蹲在那盒子弹前，慢慢抬头看着胡顺唐："半桶水，如果不是因为你有用，早在水牛坝村我就把你给杀了，那个时候的你比现在还容易对付。"

夜叉王的威胁没有动摇胡顺唐查清楚这件事的决心，踩住那盒子弹的脚稍微用力，俯身道："对，你没有杀我，因为我有用，但我有什么用呢？利用我开棺人的那双孟婆之手打开石台上的石棺？不，没这么简单，如果仅仅是这样的话，你也不用等我睡醒了，你早就一个人离开了，或者是嫌我们麻烦，在睡梦之中就将我们全部杀掉。"

"不错，半桶水，懂得发现自身价值，学会讨价还价了。"夜叉王起身来，脸上带着阴笑。

两人对峙着，正在夜叉王右手稍微举起的同时，胡顺唐立即关闭了自己的手电，关闭的同时抬手就将夜叉王的手电给打落在地，手电撞在阶梯上，那束光直射向阶梯的侧面，正在此时，婉清和魏大勋出现在阶梯上方。

手电落地发出"啪嗒"一声响的同时，魏大勋快速拔出格洛克18手枪护在婉清身前，婉清也是眼疾手快，从魏大勋的多功能武装带中掏出那把掌心雷握紧。

"醒了？"夜叉王从黑暗中走出来，俯身去拿手电筒，抬头的时候却发现魏大勋的格洛克18的枪口对准了自己的额头。

婉清伸出左手拍了拍魏大勋的手臂，示意他将枪放下来，魏大勋却没有立即放下枪，枪口依然对准夜叉王，两人对视了一阵，直到胡顺唐也从黑暗中走出来，眼珠一动，这才收起枪，但并未关闭手枪的保险。

"发生什么事了？"婉清问，看着夜叉王和他身后的胡顺唐。

胡顺唐看了夜叉王一眼，仿佛意识到了什么，随后说："少了一个人。"

"少了一个人？"婉清立即回头向石台上方看去。

魏大勋将手枪装回枪套："图财不见了，我醒来的时候就发现了。"

"对，图财不见了。"夜叉王淡淡地说，"你的包也不见了。"

说完，夜叉王将自己的背包扔给魏大勋："把装备都放到这里面去。"

魏大勋被夜叉王使唤，一开始并没有动弹，但想到子弹和食物这些东西不能少，只得拿着背包走到平台俯身开始将东西一一收起来。

"Peter 的背包不见了，东西却全部扔在这儿，明显是他想用背包装点儿什么值钱的玩意儿带走，几个小时前他不就想拿你的背包吗？"婉清对胡顺唐说。

"也许吧。"胡顺唐道，抬眼看着石台上方，此时莎莉挽扶着盐爷也从上面缓缓走下来，不明白发生了什么事，在得知图财不见了之后都很惊讶，他们醒来后，发现四下无人，以为大家都先行下去了。

"不对劲。"魏大勋收拾好了东西，将手中握着的一盒自加热食品袋放入背包中，"图财只拿了一个空背包，没有拿武器，没有拿食物，没有拿饮水，这种行为无疑是自杀，他就算再贪财，也不至于愚蠢到连这个道理也不明白吧？"

"人为财死，鸟为食亡。"婉清道，"这是中国的一句俗话，他大概是想亲身给我们演示一下。"

婉清说话的同时，夜叉王已经拿了一根燃烧棒，拉燃后举着向阶梯下方走去。

胡顺唐看着夜叉王的背影，对面前的众人说："我们也赶紧走吧，如今只能前进，无法回头了。"

"那还不是因为你的英明决策。"魏大勋讽刺道，拉紧了背包肩带也向下走着。

"你们先行，我殿后。"婉清扬了扬手中的掌心雷，闪身到一侧，让莎莉挽扶着盐爷先行，自己则保持了两个阶梯的距离走在最后。

胡顺唐走在队伍的中间，开始一步步向阶梯下方走去，行了不到几分钟，胡顺唐猛地一举手，说："停下，有声音。"

"嗒嗒……"

胡顺唐刚说完，众人都听到了两声清楚的脚步声，随后脚步声消失，四周又变得一片死寂。

刚才突如其来的脚步声让众人的神经都立刻绷紧了，走在最前方的夜叉王举起燃烧棒四下看了看，身后的魏大勋慢慢拔出了手枪，眼珠子在眼眶中四下移动，想要找寻到声音的来源。

胡顺唐往旁边一侧身，让莎莉搀扶着盐爷先行，盐爷和胡顺唐擦肩而过的时候，两人有意无意对视了一眼，胡顺唐领会了盐爷的意思，站在最后与婉清并排站在一起。

"刚才那是什么声音？"婉清问，握住掌心雷的右手有些微微发抖，她已经见过太多让自己世界观崩溃的东西。

"脚步声。"胡顺唐淡淡地说，看着四周。

"走吧，不知道往下走还要花多少时间，要是烧光了剩下的燃烧棒，我们就只能摸黑了。"夜叉王举着燃烧棒又开始向下走，只是这次连夜叉王都故意放轻了脚步，想要听清楚那"嗒嗒"声的来源。

众人又向下走着，胡顺唐突然停下来，猛地回头向后方看去，婉清见状身子一缩，忙问："怎么了？"

"不知道，总有种奇怪的感觉，好像有什么东西在看着我们。"胡顺唐盯着后方黑暗处说。

两人就停在那儿，前方的人却没有停下脚步继续前行，莎莉要停下来等胡顺唐，却被旁边的盐爷轻拉着继续向前走，渐渐地胡顺唐与婉清两人就消失在了黑暗之中。

众人的脚步声越来越远，婉清有些焦急，抓住胡顺唐的胳膊道："打开手电，再不走，我们就被甩掉了。"

"不会。"胡顺唐并没有打开手电，语气也很轻松，好像很享受这种黑暗，"我想知道，图财去哪儿了？"

黑暗中，婉清愣了下，反问："你为什么问我？"

"找出真相，凭借两样东西，一是证据，二是直觉，如果有确切的证据，就应该朝着直觉的方向前进，这是我办事的方法。"胡顺唐向后方挪开一步，与婉清保持了一定的距离。

"你什么意思？"婉清有些生气，打开自己的手电照亮胡顺唐的脸孔，但照亮的瞬间婉清整张脸突然变得苍白，整个人的身体也僵硬住了，因为就在胡顺唐的身后，立着一个高大的身躯！

那高大的身躯就立在胡顺唐的身后，个子很高，胸口部位高于胡顺唐的双肩，手电筒虽然不能照到那副高大身躯的面部，但从胸口位置就能清楚地分辨出那是一个人的身体。

胡顺唐对自己身后站着一个东西浑然不觉，盯着婉清说："图财到底有多重要，我不知道，但你也不笨，夜叉王无论如何要留下他同行就代表着……"

胡顺唐刚说到这儿，就发现婉清猛地举起了手中的掌心雷对准了自己。

多了两个人

"你干什么？"胡顺唐盯着婉清的枪口厉声道，同时也注意到了婉清那张原本有些红润的脸已经变得惨白。

"蹲下！"婉清喊道。

胡顺唐立即蹲下，蹲下的刹那，婉清扣动了扳机，两发子弹一前一后从枪膛中射出。

"嘣……嘣……"

婉清开枪的时候，竟然不自觉闭上了双眼，再睁眼的时候，先前清楚看见那个高大的身躯已经消失了，在身前的胡顺唐在两发子弹射出后变换了一个姿势，与婉清并行在一起，同时掏出棺材钉紧握在手中。

"有东西？"胡顺唐盯着婉清枪口对准的方向。

婉清反应过来，打开枪膛开始换子弹，同时道："有东西！"

"是什么？"胡顺唐问。

婉清塞入两发子弹后，一只手握枪，一只手拿手电，朝着四周扫了一圈，道："不知道！很高，个子很高，比你高出几个头来！"

"姚明？"胡顺唐不合时宜地说了一个冷笑话。

婉清对这个冷笑话没有任何兴趣："一点儿都不好笑！"

胡顺唐下意识去看自己的手腕处，如果是死物，按照常理孟婆之手应该会出现，但手腕处并没有变化，那么说婉清看到的东西不是死物？

"此地不宜久留，走！"胡顺唐一拉婉清，让其走到前方，两人一前一后快速向阶梯下方跑去，去追前方的几人。

与此同时，夜叉王等人听到阶梯上方传来的枪声后，都停下了脚步，莎莉和魏大勋同时想要往回走，却被夜叉王阻止。

夜叉王盯着阶梯上端远处摇晃的手电筒光芒道："有手电光，而且正在向下移动，证明他们没事，恐怕是有些小意外，我们不能停，加快速度往下走。"

说完，夜叉王从魏大勋的背包里拿了一根燃烧棒，将剩下的那根塞进魏大勋的手上道："省着点儿用，沿途注意下有没有可以燃烧的东西！"

莎莉虽然有些不甘心，但看见盐爷向自己投来的眼神，相信胡顺唐就算遇到意外，也能化解，于是跟着夜叉王加快速度继续向下行走。跟在夜叉王身后的魏大勋总觉得脖子处有一丝丝凉意，想要回头去看，但行走的速度太快，一回头在阶梯上就会失去平衡，只得作罢，咬牙向下小跑。

婉清和胡顺唐拉着手向阶梯下方跑动，婉清很清楚地看见前方远处夜叉王握着的那根燃烧棒移动的速度越来越快，有些心急，于是便加快了速度，两人一阵狂奔，好几次都差点儿摔倒，终于与夜叉王等人拉近了距离，却没有想到已经看到了盐爷与莎莉两人的背影后，胡顺唐猛地刹住了脚步，但被拉住的婉清一时没有控制好速度，脚下一滑，从阶梯上滚落了下去。

胡顺唐盯着前方，咬了咬牙，赶紧小跑着追着还在阶梯上翻滚着的婉清。

婉清在阶梯上翻滚了不知道多久，好在下意识护住了脑袋，但身体的其他部位还是被撞得生疼，终于在撞到一个什么东西后停了下来。

婉清在地上挣扎了一下，伸手去摸手电，眼前也是一片昏花，摸了半天终于摸到一个东西，但那却不是手电，好像是一个人的脚踝，脚踝外侧好像还覆盖着什么东西，而且那人的脚大得有些夸张！

婉清手一抖，下意识向旁边一缩，此时胡顺唐从后方追来，跑动过程中手中的手电在眼前那个东西的身上快速划过，婉清看清楚之后，双眼瞪大，愣在原地，都忘记了手中还紧握着一把掌心雷。

胡顺唐到了婉清身后，伸出双手将其扶起来，却发现婉清浑身软绵绵的，以为受伤不轻，忙问："伤在哪儿？"

婉清顺势拿过胡顺唐手中的手电，照向眼前，先前出现的那东西却又一次离奇消失了，好像根本就没有出现过一样。

"那个……东西又出现了！"婉清吞了一口唾沫，脚下又是一滑，瘫倒在胡顺唐的怀中，滑倒的同时，手中的手电向下一垂，刚好照亮前方远处还在奔跑着的盐爷和莎莉两人，同时也看见了在两人身后那两个不知名的东西。

婉清看到那两个东西的同时，胡顺唐也看到了，两个人同时愣在那儿。

两个灰黑色的身躯，跟在盐爷与莎莉的后方，两人每跑下一步阶梯，那两个东西便跳动着也跟着下了一级台阶，脚下跳动的频率几乎保持和盐爷、莎莉一致，没有错上丝毫，只是跳动的力度似乎不大，看起来就像是在飘动……

婉清脑子里出现的第一个词汇便是——僵尸！她也曾经看过香港的多部电影中，那些身着清朝官服的僵尸就是这样跳动着前进，但眼前那东西浑身灰黑，没有穿衣服，表面上好像覆盖着什么东西，而且身材也十分巨大。

"僵……尸？！"婉清脱口而出。

"绝对不是！"胡顺唐立即否定，扶起婉清就向下跑去。

婉清不愿意上前，又将胡顺唐拉了回来问："那是什么？"

"总之不是僵尸！这个阶梯上面有古怪！快走！"胡顺唐反手一抓婉清的手腕，拉着她就往阶梯下方奔去。

前方奔跑的盐爷和莎莉，丝毫没有察觉身后有异样，根本没有发现后面一直跳动着的两个东西，前方的魏大勋和夜叉王两人也是跑得上气不接下气，众人都感觉到有一种无形的压迫感，或者说是力量正推着自己向下方跑去，最前方的夜叉王虽然察觉到这个异样，却没有办法停下脚步，只得低声暗暗骂道。

跑了一阵后，胡顺唐和婉清眼看着就要追上盐爷和莎莉身后的那两个东西，胡顺唐伸手夺过婉清手中的掌心雷，瞄准了那两个东西其中一个，刹住脚步大声喊道："蹲下！"

在胡顺唐喊出那两个字之后，盐爷搭手就将莎莉按了下去，与此同时，完全控制不住自己速度的魏大勋狠狠地撞在了前方不知道用什么办法停下来的夜叉王后背。

夜叉王身子前倾，减缓了魏大勋碰撞的速度，一个侧身闪身到了魏大勋的侧面，拿了他手中的枪，也喊道："蹲下！"

魏大勋被夜叉王压住，双腿往下一跪，在胡顺唐和夜叉王同时瞄准了盐爷和莎莉身后那两个东西的同时，那两个东西好像也能听明白他们的话一样，也猛地蹲了下来，可无奈的是两人身高太高，蹲下来也比莎莉和盐爷高出不少。

"嘣……"

"嘣……"

胡顺唐和夜叉王两人手中的手枪几乎同时击发，分别击向那两个东西。

两个东西被击中之后，发出了犹如被木板狠拍的闷响声，又猛地向下一缩，离奇的事情发生了，这两个东西身材大小突然缩成了像一个球一样。

开了第一枪，向下跑了几步的胡顺唐逐渐靠近了那两个东西，但对于第一次摸枪的他来说，目标体积过大且在近距离内是可以击中的，但眼下两个东西突然缩小，再开枪极有可能伤到盐爷或者莎莉，只得反手将贝雷塔掌心雷抛给婉清，抓了棺材钉就腾空扑了过去。

两个东西缩小之后，夜叉王也不好瞄准，只得松开被压住的魏大勋，在其肩膀上借力一踩，跃向旁边阶梯上右侧靠近洞壁的东西，空跑了几步到了两个东西的上端，对准两个东西分别开了两枪，枪响的同时，胡顺唐已经靠近，将手中的棺材钉刺入了其中一个东西的体内。

夜叉王从洞壁边缘滑落，左手拔出匕首，顺势刺入了另外一个东西的体内，向下狠狠一划……

攻击结束后，两人向后快速退了好几步，婉清赶上来握着掌心雷不知道应该瞄准哪一个东西。

两个东西没有动弹，没有任何反应，阶梯上的气氛变得十分怪异，前方的盐爷、莎莉和魏大勋慢慢抬起头来，看着不远处的两个球状的东西，只听到枪声，完全没有意识到在短短的十几秒内发生了什么事情。

"是什么？"胡顺唐问。

夜叉王盯着那两个没有动弹的东西："不知道。"

"还有你不知道的东西？"胡顺唐讽刺道。

夜叉王冷笑一下："闭嘴！半桶水！"

"那到底是什么？"婉清又问，一次又一次接踵而来的各种怪物已经让她的意志接近了崩溃的边缘。

胡顺唐和夜叉王慢慢靠近那两个东西，刚走了几步，盐爷便伸出双手制住他们："别动！千万别动！慢慢绕过来，或者……"

盐爷顿了顿轻轻吸了一口气又说："或者我们回去。"

"回去？"盐爷身后的魏大勋不明白那是什么意思。

盐爷举着自己的双手，示意夜叉王和胡顺唐也和他做相同的手势："不管怎么样，不要再碰这两个东西。"

胡顺唐看着盐爷问："盐爷，你知道这些是什么东西？"

夜叉王此时已经高举着双手快速绕过了那两个东西，来到盐爷的身边，胡顺唐与婉清两人也快速绕了过去，几人面朝那两个东西慢慢向下后退着，退了几十步这才转身继续向下跑着，跑了一阵，夜叉王的燃烧棒已经开始变暗。

魏大勋立刻要点燃自己手中的那一支，却被夜叉王制止，反而是拿了根荧光棒向旋转的阶梯中心黑暗处扔了下去，众人站在阶梯上，俯身向下看，那根荧光棒渐渐落下，随后便快速消失在了下方的黑暗中，不过却从下方传来了很清楚的"啪啪"声，说明下面虽然还有一定深度，但也不至于深不见底。

胡顺唐抬头看着顶端，对先前那两个东西还心有余悸，虽然那两个东西没有攻击他们，不过先前腐液蜈蚣、怪脸蜘蛛等东西带来的不安感一直在体内碰撞，发现那两个东西时，下意识做出的反应就是攻击。

"刚才那是什么东西？"胡顺唐问盐爷。

盐爷拿过水壶喝一口水，又舔了舔嘴唇道："那东西的名字我不能说。"

"为什么？"胡顺唐问，周围的人也都看着盐爷，夜叉王站在一旁冷冷地盯着盐爷，在胡顺唐看向他的时候，眼珠子又慢慢移开，看向阶梯下方的黑暗处。

"你把手伸过来。"盐爷说，胡顺唐将手掌递过去，盐爷在其手掌上写了两个字，胡顺唐从笔画上感觉到盐爷所写的是"土甲"两个字，正要开口问，盐爷却又赶紧说，"不要说出来。"

"为什么？"胡顺唐很不解，其他人当然不知道盐爷写的是什么，都看向胡顺唐，希望能从他那里得到答案。

第五十四章
阴间守护者

　　"顺唐，你还记不记得曾经我带你去汤婆那儿的时候，给你说的关于鬼的来由？"盐爷慢慢坐下。

　　胡顺唐和莎莉两人同时点头，莎莉点头的时候胡顺唐注意到了，没有什么表示，莎莉也意识到这一瞬间曾经胡淼的回忆又蹦了出来。

　　"刚才所写的那两个字，命名是来源于墨家的传世人墨翟，也就是墨子。墨子所著的《明鬼》一书中，明确阐述过鬼是存在的，当然后世大部分认为这是主要反映墨子哲学思想的一种形式……"盐爷说。

　　此时，在一侧的夜叉王冷笑道："好像是什么否定了唯心主义的先验论。"

　　盐爷点点头："对，那只是现在的说法，在《明鬼》一书中他列举了大量的例子来证明鬼的存在，不过其中所写的鬼却拥有超凡的能力，几乎可以比拟后世所崇拜的神仙与菩萨，要知道墨子存在的年代，人们的信仰并没有那么众多。"

　　胡顺唐道："那土……"

　　刚说出一个字来，盐爷就猛地抬头瞪着他，胡顺唐赶紧改口："那你所写的那个名字又是什么意思？"

　　"听过阴间守护者这个名字吗？"盐爷问，周围的人有的点头，有的摇头。

　　"牛头马面？"胡顺唐问。

盐爷道："差不多是那个意思，中国的历史实在太长了，长到光是书籍中有记载的阴间守护者就不下几十种名字，在古埃及的神话中，猫是阴间的守护者，看守着人间与阴间相通的大门，而在中国也有类似的说法，所以才有了猫不能从刚死之人身上跃过的说法，我刚才所写的那两个字应该就是我们先前所看到那东西的名称。"

"你是说……那两个东西是阴间守护者？"胡顺唐下意识回头向上方看了一下。

"对，应该是，那两个东西的形态和曾经我师父告诉我的一模一样，但他也没有亲眼看过，只是地师口口相传的东西，说要是能见到那东西，除了一种人之外，千万不能碰触，否则只有死路一条。"盐爷说完抬眼看着胡顺唐，随即又看着在一旁靠着洞壁的夜叉王。

"哪一种人？"胡顺唐问，隐约好像知道了答案。

夜叉王仿佛对这个话题不感兴趣，把头一偏看向另外一个方向。魏大勋则和婉清两人听得入神，莎莉也好像兴趣不大，只是搀扶着盐爷坐在阶梯上。

"就是魂魄曾经离体的人，开棺人就是这种，也包括了赶尸人，不过赶尸人在没有使用过分魂术之前，也是没有办法接近那种东西的。"盐爷深吸一口气，好像还在感叹先前的死里逃生。

胡顺唐明白了，自己曾经有过死亡的经历，开棺人经历过类似灵魂清洗的过程，而夜叉王完全就不属于人，不停地利用自己的魂魄在一个又一个人的身体中穿梭，从某种意义上来说，他和夜叉王属同一类型的怪物。

"切……"夜叉王冷冷地一笑，向下慢慢走着，"半桶水，你现在是不是有一种莫名的优越感？或者说是很失落，因为你和我一样，都属于怪物。"

胡顺唐盯着夜叉王的背影，也冷冷地回应："我和你不一样。"

夜叉王的手指在洞壁上慢慢滑过，指甲滑过洞壁发出"吱吱"声，很是刺耳："有什么不一样？"

"我有人性，我有生死，你呢？"胡顺唐也慢慢向下走去。

"人性？生死？有什么用？能让你不愁吃喝？还是能让你尽情挥霍？"夜叉王将手从洞壁上放下，"走吧，还没有到头呢。"

婉清和魏大勋听到这儿，对视一眼，婉清又回想到先前看见从胡顺唐手腕中长出来的那双诡异的手，还有夜叉王利用诡异的办法抛弃了原来的身体，占据了黎明的身体，加上盐爷的一番"解释"和现在夜叉王称自己和胡顺唐一样都是怪物，越来越觉得害怕起来。

魏大勋虽然也有相同的感觉，但并没有如婉清一样表现在脸上，只是盯着夜叉王手中紧握着的格洛克 18 手枪，想找个借口拿回来，毕竟没有那东西自己就没有安全感。

莎莉搀扶着盐爷起身来，盐爷低声道："不用扶着我，我虽然年纪大，但身体不比他们差。"

说罢，盐爷慈祥地笑了笑拍了拍莎莉的手，莎莉依然没有松手，搀扶盐爷是对长者的一种尊重，但另外一方面也是因为离开了盐爷身边，在这个充满了矛盾和冲突的团队之中，又无时无刻不面对胡顺唐，莎莉连手脚都不知道应该放在哪儿。

往下行走了十几分钟，一直在思考着前前后后所发生事情的胡顺唐忽然转身问盐爷："盐爷，你先前说那两个东西是阴间守护者，你知道那两个东西为什么会出现在这个地方吗？"

盐爷摇摇头："也许是因为这个崖墓中有独特的东西，或许是那个牧鬼箱导致也说不定。"

"是吗？"胡顺唐对这个回答不是很满意，隐约觉得事情没有这么简单。

众人又下行了十几分钟，都感觉很是疲惫的时候，走在最前方的夜叉王忽然说道："到底了。"

胡顺唐几步上前，与夜叉王并行在一起，低头看着阶梯的下方，果然已经走到了阶梯的尽头，但阶梯末端和周围全是一片黑暗，末端阶梯处好像没入了一摊黑色的死水中一样，虽然有手电，但似乎不能穿透那无尽的黑暗，黑暗之中又似乎带着浓雾。

胡顺唐迟疑了一下，就在这迟疑的瞬间，夜叉王却毫不迟疑抬腿就走了下去，走下阶梯后，回头带着嘲笑的表情看着胡顺唐，仿佛在说：半桶水，没有危险。

胡顺唐也尝试着走下去，发现双脚好像是在阴冷的水中，抬脚起来看，鞋子和裤腿都没有湿，感觉很奇怪，就像是地面往上不断冒着冷气一样。

"燃烧棒。"夜叉王向魏大勋伸出手去，接过来后立刻拉燃，高高举起，阶梯下的洞穴立刻变得稍微明亮了起来。

"都把手电打开，各自照着不同的方向，看看这到底是什么……鬼地方。"夜叉王举着燃烧棒向前慢慢走着，胡顺唐紧跟其后，想去拿别在腿上的棺材钉，却想起来那枚棺材钉已经刺入先前其中一个阴间守护者的身上了。

其他人也紧紧跟在胡顺唐身后，与胡顺唐和夜叉王不同的是，莎莉、婉清和魏大勋都紧紧靠着盐爷，胡顺唐回身看着这个情景，摇摇头，心想要是告诉魏大勋和婉清两人盐爷曾经干过什么事，恐怕这两个人会像触电一样弹开。

前方的夜叉王走了一阵，突然停下来，随即又蹲了下来，伸手在下面黑色的浓雾中摸索着什么，摸了一阵，从下面突然捧起了一张怪脸来，吓了在其身后的所有人一跳。

胡顺唐后退了一步，借着夜叉王手中燃烧棒的光亮终于看清楚那是怪脸蜘蛛的那张怪脸，而自己刺入的另外一枚棺材钉还牢牢地插在上面。

夜叉王回身将燃烧棒递给胡顺唐："拿着，举高，帮我照亮，我想看看这到底是什么东西。"

胡顺唐接过燃烧棒举高的同时，夜叉王拔下了那枚棺材钉递给他，胡顺唐接过别在大腿旁边，和身后的人一起注视着夜叉王双手抓着的那张巨大的怪脸。

怪脸双眼已经没有再泛出那种怪异的蓝光，而是呈现出死灰色，原本眼眶中的眼珠子也暗淡了下去，变成和黑色的眼肉一个颜色。

夜叉王用手敲了敲那张怪脸，没有发出声音，随即又操起匕首，对准怪脸狠狠刺进去，匕首刺入怪脸之中再拔出来，随即被刺开的地方又慢慢愈合，愈合的速度比夜叉王占据黎明身体后利用符咒愈合手腕处伤口还要快。

"呵，食腐咒，有点儿意思。"夜叉王轻笑道，将那张怪脸翻转过来。高举燃烧棒的胡顺唐注意到在那张怪脸的后方画着一张奇怪的图，不，准确地说是咒文，五个奇怪的咒文，两个在上方，一个在中间，两个在下方，咒文外面那一圈看起来大同小异，只是中间有个不同的东西。

"哟，五行食腐咒，有高人。"夜叉王用手抓着其中一个咒符的中心位置，抓稳后狠狠拉出，握在手掌中掂量了一下，又向脑后抛去，"半桶水，试试你的眼力，看看这是什么东西。"

胡顺唐伸手抓住夜叉王抛来的东西，摊开在眼前看着，只看一眼或许还不能分辨出那东西是什么，但抓在手中的质感立刻让他明白了——那东西是用五禽骨粉做成的！

此时，胡顺唐身后的盐爷从众人身边走开，径直走到夜叉王身边，仔细地看着上面的符咒，婉清和魏大勋两人也随即上前，扔下莎莉一个人站在那儿，她只得小心翼翼地靠近了胡顺唐。

怎么会是五禽骨粉？不对，还有其他的东西！胡顺唐随手将燃烧棒递给莎莉，用另外一只手去捏着那个五禽骨粉制成的丸子，把外面那层骨粉捏掉之后，终于露出了里面的东西，竟然是金属。

对，先前夜叉王说的是什么五行食腐咒，既有五行，现在手中拿到的是金属，那么其他镶嵌在上面的丸子应该就是木、水、土、火相对应的东西。不过这些东西到底有什么作用。

"真的有高人哪……"盐爷此时也感叹道，"至少修建这座崖墓的人身份不简单。"

胡顺唐在发现那丸子表面是五禽骨粉时，就知道修建这座崖墓的人身份不简单，更关键的是这个崖墓到底与开棺人有什么联系？

　　毫无疑问，穆英杰是开棺人，却离奇死在墓室之中，连墓室中箱子隐藏的秘密都没有探查明白便一命呜呼，竟然还是自杀，这有些不合乎常理。难道说那个镜妖相比那些腐液蜈蚣和怪脸蜘蛛更恐怖？

　　夜叉王已经算是怪物了，从穆英杰能在短时间内用普通的罐子做成封魂罐来看，他也不是个简单的人物。胡顺唐握着那个丸子看着夜叉王的背影，虽说夜叉王骂自己是半桶水，但那也是事实，开棺人的手艺自己还没有琢磨明白，穆英杰没有办法对付镜妖，自己更不要说了，而夜叉王和其他人都没有办法对付那怪脸蜘蛛，自己勉强还能够面对，这世间的事情就是这样，一物降一物，野物怕怪物。

　　不过将所有的事情往回推，不用细想就知道，"白狐盖面"事件仅仅只是一个开始，接下来的"镇魂棺"乃至于现在正在寻找的"牧鬼箱"都与开棺人有密切的联系，这个职业看来远远没有从前知道的那么简单。

　　"难怪会中招，原来有这个东西。"拿着那张怪脸的夜叉王抬起手猛地向怪脸的双眼眉心处抓去，整只手呈掌状刺入其中后翻转过来，抓着里面的东西向外轻轻拉出。

　　在燃烧棒的光芒下，众人都清楚地看见，夜叉王手中拽着一个不知名的东西，那东西虽说被紧握在他手中，可指缝中还能清楚地看见泛出的蓝色光芒，同时那泛出蓝光的东西与怪脸之间还连接着类似神经的数根细线。

胡顺唐上前问道："这是什么东西？"

夜叉王将那东西与怪脸之间连接的细线扯断，摊开手掌，掌心中是一个比普通人眼球要大数倍的眼球，眼球泛着蓝光，伸手去摸，表面无比光滑。

"凤凰蛋。"夜叉王淡淡地说。

周围人除了盐爷之外，都发出一声低低的惊呼，甚至魏大勋还感叹出："原来真的有凤凰？"

夜叉王抬眼看着盐爷，将那眼珠放在胡顺唐手中："半桶水，送给你吧，这东西离了肉身没什么用处，顶多算个古董。"

"我看看。"魏大勋伸手就去抓，被盐爷一把抓住手腕。

魏大勋奇怪地看着盐爷，盐爷笑笑道："年轻人，不懂的东西不要乱碰，顺唐能碰得，不一定你就能碰得，他是逗你们玩的，这不是凤凰蛋，而是上尸眼。"

"上尸眼？"胡顺唐盯着那个眼球，魏大勋和婉清听那名字怪异，还带着一个"尸"字，立刻不约而同地稍稍退后了一步。夜叉王在旁边看到这一幕，只是冷冷一笑。

"上尸眼又叫彭琚心，道家有'天地一人身，人身小天地'的说法，其意便是天地是一个大宇宙，人体是一个小宇宙。"盐爷刚说到这儿，魏大勋和胡顺唐同时呵呵地乐了出来，盐爷纳闷，不知道两个人笑什么。

胡顺唐和魏大勋两人笑出来，仅仅是因为儿时看过那日本漫画圣斗士，里面的人物动不动就爆发小宇宙。

胡顺唐见盐爷纳闷，知道说出缘由来也得不到大家的回应，正色问道："然后呢？"

盐爷又道："佛家道教都有宇宙三分之说，简单来说便是上中下，也就是天地人，而人身体也对应了上中下，每一层都有其管辖的神明，人的头部称为上尸，名为彭琚，喜甜食，使人头晕眼花，精神疲乏，人除了脑袋之外的上半身，称为中尸，又叫彭颐，能让人易怒贪财，蛊惑人心，扰乱心智，第三层则是指人的肾脏，众所周知肾乃先天精气之源，被称为下尸，名为彭矫，能引起人的性欲，耗损精气，易得百病……顺唐，我记得这些曾经告诉过你。"

胡顺唐一愣，回忆了一下，完全没有了印象，下意识去看莎莉，莎莉默默点头，表示她脑子中胡淼的记忆的确有这些，只得尴尬地笑笑。

盐爷轻叹一口气，侧头看了一眼夜叉王，似乎在说：难怪那怪物称你为半桶水。

婉清和魏大勋两人听得一头雾水，魏大勋稍微好点儿，毕竟是18岁之后去的美国，多少对中国的传统异文化知道一些皮毛中的皮毛，而婉清则完全不明白，你让她背诵一段圣经，她或许能够对答如流，但关于中国的事情，知道得少之又少。

"盐爷，这东西有什么用？"胡顺唐抓着那东西，从盐爷的解释上来说，手中握着的这枚眼珠似乎不是什么好东西。

"现在毫无用处，如果你把它吞下去，那东西就会在你肚子里面生根发芽，接着从脑门处开个口长出来，结出累累果实……"夜叉王看着胡顺唐，似笑非笑地说。

胡顺唐知道夜叉王故意在嘲笑自己，根本不搭理他，继续看着盐爷。

盐爷伸手拨弄了一下那个眼球，说："夜叉王所说并不是没有道理，这上尸眼本应该是活物，曾经在古时有一个邪教拜的就是上尸彭琚，用残酷的邪术从无数活生生的人体中提炼出这种上尸眼，却发现这东西如果没有进入活体毫无作用，但如果进入活体之中，活体就会被完全控制，虽说可以让人短时间内成为不吃不喝不生不死的'神仙'，但终日会活在幻觉之中，而这上尸眼还有另外一个别名，叫散魂石。"

夜叉王在旁边装作打哈欠的模样，嫌盐爷太过啰唆，给其他人解释得太多，转身就向黑暗深处走去。

"你看那张怪脸。"盐爷指着夜叉王丢在地上的怪脸，怪脸此时已经发黑，渐渐腐烂，应该是上尸眼被取出来的原因。

盐爷又道："如果普通人与进入活体内的上尸眼对视，会导致短时间的意识混乱，接着昏迷，长时间对视灵魂就会被抽离本体，听说除了猫之外，还没有东西可以抗拒上尸眼。"

"猫？"胡顺唐觉得纳闷，"但我也曾与那怪脸对视过，开始有些眩晕，但短短几秒那种感觉便消失了。"

盐爷笑笑道："原因你自己去想吧。"

传说猫有十条命，但体内却只有九条，其中一条命被扣押了下来，要换取那条命，却需要用那九条命去换取，这本身就是一个死循环，但有九条命其意便是体内有九个灵魂，而开棺人……胡顺唐猛然明白了，开棺人经历了生死后，灵魂得到了所谓的清洗，与孟婆达成了某种契约，换言之自己的灵魂并不属于自己，只是暂居体内，所以上尸眼对开棺人没有任何作用，而夜叉王虽然在不同人的身体内移魂，但灵魂却与常人无异，是固有的，所以无法抗拒上尸眼。

"什么意思？"魏大勋盯着胡顺唐，想从他那里得到答案。

胡顺唐笑笑道："没什么，说出来怕吓到你们，走吧，看看这里到底有些什么。"

经胡顺唐这样一说，婉清和魏大勋才反应过来现在置身之处是一个有着无尽黑暗的诡异洞穴，脚下的阴冷同时也抓住了这个空当向上拼命一蹿，使得两人打了个寒战。

胡顺唐将上尸眼小心翼翼放在身上，转身去找夜叉王，但夜叉王却已经消失在了黑暗之中，四下都不见踪影。

"夜叉王！"胡顺唐担心先前夜叉王失踪被擒的事情重演，赶紧张口喊道。

喊完后，四下都没有人回应，连辨别方向都没有办法，于是只得凭借着记忆向夜叉王先前所行的方向走去，走了一阵，除了黑暗之外，什么都看不到，就连置身所在的洞穴到底有多大都不知道。

"格格，你说这个洞这么深，要是再深一点儿，估计就到美国了。"魏大勋握紧匕首，没了枪械的他，显得很紧张，故意说一些玩笑话来降低自己与婉清两人的恐惧感。

婉清对这个笑话完全不感冒，只是跟随着胡顺唐慢慢向前移动着步子，担心又冒出个什么稀奇古怪的东西来。

魏大勋走了一阵，停下来，示意盐爷和莎莉走在中间，自己和婉清两人断后。盐爷和莎莉冲魏大勋笑笑，以示感谢。

前方的胡顺唐走了半晌，依然没有看见夜叉王在什么地方，正张开嘴又要高喊时，夜叉王猛地从旁边的黑暗处蹿了出来，径直就到了胡顺唐的跟前，伸手捂住他的嘴，沉声道："你他妈想死是不是？！我没回答就表示有状况，还喊？"

胡顺唐故意半睁着眼睛看着夜叉王，不知道他说的"有状况"指的是什么，只是腾出一只手去，示意身后几人停下脚步，不要轻举妄动。

好半天，夜叉王才松开手，松手的同时立即将手指放在嘴唇边做了一个"静音"的手势，随后一偏头，示意胡顺唐跟着自己往前走，黑暗中胡顺唐担心会迷路，先前从阶梯上下来时就故意撒了五禽骨粉在地上。

两人一前一后走了一阵，夜叉王转过头来伸出两根手指头指了指自己的眼睛，又指了指前方，示意胡顺唐盯着前方看清楚了。

胡顺唐定睛向前一看，竟看到在石台上方的石棺正好好地摆在前方不远处，按理说在这一团漆黑中，就算有光明，也不可能清楚看见五米外的情景，为什么那口石棺却好端端地摆在那个地方？

胡顺唐正欲上前，夜叉王却将他拦住，伸手将他拉低蹲下来，随后抓过胡顺唐的手掌在上面写了两个字——死物。

死物？胡顺唐抬眼去看夜叉王，不明白他是什么意思，紧接着夜叉王又在其掌心中写了另外两个字——活物。

写完后，夜叉王伸出手向前方一指，手指头指向石棺的侧面。顺着夜叉王的手指看过去，胡顺唐发现石棺尾部处有一大块地方被一团黑影所覆盖，不注意看还以为缺少了一部分。

胡顺唐摇摇头表示不明白，夜叉王张口无声地说了三个字，胡顺唐从口形判断他又在骂自己是半桶水，于是仔细看着那一大块黑暗的地方，目光刚落上去，那块黑暗的地方突然移动了一下，紧接着黑影移开将半个石棺都给覆盖了进去。

那黑影！不就是先前在上方看到的不断撞击洞穴地面的东西吗！

第五十六章

图财的身份

终于近距离目睹到了那黑影怪，胡顺唐感觉到头皮发麻。石棺被砸向地面，出现裂缝后，黑影怪便从地下腾起，将石棺抛向洞穴的顶端，随后好像是一口吞掉似的又钻了回去。从体积上看，那不知名的黑影怪体积比大象还巨大，接近鲸鱼的体积，并且看起来似乎没有实体。

胡顺唐和夜叉王两人蹲在那儿，对下一步应该做什么没有任何计划，周围全是漆黑一片，什么都看不到也就罢了，现在又冒出那种东西来，虽说石棺中的秘密还没有彻底探查清楚，但现在想去查清楚都不可能了，那怪物根本不是正常人可以对付的，就连夜叉王这样的怪物都毫无办法。

夜叉王看着胡顺唐，偏了偏头，意思是：怎么办？

胡顺唐摇头，表示不知道，随后向身后指了指，表示应该回去和大家商量一下再做决定。

夜叉王低下头，轻叹一口气，抬头来张开嘴巴无声地说：你是领队！

读出夜叉王口形的胡顺唐依然摇头，夜叉王无奈只得跟随胡顺唐向回走，两人刚看到盐爷、婉清等人时，夜叉王猛地向旁边的黑暗中一隐，速度极快，移开的同时轻轻在胡顺唐的右肩上拍了拍。

胡顺唐没有意识到夜叉王在做什么，但同时发现盐爷等人的姿势很是奇怪，都站在那儿一动未动，身子僵硬，唯一相同的便是大家都用一种怪异的眼光看着胡顺唐。

"怎么了？"胡顺唐上前问，同时看见莎莉眼中流露出一种恐惧的神色。

没有人回答，所有人就好像被点了穴一样站在那儿一动不动。

胡顺唐意识到有什么地方不对，立即停下脚步，目光在周围慢慢扫了一圈，最终落在盐爷的脸上。

盐爷眼珠子向自己右侧略微一动，胡顺唐立即侧身向盐爷看向的反方向躲开，躲开后却发现那里什么都没有，他有些疑惑地看着盐爷，同时明白了夜叉王突然要隐入黑暗中，明显是发现了有什么异样，但这种将自己当鱼饵的做法，让胡顺唐很是火大。

"到头了。"一个声音从胡顺唐的右侧响起，那个声音无比耳熟，胡顺唐立即转过头去，却看见原本应该在婉清手中的贝雷塔掌心雷被黑暗中一只手握住，正对准了自己的脑门。

"图财？"那个声音胡顺唐再熟悉不过，百分之百是图财的声音，虽说依然听起来有些猥琐，却多了几分深沉。

左手握枪的图财从黑暗中慢慢走出，逼着胡顺唐靠近了盐爷等人，然后退后了两步，朝着众人喊道："那个怪物呢？在哪儿？出来吧，躲起来也没用。"

胡顺唐眉头凸起盯着图财，不知道这人在发什么神经，而一旁的婉清更是满脸的愤怒，不过以夜叉王的身手应该可以立即制伏图财，现在就欠缺一个机会，自己给夜叉王创造一个机会擒住图财，随即再问清楚这个白痴到底想做什么。

就在胡顺唐在心中盘算的时候，让他目瞪口呆的事情发生了，夜叉王竟然举着自己的双手，面无表情地从旁边的黑暗中慢慢走出来，站在胡顺唐的身边，看着图财。

胡顺唐不解地看着夜叉王，不知道他又发什么神经，明明有机会可以制伏图财，偏偏还要送到枪口上来。

夜叉王冲图财一笑，神经质地说："你好，图财先生，多日不见，身体可好？"

图财没有回答，面无表情地抬起在旁边一直垂着的右手，胡顺唐这才发现在图财右手握着一个手雷，手雷的拉环已经被取下，拇指则紧紧压住保险片，只要拇指稍微松开，几秒后这颗手雷就会爆炸，这并不可怕，可怕的是图财竟用自己衣服的碎片将手与手雷之间包裹了起来，也就是说没有任何办法可以将图财的手雷给弄走，手雷的杀伤半径是七米，在这个距离下，大家速度再快，都会有一到两个人被炸伤或者炸死，这就是为什么夜叉王不偷袭图财的主要原因。

"图财，你到底想干什么？"胡顺唐又问，不自觉向前了一步。

那一步刚迈出去，图财立即抬高了自己的右手，让胡顺唐再次看清楚右手上握紧的手雷。

胡顺唐举起手向后退了一步："图财，有事好商量，我知道你只是求财。"

夜叉王听完在旁边"切"了一声，舔了舔嘴唇依然面带微笑地看着图财。

"你们已经到头了，够了，回去吧。"图财面无表情地说，好像变了一个人似的。

胡顺唐回头看了婉清一眼，又说："图财，我不知道你和婉清两个人在玩什么，但我知道先前在石台你根本就没有消失，也没有提前走下台阶，你只是在夜叉王离开后和婉清达成了某种协议，婉清帮你伪装成先行离开的模样，把魏大勋背包拿走，装备散落在台阶的石台上，目的就是让我们以为你离奇消失，其实你只是藏在我们睡觉的那张石台的背面吧，这很简单，排除一切不可能的，剩下的不管有多可笑多荒谬都必须相信。"

莎莉和魏大勋两人立即侧头去看婉清，婉清依然是一脸怒气地看着图财，没有回答，很明显是默认了。除了莎莉和魏大勋之外，夜叉王、胡顺唐在台阶上争吵，看到婉清和魏大勋出现后同时明白了怎么回事，只是没有说破，想查清楚图财和婉清到底想做什么，而对于盐爷来说，虽然睡醒后根本没有意识到靠着的石台背面会躲着图财，可在下台阶时听到"嗒嗒"两声脚步时也明白了有人跟在后面，除了图财之外没有其他人。

婉清在看到跟随在盐爷和莎莉身后的那两个蹦跳的阴间守护者时，被吓得不轻，但同时也暗喜这两个东西的出现掩饰了一直跟在众人身后潜行的图财，让大家以为那脚步声是那两个东西发出的，可她忘了，那两个东西压根儿就没有发出任何声响。

"这小子说他能帮我找到牧鬼箱，但害怕你们对他下毒手，和我达成协议，下来后他带我找到牧鬼箱，我保护他到美国，再给他一笔数目可观的酬金。"婉清说，脸上的怒气没有消失，眉头锁得更紧。

"可惜你相信了，因为我贪财对吗？"图财淡淡地说，"好了，废话少说，你们眼下只有两条路，其一，便是你们现在转身，原路返回，我告诉你们出去的路；其二，就是死在这里！和我同归于尽！"

胡顺唐看着图财，进洞后的一个个画面又闪了出来，脱口而出："你根本不是图财！"

"他是。"夜叉王在一旁收起笑容，"他叫曹强，绰号也是图财，不过他并不是图拾叁的后代。"

"我知道了，如果你不是图拾叁的后代，那就是樊大富的后代，对吗？"胡顺唐盯着图财慢慢地说出这句话。

盐爷和莎莉一愣："他是樊大富的后代？"

"我猜的，没有实际性的证据。"胡顺唐说。

夜叉王脸上又有了点儿笑容："半桶水，我发现你的运气一向都这么好，是不是经常买彩票中奖？"

夜叉王说这句话的意思也就是他早就知道图财是樊大富的后代，而不是什么图拾叁的后代，这也是为什么夜叉王一直要带图财同行的原因。

"聪明，不过已经晚了，在进洞时我就已经提醒过你，但是你没有察觉到。"图财脸颊两侧微微鼓起，看得出他一直紧咬着牙关。

胡顺唐回想起来，在进洞时图财看见图捌的骸骨时曾经说过一句话——"你说说为什么我祖上个子都这么高，到我这一辈都变成个半残废了？"

当时胡顺唐也留心注意到图捌的骸骨身高至少在一米八左右，而图财却只有不到一米七的身高，这虽然不算是个很明显的提醒，但胡顺唐却忘记了一件事，图家都是北方人，即便是有通婚，也不至于在几代后图财的身高连一米七都没有办法达到。

"那算是提醒吗？"胡顺唐说，说话间夜叉王悄悄移动了一下脚步，图财见状忙后退一步，直接绕到莎莉的身边，握紧手雷的右手绕过莎莉的脖子放着。

图财看着并排而站的夜叉王和胡顺唐说："一个怪物需要另外一个怪物，但另外一个怪物却心疼自己的女人，一旦这个女人死了，就会产生一系列的连锁反应，所以你们知道下面应该怎么做！"

胡顺唐双手成拳，厉声道："图财！你要是敢动她一下！"

莎莉站在那儿身体僵直，但看见胡顺唐焦急的模样心中又多了一丝感动，不管胡顺唐是在担心胡淼的身体抑或是……

图财握紧手雷的右手轻轻晃动了一下："怎么？我要是动了她，你就杀了我对不对？没关系，我反正都打算要死在这儿了，如果杀了她，能够让你们掉头回去，我很乐意这么做。"

夜叉王深吸一口气，后退了好几步，来到胡顺唐的身后低声道："不要动。"

胡顺唐很清楚夜叉王需要自己，不仅仅是要打开那口石棺，应该还有其他的事情用得上自己，如果莎莉一死，自己与夜叉王达成的协议就没有了意义，从而导致夜叉王与白骨李朝年之间的协议也失去了意义，这种连锁反应是夜叉王不愿意看到的，所以眼下无论怎样，夜叉王都会拼尽全力救下莎莉。

"图财，你到底想做什么？为什么要这么做？"胡顺唐问。

图财盯着胡顺唐的目光跳向远处的黑暗中，许久才说："我是为你们好，离开这里，这不是人应该来的地方，如果当初樊大富没有鬼迷心窍因为贪财接下那笔买卖，我也会是一个正常人，有着正常的生活，不会从生下来记事起就开始演戏，就为了保守这里的秘密！"

"秘密？什么秘密？"胡顺唐问，见图财并不愿意回答，换作诚恳的语气又说，"图财，你相信我，这一趟并不是我自愿来的，我是被逼的。"

第五十七章

愤怒的变态

"被逼的？每个人无论做什么事，都可以用被逼的作为借口，我也可以说我是被逼的，我被樊大富那个王八蛋浑蛋逼的！"图财对自己的先辈樊大富恨之入骨，从说起樊大富开始就没有带尊称，而是直呼其名，这次更是加上了"王八蛋浑蛋"五个字。

图财虽然激动，但没有忘记挟持着莎莉慢慢退后，和众人都保持了一定的距离。

胡顺唐以非常慢的速度跟上去，担心图财带着莎莉隐入周围的黑暗中，至少要保持两人在自己的视线范围内。

魏大勋带着一种鄙视的眼光看着婉清，并不是责怪婉清和图财私下协定的这种做法，而是婉清那样做并没有暗示过自己，明显是对自己的不信任。

"我没有机会告诉你。"婉清低声向魏大勋解释道。

魏大勋笑了笑，看向一旁的夜叉王，夜叉王挪动身子到了魏大勋身前来，身子移过来的瞬间，魏大勋看到夜叉王腋下枪套的安全扣打开了，立刻明白了他的用意，利用夜叉王身体作为掩饰，迅速将那把格洛克18手枪拔出来，插入自己的后腰处，可刚插进去，就听到前方的图财说："还有一把枪，不要真的以为我白痴。"

"妈的。"夜叉王低声骂道。

魏大勋的右手还握着枪柄，夜叉王移开身子之后，他只得慢慢将枪拿出来，高举双手，问："图财先生，你需要我把枪放在什么地方？交给你吗？"

图财面无表情地说："你认为我双手还有地方拿吗？"

"那我放在地上，给你踢过去。"魏大勋作势要放下手枪，一旁的夜叉王和婉清两人都用眼角的余光去看准魏大勋放枪的地方，却没有想到图财制止了他。

"不用了，我对枪不精通，而且也很不喜欢这种东西，你把枪分解了吧，每分解一部分就向周围扔过去。"图财冷冷地看着魏大勋，"你是军人，美国的精锐游骑兵，分解一把手枪应该不困难对吧？"

"妈的！"这次轮到魏大勋低声骂娘了，只得按照图财的指示慢慢将手枪给分解了，将各部分零件向四面扔开去，同时感觉到已经没有了任何希望，先前他的打算是，利用夜叉王的身体，让婉清吸引图财的目光，同时拔枪射击，在这种距离下，他有绝对的把握可以爆掉图财的头，但唯一担心的是不能击中图财的小脑，因为不击中小脑，图财在被击中的瞬间，如果下意识用手臂将莎莉给锁住，几秒的时间，距离最近的胡顺唐不可能救得下莎莉。

站在原地一直没有动过的盐爷目光却停留在莎莉的胸口处，莎莉的身高高于图财，图财现在制止莎莉距离不可能保持太远，莎莉的胸口下方应该就是图财的胸口，在那里还有一个杀手锏——夜叉王画上去的铜楠符！

盐爷此时大声对图财说："图财！不管你是什么人，你的命运总是把握在你自己的手中，不要被其他人控制，更不要被某些东西所蒙蔽，你要左右自己的命运，千万不要被人牵制住，摸摸你的心！"

说到"摸摸你的心"时，盐爷故意指着自己的胸口，同时有意无意地看了夜叉王一眼，提醒夜叉王那个符咒应该是发挥作用的时候了。

夜叉王当然明白盐爷的意思，不过却皱起眉头轻微地摇了摇头，盐爷看见他摇头，眉头一下紧锁，没明白他的意思是那样做太危险，抑或是自己没有办法在这个距离下控制符咒。

"你放了莎莉，我带着盐爷和莎莉两个人立即就跟你离开，我保证！"胡顺唐举起双手慢慢靠近图财，"但我不能保证其他人会听我的，我说过，我是被逼的。"

婉清此时上前一步道："你放了她，我也保证离开。"

"保证？就算有份合同都没用，我一旦放开她，就算你们不对我怎样，那个家伙也会立刻杀死我。"图财看着夜叉王。

夜叉王笑了："白痴，你还有用，我不会杀你，也不会占了你的身体，因为那本身就是一个次品，我记得你媳妇儿就是因为你没出息带着孩子和你离婚了对吧？"

图财怒道："闭嘴！你知道个屁！"

夜叉王放下双手，看着自己的指甲："我还知道，你媳妇儿在没和你离婚之前，就在外面勾搭了好几个男人，就因为你没钱没出息又长成这副德行。要不你放了她，我教你摄魂术，保证你以后衣食无忧，还会得到众人的追捧。"

胡顺唐回头怒视着夜叉王，不明白他到这个时候为什么还在不断地激怒图财。

"闭嘴！闭嘴！闭嘴！你这个怪物！不要以为你不是人我就没办法弄死你！我告诉你，我知道怎么杀死你，只要用任何一种正常的方法弄死你，在你断气之前不让你碰到活人，你就死定了！不要得意！我现在就可以弄死你！我知道，这里的人没有一个人希望你活着！"图财大声喊道，抓着掌心雷的那只手微微发抖，满脸都是汗水。

"对不起，他不是有心的，你知道，他是个神经病，是个变态，你冷静点儿。"胡顺唐尽量使自己的语气平和，眼看着图财锁住莎莉的那只手越来越紧，莎莉的脸色也越来越苍白。

"我是个神经病，是个变态，没错，我不否认，但我刚才说的话是经过深思熟虑，说的都是大实话。"夜叉王"嘿嘿"笑着，舔了舔自己的嘴唇，"反正都到这里了，你就算杀了他们，剩下的事情我也可以自己完成，知道吗？原本我的打算就是找到牧鬼箱之后……把你们全部杀了！"

"把你们全部杀了"这句话从夜叉王口中一说出来，那恶狠狠的嗓音就好像是一把铁锤一样重重砸在在场每个人的心中，众人的目光都不约而同地看向夜叉王，知道以他的身手和能力，要杀死这里所有的人，就相当于抬脚踩死一群蚂蚁那样简单。

夜叉王伸手拨开胡顺唐，向图财大步走去，挺起胸口说："来呀，开枪呀，往这里打，打准点儿，顺便验证一下你所说的杀死我的办法是不是真的。"

夜叉王一步步逼近图财，周围的众人都捏了一把汗，并不是真的担心图财打死夜叉王，而是担心图财右手中捏着的那个手雷！

终于，在夜叉王快走近图财的时候，图财手中的掌心雷开火了，因为手抖的关系第一发子弹击中了夜叉王的肩头，夜叉王身子一歪又挺了回去，活动了下肩膀，用手指沾了沾肩头伤口的鲜血，放入口中尝了尝，道："这具身体的血是

AB 型的，味道不错，图财，你的血呢？是 SB 型吧？嘿嘿嘿嘿……"

"别过来！你这个怪物！你妈的！"图财又扣动扳机，第二发子弹射入了夜叉王的腹部，夜叉王身子一弓，保持住那个姿势，伸手捂住伤口。

胡顺唐愣住了，看着夜叉王许久才慢慢地直起身子来，嘴角还带着一丝诡异的微笑，吐出了两个字："好了。"

图财还在拼命扣动扳机，但只能装填两发子弹的贝雷塔掌心雷发出空仓的"咔嚓"声，图财满头大汗明显已经陷入了彻底的慌乱之中，盯着还没有倒下的夜叉王，自言自语道："不可能的，李朝年说过，这样可以杀死你的，为什么……为什么……为什么……"

图财不断地说着"为什么"，可盐爷和胡顺唐却很惊讶图财说出了白骨的本名"李朝年"三个字，不明白为什么图财会和李朝年扯上关系？胡顺唐在蜂巢地下那特制的囚笼中清楚地听李朝年说过，让胡顺唐去找图财是夜叉王的主意，难道说与事实相反？

夜叉王直起身子来，抬起手来比划出了一个"V"字形，舔了舔嘴唇边上的鲜血道："识数吗？这是几？是二，是用来形容你的特殊数字，嘿……只要不杀死你，对吧？"

夜叉王刚说完，图财意识到了他要准备做点儿什么，刚举起握紧手雷的右手，一道白光就从夜叉王手中射了出去，直刺向图财的手臂，那道白光从图财右手臂上划过之后，图财的手腕处立刻断裂开来。

图财惊异地看着自己的手腕处被活活劈开，脱离手臂向后掉去，似乎还没有感觉到那一击带来的疼痛，与此同时，夜叉王已经用极快的速度凑到了他的眼前，伸手抓住了他掉落的那只抓着手雷的手，奋力向远处一扔。

整个过程中，图财都张大嘴巴紧盯着凑近自己的夜叉王那张苍白的脸孔，还有脸上那双血红色的双眼，在远处手雷炸开爆出火光的同时，夜叉王伸出舌头慢慢地从图财的下巴一直舔到鼻梁，冷冷地说："没有人可以威胁我！白痴！"

图财愣在那儿，依旧保持那个模样，全身僵硬，手臂处还在喷洒着鲜血，脸色瞬时间就变得苍白无比。此时，胡顺唐已经抱住了脱离危险的莎莉，莎莉紧紧缩在他的怀中，还没有缓过气来，盐爷、婉清和魏大勋等人还没有反应过来刚才发生了什么，一切好像都只是在瞬间发生的。

夜叉王慢慢转过身来，又比划出了一个"V"字形,面带微笑地对大家说："耶！赢了！大家都没事吧？"

众人谁都没有说话，目瞪口呆地看着反复无常、出手残忍的夜叉王，就在他身边，图财还举着的那只断臂虽说断裂处已不再喷洒鲜血，但血液依然顺着手臂慢慢流淌着，图财身体的上半身全部被鲜血给染红，可依然站在那儿一动不动。

"噢，忘了，不好意思。"夜叉王转身来，拿起图财的手臂在上面画了一个符咒，随即又对魏大勋招手道，"麻烦请把医疗包拿来一下，我们要救助这只可怜的小动物。"

魏大勋愣了一下，经夜叉王的第二次提醒，这才手忙脚乱地拿着医疗包上前协助夜叉王包扎图财的伤口。

胡顺唐抱着莎莉坐在地上，莎莉像个孩子一样使劲往他的怀抱中钻去，双眼发直，看得出被吓得不轻。

"变态……疯子……"看得目瞪口呆的婉清反应过来后，就说了这么几个字。

盐爷咬咬牙，转身来到胡顺唐身边，去安慰受惊的莎莉。

"哎呀，是谁这么残忍把这只可爱的小动物伤害成这样的？真变态呀，看看这模样多可爱。"夜叉王伸手摸着图财的头发，又沾着图财胸口的鲜血在他的那张大脸两侧画了几道胡须的模样，"看看，多可爱的猫咪。"

说完，夜叉王冲魏大勋一笑，魏大勋一惊，都快要哭了，一个经历无数次残酷战役的游骑兵，在面对这个疯子的时候也无能为力，而且先前在包扎伤口的时候，看见那被齐齐切断的手臂那平滑的伤口表面，这种力度，就算在那种近距离下，交给任何一个身经百战的特种兵都做不出来，这家伙到底是个什么样的怪物。

图财坐在那儿，双眼发直，魏大勋以为他睁眼昏死了过去，一探鼻息，呼吸很平和，似乎没有什么事一样，可夜叉王却转身一掌劈在了他的后颈处，脸色一变，冷冷地说："让他睡一会儿，失血过多，再撑着只有死，这家伙还有用。"

夜叉王说完起身，向远处走去，不知道要干什么，边走边说："有盐水就给他输上，我之前拿回来的背包中有两小袋，我看过，还有……"

夜叉王停下来，扭头对魏大勋说："吗啡就不要用了，用了他会死得更快，一定要让他活着带我们找到牧鬼箱，否则我先杀了你。"

魏大勋吞了口唾沫，缓慢地点点头，夜叉王散发出的那种莫名的气场让他不由自主按照对方的指示去办，没有丝毫的怠慢。

胡顺唐抱着莎莉坐在那儿，好像刚才经历了一场噩梦，莎莉的死里逃生，同时也告诫自己与夜叉王之间的距离太远，自己就算用一辈子估计也达不到夜叉王的那种身手，除非他和夜叉王一样都变成相同的怪物。

但是，现在自己已经是怪物了，对吗？胡顺唐呆呆地看着魏大勋给图财吊盐水，然后像个傻子一样站在那儿，规规矩矩地提着盐水袋。

独自站在一侧的婉清一直在那儿深呼吸，不断地深呼吸，越深呼吸越觉得头晕，就在那儿摇晃着自己脑袋时，突然听到有沉闷的呼吸声从身后黑暗处传来，开始还以为是头晕导致的幻听，可那呼吸声越来越沉重，也越来越近，她不自觉地转过身去，想看清楚无尽的黑暗中到底隐藏着什么东西。

第五十八章

另一个自己，另一个胡淼

俯身去捡那把斩断图财手腕匕首的夜叉王身子一震，将匕首紧握在手中，回身去看着那沉重呼吸声传来的方向。

举着盐水瓶的魏大勋下意识去摸枪，但想起唯一的那支格洛克 18 已经分解扔得遍地都是，要想找回零件拼凑起来也是件不可能的事情。此时婉清转身闪身到了魏大勋的身边，拿回了那支掌心雷，装填好子弹严阵以待。

夜叉王慢慢走到胡顺唐身边，用脚碰了碰还紧紧抱住莎莉的胡顺唐道："半桶水，有麻烦了。"

胡顺唐当然知道有麻烦了，一定是刚才那枚手雷爆炸惊动了那个东西，不过那个东西到底是什么，现在还不得而知。胡顺唐将莎莉交给盐爷，起身看向先前发现那黑影的地方，问："现在怎么办？"

夜叉王"切"了一声："怎么办？你问我，我问谁？我又不是救世主，什么都靠我，再说了，先前在上面，你对付那怪物不是很得心应手吗？我都是你救下来的。"

"你想说我们俩又一次扯平了？"胡顺唐盯着那黑暗处，仿佛都能看见那团黑影正在缓缓移来，"不过你要清楚，这件事一开始就是你起的头，你有求于我。"

"半桶水，我很认真地告诉你一件事，我在这个地方待得越久，我自身能力退化得就越快，加上先前那张怪脸上的上尸眼，我估计还能支撑几个小时，几个小时后这副身体就完了，如果没有活物替换，我也完了。"夜叉王说完，活动了下自己的右手臂。胡顺唐用手电照去，发现他右手臂手肘处凸出了一块来，应该是体内骨骼出现了问题。

夜叉王的这种方式类似于一个大马力的发动机装在一辆普通的女式摩托车上，无法彻底发挥发动机的动力不说，对女式摩托车也有极大的损伤。

"掉头回去？"胡顺唐说，说罢看了下旁边的盐爷和莎莉，让两人做好撤退准备。

"他们可以走，但你、图财和我必须留下！"夜叉王卷起自己的衣袖，查看着骨骼凸出的地方，皱起眉头，胡顺唐发现那个部位白森森的骨头已经冲破了皮肉露在了外面，换作其他人早就失去了活动能力，可夜叉王只是紧锁眉头，右手臂还能自由活动。胡顺唐现在担心，照这个情形下去，夜叉王唯一的办法就是在他们中间选择一个人，而要选择的话，自己也许是最佳人选，但自己却对他有其他利用价值，那么剩下只有一个人符合条件——魏大勋。

夜叉王似乎已经读出了胡顺唐的内心想法，淡淡地说："放心，我暂时不会打那个小子的主意，走吧，我们去看看那东西到底是什么。"

说罢，夜叉王放下衣袖，抬脚向前走，胡顺唐迟疑了一下，低头对盐爷和莎莉说："你们退到台阶旁边去等着，我和那家伙去去就回，如果发现有什么不对的地方，立刻掉头往回跑，什么都不要管，知道吗？"

盐爷点头："顺唐，小心，这里很奇怪，你难道不觉得很熟悉吗？"

"什么意思？"胡顺唐问。的确，他先前就有了这种感觉，但一直回忆不出这种熟悉的感觉来自记忆的哪一部分。

"半桶水！不要磨蹭了！"夜叉王催促着胡顺唐，胡顺唐只得快跑几步追上夜叉王。

盐爷看着胡顺唐和夜叉王两人消失在黑暗之中，和莎莉两人起身向台阶方向走去，顺道招呼了婉清和魏大勋抱着图财撤离，五人很快离开，来到台阶之上，除了不安之外，便是不断地祈祷。

夜叉王与胡顺唐两人向前慢慢走着，终于又看到了那口石棺，石棺在黑影的覆盖下若隐若现，像是有一只手在那儿轻轻抚摸着，这一幕让本来就诡异的氛围变得更加怪异。

"你等着，我去看看。"夜叉王又一次卷起衣袖，左手食指沾了手肘处伤口的鲜血，在右手上画了一道血痕，不知有何用处，随后大踏步向那口石棺走去。

胡顺唐看见夜叉王走向那口石棺，在距离石棺一米处停下来，绕过石棺，径直走向黑影，随后又停下来，接着站立不动，头颅昂起，身子却是怪异地抖动了下，似乎发现了什么东西，随后又平静下来，张口说话。

两人保持了一定的距离，胡顺唐虽说不知道夜叉王具体在说些什么，但可以看出他是在和什么东西交谈。良久，夜叉王低下了头，回头看了胡顺唐一眼，脸上惨然一笑，接着完全被没入了黑影之中。

"夜叉王！"胡顺唐忍不住拔腿追了上去，绕过石棺后，却什么都没有看见，但前方却猛然间豁然开朗起来，他立即刹住脚步，抬眼看着出现在自己眼前的离奇场景，自己竟然站在广福镇的那间老宅子中，眼望着不知道是胡淼还是莎莉的人在厨房中做着面条，而在自己跟前不远处，还有一个人蹲在那儿查看着笔记本电脑。

这个场景，这两个人……胡顺唐一眼就可以认出来，那是自己与胡淼，而这一切发生的时间，是在"白狐盖面"事件时，自己查询吴天禄留下的那本小册子时的情景。

到底发生了什么事？胡顺唐站立在那儿不动，并没有向自己的背影走去，反而是走到那副堂屋中间的活寿材前，伸手去摸，但手刚触碰到那副活寿材，一切就在猛然间烟消云散，好像这些都只是沙雕，被一阵狂风吹过，顿时消失得无影无踪。

胡顺唐愣在那儿，右手依然保持着正要抚摸的姿势，闭眼再睁眼，周围依然是一片黑暗，黑暗中没有半点儿声响发出，他猛然一回头，看见那口石棺依然摆放在自己的身后不远处，没有若隐若现的感觉，可同时却有一种异常强烈的感觉在吸引自己继续向前迈步。

一步、两步、三步……胡顺唐数着自己的步伐，不断驱使着自己前进，同时潜意识中告诉自己不要去思考先前看到的一切，那仅仅只是自己的幻觉，这个地方很怪异，不能被幻觉蒙蔽了双眼。

终于胡顺唐碰上了什么东西，伸手摸去，似乎是洞壁，洞壁表面很是光滑。

此时胡顺唐才想起来左手还握着手电，将手电举起来照向前方，却发现那不是什么洞壁，而是一扇石门，他慢慢退回去，抬起左手，用手电照耀着那扇石门。

石门十分巨大，有几米之高，左右再照去，手电的光芒却被黑暗所吞噬，根本无法看清楚石门到底有多宽。

"夜叉王！"胡顺唐又一次喊道，依然没有人回答。

"开门吧。"一个声音从胡顺唐身后响起，胡顺唐一惊，猛然回身，在看清楚身后那个人之后，惊得目瞪口呆，随即向后一退，后背贴紧了那扇石门。

胡顺唐双眼看见的并不是别人，而是他自己。

一模一样的装束，连脸上先前落下的伤痕都完全一样，左手也握着相同的手电，只是那手电并没有光芒射出。

"你是谁？"胡顺唐问。

"你是谁？"另外一个胡顺唐也问道，两人的声调一模一样，连上下两片嘴唇碰撞的频率都相同。

如果是幻觉，那么这种幻觉也太真实了。眼前的这个"自己"到底是什么东西，为什么要叫我开门？夜叉王又去了什么地方？难道……

胡顺唐回想起先前夜叉王也有吃惊的表现，难道说他也看到了自己，而那个惨然的一笑又代表着什么？赴死的微笑？不，不可能，夜叉王是个怪物，不可能那么轻易就死掉！

胡顺唐顺势抓住了别在大腿之上的那枚棺材钉，随即见那个"自己"也拔出了大腿处的棺材钉，在胡顺唐作势要扑上去的时候，那个"自己"却退缩了，伸手紧紧一捏手中那枚棺材钉，棺材钉立即化为虚无。

"按照你们的话，怎么说来着？对，一认真，就输了。"那个"自己"说，随即向后退了一步，"我只是以为以这样的模样出现，你会容易接受一些，人最相信的不是自己吗？连自己都不信任了，又如何能信任别人。"

"你是什么东西？"胡顺唐紧贴那扇石门，依然没有放松警惕。

"我是什么东西？这应该是骂人的话。"那个"自己"说，随即伸手在脸上捏动着，就好像捏泥人一样，瞬间那个"自己"的整个头颅变成了胡淼的模样，但头颅下方的身体还是"胡顺唐"。

那个东西微微一笑："现在呢？好多了吧。"

"你到底他妈的是什么！"胡顺唐丝毫不觉得那会让自己好受一点儿。

"我也不知道。"那东西回答，脸上的表情却变得愤怒，和胡顺唐脸上的表情一样愤怒，似乎是在无意识地模仿胡顺唐的面部表情。

发现这一点的胡顺唐松开紧锁的眉头，果然眼前那东西面部的愤怒表情也随即消失，换上了一副面无表情的脸。

"一百年以来，你是第二个，不，第三个来到这里的人，如果你还算是人的话。"那东西淡淡地说，连说话的嗓音都变成了胡淼，只是有着胡淼的脑袋，胡顺唐的身体，让胡顺唐看着很怪异。

这东西肯定不是"鬼"或者其他死物幻化的形体，否则孟婆之手早就出现了。胡顺唐意识到自己手臂中的孟婆之手并未出现。

"你不是想找东西吗？打开你身后那扇门，就有答案。"那东西抬起手来指着胡顺唐身后的那扇石门，语气中充满了诱惑。

"你是什么东西？"胡顺唐又问，话音刚落，那东西就猛地靠近了自己的面部。在这种距离下，胡顺唐却感觉是一阵狂风向自己袭来，隐约间看到那东西的面部缺少了一部分，随即又立即恢复。

那东西看了胡顺唐许久，没有说话，半个字都没有吐出来，只是双手撑在那扇石门上用脸部那双姑且可以称之为双眼的东西看着他。

第五十九章

阴间

"你应该问，这里是什么地方。"那东西终于开口了，但嘴唇并未动过，似乎声音是从体内传出来的。

"这里是什么地方？"胡顺唐依然死死贴紧石门。

"阴间。"那东西回答。

"阴间？"开什么玩笑，胡顺唐听到这两个字后脑子里突然嗡嗡作响。

"几十年前，那个老头儿来这儿的时候，也不相信。"那东西说。

几十年前的老头儿？樊大富吗？樊大富也来过这里，对，图财说过樊大富是到过这里之后，才彻底地改变了他的人生，同时也改变了自己子孙的人生轨迹，让图财从记事起就开始演戏，装成图家的子孙，过着根本就不属于自己的生活。

"不相信不要紧，你打开你背后那扇门，走进去就可以知道答案，你可以尝试一下，没有胆量吗？先前你那位朋友已经尝试过了，他已经进去了，或许现在已经在那里找到了自己想要找的人。"那东西又说。

人？夜叉王不是来找牧鬼箱的吗？为什么说是来找人的？这东西在说什么？胡顺唐微微偏过头去看了一眼石门，镇定了一下道："不，这里不是阴间。"

那东西面无表情的脸好像是水面一样出现了类似波纹的东西，随后道："为什么不是？"

"你问我为什么，就表示这根本就不是什么阴间！如果真是，你不需要费口舌让我来相信，因为……"胡顺唐拔出棺材钉，以迅雷不及掩耳之势刺进了那东西的胸口处，"我去过阴间！"

那东西低头看着自己胸口处被插入的棺材钉，十分淡定，随后身子一抖，那棺材钉径直从体内滑落下去，落在地上发出"哐当"的声音。

果然没有实体！不管这东西是什么，反正用普通方式是没有办法对付！不如试试五禽骨粉看有没有作用，胡顺唐反手去抓背包，那东西却顿时闪开，在距离胡顺唐一米外停下，随后消失了，就在胡顺唐愣住还在寻找那东西的时候，一团黑色雾状的东西突然从头顶落下来，在距离胡顺唐头顶十几厘米处停下。

胡顺唐抬眼看着那东西，这一次真的是一句话都说不出来，这……是那怪物的真身吗？不可能，这种东西压根儿就是不存在的——那是一个龙头！

不是什么恐龙！而是中国神话中那种有犄角，身披鳞甲的神龙！

如果这真的是一条龙，那么孟婆之手不会出现便在情理之中，神龙根本就不属于死物。不过，龙这种东西按道理说是不存在的，是从前上古时代，部落崇拜动物图腾，在吞并其他各个部落之后，将其他部落的图腾整合在一起，最终才有了龙的形象！况且，在中国古时每个时代的龙形象都不相同，足以证明那根本就是人们崇拜的一种虚无的东西。

胡顺唐定了定神，从石门处离开，转过身面对石门，盯着一团雾状紧贴在石门上的那条黑龙，沉声道："够了，这种把戏对我没有任何用处。"

黑龙垂下头随后又微微抬起："百年之后，原来人已经不再对龙产生畏惧。"

果然，那只是那东西幻化出来的形象而已。

"你到底是什么东西？"胡顺唐先前的那种恐惧感已经逐渐消失，他判断这种没有实体的东西，自己无法伤害，那么换言之那东西也无法伤害到自己，顶多用幻象来恐吓。

"我不知道。"黑龙答道。

"那你为什么会在这里？这里是什么地方？"胡顺唐又问。

"我也不知道。"黑龙继续回答，因为那东西根本不是人，胡顺唐无法从其表情上来判断他是否撒谎。

"你不可能什么都不知道。"胡顺唐问。

黑龙盘着身子，飘到胡顺唐身后，用雾状的身体缠绕住胡顺唐的身体，抬头看着那扇石门："我只知道，我和你想要的答案都在石门之后，你可以去寻找答案，但记住，在推开石门，看见里面情景的刹那，不要想任何事情。"

"你不是也想寻找答案吗？为什么你不进去？"胡顺唐坚持认为这仅仅是那东西的奸计。

那东西抬起自己那个被幻化出来的龙头，看过那片黑暗，注视着已经回到阶梯处的盐爷等人，看了许久才道："这种地方，活人无法进入，而我既不是活人，也不是死人……"

"跳出三界外，不在五行中？你还真当自己是孙猴子。"胡顺唐壮着胆子嘲讽道，即便是他知道那东西无法伤害自己，但依然担心这东西会恐吓到在阶梯那边的盐爷等人。

"孙猴子是什么东西？"龙头又垂下来盯着胡顺唐。

"你连……"胡顺唐说了两个字便将下面的话收了回去，的确，如果这东西是在汉朝时期才出现的，那么不知道孙悟空是常理之中的事情。

"我是未知，对其他的一切也是未知，对这扇门里面的东西也是未知，只记得我是被差遣来守住这道门，不让门内的东西跑出来。"

"你只是不让门内的东西出来，却没有义务不让门外的人进去？"胡顺唐留心到，那东西所说的是"记得"两个字，并不是说的"知道"，还有那个"差遣"，这样就能判断出这东西原本并不属于这里，也许是修建这座崖墓的人故意而为。

"义务？那是什么？"那东西很疑惑地问。

胡顺唐笑笑道："解释起来很麻烦，我会在这里等我那位朋友出来，不过我想知道他还能回来吗？"

黑龙凑近胡顺唐："我不知道，只是这么多年都未想明白一件事，为何非常畏惧死亡的人，却千方百计想知道人死后会变成什么，又会去什么地方，甚至不惜以各种残酷的方式制造出那种地方。"

阴间！胡顺唐脑子里蹦出这两个字，这东西是在使诈吗？想激起我的好奇心，让我推那扇门吗？

"不过你却说自己去过阴间，那么里面是真是假对你来说并不重要，一个去过阴间又能平安回来的人，想必不会对那个地方再产生兴趣。"黑龙掉转方向，盘旋着从石门上离开，最终隐入黑暗之中消失不见。

"喂！"胡顺唐见那东西消失之后，不自觉开始叫那东西，却不知道该如何称呼。许久，黑暗中都没有任何回应，那东西没有再出现，胡顺唐转身准备返回阶梯处，刚走了几步，又停下脚步，慢慢转头去盯着那扇石门，迟疑了许久，又转身回去，来到石门前，伸手去触碰那扇门。

门后真的是那黑龙所说的阴间吗？这可能吗？胡顺唐又想起盐爷先前所说难道不觉得这里很熟悉吗？那是什么意思？是说这里就是自己曾经通过汤婆那口冥井去过的阴间吗？如果是，也许能够再一次找到养父吴天禄，抑或是自己的父辈、祖辈？

或许可以试一试？这个念头从胡顺唐脑子中冒出来的时候，他自己都被吓了一跳，虽说内心中很矛盾，但触碰到石门的那只手已经在微微用力，那扇门好像很轻巧，轻轻一用力便已经开始移动，正在此时那东西又一次出现了，只是这次的形状却与上次不相同，只是一团黑雾，还喷出一部分来包裹住胡顺唐那只推门的手。

"你不能进去！"那东西怒吼道，好像十分焦急。

"为什么？你不是很想我进去吗？"胡顺唐反问道。

"你不能进去！"那东西声音抬高。

"给我个理由！"

"因为你去过那个地方！"

"所以你担心我会识破真假？"

"你什么都不明白！也许，那个人让我在这里等的就是你这种人！"

"我这种人？去过阴间又回来的人？"

那东西突然沉默，消失不见，许久后又突然从胡顺唐身后冒出来，淡淡地说："好，你进去，不过你要记得我的话，在推开门看到里面情景的瞬间，什么都不要想，特别是关于你曾经的经历！"

那东西说完，身子向前一倾，那姿势似乎像是要推动胡顺唐去打开的那扇石门，虽然无形，却有一种奇怪的力量，没有推动胡顺唐的身体，却击破了他内心中那最后一道防线，最终胡顺唐抬起了另外一只手推开了那扇石门……

开门的瞬间，从门缝中吹来一阵阴冷的风，胡顺唐迫不及待透过门中的缝隙向里面看过去，本还是一片黑暗的门内突然发出昏黄的光来，随即袭来的是一阵巨大的狂风，狂风中卷着沙尘拍打着胡顺唐的身体。

胡顺唐伸手挡住自己的脸庞，从打开的门缝儿中走进去，随后门又缓缓关上。

一直站在门缝儿外的东西，低声喃喃道："还是想了，没有人可以躲过。"

门关上后，胡顺唐站在门内，偏着头避过狂风，眼角的余光看向前方，有些后悔没有将婉清等人扔下的防毒面罩给收到包内。前方一片昏黄，脚下软绵绵的，感觉到是松软的沙漠，与那次他由汤婆协助，通过冥井下到阴间时候的情景完全相同。

胡顺唐艰难地迈着步子在一片沙漠中走着，前方依然是一片昏黄，什么都看不清楚，没有目的，再回头时依然能够看到那扇石门，此时才发现石门是那么的巨大，上面那并不清晰的纹路似乎在告诉胡顺唐千百年以来的沧桑与寂寞。

再回头来，胡顺唐注意到前方不远处有一个人影，不，是两个人。

是吴叔吗？还有谁呢？

第六十章

喜马拉雅的猴子

　　胡顺唐加快了步伐，向那两个人影走去，在离那两个人影越来越近的地方，胡顺唐终于看清了保持蹲姿和站姿的那两个人的侧影，蹲着的是夜叉王，而站着的是一个穿红衣服的小女孩儿。

　　那是谁？胡顺唐加快了速度向前，想看清楚夜叉王与谁站在一起，没想到走了好几步之后，一阵更猛烈的狂风吹来，胡顺唐被那阵狂风袭倒，翻滚了两圈之后，趴在沙地上，趴下去的瞬间，原以为口鼻处都会被沙尘覆盖住，却没有想到虽然眼中能看见那是黄沙，可实际上那里却什么都没有。

　　胡顺唐有些疑惑地抬起头来，虽然狂风依然很大，但此时趴在沙尘中，面朝袭来的狂风却没有先前那种感觉，就好像在看一场立体的 3D 电影。

　　"在推开门看到里面情景的瞬间，什么都不要想，特别是关于你曾经的经历！"

　　胡顺唐脑子里回想起那东西说过的话，同样的意思它曾经表达过两次。他逐渐明白了，也想起了那个关于"喜马拉雅的猴子"的寓言故事。传说中有一个人学会了点石成金的奇术，一群人想学习这种奇术，苦苦哀求之下那个人终于答应教他们点石成金的奇术，并且告诉了他们奇术的咒语，在教会他们咒语后却叮嘱道："在你们施出奇术，念出咒语的时候千万不要去想喜马拉雅山的猴子。"

喜马拉雅山的猴子？为什么要想喜马拉雅山的猴子？那群学会奇术的人很纳闷，可后来每当他们施出奇术时，却情不自禁去想喜马拉雅山的猴子，当然也没有人真正实现过点石成金。

想明白这一点，眼前的一切都在突然间消失，猛然间陷入黑暗之中，但突如其来的黑暗让胡顺唐双眼有些不适应，再睁开眼睛的时候，却看见夜叉王站在不远处的地方，身边的那个红衣服的小女孩儿却开始慢慢消失，夜叉王盯着握住小女孩儿的那只手抓了个空，随即又起身向前扑去，试图要拥抱那个小女孩儿，可抱住的仅仅是一团青烟。

小女孩儿消失后，夜叉王呆呆地愣在那儿，自言自语道："为什么？"

说完那句"为什么"很久后夜叉王才发现在不远处站着的胡顺唐，愤怒的表情浮在了脸上，他大步冲了过来，一把抓住胡顺唐，一拳揍在他的脸上，胡顺唐挨了一拳，不明所以，下意识回踢了一脚，可奇怪的是夜叉王没有躲开，重重地挨了那一脚，后退了几步，作势又要冲上来，那模样和打架斗殴的流氓没有区别。

夜叉王再冲到胡顺唐跟前来的时候，胡顺唐却发现他眼眶中竟然流出了眼泪，眼泪顺着脸颊滑落，有一滴还挂在下巴处轻轻晃动，那双眼睛中透出的不是神经质，不是变态，而是一种温情，一种说不出来的悲伤。

夜叉王会哭？胡顺唐愣住了，抬起来的右手慢慢放了下去，同时要举起拳头的夜叉王也将手停在半空中，终于放下手去，垂着头跪在那儿，一动不动。

"你还是进来了。"夜叉王终于抬起头，恢复了平常的表情，却没有擦去脸颊上的泪痕，眼睛又重新变成了那种骇人的血红色。

"那个孩子是谁？"胡顺唐问。

"关你屁事！"夜叉王骂了一句，起身来，看着周围。此时胡顺唐才反应过来并没有留心注意过周围到底是什么样。

胡顺唐起身，这才发现自己与夜叉王两人站在一块长形的岩石上，岩石从身后的洞壁处延伸出来，有近五十米之长，而宽有不到五米的岩石两侧就是深渊，不小心掉下去就会粉身碎骨。

看着两侧的悬崖，胡顺唐倒吸了一口冷气，如果先前没有沿着那扇石门的正前方前进，自己已经掉下去活活摔死。

"喜马拉雅山的猴子……"胡顺唐觉得自己先前傻得有些可笑，竟然没明白那东西话中的意思。

"半桶水！"夜叉王狠狠地吐出三个字来，又瞪了胡顺唐一眼，大步向岩石的前方走去。

胡顺唐慢慢跟在夜叉王的身后，走到岩石前端的边缘处，两人并排站在一起，看着悬崖的下方，也不知道这巨大的洞穴中有什么光学原理，周围像是白日一样透亮，好像洞壁周围本身就能发出光亮来，而在洞穴下方则是一座巨大无比的市镇，已经荒废的市镇，市镇几乎都是石制，石制的房屋周围还有很多已经枯萎的植物残骸，不少的房屋旁边还摆着模样怪异的马车，还有耕种的农具。

夜叉王蹲在悬崖边上查看着周围有没有下去的路时，胡顺唐却发现在洞穴的顶端和四面好像画着什么图案，图案好像与怪脸蜘蛛所戴的怪脸后方的符相同，但看着离自己最近的那张符却能明显看出有些细微的差别。

"五行食腐咒？"胡顺唐很奇怪，虽然没有研究过符咒，但在这地方画着那种符咒有什么意义？

"半桶水，这不是什么五行食腐咒，是五行摄心咒，专门用来对付你这样的白痴……"夜叉王双眼盯着悬崖下方那个巨大的水池，顿了顿又说，"还有一些自愿上当的白痴。"

胡顺唐蹲下来查看水池，侧脸的时候却发现夜叉王的神情又变成先前自己看到的那样，但当夜叉王察觉到胡顺唐看到自己后，又换回了先前那张脸，伸手一掌就将胡顺唐从悬崖上打落了下去……

胡顺唐没意识到夜叉王会突然抬手一掌打向自己，毫无防备双手抓空径直掉落了下去，眼睛最后看到的就是夜叉王那张满是鄙视的脸，随后便是落入水中后那一阵阵腾起的水泡，正当他要拼命从水中往上浮起的时候，看见夜叉王的身影也向下垂落，赶紧划动双手向旁边游去。

"噗……"夜叉王也跳入了那个水池之中，但很快浮出水面，向水池旁边游去，胡顺唐紧接着也浮出水面，张口就骂道："你有病啊！"

夜叉王抓着水池的边缘，稍微用力爬出了水池，坐在水池的边缘上，道："我本来就有病，你不是说我是神经病变态吗？"

"你本来就是个变态！"胡顺唐游到水池边缘。

"谢谢夸奖。"夜叉王竖起两根手指头呈 V 形往肩头一摆，翻身从水池边缘站起来，看着眼前那个已经荒废的市镇，"半桶水，我们分头行动吧，以最快的速度找到牧鬼箱，然后回到水池边来集合。"

说完，夜叉王拔腿就向市镇中心冲去，完全不管胡顺唐在后面的呼喊声。

没多久，夜叉王便消失在了那个荒废的市镇中，胡顺唐骂了一声，赶紧追了过去，却不知道浑身带着水，增加了不少重量的夜叉王速度怎么还会那样快，估计是担心现在的身躯没有办法再承受伤害，想尽快找到牧鬼箱，结束这一切，否则他只能死在这里。

图财说过，杀死夜叉王的办法很简单，用最普通的办法就行了，关键就在于他断气前不要让他触碰到活人。在蜂巢那间特殊的囚笼中，李朝年也说过类似的话，只是他做了一个简单的割断脖子的手势，其意思还是相同。

走到市镇中心的时候，胡顺唐看到旁边立着一块石碑，石碑上似乎有字，他蹲下来用手拂去石碑上的灰尘，看到灰尘下掩盖着一行字，但那好像是什么古文，自己也好像在什么地方看过，书上？电视上？网上？他不记得，也不认识那一行字写的是什么，只能感觉出那行字上面透出一种阴森。

这地方能够摸到，应该就不是幻象。不过进入石门后看到的那些东西，明显就是因为自己曾经对阴间的记忆，而导致的一系列的幻觉，那东西一而再再而三申明过，进门的时候什么都不要想，但这适得其反，在那种关键的时候，你越是让一个人不去想一件事，那个人脑子里面反而就会塞满那件事，这是根本无法避免的事情，和那个"喜马拉雅山的猴子"寓言故事中所讲的寓意相同，还好自己及时反应了过来，否则自己和夜叉王说不定都已经摔下来死了。

不，夜叉王也许不会，他那模样好像是自愿的。他先前不是说："这不是什么五行食腐咒，是五行摄心咒，专门用来对付你这样的白痴，还有一些自愿上当的白痴。"大概他自己就是那种自愿上当的白痴，不过他为什么要自愿上当？他在推开那扇石门前，为什么要对自己惨然一笑，在进门的刹那又在想什么？还有那个红衣小女孩儿，自己虽然是第一次见到，但听刘振明说他和胡淼曾经见过不止一次，那是谁？夜叉王曾经杀掉过的儿童吗？可他为什么要哭？

胡顺唐又开始头疼起来，伸手去揉着额头，还有图财，夜叉王说图财还有用，可也没有把图财给带进来，他到底有什么用，是因为他与李朝年之间有联系吗？不管了，现在的目的是尽快找到牧鬼箱，既来之则安之，安心集中精力找到牧鬼箱，赶紧回去，说不准外面的人会遇到什么危险，盐爷和莎莉还好，毕竟有这方面的经历和经验，而婉清和魏大勋两人却是完全的累赘。

胡顺唐起身，离开那座石碑，慢慢向市镇内走去，刚离开，从那座石碑旁边的房屋中就探出一只手来，搭在门框边上……

川西秘闻 ❸

蜈蚣骨

　　走入市镇中的胡顺唐发现，周遭到处都有人生活留下的痕迹，这些痕迹绝对是不能伪造或者刻意制造出来的。石屋上面有孩童用石灰石做下的图画，屋内的生活用品中，除了衣服等物品，大部分都是石制，如果不是石制生活用品制作得那么精细，房屋修建得带有殷商和汉朝风格，会让人误以为这是原始石器时代留下的遗迹。

　　胡顺唐站在石屋中，看见石桌上的石锅内还放着一块看起来还算完整的肉，虽然经过了千百年的岁月，那块肉还保持了原有的形状，可看不出来是属于猪或者牛羊身体的哪一部分，但从上面的缺口处却能看得出被人割下了一块，而在石锅旁边还放着三个石碗，其中一个碗里面放着半块肉。

　　胡顺唐留心数了一下石碗，有四个，看来是四口之家，却只有两双筷子，其他两双不见了，走了两步，踩到一个东西，才发现那是一支掉落在地上的筷子，同时还发现了另外半块肉。

　　胡顺唐拿起筷子捅了捅那块肉，那块肉一捅就碎，完全变成了粉状。起身后，胡顺唐又在石屋内查看了一番，东西摆得都很整齐，没有其他的怪异，但人去哪儿了？就算死了，也得有骸骨留下吧，离开石屋后，胡顺唐径直去了对面那间石屋，里面的情景和这边差不多，桌子上摆好了碗筷，还有一口石锅放在厨房的灶上，里面不知道煮的是什么东西。

从两间石屋内的陈设可以看出，是在吃饭的时间，有些人家正在吃饭，有些人家正准备吃饭，却不知道发生了什么事，导致全家人离开石屋，去了什么地方。发生了什么事？会让这些人十分慌乱地离开，却没有留下太多的痕迹。

胡顺唐从石屋中走出来，四下看了看，又转而跳上石屋的顶端，高举双手探了探，果然在石屋上端空气流动速度很大。眼望着那阵阵风吹来的地方，胡顺唐跳下石屋，向那个方向跑去，心想夜叉王估计也留心到了这一点，如果说牧鬼箱真的在这个地方，那么肯定不可能放在某间石屋之中，或许在某个比较重要的位置。

向前奔跑了一阵后，胡顺唐刹住了脚步，猛地回头，在自己跑过的地方扬起一路的灰尘，但灰尘之中隐约有什么东西在晃动，但在他回头的刹那间却停住了。

胡顺唐寻思了一下，拿出棺材钉握在手上，等身后的那阵烟尘慢慢散开，市镇的小路上却没有见到有任何东西。

再转头看着前方，胡顺唐隐约可以看见在前方有一棵巨大的枯树，从枯树的外观来看，如果枝叶茂盛的时候应该是一棵类似黄果树的树木，但枯树之上仿佛还挂着什么东西，好像是果实。

胡顺唐顾不得身后还有些什么东西，拔腿继续向前方跑去，跑了一阵路过某户人家门口的时候，他眼角的余光看到了什么又一次猛地刹住脚步，回头看着那户人家的门口。门口处立着一个架子，架子呈"门"形，上面还挂着什么东西，凑近一看竟是一个人上半身的骸骨，骸骨中下方连接盆骨的地方被生生砍断，但也许刀具不是很锋利，所以砍断处有明显的被多次剌砍的痕迹，在旁边还挂着两根白骨手臂和一颗骷髅头。

行刑台？胡顺唐脑子里冒出这个念头，但又觉得不像，那仅仅是普通人家的门口，怎么会有行刑台，再看那架子下方摆放着一个十分眼熟的东西——秤！秤旁边还放着几个规格大小不一的秤砣！

靠！这是家卖肉的商铺？！卖的是人肉！

虽然秤的模样和胡顺唐从前所看到的不一样，而且这种秤如今也鲜有地方使用，部分二三级城市的小市场买卖蔬菜和一些东西还在使用，有些农村甚至称猪也使用大型的老式秤，但那的确是秤无疑，而相传秤是春秋时期楚国人范蠡发明，如果这崖墓是汉朝所建，也不算稀奇，只是为什么居住在这个奇怪地方的人会食人肉？竟然还当街买卖！就像普通人买卖猪狗牛羊肉一样。

胡顺唐盯着那家买卖人肉的商铺，总算是明白先前那个石锅中到底是什么肉。

怪异的崖墓，"鬼水"，腐液蜈蚣，带着五行食腐咒面具和上尸眼的怪脸蜘蛛，那副人身鬼头的骸骨，还有那个无形的黑影，假阴间大门，这个全是石制的市镇，市镇内的人竟然吃的全是人肉！事情越来越有意思了，真相应该就隐藏在这个镇里面吧。

胡顺唐抬头看着远处那棵巨大的枯树，向前方跑去，不管现在后面藏着什么东西，他现在的目标是牧鬼箱，找到牧鬼箱马上离开，这个地方不能久留！

原以为顶多几分钟就可以跑到那棵枯树下的胡顺唐，在跑了十几分钟后终于气喘吁吁地停下来，抬头看着那棵枯树，好像近在咫尺就是没有办法到达，而且越跑越累，好像是在爬坡一样，盯着地面的胡顺唐忽然意识到一件事，将棺材钉拿出来立在地面上，谁知道平稳的底端根本立不住，放好就径直向自己背后的方向倒去。

明白了，这地方根本就是一个坡，只是有视觉差异，这样奔跑下去，一口气是无法跑上的，到了上面也得累死，难怪站着都觉得累，还有一种向后倒的感觉。

胡顺唐撑着膝盖在那儿气喘吁吁，正欲直起身子来向前继续走，便看到远处有黑压压的什么东西飞了出来，那些东西越来越近，速度也越来越快，胡顺唐意识到不好，转身要跑，跑近一间屋子时被一只手给抓住，一把拖进了旁边的一幢石屋中，定睛一看，是夜叉王。

夜叉王的脸色越来越白，而且嘴唇乌青，手肘处的伤势看起来比先前还要严重，而且腿部还在不停地发抖，抓了胡顺唐进石屋后，开始四下寻找着什么东西，并说道："赶紧找一下有没有什么地方可以躲藏的！"

胡顺唐立即在周围找起来，终于找到一口箱了，伸手一碰，那口箱子立刻碎开了一个角，无奈只得寻找其他可以藏身的地方。

"过来！躲到这里来！"夜叉王指着旁边一口立起来的石箱，石箱的门已经损坏了。夜叉王抓着那沉重的石盖，见胡顺唐还在发愣，骂道："半桶水！给老子进去！不知道这东西很重吗？"

胡顺唐跳进石箱内，正要招呼夜叉王进来，谁知道夜叉王直接将石箱的盖子给放了上去，在放上去的瞬间，透过石箱与盖子缝隙的胡顺唐看见那团黑压压的东西从门口钻了进来，像黑色的潮水一样涌向了自己这个方向……

"嗡嗡嗡嗡嗡……"的声音不断钻入石箱内，那声音还带着巨大的震动，震得胡顺唐头脑发晕，他依然拼命保持着清醒，但不由自主用双手捂住了耳朵，同时又听到夜叉王在外面发出奇怪的喊声，像是惨叫，心想这次夜叉王多半是完了。

许久，"嗡嗡"声终于停止，胡顺唐用力顶了下石箱盖子，纹丝不动，只得用力向上一撑，终于打开那口盖子，但同时也将趴在盖子上面的夜叉王给顶落在地，夜叉王翻滚在地上，手肘处的伤口好像扩大了，血糊糊的一片，人也有些不清醒，紧闭着嘴。

胡顺唐赶紧站出来要扶起夜叉王，夜叉王却一把将他推开，狠狠地瞪了他一眼，随后在周围找着什么东西，终于找到一口罐子，又拿了一个石碗紧握在右手上，随即用嘴巴对准了那罐子口，将嘴里什么东西吐了进去，吐了好几口后，快速将那石碗盖在罐子上面，又用东西给压好。

但在夜叉王将嘴巴移开罐子口的同时，一个黑漆漆的类似虫子一样的东西飞了出来，速度虽然很快，但夜叉王也用了极快的速度盖好了罐子口，又反手一把抓住了那虫子，用力一扭，冲地上呸了一口道："半桶水！给我记住！要想好好地活着，就得凡事都多个心眼儿！知道这是什么东西吗？"

夜叉王说完摊开手，胡顺唐看到在其掌心内有一只被捏死的苍蝇！

苍蝇？苍蝇！夜叉王刚才满口含的都是苍蝇吗？胡顺唐有些反胃，他一直比较厌恶昆虫，特别是苍蝇蚊子类的东西，就算看着腐烂的尸体都比看着这些东西要好，更何况眼前这家伙刚才满口都是恶心的苍蝇！

"怎么会这么多苍蝇？"胡顺唐捂住嘴巴的手又放开，但依然无法掩饰他对那苍蝇的厌恶。

"苍蝇？要是普通的苍蝇，我还用吐进罐子里？我早一口吞下去了！"夜叉王用两根手指头捏起那"苍蝇"，凑近胡顺唐，一把抓住他，"看清楚！半桶水！我教你，这东西叫独角蝇！亿万年前就灭绝的东西！从科学角度来说，是食花蜜的，但是喜欢往温暖潮湿的地方钻，钻进去产卵，随后幼虫再从那个地方慢慢成长。"

胡顺唐看着夜叉王，难怪先前夜叉王会那么着急将他塞进石箱里面，因为这种独角蝇很明显会钻进人的口腔、鼻孔等地方，随后是到内脏，就算不恶心死，体内突然钻进去那么多虫子，也是必死无疑，更不要说产卵了。

"谢谢，但是你……"胡顺唐看着夜叉王的嘴巴和鼻孔处。

夜叉王将那独角蝇往地上一扔，用力一脚踩去，看向外面："别忘了，我是怪物。"

"这种东西不是亿万年前就灭绝了吗？"胡顺唐看着被踩烂的独角蝇尸体问。

"亿万年前灭绝，那仅仅是因为前几年有人在一块琥珀里发现了这种史前苍蝇，所以才有了那个定义，我也是仔细看了那东西的外貌才下了这种判断，不过在殷商时期，曾经将苍蝇视为人进入阴间的第一步，那仅仅是源于人在腐烂时会遭苍蝇的原因，不知真假，但是在迦南地区犹太教的神话中有一个神叫作Baal，认为其就是苍蝇的化身，奇怪的是那个神主管的是生育和丰收。古希腊神话之中，苍蝇原本是一位美丽的少女，因为爱上了月神纠缠不清，又太唠叨，所以被月神变成了苍蝇的模样，总之这种东西无论在东西方都有着离奇的作用，就连《本草纲目》中也记载蝇蛆的药用价值，文曰——蛆，蝇之子也。粪中蛆：治小儿疳，热病谵妄，毒疮作吐。泥中蛆：治目赤，洗净，晒研贴之。马肉蛆：治疗针中。蛤蟆肉蛆：治疗小儿诸疳。"夜叉王解释了一番，又嘲笑道，"半桶水，文盲不可怕，怕的是无知，你干的这一行，对什么都得有了解，一来是保命，二来是免得被我这样的怪物嘲笑！"

胡顺唐已经对"半桶水"这三个字慢慢适应了，这一路听夜叉王骂自己半桶水，虽然也清楚自己在进步，可相对于盐爷和夜叉王这个怪物来说，对各种知识的了解还处于贫乏的程度，被夜叉王辱骂根本没有办法反驳，只得点点头，但同时又很好奇夜叉王在最早最早之前是做什么的，又经历过什么，好像对什么都了解。

夜叉王见胡顺唐点头，有些诧异，但也不便说什么，出了石屋探头向左右看了看说："走吧，危险暂时过去了，我们进来的时候大概是触动了某东西，我估计那仅仅是第一波危险，下面还会面对什么，是个未知数。"

"看来你对这里很了解。"胡顺唐跟着夜叉王离开了那间石屋。

两人有些艰难地在那个看似平坦的坡道上向上爬行，没有走几步都累得气喘吁吁，夜叉王一开始也没有回答胡顺唐的问题，观察了下四周后才说："仅仅只是理论层面上的了解，搜集了些支离片语的资料，更多的是来自于李朝年那个家伙，詹天涯他们没有告诉过你吗？李朝年被称为百科全书活化石，传说那家伙什么都懂，什么都知道，只是想要他张嘴就必须做出某种交易，不公平的交易。"

胡顺唐想起自己与李朝年之间的交易，随后问："那你呢？你和李朝年又有什么交易可言？他告诉你如何找到牧鬼箱，你帮助他做什么？"

夜叉王停下脚步"哼"了一声："他告诉我如何找到牧鬼箱？你真是半桶水，到现在还不明白……"

夜叉王这样一说，胡顺唐脑子里突然闪过一系列往事的片段，仿佛明白了什么，脱口而出："要找牧鬼箱的不是你！而是李朝年？"

"终于反应过来了。"夜叉王摇了摇头，继续向上面走去，手肘处的伤口被彻底拉开，手骨一大部分凸了出来，沿途滴着鲜血。

怪物的师父

要找牧鬼箱的并不是夜叉王，而是李朝年！

这个事实突然摆在胡顺唐跟前，让他有些难以接受，仅仅是因为连夜叉王这样什么都不怕的怪物，竟然还会受制于人。他原以为，夜叉王早已什么都不在乎，竟然还与白骨李朝年达成某种私下的协定，那么说夜叉王被关进蜂巢的目的也仅仅是因为要去找到白骨？

"你三番五次的自首，目的就是寻找李朝年？"胡顺唐开口问，跟在夜叉王后面慢慢走着，离那棵巨大的枯树也越来越近。

"半桶水，现在才想明白这件事，不算晚，看来你比那些古科学部的家伙聪明多了。"夜叉王淡淡地说，但脸色愈来愈苍白，伤势的原因让他变得十分虚弱。

"对……"胡顺唐忽然停下脚步，"你的过去就是一个谜，没有人知道你从前的模样，没有人知道你曾经经历过什么，所以你的案子都无从查起，但你的所作所为似乎都是冲着古科学部去的，因为你知道那种诡异的案件立刻就会被这个神秘的部门所察觉，从而开始追踪你，可是你为什么在当年第一次被捕的时候却选择了越狱？"

"想知道答案吗？"夜叉王扭头过来看着胡顺唐。

胡顺唐点头，他当然想知道答案。

"好，就算是我报答你的救命之恩。"夜叉王靠在旁边的一幢石屋上，稍作休息，随后抬眼看着胡顺唐道，"因为李朝年从某种名义上来讲，是我的师父。"

李朝年是夜叉王的师父？！这个答案让胡顺唐非常震惊，就算是詹天涯得知这件事也会异常惊讶，这是谁都没有想过的事情。

胡顺唐迟疑了一会儿问："李朝年是你的师父？"

"对，只是某种意义上的师父，他救了我，也害了我，如果没有他，我已经横尸街头，也因为他，我才变成今天这副德行，我只是他所养的一只小白鼠，失败的试验品！"夜叉王带着狞笑咬牙说。

白骨比夜叉王还恐怖上万倍，胡顺唐早已亲身感受过，就算隔着那个看似安全的特殊囚笼，那种无形的压迫感都让他犹如窒息一样喘不过气来。如果是在一个开放的空间内，也许自己这条命早就没了。那东西擅长的并不仅仅是符咒，更多的是窥视人心，找出你内心最脆弱的部分，完全摧毁，抑或加以利用。

"你和他怎么认识的？"胡顺唐又问，这个问题很关键。

夜叉王避而不答，只是回答："我说是因为缘分，你信吗？或者说你觉得这种说辞是不是很恶心？！"

夜叉王说完后，闭上双眼，习惯性舔了下嘴唇，嘿嘿笑着。

"也就是说李朝年将你变成现在这副样子，就是让你为他卖命？像奴隶一样？"

"奴隶？就算是奴隶，主人也会给口吃的，吊着奴隶的命，可我对李朝年来说，连奴隶都不如，创造出来后便撒手不管，让我自生自灭，不过我寻找这些东西也不仅仅全是为了他，某一方面也为了我自己。"夜叉王身子离开石屋，勉强走了几步，受伤的手臂垂落了下来，十分无力，只得脱下多功能武装带，用匕首割开里衣，简单包扎着。

这些东西？这么说李朝年要寻找的东西不仅仅是牧鬼箱，还有其他的？对！镇魂棺！胡顺唐突然想起来，夜叉王寻找镇魂棺，好像并没有什么目的，而且自己也不躺进棺材中验明真假，却举手投降，向詹天涯等人自首。明白了，夜叉王这家伙做了两手准备。

夜叉王一边包扎一边看着胡顺唐呆呆地看着自己的手部，笑笑道："又想明白了什么？说说看。"

"詹天涯说过，李朝年和你一样，都是难对付的怪物，你们有相似之处，对他们来说，最明显不过的相似之处那便是你们都是因为自首才被关进蜂巢内。所以我想，也许在你得知镇魂棺这件东西的时候，李朝年就已经向古科学部自首，被关进了蜂巢，而你不知道镇魂棺是真是假，于是本来没有被古科学部盯上的你，开始犯下一系列诡异的案件，让古科学部盯上你，目的有两个，其一，为寻找镇魂棺埋下伏笔；其二，在第一个前提下，如果你发现镇魂棺没有办法达到你预期的效果，那么同时你就可以向古科学部自首，然后顺利地被关进蜂巢内，就是为了想办法接近李朝年。"胡顺唐一口气说完，看着夜叉王，期待他的点头抑或摇头。

"聪明，以后我可以在半桶水这个称呼上加上聪明两个字，但还是半桶水。"夜叉王哈哈大笑，"废物就是废物，就算是废物中的佼佼者，那还是废物！"

胡顺唐强忍着，问："以你现在身体的状况，我有百分之百的把握可以对付你。"

"是吗？我相信，不过我更愿意相信，你的性格不会落井下石。"夜叉王似乎一点儿都不为胡顺唐的威胁所动，"你刚才的推断对了大部分，但不是全对，关于镇魂棺这件东西，的确是李朝年早年告诉过我，但我并没有往心里去，原因是……那时候我还没有意识到我已经成为了一个怪物！"

夜叉王说到这儿，脸色沉了下去，这也让胡顺唐感觉到很意外，也许在这个世界上有人很羡慕夜叉王具备的那种诡异的能力，几乎可以达到了不生不死的境界，可夜叉王似乎对这样的结果很不满意，甚至觉得很后悔。

"我被关进去又越狱，仅仅是因为我发现古科学部的那群家伙只是想知道我杀人的手法，而没有要将我送进蜂巢的意思，于是我只得逃跑，让他们将注意力全部集中在了我的身上，同时去寻找镇魂棺。知道吗？古科学部那些家伙的嗜好就是收集散落在中国各地的这些稀奇古怪的东西，只要有了镇魂棺作为目标，他们自然而然会将我视为真正的头号通缉犯，再次自首或者被捕，就会百分之百被送进蜂巢，这样一来，我的目的就达到了。"夜叉王包扎完毕，开始慢慢向上走。

胡顺唐跟上夜叉王，两人艰难地向上并行。胡顺唐也算明白了夜叉王为何要寻找镇魂棺和牧鬼箱，但同时又想到最关键的问题，李朝年为什么要救夜叉王，把他变成现在这种怪物，而夜叉王为什么要接受？又为什么要后悔？明知道自己后悔，可还会受制于李朝年？这其中的真相到底是什么？但听完了夜叉王的话，他清楚，这家伙不会那么轻易就将真相和盘托出，大概是因为自己救过他，还有盐爷等人此时不在这里的原因，才能告诉自己这么多事情。

"噢，对了，告诉你个秘密，不，应该说是谣言，官方一般都这么说。"夜叉王脸上带着笑，"知道对越自卫还击战吗？不算老山战役，整个战役时间只有二十几天，中国军队势如破竹，很快就打到了离越南首都河内还有几十公里的地方，而那场战役中，向中国提供军事情报最多的就是美国人，而与美国情报部门负责接洽的就是古科学部。"

"不可能，对越自卫还击战是在 1979 年，我记得詹天涯提到过，蜂巢建立是在 20 世纪 80 年代。"胡顺唐提出了疑问。

"谁说蜂巢建立才有了古科学部？"夜叉王扔下这句话，又道，"半桶水就是半桶水。"

胡顺唐没有理会夜叉王的讽刺，追问道："你到底想说什么？"

"我想告诉你，干我们这一行的，不要与政府的人走得太近，在这些行当里，其他人不会因为你有几个给政府干事的朋友就会畏惧你三分，古科学部没有你想象中那么简单。"夜叉王向上走了几步，停下来，抬头看着那棵顶端靠近洞穴顶部的枯树道，"快到了，把注意力不要集中在我的身上，我现在这种状况，再出什么事，自身难保，你只能想办法自救了……半桶水！"

胡顺唐抬眼去看那棵枯树，终于看清楚在那棵枯树巨大的树枝之上，挂着的并不是什么果实，而是一具具阴森的白骨，都是倒吊着用铁链绑住了脚踝，而在树干上则好像爬满了什么东西，虽然那些东西一动不动，但胡顺唐依然看得很真切，都是先前在墓室中遭遇过的那些腐液蜈蚣！

看清楚那些东西后，胡顺唐立即拔出棺材钉，夜叉王却伸手制止他："不用那么紧张，那些都是死掉的蜈蚣，你没看清楚都只是蜈蚣骨吗？"

过于紧张的胡顺唐经夜叉王一提醒，才意识到那些只是腐液蜈蚣的骨头，慢慢垂下握着棺材钉的手道："这到底是些什么东西？"

所有的这一切实在是太诡异了，先前黑压压的独角蝇，现在又是枯树上的骸骨，加上爬满了树干的蜈蚣骨，这到底是个什么地方？又是谁创造的这个地底怪镇，又有什么目的？

夜叉王摇摇头，回身去看着后面下方那个荒废的市镇，淡淡地回答："废墟，所有城市的最终命运。"

伪阴间

　　两人终于靠近了那棵枯树,枯树下有块石碑,石碑上还有一个硕大的骷髅头,骷髅头的鼻子部位也和先前夜叉王找到的那个双面鬼头一样有一个类似犀牛角的东西。

　　胡顺唐蹲下来,用手轻轻拂去石碑上那一层白色的灰尘,用手摸着那白色灰尘,两根指头搓了搓,又闻了下说:"好像是骨灰。"

　　夜叉王也蹲下来,用手将石碑上的白色骨灰完全拂去,露出里面的那几个形状怪异的字,才看了一眼就笑了:"真有意思。"

　　"上面写的是什么?"胡顺唐问,他看不明白上面的字,上面的字体看起来和市镇外那块石碑上的完全一样。

　　"不好解释,简而言之就是三个字——地昆仑。"夜叉王盯着石碑说。

　　"地昆仑?那市镇外那块石碑上写的又是什么?"胡顺唐又问。

　　"往生道。"夜叉王起身说,"我大概猜到是怎么回事了。"

　　胡顺唐起身来,看着他们来时的方向,能清楚地看见他们跳下来的那块凸出来的岩石,还有岩石下方的那个水池。

　　夜叉王指着那个方向说:"孟婆桥、冥河、往生道、地昆仑,还有这棵锁魂树,那东西说得没错,这里是阴间。"

除了地昆仑，孟婆桥、冥河、往生道、锁魂树这些词汇胡顺唐再熟悉不过了，从某种层面上来说，对这些东西的熟悉程度几乎超过了他老家的那座宅子。

"不可能！"胡顺唐立即说，"绝对不可能，我去过阴间，不是这个样子，况且普通人不能以实体的模样前去阴间。"

"我还没有说完呢，这里是阴间，不过是人造的，或者是某些闲得没事做的家伙，依照记载中阴间的模样造出了这种地方，所有的东西应有尽有，一般人很容易就会上当，不过我们不会。"夜叉王转身就要向树干下方走去，却被胡顺唐叫住。

"是我不会，不是你不会，好像你很愿意相信这个人造阴间是真的。"胡顺唐盯着夜叉王的背影说，"我想知道，在那扇石门外，你想要抱住的那个小女孩儿是谁？你曾经残杀过的孩子吗？怎么？良心发现？"

夜叉王背对着胡顺唐抬起头来，并没有转过来，也没有回答，只是站在那儿。

胡顺唐向前走了两步，又道："我不会相信你这种嗜血的变态会良心发现，你是不是又想利用那些孩子的魂魄做点儿什么？继续杀人？继续玩你的变态游戏？"

胡顺唐话音刚落，夜叉王猛地转身过来，一个回旋踢踹向胡顺唐的腹部，胡顺唐早料到夜叉王会攻击，闪身躲过的同时，没有做出任何反击，反而继续向后一跃躲闪开来，果然夜叉王那一击回旋踢仅仅只是前奏而已，接连而来的几脚如闪电般踢了过来。

胡顺唐一边躲闪一边说："说中你心里最肮脏的地方了？恼羞成怒了！"

因为身体的原因，夜叉王攻击的速度远没有从前那么快速，胡顺唐几乎已经抓住了他身体的空当，但没有下杀手，他还想从夜叉王身上搞清楚一些至今都没有弄明白的事情，所以夜叉王不能死，只能想尽办法将他的话给套出来。

"夜叉王，你是不是恋童？喜欢幼女？"胡顺唐继续激怒夜叉王。

夜叉王准备又一次发动攻击前，却猛然停住，放松全身，活动了下自己的脖子："胡先生，如果你想杀了我，现在是一个机会，就如你所说的一样，你有百分之一百的机会可以干掉我，来吧，我绝不还手。"

说完，夜叉王张开双臂，闭上双眼，连包扎好拉着的绷带都已经断裂开来。

胡顺唐愣住了，他当然不会下手，虽说这是一个绝好的机会，可杀了夜叉王，一切的线索都断了。

许久，夜叉王终于睁开双眼，眼球向上诡异地一翻，盯着胡顺唐道："半桶水，你的激将法对我没有任何作用，别忘了，我是个怪物！"

说完，夜叉王舔了舔嘴唇，又露出那诡异的笑容，转身向树干走去，盯着树干看了一会儿，摸着树干下方那道缝隙，猛地将手插了进去，随后拖出一根巨大的铁链来，转身将铁链扔给胡顺唐，自己拉住铁链的一部分说："拉出来看看里面有什么！"

胡顺唐抓着那根铁链，注意力依然在夜叉王的身上，这家伙竟然可以当先前的事情没有发生过，也不追究自己故意说出的那些话。这样一来，胡顺唐对夜叉王的往事更加好奇了。

两人抓住铁链往外使劲拖着，刚拖动的时候，树干下方的那条缝隙就开始慢慢变大，从一条缝隙变成了一人高，一人宽的洞口。

"把铁链拖到石碑处绑好！"夜叉王使劲拽着铁链，不让铁链往回落。

胡顺唐转身将铁链搭在右肩上，艰难地向石碑处一步步挪动，虽说夜叉王在拼命拽住铁链，可铁链另外一头却像是有什么东西在大力往回拖动一样。

"绑好！我快拉不住了！"夜叉王的身体已经往后倾斜成了四十五度，受伤的右臂处骨头都快断了，再持续下去右手就彻底废了。

胡顺唐吃力地将铁链绑在石碑之上，随后喊道："好了！松手！"

"松你个头！进去！"夜叉王并未松手，胡顺唐看着那个一人高的洞穴，迟疑了一下还是一头钻了进去，随后夜叉王松开手也猛地向里面一钻，撞到胡顺唐的后背，胡顺唐还未站稳就被夜叉王给撞倒，这一摔落下去不要紧，径直向下自由落体，随后重重地摔在地上，觉得全身骨头都要断了。

许久，胡顺唐缓过劲儿来，摸到旁边的夜叉王，周围一片黑暗，什么都看不见，慢慢坐起来问："你怎么知道这里面有根铁链？"

夜叉王起身来，摸出最后一根荧光棒对折，扔在地上道："我他妈不会用眼睛看啊？这么愚蠢的问题也亏你问得出来，什么时候你学会闭上你的嘴，用脑子思考问题，什么时候你就可以脱离废物的圈子。"

"这是哪儿？"胡顺唐撑起身子来，四下看着。

"枯树下面！你能不能不要这么多废话！找找吧，牧鬼箱肯定会在这下面。"夜叉王也起身来，起身的同时发现自己的右手已经出了问题，凑近那根荧光棒，看到先前进入石门前，自己画出的那道血痕已经彻底消失。

"妈的！"夜叉王骂道，"时间到了！"

"什么时间到了？"胡顺唐又开始问为什么，这让夜叉王很恼火。

夜叉王盯着胡顺唐道："你为什么总是问那么多为什么为什么？"

胡顺唐极力压制住自己的怒火："我不懂就要问！这是老师教的，这个理由够不够？"

夜叉王懒得和胡顺唐再争论下去："先前右手勉强还能使用，可已经过了时间，再撑下去就烂了，如果及时救治，或许还能保住，否则这副身体就只能抛弃。"

"求你件事。"胡顺唐此时忽然话头一转，语气稍有缓和。

夜叉王用左手拿着荧光棒，四下寻找着："有屁快放！"

"如果你要抛弃这副身体，麻烦你还给婉清和魏大勋。"胡顺唐道，语气中带着恳求。

夜叉王转过头来看着胡顺唐，有些诧异："半桶水还真是有情有义。"

胡顺唐凑近夜叉王，恨恨道："我说的只是这副身体，并不是牧鬼箱！"

夜叉王没有回答，转身继续在四下找着："办正事吧！多情种子！你女朋友的事还没有解决，现在又忙给新欢献殷勤了！"

胡顺唐彻底怒了，本来胡淼被夜叉王害死的事情，他一直压在心头，若不是还抱着一丝胡淼可以"复活"的希望，恐怕早就把夜叉王给杀死了，但现在这样一说，他再也无法压制住体内的怒火，拔出棺材钉就狠狠向夜叉王刺去。

那一刺被夜叉王躲过，随后抬起一脚踹向胡顺唐，树干下方的洞穴本就狭窄，两人此时的打斗都几乎向对方下了杀手，每一招都招呼对方最致命的地方，完全没有留任何情面。

两人厮斗了一番，都没有占到什么便宜，一拳一脚后两人都中了招，紧贴背面的树干内，喘着气。

夜叉王抬眼，故意将荧光棒放在自己的脸部下方，学着婉清的语气说："哎呀，专家，现在应该怎么办呢？"

刚学完，夜叉王又一变脸，学胡淼的语气说："顺唐！顺唐！救救我！"

"干你大爷！"胡顺唐将棺材钉一个倒转，又狠狠刺了过去。

夜叉王偏头躲开，又开始学莎莉的语气："顺唐，为什么要对我这么冷淡？为什么？"

胡顺唐收回棺材钉，看准了拿着荧光棒的夜叉王，先是虚晃了一招，随后故意露出空当来，夜叉王看准了他露出的那个空当，抬脚就踢了过去，胡顺唐腹部一收，贴住夜叉王踢出的腿部，双手一抓，反将夜叉王制住，同时棺材钉也抵住了夜叉王咽喉的部位。

"半桶水，长能耐啦？学了太极拳？谁教的。"夜叉王说，说话的时候抓住胡顺唐右手的左手又微微用力，张开嘴露出了自己的牙齿，故意"啊"了一下。

胡顺唐知道就算自己那一下刺进去，自己的右手又没有办法脱离开，在这种距离下，夜叉王随时都可以转移到自己的体内，像占据黎明身体一样占据自己的身体，完全没有机会逃掉。

"啦啦啦啦啦啦……"夜叉王明白胡顺唐意识到了这一点，扬扬得意起来，那模样看上去无比厌恶，"可惜这里太狭窄，你根本施展不开，就让你内心里爽一爽，满意了吗？"

刚说完，夜叉王脸色就变了，厉声道："胡顺唐！闪开！快点儿！"

胡顺唐当然不肯松手，夜叉王立即松开胡顺唐的右手臂道："我身后有东西！快闪开！"

夜叉王这样一解释，胡顺唐才松开夜叉王，夜叉王闪身离开，用手中的荧光棒照着身后的树干，发现树干内挖出了一个类似神龛的位置，在其中还盘腿坐着一具黑漆漆的干尸，干尸手中抱着一个不大的箱子。

荧光棒的绿光照在那具干尸上，再反射出来让整个树洞中都显得更加阴森恐怖。

"蜡尸？！"看着那具干尸上反射出的绿光，胡顺唐脱口而出。

"的确是蜡尸。"夜叉王点头道，"只有蜡尸表面才会这样光滑，皮肤没有腐烂的迹象，呈半透明状。"

夜叉王把荧光棒拿近干尸，胡顺唐凑近看去，果然发现那具蜡尸皮肤半透明，里面的血管都能清晰可见，只是那具蜡尸的身体大小看起来根本不像是一个成人，倒像是个七八岁的孩子。

蜡尸双手抱着一个盒子，头颅低垂着，嘴唇裂开，露出的牙齿颜色并没有变化，还是呈白色，可以说是白得有些骇人，普通人就算是每日保持刷牙三次，还去洗牙都不可能达到那种程度。

"是个孩子？先前崖墓中也都是孩子的骸骨。"胡顺唐起身道，起身的同时眼睛一晃，看见在那具蜡尸的背后似乎写着什么东西。

蹲下来的夜叉王仔细看着那具蜡尸的牙齿，摇头道："不，这不是儿童，是成人，孩童没有这样的牙齿，门牙等前齿已经完全成形，虽然说无法判断牙床，但能看得出来，颌面部骨缝已经骨性融合，再看这身体，手臂和腿部的长短与成人没有区别，只是这身体缩小了。"

"身体缩小了？"胡顺唐盯着那具蜡尸的身体，"对，的确是身体缩小了，手臂和腿部保持着原来的长短，这是怎么回事？还有，这具蜡尸的背后好像还有文字。"

夜叉王用荧光棒凑近，果然在蜡尸身后的树干上发现了文字，但文字并不是雕刻上去的，倒像是人用手指甲给画上去的。胡顺唐看了一阵，只能辨别出一部分文字的意思，其他的完全只能够猜，不知道那是什么文字。

"这是什么字体？"胡顺唐问。

"琅邪文。"夜叉王道。

"你认识？"

"一部分，李朝年曾经教过我，琅邪文就像是现在的密码一样，用字符组合在一起的，只是属于不用母本的密码，只要能够背下来琅邪文字中基础的一千五百个字符，就能从组合中读出其中的意思。"

"那上面写的是什么？"胡顺唐又问。

夜叉王咧嘴一笑，盯着蜡尸双手抱着的那箱子说："上面说这箱子就是牧鬼箱，还说这具蜡尸的本名叫安期生，自称冥王，这完全就是在胡扯。"

"安期生？你是说那个传说中的著名方士？"胡顺唐道。

夜叉王看了胡顺唐一眼："对，半桶水，没想到你也知道安期生。"

"拜你所赐……"胡顺唐目光落在那口箱子上面。

镇魂棺事件后胡顺唐查了不少资料，着重点放在了徐福的身上，在翻查资料的时候发现，有一部分资料记载当年秦始皇之所以相信徐福，让其前往蓬莱仙岛寻长生不死药，一部分原因也是因为秦始皇在东游的时候，曾遇到过一个名为安期生的卖药翁，此人自称已千岁不死。秦始皇大喜，留下万金期待安期生能告知自己不生不死之法，但安期生却弃金，称"数年后可求我于蓬莱山"。可后来徐福寻找安期生未果，秦始皇望眼欲穿，再次东游，可依然没有寻找到安期生所在，于是只得建了一座望仙台，后来汉武帝也曾七次巡琅邪，想要寻找到安期生，依然未果。

后世有人称，安期生和徐福一样，为了力求自保故意演了一出双簧，虽然如此但安期生和徐福的传说还是流传了下来。可胡顺唐见过镇魂棺，知道其真实的作用后，也产生了怀疑徐福到底知不知道镇魂棺能起到什么作用，所谓永生是真，但也必须求永生之人永远躺在那具棺材之中。换言之，徐福到底是不想秦始皇得到永生，还是知道镇魂棺有蹊跷，不想害了他？

再说那安期生，道教之中称为上清八真之一，夜叉王又为何说这人自称冥王？难怪说是在胡扯。

"这是安期生的可能性不大，倒像是冒其名而为。"胡顺唐道。

夜叉王表示同意："对，但也不排除安期生本身只是一个传说，所作所为仅仅是为了掩饰自己的最终目的。"

"什么目的？当冥王？"胡顺唐仿佛明白了什么。

"对，这上面写着的文字，简而言之就是说自己一手创立了这个阴间，成为了冥王，但这明显就是伪造的阴间，至少没有骗过你，对吗？"夜叉王说完伸手就要去拿那个箱子，"任务完成。"

胡顺唐眼疾手快，举起棺材钉拨开了夜叉王的那只手，闪身挡在他跟前道："这东西归我，一开始就说好了。"

夜叉王收回手去，冷冷地看着胡顺唐："我、你，还有李朝年之间达成的协议很清楚，找到牧鬼箱，随后李朝年帮你解决你朋友的问题，至于谁暂时保管，并没有说清楚吧？"

"那你的意思是谁抢到就是谁的了？"胡顺唐沉了一口气，做好了与夜叉王厮杀一番的准备。

夜叉王向后退了一步，做了一个"请"的手势道："胡先生，我现在打不过你，牧鬼箱交与你保管，不过我得提醒你一件事，这件东西不能轻易落在别人的手中，否则你的愿望无法达成不说，这一趟咱们算是白冒险了。"

"别人？指的是谁？"胡顺唐问。

"别人所指的范围很广，除了你自己之外，所有的人都可以称为别人，其中包括了李朝年和古科学部的那些家伙们，试想一下，牧鬼箱在手，你就有谈判的筹码，如果没有，谁和你谈？李朝年可以翻脸不认，而古科学部可以以危及国家安全为理由，直接回收牧鬼箱，到时候你落个人物两空，得不偿失。"夜叉王继续向后退着，保持着和胡顺唐之间的距离。

胡顺唐没有回答夜叉王的话，心中很明白他的担心并不是多余。如果牧鬼箱交与古科学部，从正义的角度来讲，他的确做了一件应该做的事情，至少可以保证这件东西不会被居心叵测的人拿去做什么坏事，但同时也撕毁了与李朝年之间的协议，胡淼的事情也就……

"还有婉清那些人！要是这东西落到他们的手中，你同样会被古科学部追责，用现在流行的话来讲，这次旅程他们可是你的主要赞助人，当然如果他们成功，哪怕是复辟失败，再反咬一口，说你是他们的同伙，到时候除了我，谁知道实情？你会被戴上一顶叛国的帽子，永远都洗脱不清罪名！"夜叉王抓着那根铁链，略微偏了偏头。

胡顺唐侧过身子，看了一眼牧鬼箱，又道："你说了这么多，无非就是想告诉我，我拿着箱子不安全，如果你拿着箱子，就算出了什么意外，我也不必负太大的责任，对吗？"

夜叉王点点头："对，不过我不强求你，我现在也没有实力强求你！我可以答应你，在离开这个鬼地方之前，我绝对不会去抢夺你手中的牧鬼箱，至少我们暂时面对的敌人，仅仅是婉清和她的鹰犬，怎么样？这个提议你没意见吧？"

胡顺唐点头："没意见。"

虽然和婉清认识的时间不长，但也看得出她是个有情有义的人，当然也很孝顺，所以她一定不会放过任何可以抢夺到牧鬼箱的机会。虽说自己有把握可以正面对付婉清和魏大勋两人，但婉清不是普通的弱小女子，加上魏大勋这个游骑兵出身的职业军人，明枪易挡暗箭难防，还得小心为上，至于出去了之后怎么办，只能走一步算一步了。

"很好！拿东西走人。"夜叉王作势就准备顺着铁链爬上去，同时也故意表现出自己不会去和胡顺唐抢夺牧鬼箱的意思。

胡顺唐转身去拿箱子，但那具蜡尸的双手将箱子抱得很紧，虽说箱子的大小并不像当初所说的长五尺，宽两尺，但也有一定的重量，摸起来不像是空的，好像是一块整木。

拿了几下没有将牧鬼箱拿出来，胡顺唐只得抬脚撑在树洞内，一用力，却没有想到蜡尸的双手好像被镶嵌在牧鬼箱上一样，这一拉不要紧，将整具蜡尸从树干内那个类似神龛位的里面给拖了出来。

蜡尸被拖出来之后，身体依然保持着原本的姿势，只是清楚可见背部有无数根类似神经管子一样的东西连接着树身。蜡尸的身体被移动之后，体内皮肤下血管中原本早就应该干涸的血液莫名其妙又从心脏部位出现，流动到身体的各个部位，最终通过背部连接树干的那一根根像神经线一样的东西流向了树干内，立即就将树干上用指甲画出来的那些文字衬得血红！血红的面积随后开始快速扩散，而那蜡尸体内的鲜血好像根本流不尽，还在不断地向树干内注入……

胡顺唐想起图财先前在墓室中拖动那具箱子时的情景，担心又触动了什么机

川西秘闻 ❸ 蜈蚣骨

关，俯身去掰开那具蜡尸的双手，无奈之下只得用棺材钉狠狠敲打着蜡尸的手臂，想去敲断，刚敲了几下，一柄匕首就刺在自己的脚旁，抬头看去，是已经爬上铁链的夜叉王。

夜叉王道："快点儿！"

胡顺唐用匕首艰难地割断了蜡尸的手臂，连着两个手掌将箱子给取了下来，想要放在背包之中，但箱子连着手臂根本没有办法放进去，只得单手抱着就要去爬铁链，但抓着铁链的时候却发现那根本不现实，自己抱着铁链根本没有办法爬上去，于是又想用背包的肩带去绑住牧鬼箱，试了一下还是不行，再抬头去看夜叉王的时候，却发现他嘴角挂着一丝阴笑。

中计了！这家伙早就已经算到我没有办法抱着牧鬼箱爬上去，于是率先爬上铁链，保持好了姿势等着！

"夜叉王，你很聪明，但我想知道你只有一只手可以活动，就算你是个怪物，又要拿铁链，又要拿牧鬼箱怎么上去？"胡顺唐冷冷地看着夜叉王道。

夜叉王冷笑了一下，双腿夹紧了铁链，腾出了自己那只抓着铁链的手，指了指自己身上的多功能武装带，在这种姿势下，夜叉王竟然能保持平衡没有掉下来！

"给我牧鬼箱，或者是你抱着牧鬼箱变成和那个自称是冥王的家伙一样……成为一具蜡尸！"夜叉王冷冷地说，伸出左手的手指勾了勾。

胡顺唐低头看了下失去手掌的那具蜡尸，无奈只得将牧鬼箱抛了上去，夜叉王伸手接住，将牧鬼箱用多功能武装带缠了一圈，绑好之后单手向上爬去。胡顺唐也跳上铁链开始向上爬行，终于爬到了树洞的入口处，却看到早已经爬上去的夜叉王走到石碑处，看样子是想要去解开那条铁链！

妈的！这王八蛋想要害死我！胡顺唐使出浑身力气爬出去，却看到夜叉王单手拽着铁链用力将他从里面拖出来，用力的程度之大，满脸的青筋都暴了起来。

"半桶水！你有必要让古科学部的人用军队的方法训练下你，单手攀爬是必修课程。"夜叉王看着爬上来的胡顺唐冷冷地说，随后竟然将牧鬼箱交还给了胡顺唐。

拿着牧鬼箱的胡顺唐很不理解夜叉王，这家伙到底想做什么？是想害我还是想救我？到底是想抢还是想……

夜叉王转身准备向下走，可在转身的刹那愣住了，浑身一震，低声骂道："妈的！我就说怎么会那么容易就拿到牧鬼箱，原来还有东西在等着我们！"

胡顺唐不知道夜叉王在骂什么，起身向前快走了几步，来到夜叉王身边，向下方一看，倒吸了一口冷气，整个后背就好像爬满了蚂蚁一样难受！

"这他妈到底是怎么回事！"胡顺唐骂道，看着眼下那座废弃的市镇中，不知道从哪儿钻出来的那些被剥了皮的人，像喝醉酒一样迈着步子，缓缓地从市镇中各个角落之中钻出来，虽然速度缓慢，但集中的方向都是朝着枯树的方向，明显是冲着夜叉王和胡顺唐两人而来。

"看来那个冥王死后还留了一手，难怪要死死抱住牧鬼箱不撒手，原来一旦蜡尸离开那个地方就会触动机关，放出这些僵尸来。"夜叉王盯着那些正在慢慢聚拢，向自己这个方向行来的僵尸。

"僵尸？"胡顺唐还是第一次亲眼目睹这种传说中的怪物，但和他想象的差距甚远，至少在速度上比想象中要缓慢许多，而且身体外的皮肤已经被完全扒下来，露出里面的筋肉，有些僵尸的头部还探出半个腐液蜈蚣的脑袋随着移动的步子而慢慢摇动。

"对，我估计应该就是这个市镇中原先的居民，也就是郪国的国民，这就解释了为什么郪国会莫名其妙地消失，原来人都躲到这下面来了，不过估计是被那个自称叫冥王的家伙所骗。"夜叉王扭头看着胡顺唐，"这些家伙都是牺牲品，都是那个自称冥王的浑蛋为了制造出人造阴间的牺牲品。"

"牺牲品？"胡顺唐抱紧了箱子，虽说现在还不知道那些僵尸会怎么攻击，但数量实在太多，放眼望去，整个市镇中到处都有，都无法估计具体的数量。

"我先前在墓室中就说过，这个地方没有生魂，换言之这里就是没有任何灵魂形态的东西存在，那个冥王当然也知道这一点，但他却有信心制造这种地方，原因很简单，就是利用牧鬼箱，这东西好像可以在特定的地方通过人的内心创造出某种幻象来，你想看到什么，就会在眼前呈现出什么，可估计他本人也没有真正见识过阴间的模样，理所当然觉得阴间地狱就应该是自己想象中那般阴森恐怖，于是欺骗了一批傻子来，改变他们的生活习惯，让他们忘记自己人类的身份，互相吞食对方，最终被集体杀掉，囚禁他们的生魂，不过照这些僵尸的情形来看，生魂应该被囚禁在这个地方的某一处。"夜叉王说，"开棺人，这应该是你负责的范畴内，想个办法吧。"

夜叉王说完慢慢蹲下，看着距离这个位置越来越近的尸群，随后扭过头来，目光落在牧鬼箱上面。

胡顺唐也看着抱的牧鬼箱，想了想道："你的意思是这些僵尸的生魂关在牧鬼箱里面？"

“有这个可能，李朝年说过……”夜叉王话说了一半，就被胡顺唐抢白。

胡顺唐道：“李朝年说过，牧鬼箱顾名思义就是可以控制大批的鬼魂，就像牧民牧羊群一样。”

“对，如果有生魂，在一般情况下，我还能控制两三个，但我感觉不到这里有任何生魂的存在，这些僵尸的目标也许只是牧鬼箱。”夜叉王皱起眉头，但依然没有行动。

“开箱子放出这些僵尸的生魂来？”胡顺唐道。

夜叉王抬眼看着他：“你是开棺人，我不是，这应该属于你的专业范畴内，问我等于白问，换作是我，在没有生魂可以操控的情况下，只能选择杀出一条血路来！”

胡顺唐也蹲了下来，两人并排蹲在那儿，从后方看模样甚是可笑，就像是在欣赏僵尸群起舞。

“要是打开箱子，放出来的不是这些家伙的生魂又该怎么办？就像镇魂棺一样，放出个到现在都不知道叫什么的玩意儿，我们就惨了。”胡顺唐慢吞吞地说，心中估计夜叉王已经有了计划，自己虽然着急，但也不能表现出来，因为他的偏脾气又上来了，不能在夜叉王面前再丢一次脸。

“我现在就担心一件事，就算我们平安从尸群中冲出去，又怎么爬回那块岩石上面，那个高度，除非咱们会飞，否则只能干瞪眼看着。”夜叉王盯着远处那块洞壁上端凸出来的岩石，也就是他们来时所站的地方，在那块岩石的后方是那扇石门，他们唯一的出路。

胡顺唐冷笑道：“你不是可以单手攀登吗？”

“胡先生……”夜叉王扭头来看着胡顺唐，“我觉得你还是个孩子，凡事都争个输赢有什么意思？”

胡顺唐道：“那也看面对什么人，如果是面对怪物，就有意思。”

“现在眼下有两条路，第一是打开箱子试一试，第二是我们冲下去，分散开来，然后到水池边再会合，我会想办法助你一臂之力，然后就看你的了。”夜叉王说完，看了一眼胡顺唐腿部别着的棺材钉。

胡顺唐立刻会意夜叉王的意思，但看到那岩石和水池之间的高度，有些拿不准自己到底能不能用夜叉王的办法爬上去，但那也是眼下唯一的办法，因为他是绝对不会选择第一个办法去冒险打开箱子的。

鬼知道牧鬼箱打开后会发生什么事！

"好吧，看来你已经做好了决定，走吧，还等什么，难道要等着变成那群僵尸的口中餐吗？"夜叉王说完，起身活动了下脖子，又道，"胡先生，你有没有玩过橄榄球？"

胡顺唐摇头，夜叉王笑笑道："没玩过不要紧，总看过吧？先把箱子给我，我试试他们的目标是不是牧鬼箱。"

胡顺唐迟疑了一下，还是将牧鬼箱交给了夜叉王，夜叉王拿过之后，以极快的速度冲了下去，在距离尸群十米的地方停下来，将牧鬼箱高高举过头顶，观察着那群僵尸的下一步行动。

果然，尸群在发现夜叉王手中的牧鬼箱之后开始躁动起来，纷纷抬起自己的手臂作势要抓向牧鬼箱，尸群前方的几个僵尸加快了速度向夜叉王冲来。

"妈的，我还以为你们和乌龟速度差不多呢……"夜叉王脸色一变，转身跃上一间石屋，不断地晃动着牧鬼箱，同时对胡顺唐喊道，"半桶水！你愣着干什么？跑啊！白痴！"

一直注视着夜叉王的胡顺唐回过神来，扣紧了背包的肩带，也不知道五禽骨粉对这些僵尸有没有用，但棺材钉肯定是可以伤到这些怪物，抓紧棺材钉，开始向尸群露出的缝隙冲下去。

和两人预想的一样，那群僵尸丝毫不在意胡顺唐，注意力完全集中在夜叉王手中的牧鬼箱上面，开始向石屋上方攀爬，甚至一部分僵尸还合力开始搬动下方的一些石台等物品，踩着向上爬去。

夜叉王一直小心翼翼地避开那些僵尸挥动的双臂，同时留心注意尸经钻过僵尸群，却还在市镇中快速穿梭的胡顺唐，终于在胡顺唐周围的僵尸数量减少到最小时，大喊道："半桶水！接着！"

胡顺唐闻声扭过头来，看着夜叉王奋力扔过来的牧鬼箱，冲到旁边的石台边缘，在半空中接住牧鬼箱，又跳下来，死死抱紧牧鬼箱发狂似的向水池方向跑去。在牧鬼箱从夜叉王手中扔出来之后，僵尸群又立刻掉转方向开始追逐胡顺唐，夜叉王借机跳上另外一间石屋的顶端，跳跃着从侧面迂回向水池方向奔去，同时密切注意着被尸群追逐的胡顺唐。

还有多少米？三百米？快了，二百五十米……快了！胡顺唐咬牙向前跑着，大口喘着气。

眼看还有两百多米就到了市镇口，前方却多了四五个僵尸，正在胡顺唐寻思要撞开他们冲出去的时候，旁边小巷中又扑出来两个僵尸。其中一个僵尸扑过来的同时张口就向胡顺唐咬去，胡顺唐一个翻滚躲过，抬手用棺材钉刺入那名僵尸的口中，又抬腿踩住僵尸的脑袋将棺材钉拔出来。

被棺材钉刺中的僵尸脖子一歪倒在了一旁，但没多久又转身爬了起来，只是速度有所减慢，但并没有被杀死。

"你大爷的！谁他妈说僵尸被打中脑袋就挂了！"胡顺唐翻身躲过，起身一个回旋踢踹在那个僵尸的身上，将其踹开，再一回头，却发现尸群已经追到了自己的跟前，跑在最前方的僵尸已经张口咬了过来。

　　眼看就避不过那个僵尸满口腥臭的血盆大口，胡顺唐下意识抬手就去挡，顺势将牧鬼箱放在了跟前，那个僵尸咬在牧鬼箱上，又好像触电一般弹开后退了好几步。

　　胡顺唐意识到这些僵尸也许怕牧鬼箱，尝试着拿着牧鬼箱开始逼近眼前的尸群，果不其然那尸群慢慢开始向后退着，似乎真的很畏牧鬼箱。

　　"半桶水！扔过来！"夜叉王站在远处的房顶对胡顺唐喊道。

　　"不用扔！它们怕牧鬼箱！这玩意儿是我们的护身符！"胡顺唐大声回应。

　　站在高处的夜叉王眼看着胡顺唐就被僵尸群团团包围住，虽然那群僵尸都好像畏惧牧鬼箱，但也必须是牧鬼箱凑近之后才会快速后退，但胡顺唐背对着的那些僵尸却依然随时准备着扑过去。

　　"这个白痴！"夜叉王骂道，提高了声音，"半桶水！扔过来！他们不是怕牧鬼箱，是怕牧鬼箱受到了损伤！"

　　胡顺唐听完一愣，同时也意识到了这个事实，那些僵尸发出类似野兽的叫喊声，依然没有放松对自己的包围，眼看着周围的僵尸越围越多，再这样下去只能死路一条。

　　"妈的！叫你扔过来！"夜叉王拔出匕首来，对准了胡顺唐，"你他妈再不扔过来，我就先把你干掉！"

胡顺唐无奈，一咬牙将牧鬼箱扔向了夜叉王，僵尸们的双眼也盯着牧鬼箱到了夜叉王的身上，胡顺唐在松了一口气的同时却发现剩下一部分僵尸却依然怪叫着盯着自己，并没有完全将注意力集中在夜叉王身上。

糟了！这群怪物没有想象中那么笨！把我们的伎俩给看透了！开始人盯人防守了！胡顺唐吞了一口唾沫，向后慢慢退着，虽然尸群散开了一部分去追逐夜叉王，但还剩下了一大部分盯着自己，慢慢向自己逼近过来。

死了就死了！胡顺唐拔出棺材钉，在逼近的两个僵尸脑袋上狠刺了两次，闪电般踢开他们，又奋力向前一撞，将后方的几个僵尸给撞开，一个翻滚滑到一栋石屋的旁边，借力从石屋的墙壁上反弹后跳了上去，上去后胡顺唐都有些惊讶自己竟然能够用这种法子跳上来，人在面临死亡时发挥出的潜力太可怕了。

胡顺唐还没有感叹完，那群僵尸开始加快了追击的速度，但这次没有像先前围攻夜叉王一样要爬上屋顶，只是在下方团团围住。

胡顺唐抬眼看着夜叉王，夜叉王已经来到了水池的边缘处，看着自己，喊道："跳下来！快！"

胡顺唐正要跳下来，夜叉王却又一抬手道："等等，等等！我还没有准备好！"

"你大爷的！"胡顺唐站在石屋的边缘已经做了纵身跳的准备，夜叉王这样一说，自己一收劲，差点儿没从边缘上滑落，好不容易保持住了平衡又退了回去。

夜叉王站在水池的边缘，慢慢向后方退着，那群僵尸争先恐后扑了过来，完全不顾那个巨大的水池，纷纷向里面跳去，跳下去便径直沉底，没有再浮上来，但透过水面依然能看到僵尸在水下拼命挥动着四肢。

"好，继续，继续来，越多越好，快点儿来。"夜叉王自言自语道，终于退到了洞壁的缘边，身体紧贴着，目光仔细观察着周围呈半圆形向自己围拢过来的僵尸。

越来越多的僵尸跳进了水中，几乎都没有浮起来，后来的僵尸在水池边刹住了脚步，并没有再跳下去，而是绕了个圈子向夜叉王逼近，此时在围攻胡顺唐的僵尸群也有一部分向夜叉王跑去，胡顺唐抓准了空当，跳下去开始和僵尸赛跑。

胡顺唐发了狂似的向前奔跑，甩开一个又一个在自己前方奔向夜叉王的僵尸。

终于，胡顺唐跑过了在前方速度最快的那名僵尸，还不忘回头看了那东西一眼，那东西戏剧性地减慢了速度，盯着超过自己的胡顺唐，然后加快了速度冲去。

我靠！胡顺唐冲到水池边缘上，纵身跃起，向水池另外一端的夜叉王跳去，但水池实在太远，胡顺唐最终还是落进水池中，浮起来后奋力向夜叉王处游去，夜叉王抬手将胡顺唐拉起来，道："恭喜你获得了僵尸运动会田径项目第一名！"

胡顺唐起身来，也不忘冷幽默一下："也恭喜你在僵尸橄榄球比赛中触地得分！"

两人背靠背站着，看着两方逼近的僵尸，夜叉王突然心生一计，假装牧鬼箱脱手，掉进水池之中，果然那群僵尸纷纷涌向水池边缘，夜叉王快速蹲下又接住牧鬼箱，道："半桶水，我等下托你，你借力向上跳，接下来的事情你应该知道怎么办了对吧？"

胡顺唐点头："知道，但没有把握。"

夜叉王翻转匕首，递给胡顺唐："棺材钉不够，这柄匕首还有些作用，但估计刀锋有点儿卷口了，你试试，要是失败了，可别怪我。"

胡顺唐接过来，点了点头，夜叉王随即将多功能武装带解下来，将牧鬼箱重新绑好，又帮胡顺唐穿戴好，蹲下来道："来！踩到我的肩膀，我数一二三，你就往上使劲跳！只有一次机会！"

胡顺唐单脚踩住夜叉王的肩膀，夜叉王正准备向上跃的时候，胡顺唐按住他脑袋说："等等等等！"

"你妈的吓我呀？有屁快放！"夜叉王骂道，甩开胡顺唐摸着自己脑袋的手。

"你怎么办？"胡顺唐俯身低头看着夜叉王。

"关你屁事！你他妈顾好自己吧！半桶水！"夜叉王咬牙骂道，"来！上！快点儿！"

胡顺唐踩好，夜叉王奋力向上一顶，胡顺唐借力又是一跃，跃上去的同时，抬手大吼一声，使尽全身的力气将手中的棺材钉插入洞壁之中，随后抓稳，双手抓住，看着下方的夜叉王喊道："来！跳上来！你能行的！我抓住你！"

夜叉王深吸一口气，伸出两根手指头向旁边一挥，惨然一笑，道："半桶水，你死了没死，千万别把牧鬼箱丢了，否则老子从阴间追回来都要杀了你。"

胡顺唐记得夜叉王这个笑容，知道他是要准备与僵尸群最后一搏了，忙喊道："夜叉王！快上来！你不能死在这儿！你是通缉犯！得跟我回去！"

"滚蛋吧！"夜叉王三拳两脚将围住自己的几名僵尸打落进水池之中，"抓我是古科学部的事，不是开棺人的事，你记得回去告诉李朝年，要信守承诺！"

说完，夜叉王深吸了一口气，抬起头来看着胡顺唐，道："半桶水！胡淼的事……对不起！"

对不起？夜叉王竟然会说对不起？胡顺唐很诧异，随即下方的夜叉王脸色一变，又换上那张满带嘲讽的脸道："话说完了，现在给老子滚蛋吧！"

胡顺唐刚还想说话，觉得紧握的棺材钉有些松动，赶紧借力向旁边荡了一下，翻身跳上支出来的棺材钉，赶紧又向上一跳，这次用匕首刺入了洞壁之中，接下来离岩石上端只有很短的距离。

当胡顺唐拼尽全力爬上岩石，再翻转身子低头去看岩石下方时，夜叉王已经被尸群围住，跌进了水池之中，随即浮上来的时候，周围的僵尸大概是因为牧鬼箱被胡顺唐取走，又没有办法爬上岩石，恼羞成怒纷纷跳下水池之中，夜叉王在僵尸的围困中终于沉入了水底……

"夜叉王！"胡顺唐大喊道，随后又叫了几声，但声音越来越低，越来越小，终于叫喊声只是在心中回荡……

胡顺唐不知道在那儿呆呆看了多久，再回过神来的时候，水池表面已经恢复了平静，他爬起来，看着下方还在游荡并抬起头向自己嘶吼的僵尸，转过身抱着牧鬼箱大步向那扇石门走去。

再推开那扇石门，对面依然是漆黑一片，突如其来的寂静让胡顺唐有些不适应，他回头再看一眼那个岩石，眼前却变得很模糊，石门内的情景逐渐产生了变化，但他却好像还是看到了夜叉王蹲在那儿抱着那个穿红色衣服的小女孩儿。

那个小女孩儿到底是谁？夜叉王真是一个完全失去心智的嗜血变态吗？

胡顺唐内心很矛盾，在那扇石门自己紧紧关闭之后，那个黑影又突然出现，但这次却是以夜叉王的模样出现在胡顺唐的眼前，盯着他手中抱着的牧鬼箱道："找到了。"

胡顺唐没有松开，抓紧牧鬼箱冷冷道："怎么？你想阻止我离开？试试看，不管你是什么东西，我都会弄死你！"

胡顺唐心中有一股无名火蹿了出来，同时手腕两侧的孟婆之手像两团火焰一样腾了出来，好似两条带着暗绿色火焰的蛇盘旋着从手腕处爬上了自己的肩膀。

大脑中一片空白，只有怒火的胡顺唐丝毫没有注意到这一切，但眼前幻化作夜叉王的那东西却猛然间后退了好几步，虽说脸上也模仿着胡顺唐带着怒气，但随后发怒的表情消失，换上了一副惊讶的表情。

那东西道："你是……后殓师？"

胡顺唐没有回答，只是冷冷地盯着那东西道："滚！"

那东西后退了几步，胡顺唐又上前了几步，在那儿保持了一段距离对峙着。

那东西并没有想要威胁胡顺唐放下牧鬼箱，可看样子也不想胡顺唐就这样离开。

"你是后殓师！你是后殓师！"那东西好像很兴奋。

胡顺唐猛地伸出手去袭向那东西，同时孟婆之手完全包裹在了他那只手臂上，抓住了本就无形怪物的脖子，那怪物被抓住脖子后，开始是惊讶，随后惊讶变成了惊喜："你真的是后殓师！"

第六十七章

他们的阴间

"滚！"

胡顺唐又一次冷冷地骂道，随后伸手将那东西甩开到一旁。可那怪物却死死赖着不走，追在胡顺唐身后，仿佛意识到了什么，立即化成了其他的模样立在那儿。

"后殓师！你不是想知道为什么吗？我可以告诉你！"那东西化作了一个穿着白衣的中年男子模样，但从外表来看并不是现代的人。

胡顺唐转身盯着那东西，上下打量了一眼道："这是你原本的模样？"

"不！不是！这是冥王的模样！"那东西回答得很快，一脸期待，完全没有从前那种故弄玄虚的模样。

"什么意思？你耍我？"胡顺唐道，扭头看向前方。

那东西忙挥动自己的双手："不不不，不是那个意思，你是后殓师，你能拿回我原本的回忆！只有你们后殓师能够做到！我也想知道自己是……什么……"

那东西很想说"是什么人"，但语气中连自己都不能确定自己从前到底是什么东西，是人，抑或是其他一种什么怪物。

"什么意思？我拿回你的记忆？你吃错药了吧？滚！"胡顺唐迈开步子要走，那东西追上来，竟跪倒在胡顺唐跟前，连连磕了几个头。

"冥王也是后殓师！他懂得，你肯定也懂得！"那东西磕头后说。

那具蜡尸生前是开棺人？！胡顺唐浑身一震，没有想过会是这种结果，开口问："还有呢？继续说下去。"

"其他的我不记得了！你可以试试用你的手来找找？"那东西满怀期待地看着胡顺唐的手，确切地说是看着覆盖在他手上的暗绿色的孟婆之手。

"怎么找？"胡顺唐问，语气比先前稍有缓和。

"你不会？"那东西好像不相信。

胡顺唐终于冷静下来，想了想，余光扫向那口石棺，开口问："行，那你先回答我，那口石棺为什么对你那么重要？"

"不知道，我什么都不知道，只是知道那口石棺对我很重要，如果没有了那口石棺，我宁愿消失。"那东西说。胡顺唐听得出来那东西说"消失"的意思大概就是人所说的"死去"，但他现在这副样子，平常人更愿意相信他就是人死后变成的形态，也就是"鬼"，而那东西却极力否认这一点。

突然，那东西抓住了胡顺唐的手臂，往自己体内狠狠插去，瞬间胡顺唐那双还算有神的双眼暗淡了下去，就好像死去了一样，很快又缓缓睁开，恢复了原本的模样，同时吐出了先前憋在胸中的那口气。

明白了。

"明白了？"那东西满怀期待地看着胡顺唐，"我是什么？我为什么会在这儿？"

胡顺唐还在发呆，那东西又问了好几次，胡顺唐这才反应过来，盯着他道："不知道，你那里什么都没有，不过我可以试试送你走。"

"什么？不知道？没有？不可能！我记得冥王说过，把那些东西都留在这里了！"那东西不愿意相信这一点，随即又说，"你说送我走？怎么走？去哪儿？"

胡顺唐转身，看着那扇石门："去阴间。"

"阴间？"那东西好像对这个词很陌生，脸上出现了迷惑的神色，"怎么去？为什么要去？"

"我不知道。"胡顺唐的确不知道，只是他回想起在将军坟时，那十幅鬼画上说得很明白，孟婆之手可以解封被压住的生魂，无论是在哪种形态下，不过关键的问题是，如今要实现的开棺太难，因为这整个玉梭山其实本身就是一口巨大的棺材，否则怎么会是中空的呢？

一口巨大的石制活寿材，所以才会机关重重，最终想要达到的目的就是创造出这个人为的阴间。

"你可以进那口石棺内吗？"胡顺唐看着那口石棺问那东西。

"可以……试试看。"那东西转身来到石棺口，虽然用"走"的方式，但依然是在飘动，来到那口石棺前时，身体的形状又变成了那团雾状，从石棺的缝隙之中钻了进去。等那东西钻进去之后，胡顺唐趴在棺材旁边，双手抓稳了棺材盖，沉思了一会儿后，放下背包，从其中取出那些东西来的时候，却发现香烛等东西都已经被水给浸湿，没有办法再点燃，况且自己身上也没有任何东西可以使这些东西燃烧。

"人有人事，鬼有鬼事，不要太勉强自己。"一个苍老的声音从黑暗中响起，随后盐爷出现在胡顺唐眼前不远处的地方。

胡顺唐早已察觉到盐爷一直在不远处听着自己与那东西的对话，却没有说破，此时盐爷出现，他并没有抬头，只是看着那口石棺问："盐爷，我想知道开棺人是正还是邪。"

"刀有好坏之分，仅仅是因为它是否锋利合手，却不能给任何一柄刀冠以正邪的名义，在正义的人手中就是正义，在邪恶的人手中就是邪恶。"盐爷看着胡顺唐道。

胡顺唐摇摇头："可刀是工具，是人创造出来的，但开棺人不是。"

"我是人吗？"盐爷沉声问道。

胡顺唐点头："你是人。"

"不，我是畜生，我比畜生还不如，自从我知道自己所杀的唐天安是自己的亲孙子后，我就知道自己是畜生，说一句你不爱听的话，我这样的人无可救药，如果不知道那个事实，我根本不会认为我做错了什么，因为是我杀了亲孙子得到了惩罚，所以才想明白了很多事，如果我没有杀死唐天安，杀的是其他人，就算是你养父吴天禄，我都不会认为那是错的，你说我现在是正还是邪？"盐爷走近那口石棺。

胡顺唐不语，的确这个问题是他一直在回避的，盐爷是他最后的亲人，他理所当然认为盐爷不是邪恶的一方，可事实证明，他的确是为了自己的私欲而离开了光明的地界，步入了邪恶的黑暗之中。

"东西到手了？夜叉王呢？"盐爷知道这个问题会使大家都很尴尬，于是将话头一转。

"嗯。夜叉王……死了。"胡顺唐说完后顿了顿，又道，"为了救我而死。"

盐爷仿佛对这个结果并不惊讶，只是点点头："嗯，那你觉得夜叉王是正

川西秘闻 蜈蚣骨

是邪？"

胡顺唐抬眼看着盐爷，不知道如何作答。

"每个人都有自己不为人知的过去，那个过去导致了现在，可每个人都是有过去的，你也不例外。如果说作恶，在佛家之中说谎也是作恶，你没有说过谎吗？"盐爷又说，目光落在那口石棺上，"这东西是什么已经不重要了，关键的问题是你现在能做些什么，又没有办法做什么，没有办法做到的不要勉强，也许他现在已经满足了，虽然你说了谎，可还是算做了件善事，对吗？"

是吗？我做了善事，也许吧。胡顺唐盯着石棺，脑子里满是先前从那东西处得到的那一段并不连贯的回忆，回忆就像是水流一样快速灌入了他的脑子中。没有想到孟婆之手还有这种作用，也许是和灵体之间能够达成某种特殊的联系，挖出其中最关键的部分吧。

从那个东西那儿胡顺唐得知了这处崖墓的来龙去脉——郪国祖先的确是在殷商时期为躲避追杀而逃离到此处来的。而这一族人之所以被追杀，原因便是每一代家族中就会诞生一到两个长相怪异的怪物，说是怪物，但从现在的科学角度来看，仅仅是因为近亲婚姻所导致的畸形儿。虽然在当时商朝其他贵族中也有类似的情况出现，可偏偏这一族在当时势力过于强大，其他贵族和诸侯早就想将其彻底铲除。连年的天灾，给其他贵族提供了足够的理由，认为天下遭受天灾是因为上天谴责这一族诞生的一个又一个怪物，于是将责任全部推到这一族身上，并欲群起而攻之。无奈之下，这一族人只得全部迁移出中原地区，躲避灭族的危险，来到了当时算是边缘地区的山区蜀地郪江河谷地界，创立了郪国。

郪国当时很艰难地在巴国和蜀国之间生存了下来，秦统一六国后便被吞并，并入蜀郡内，但郪国后人改称的王氏一族却完整地保留下来，依然是当地第一大望族，族人众多，并只服从王氏族长一人的命令，完全属于国中之国。可王氏一族极力掩饰自己曾经是殷商贵族后裔的事实，灭族的威胁依然如阴云一样笼罩在整个王氏族人的头顶，并未散去。岁月变迁，秦亡，汉楚对立，当时刘邦接管了巴、蜀、汉三地，封为汉王，同时与王氏一族建立了某种微妙的关系，深知此族只求自保，出钱出粮可以，但绝对不会出兵帮其攻打天下，于是告诉王氏一族的族长，如果他们想永久安居乐业，那么就安心永远待在封地内，就算是天下改姓为刘，他们也不能离开。

王氏一族当然不会离开，但在刘邦得了天下后，每日却有一种如履薄冰的感觉，认为当年自己并未出兵支持刘邦，已被记恨。迟早有一天刘邦会报复，于是惶惶不可终日。没多久，外界便传出了郜国后裔王氏一族有意造反的谣言，本来是莫须有的罪名，就连刘邦本人都不相信，却让王氏族长寝食不安，原因有二，其一是因为早年与刘邦的所谓过节，其二便是当时的刚年满十九的王氏新族长有了一个儿子，一个怪物儿子！那怪物儿子出生后，就将产婆给吓晕在地，就连他生母也都惊恐不已，因为那怪物儿子有着两张脸，这就算了，两张脸的鼻子上竟然还长着骇人的犄角！

如果此事放在现代，虽然会引起轰动，但大部分人不会将其联想太远，科学家会解释为近亲结婚，基因突变的原因，可当时恰逢刘邦执政之初，也遭遇天灾，王氏年轻的族长担心刘邦会以此作为借口对他们下手，他们就会像从前的祖辈一样，遭遇灭族的危险！

年轻的族长萌生出效仿祖上带着全族人逃离到更远地方去的念头，可就在准备下达这个命令的时候，一个自称是安期生的人出现了。

安期生的出现，让年轻的族长大喜过望，因为在那个年代，不要说名门望族、普通百姓都是熟知此人和此人的传说，认为其是一个神仙，就连当年叱咤风云的秦始皇都对其谦让三分。

安期生出现后，在王氏一族面前显露了几手自己的所谓仙术，从记忆的片段胡顺唐看得出，那仅仅只是一些简单的符咒术之类的东西，且不要说那个年代，就算放到现在来一样会唬到不少人。仙术的显露，让王氏族长更深信不疑安期生是神仙下凡前来搭救他们，于是将其奉为上宾，寻求解救危机的办法。

安期生告诉年轻的族长要躲过灾祸很简单，只需要出钱出力修建墓穴，给汉皇刘邦做出一副全族人都决心不离开封地，未死却已经掘好坟地，以表示自己永远不会造反的决心，另外还说在崖墓内要修建一座安抚神灵的地方，这样一来，可以避免天灾的发生，还可力保王氏一族后世繁盛。

年轻的族长完全没有意识到安期生要做什么，但认为神仙说的话一定有道理，于是召集全族人，出钱出力按照安期生的要求在特定的大山中开始修建崖墓，以及崖墓内的东西，但没有想到安期生却让全族人将山体完全挖空！

安期生要做什么？年轻族长当时根本不明白，但另外一方面，族长对自己那个怪物儿子虽说表面装出一副丝毫不在乎的模样，但仅仅只是给那些族人做个样子，虽说有神仙的庇护，但妖孽、怪物的谣言依然四起，年轻族长常常在私下抱着自己的妻子和怪物儿子伤心落泪，因为那是他唯一的妻子和唯一的儿子，而他的妻子则是他真心相爱的亲表妹。

修建崖墓花了二十多年的时间，二十年的时间对族长来说过于遥远，但二十年间却与汉朝皇族之间相安无事，更加坚定了他认为王氏一族受神仙庇护的念头。同时，安期生在族长怪物儿子七岁那年不停喂一种草药，唤作"止香"，说是可以抑制妖魔在其儿子体内的成长，但同时怪物儿子的身材永远停留在了七岁大小，还私下拜了安期生做师父，学习所谓的仙术。

崖墓终于全数修好，地下市镇也建好，随后安期生告知族长天下即将陷入大乱，王氏会遭遇灭顶之灾，必须要躲入早已建好的地下市镇中方可保全全族人性命。族长十分惊恐，立即下令全族人躲入地下生活，可没有想到安期生却在此时要族长献活人祭，要百名七岁男童方可化解这场灾祸，否则就算躲入地下也无法避免。

本崇尚善字为先的族长顾及全族的未来，但又不想让本族的孩童牺牲，便下令让人去四处收集七岁男童，又花了近半年的时间才收集完毕，带入崖墓之中全数杀死，尸骸按照安期生要求的方式安置入崖墓之中。

又过了一年，大概是因为生活在地下的缘故，族长终于病倒，不顾所有人的反对，按照家族惯例将族长一职传给了怪物儿子，同时安期生又告诉他有长生不死的法子，但必须按照他的方式来做。已经病重糊涂的族长答应了安期生的一切要求，而同时怪物儿子也坐了族长的位置，断了全族人的粮食，让所有人食人肉为生！也就是让全族人互相残杀，而族长的怪物儿子对安期生唯命是从，第一个杀了自己的仆人，当着全族人的面吃了仆人的血肉……

之后，整个地底世界真的变成了安期生所期盼的地狱，但仅仅是人间地狱。等族人开始被迫适应了这种人吃人的生活后，安期生立即下手杀了族长和怪物儿子，又将怪物儿子的骸骨分成数部分，分别放置于崖墓各个石棺内的箱子之中，以那些箱子伪装为牧鬼箱，担心别人前来抢夺，又将族长的三魂七魄用孟婆之手抽离了身体，分散封死在了那扇诡异的石门之中，而安期生本人则抱着牧鬼箱，永远封闭在地下，自称冥王。

族长死前，安期生才告诉他自己真实的身份是一个后殓师，也就是开棺人，不过那仅仅是族长最后残存的记忆。他的三魂七魄虽然散开，念念不忘的依然是对自己的妻子和怪物儿子的那份爱，可妻子早年就已经失踪，不知去向，所以最终那份爱彻底转移到了怪物儿子身上，不管他变成什么模样，就算面对他的骸骨，都会发了疯一样地去保护。

胡顺唐所见到的那可以幻化成他人形态，却没有实体的东西便是犯下大错的族长。

对于那个自称叫安期生的开棺人来说，他向往的是一种权力，这种权力在人间他无法得到，那么他只能选择在人间之外的地方拥有，于是他选择了阴间，可他没有去过阴间？很简单，那就自己创造一个。

可对族长来说，人间或者阴间都不重要，重要的是他要和自己的怪物儿子在一起，因为血浓于水，不管他是什么模样，又对自己的族人做过些什么，他始终是自己的血脉。

所以，胡顺唐从族长那儿得到了从前的记忆后，只得将其哄骗回了石棺之中，也许他现在已经安心，在他看来，要去的地方就算叫阴间，也没有关系，只要能和自己的怪物儿子在一起。他现在已经不会再纠结自己是谁，自己为什么会在这儿，这些问题，胡顺唐也不会告诉他答案，因为真正的答案对那个现在什么都不是的族长来说，比去了真正的阴间还要恐怖。

离开了那座石棺，胡顺唐和盐爷回到了阶梯处，看到已经醒来的图财后，胡顺唐猛地一拍脑袋，才想起来自己遗忘了一件很重要的事情——问问那个族长，先前夜叉王到底和他说过些什么。

但现在已经晚了，族长永远不可能离开这个地方，而且胡顺唐这个半桶水也不知道收集齐族长本身三魂七魄的办法，就算开棺，也无法利用孟婆之手将其"超度"，况且开棺人的忌讳之中首要的就是要开棺，必要入族谱，可整个王氏一族都已经灭绝了。

也许盐爷说得对，人有人事，鬼有鬼事，就算是开棺人也不能越界。胡顺唐抱紧了自己怀中的箱子，抬眼时却看到一直坐在那儿的婉清起身来，目光落在牧鬼箱上。一侧的魏大勋也紧盯着牧鬼箱，可两人都没有开口说话。

"牧鬼箱？"

终于还是有人开口问了出来，不过却是莎莉，莎莉见胡顺唐平安回来，总算是松了一口气，就算是问牧鬼箱，语气里都带着对胡顺唐的关心。

胡顺唐默默点头，蹲下来查看了一下图财的伤势，虽说图财伤势很重，脸色苍白，毫无血色，但能看得出来已经脱离了生命危险，魏大勋这个职业军人的确有一套如何在险境保命的办法，不过图财却以一种十分怪异的眼神盯着胡顺唐，好像看到的不是人，而是鬼。

"你一个人回来的？"婉清并没有问牧鬼箱，却是询问夜叉王的下落。

胡顺唐依然是默默点头，魏大勋走下一步阶梯跟着问："那个怪物呢？"

胡顺唐没有回答他的话，只是说："任务完成，我们回去吧，图财，你不是知道出去的路吗？"

图财依然呆呆地看着胡顺唐，随即有些怪异地笑了起来："不可能，你怎么可能活着出来，你一定不是人，绝对不是。"

胡顺唐抓起图财的手，在自己身上摸了摸，反问："是人吗？"

图财的左手碰到胡顺唐的瞬间抖了一下，紧接着开始在全身上下都摸起来，像是在搜身的动作一样，随即道："怎么可能！这绝对不可能！"

"当年樊大富只是被那东西给骗了，他推翻那扇门就看了一眼，转身就跑了，只不过他看到的仅仅是幻象，自己假想出来的幻象。"胡顺唐抓着图财的那只手说。

图财好像还是不相信，仅仅是一个幻象，一个谎言就让他们几代人生活在恐惧之中，就如王氏一族的族长一样没有去探查事情背后的真相，而是选择了绝对的相信。自称为安期生的开棺人害了王氏一族的族长，又为了自己的权力梦想将其变成了人不人、鬼不鬼的东西，又继续欺骗着无意中闯入的人，而关于那个盗洞，仅仅只是一个假想，压根儿就不是什么盗洞，那只是最早的崖墓入口，修建完毕后故意弄成盗洞的模样，让那些无意中闯入的盗墓贼觉得这个地方已经没有什么油水可捞，谁知道适得其反。

不过死得最冤枉的恐怕还是那个叫穆英杰的家伙。

"那个怪物被你杀了？"魏大勋又问，因为夜叉王对他留下的心理阴影实在太大，对于他这个有着基督信仰的人来说，认为夜叉王就是地狱中跑出来的恶魔，撒旦的使者。

胡顺唐依然不愿回答魏大勋的问题，只是重复问图财关于出口的问题。

图财终于还是说出了出口的位置，就在先前石棺所摆放的石台下方阶梯处，一个毫不起眼的位置有一个活动机关，按下后阶梯会移开，露出通往外界的通道。众人起身，轮流搀扶着图财向地面返回，这次的冒险除了胡顺唐之外的所有人来说，无疑都是一场挥之不去的噩梦，不愿意再回忆，却永远存在于回忆之中。

可事情远远还没有结束，就在图财按下那个机关打开通道的瞬间，众人正要进入，胡顺唐却猛地闪身到了所有人的前方，挡住了他们的去路，随即看着黑漆漆的通道内，沉声对众人说："退后，麻烦来了。"

"麻烦？什么麻烦？"婉清什么都没有看见，魏大勋也奇怪地向通道内探头，图财却转身就躲到了莎莉的身后。

"与我无关！真的与我无关！"图财闭上双眼，一直重复着这句话，随后开始念起"阿弥陀佛"来。

盐爷拽着莎莉和图财向后猛地退了好几步，莎莉差点儿被拽倒在地，与此同时，从黑漆漆的通道之中慢慢滑出了先前在墓室中所看到的那个被夜叉王称为镜妖的东西。

看清楚那东西出现后，婉清和魏大勋都赶紧退后，独留下胡顺唐一人面对那镜妖，隔着一米的距离对峙着，镜妖就那样立在那儿，也不知道到底想做什么，也不知道从什么地方钻出来的。

胡顺唐抱紧了手中的牧鬼箱，许久才说："如果我没有猜错的话，你是他的妻子吧。"

镜妖站在那儿一动未动，身体依然是呈现出镜面的模样，反衬出胡顺唐的影子。

"这个东西是你们苦难的来源，苦难已经结束了，你们一家也可以在下面团聚了，至少你丈夫和儿子已经团聚了，你帮那个家伙守着崖墓，并不能保护得了你丈夫和儿子，你们仅仅是被利用了，现在一切都结束了。"胡顺唐说，随后抬脚向前走了一步，身后的众人都很紧张。

镜妖最终滑开，贴紧了旁边的洞壁，让开了用身体堵住的通道。胡顺唐转身对众人点点头，示意大家从通道离开，婉清、盐爷等人小心翼翼从镜妖身边走开，谁都没有扭头去看那镜妖到底是什么模样，只有胡顺唐一直站在那儿，等众人进入通道走远了之后，这才说："谢谢。"

那镜妖发出"咕咕"的声音，整个身体好像融化了一样变成一摊类似水一样的东西，紧接着开始向阶梯下方滑落。远远看去，那通道就像是一个人的眼眶，而镜妖化作的那摊水则像是一滴眼泪，慢慢地向黑暗的深渊处滑落，最终与黑暗融为一体。

"顺唐！"莎莉在通道内停下脚步，喊着胡顺唐的名字。

胡顺唐小跑着追上了众人，大家向通道深处跑去，通道内的石板路逐渐变成了人工修建的洞穴，洞穴前方也有着细小的缝隙，缝隙中透露出数道光芒来，看来出口就在前方。

终于走到了尽头，一堵满是裂缝的墙壁出现在众人的眼前。众人开始合力用各种方式去推动、凿破那面墙壁，而同时在墙壁的另外一面，一对正在参观的情侣听到有动静，慢慢地凑到墙面前。

"轰！"

就在两人凑近的同时，墙面破开了一个大洞，一只手从里面钻了出来，同时看见一张花脸出现在那儿，大声喊道："终于出来了！"

魏大勋的这声兴奋的喊叫，让两个年轻情侣怪叫着退到了洞壁的另外一面，男人抢先一步，拉着自己女朋友就要从来时的那个盗洞之中钻回去，但两人实在太慌张，又被吓得不轻，钻了半天都没有钻过去，此时胡顺唐等人已经从残破墙壁打出来的洞口中逐一爬出，看着身处的崖墓的墓室。

"妈的！怎么还是在墓室中？！这不是出口吗？"魏大勋怒道，转头去问图财。

图财摇摇头，一脸茫然道："肯定是这儿，没有其他的出口，除非能够触动机关从原路返回。"

"没错，这里是出口，不是里面的崖墓，而是已经变成景点的那一处，你们看正面的洞壁上端。"胡顺唐站在那儿，完全不搭理两个被吓得抱在一起的情侣。

众人发现正对着的洞壁上方四处都是细小的洞口，洞口处透出阳光来，而要进入这间墓室唯一的出入口就是在右侧那个真正的崖墓盗洞。

胡顺唐转身看着那对情侣，笑了笑道："恭喜你们，参加了这次探险真人秀，放心你们上镜很好看。"

"对、对、对……不起！我们不知道这间墓室不能进来，只是好奇盗洞对面是什么，所以才钻了过来，对不起，对不起！"那个男人似乎对胡顺唐善意的谎言没有任何兴趣，一个劲儿地道歉，看来是误入了景点崖墓的禁区。

"没关系，你们表现不错，感谢你们参加这次活动，移动用户请发送10010 到 10086，联通用户请发送 10086 到 10010 参加此次活动的抽奖，祝你们中奖。"胡顺唐转身准备从盗洞内钻过去，又顿了顿回头问，"不好意思，今天星期几？"

在地底待了那么久，胡顺唐已经没了时间概念。

"星期六……"男人战战兢兢地回答，看样子是绝对不相信他们是什么探险真人秀，这也太真实了，因为图财还断了一只手被包裹着。

"周末愉快！"胡顺唐点点头，率先钻了过去，紧接着是图财，随后是盐爷和莎莉。

婉清钻过去后，魏大勋想了想又问那个男人："请问有口香糖吗？"

男人木讷地点点头，将自己身上的口香糖罐子递给了魏大勋，魏大勋接过来拿出几颗来，塞进嘴里，要还给那男人，男人却拼命摇头，表示不再需要。

"周末愉快，谢谢你的口香糖。"魏大勋也钻了过去，留下依然目瞪口呆完全不明白怎么回事的那对情侣。

从景点崖墓中走出来的众人，知道现在这副样子被大家看到一定会被猜疑，景区的管理人员说不定会立刻报告派出所，到时候麻烦就大了，于是翻墙从另外一面离开，好在虽然是周六但来参观的人甚少，没有引起什么大的麻烦，但翻墙而过后还是遇到一个景区的管理人员，魏大勋只得出手将其打晕，随后众人快速逃离，在逃离之前，魏大勋想了想用衣服擦了擦口香糖罐子外面，又将其握在景区管理人员手中。

没有进双龙镇，六人在镇郊外原先胡顺唐等人住过的农户家落了脚，可农户开门时脸上闪过了一丝惊讶，胡顺唐看见那农户脸上的惊讶，立刻意识到不对，暗叫了一声"不好"反手就抓住门要去关闭，但已经晚了，从门口几间破屋子中闪出几个拿着手枪的男子，随后门也被打开，农户的身后也站着两个手持手枪的男子，在男子的身后不远处则是坐着轮椅的王安朝。

"爷爷！"婉清有些惊喜，但惊喜过后笑容又立刻消失，知道接下来会发生什么事。

魏大勋转身看着那几人手中的枪，却没有站到王安朝那一边，盐爷一把将莎莉抱住，靠在胡顺唐的身边，胡顺唐下意识抱紧了怀中的牧鬼箱，图财则很惊恐地往众人中间躲去。

一名保镖推着王安朝的轮椅缓缓行到胡顺唐跟前来，王安朝的目光一直落在胡顺唐怀中的箱子上，许久才抬眼看着婉清道："婉清，你干得不错。"

胡顺唐狠狠地瞪了婉清一眼，婉清立刻说："爷爷，你怎么会在这儿？"

"你不是派人查到了他们的落脚点吗？从你走后，我就一直带人守在这儿，想着你那么孝顺，一定会将东西给带回来的，果然没有辜负我的期望，大清复国有望了。"王安朝又扭头看着胡顺唐怀中的牧鬼箱。

"老板，下面压根儿就没有什么箱子！"魏大勋从人群中站出来，来到王安朝身边。

王安朝连正眼都没有去看魏大勋："老板？你应该叫我主子，你们去了五个人，回来了两个，这么说就是搭上了三条人命，三条人命呀，难道就换不回什么东西？这笔买卖也太不划算了吧？"

魏大勋看着婉清，希望婉清能帮着说句话，至少魏大勋在地底经历的那些事，让他意识到这个世界上真的存在无法解释的事情，如果那种东西落在了王安朝这个一心想复辟大清的人手中，会发生什么事，用头发丝都能猜到。

婉清依然没有说话，本想帮着魏大勋说几句，但看到王安朝满脸的皱纹，还有强撑着的身体，还是选择了站在王安朝的那一边。婉清向前走了几步，站到了王安朝的轮椅旁，但避开了眼前众人向她投来的目光。

"非常感谢你们为大清做的一切，朝廷不会忘记你们这些功臣，等天下平定后，我会论功行赏的。"王安朝向胡顺唐身后的持枪保镖递了个眼色，那名保镖立刻上前要去抢夺胡顺唐手中的箱子，胡顺唐却在保镖靠近的时候，以迅雷不及掩耳之势一拳击在保镖的咽喉处，那人中拳后手枪脱手，双手捏着脖子，痛苦地满地打滚，其他保镖的枪口立刻对准了胡顺唐。

"放下枪！"婉清对那些保镖喊着，可没有人听她的，婉清急了，扭头去看着王安朝。

王安朝举起自己的一只手，示意保镖都将枪放下来，随后道："年轻人，我们做一笔交易，你要多少钱才肯把牧鬼箱给我？我可以给你一笔足够你几辈子花销的钱，欧元、美元、英镑还是法郎？你不爱国也没关系，我可以帮你搞到美国的公民身份，加拿大也可以，随你选。"

胡顺唐盯着王安朝冷冷地说："我只爱中华人民共和国！"

　　王安朝脸色一沉，喝道，"如果没有你们这些反贼，大清国早已无比强盛！成为了真正的东方巨龙！"

　　"喂，别开玩笑了，要是强盛，还会被别人占了北京城，烧了圆明园？"魏大勋在一旁冷笑道，刻意向胡顺唐身边一站，表示自己完全站在胡顺唐一方。

　　"那都是因为你们这些反贼！反贼！"王安朝极其愤怒，按住轮椅的把手就要站起来，随即又开始剧烈咳嗽，婉清忙伸手轻轻抚摸着他的胸口，低声安慰。

　　"你清宫戏看多了吧？真以为现在的人怀念清朝呀？"魏大勋看了胡顺唐一眼，同时眼珠子向旁边猛地一移，胡顺唐会意，向后慢慢挪动了一下，靠近盐爷，用脚跟碰了碰盐爷。

　　"奴才就是奴才，你们这些狗奴才！"王安朝愤怒地叫喊道，后方的两名保镖举起枪对准了盐爷和莎莉两人。

　　王安朝又道："交出牧鬼箱，否则你们都只有死路一条！"

　　婉清见势头不对，知道这样僵持下去迟早出事，于是上前一步从胡顺唐手中抢过了牧鬼箱，同时低声说了句："对不起。"

　　魏大勋见婉清抱走了牧鬼箱，低声骂道："真他妈够孝顺的！"

　　图财挤在人群中，尽力不想让王安朝看到自己的脸，但实际上王安朝对他是谁完全没有一点儿兴趣。

"爷爷，拿到牧鬼箱了，我们走吧。"婉清恳求道。

王安朝似乎不甘心被魏大勋和胡顺唐两人"侮辱"，脸色依然阴沉，缓缓地抬起自己的手，却被婉清眼疾手快一把抓住，婉清道："爷爷！没有必要杀人！这里是中国，出了事很难脱身的！而且枪声一响，就会有人报警！"

一旁的一个保镖似乎是为了得到王安朝的赏识，拔出一柄匕首来，又看了王安朝一眼，意思很简单，他可以无声地解决这两个人。

魏大勋看着那人冷笑了一下，知道这些个从普通安保公司雇来的保镖早就看不顺眼他和黎明等游骑兵出身的雇佣兵，趁此机会想要把自己给解决了。

"做得干净点儿。"王安朝冷冷地说，随后掉转轮椅就向屋外走。婉清没有挪动步子。

"喳！奴才明白……"那名保镖微微鞠躬，俨然一副奴才相，抬起头来看着魏大勋的时候满脸的阴笑。

王安朝行了一阵，回头对婉清说："婉清！你还愣着干吗？"

婉清突然掏出了一直藏在身上的掌心雷，对准了牧鬼箱道："爷爷！放他们走！否则我把牧鬼箱给毁了！"

王安朝彻底怒了："婉清！你到底想做什么？别忘了，你是大清国的格格！怎么能和叛逆为伍？把牧鬼箱给我！"

婉清向后退着，摇头道："爷爷，复兴大清是不可能的，那只是一个梦，永远无法实现的梦，那个时代已经没了，从时间的轨迹中彻底消失了，不可能再回去了！"

"王婉清！"王安朝一拍轮椅的扶手，"快把牧鬼箱交给我！"

婉清依然向后退着，一直退到院落中那口深井旁边，作势要将牧鬼箱给扔下去。

"干掉他们！"王安朝吼道，"一个都不要放掉！"

"一个都不要放掉！"这句话传入婉清的耳朵里，她完全不敢相信这是真的，随即看到一名保镖的枪口掉转对准了自己。

爷爷，你怎么能这样？复兴大清难道比我还重要吗？婉清完全没有想明白，脑子里猛然间变得一片空白，眼前的一切好像在变慢，就在那名保镖要扣动扳机的时候，魏大勋抬脚将其手枪踢飞，接着一拳狠狠打在那保镖的脸上，将其揍飞到一米外，同时胡顺唐也解决了另外一名保镖，在其后的盐爷也反手扭断了一名保镖的胳膊，接着用手肘直击那家伙的面部。

百密必有一疏，图财和莎莉两人却被剩下的保镖抓住，枪口狠狠地抵在两人的后脑上，莎莉虽然吓得脸色苍白，但还算有骨气，咬牙没有叫出来，只是闭着眼睛，而图财浑身发抖，显然害怕得不行，但嘴里却大声骂了出来："如果不是你，我们几代人不会变成现在这副模样！有种开枪呀！开枪呀！"

"住手！"婉清高举着牧鬼箱喊道，王安朝见状赶紧挥手让保镖停下来，目光一直落在牧鬼箱上面，生怕婉清损坏了牧鬼箱，或者是扔进深井内。

"婉清！把箱子给我，我放你们走！"王安朝道。

"放我们走？"婉清嘴唇微微抖动，看模样都快哭出来了，"你还当我是你的亲孙女吗？你这模样让我想起了我出生的时候，你得知我是个女孩儿，在产房外号啕大哭的模样！"

"是你自己选的，怪不得爷爷！"王安朝慢慢推动轮椅，来到婉清的身边，伸出手去，"把牧鬼箱给我！给我就没事了！爷爷就当什么事都没有发生过。"

王安朝的手触碰到牧鬼箱的刹那，脸上浮现出难以言表的笑容，就像中了邪一般，不知道哪儿来的力气将牧鬼箱一把抢夺了过去，放在双腿之上，然后快速地推动轮椅离开，因为保镖还制住了图财和莎莉两人，众人只得眼睁睁地看着王安朝拿着牧鬼箱快速离开，却没有想到王安朝行过几人身边后，扔下了一句话："杀了他们。"

婉清愣住了，好像被一道闪电击中一样瘫倒在井口的边缘，旁边保镖正欲开枪，图财发疯似的转过身来，用身体将两人撞开，其中一人的枪响了，那颗子弹击中了深井边缘婉清的肩部，已经精神恍惚的婉清被子弹击中，身子一歪就向深井内倒去，胡顺唐见势不对，扑倒过去，抓住了婉清的脚踝。

盐爷和魏大勋两人合力将周围的保镖制伏，但其中一名保镖的手枪还是开火击中了图财的腹部，盐爷手臂也被擦伤，与此同时，坐着轮椅快速离开的王安朝却在巷子拐角处停了下来，面朝众人。

胡顺唐奋力将婉清从井口拉起来，看见其没事之后，转身要去看看图财和莎莉两人，却发现图财和盐爷两人都受了伤，周围的保镖也全部被制伏。图财躺在莎莉的怀中，双眼瞪大，盯着天空，呼吸变得很急促。

莎莉慢慢抬眼看着胡顺唐，眼中满是疑问和哀伤，她不明白在自己脑袋被抵上枪口的时候，为什么出手救下自己的是图财，而不是胡顺唐，那个时候胡顺唐顾及的为什么是一个萍水相逢的女人？

胡顺唐查看了下盐爷和图财的伤势，吩咐魏大勋照看两人，自己快跑几步，在距离王安朝几米远的地方停下来，说："你跑不了了，枪声一响，警察就会来。"

　　"跑？我为什么要跑？普天之下莫非王土！这是大清国的土地，你们都是大清国的子民！我为什么要跑？为什么要怕？"王安朝嘿嘿笑着，捧起了牧鬼箱，接着伸手去拨开箱子下面的那个锁扣，"啪嗒"一声锁扣打开，王安朝脸上的笑容更加骇人起来。

　　"不要打开！你知道那里面是什么吗？"胡顺唐向前跑了几步又停下来。

　　王安朝抚摸着箱子表面，手指慢慢滑动到锁扣的位置上，深吸一口气道："里面是复兴大清的希望！"

　　胡顺唐身后，盐爷的伤势无碍，但因为年龄的关系，加上长时间没有休息没有进食，刚才又剧烈运动过，显得很虚弱，靠在墙壁上轻轻喘着气。而图财则呼吸越来越柔弱，盯着天空的双眼又移动到了莎莉的脸上，露出个难看的笑容说："我多希望……多希望我能再看看我媳妇儿和孩子……妈的，樊大富你这个王八蛋，你自己被骗了就算了，还帮助那个东西骗了你的子子孙孙！我被你害了，我被你害得家破人亡！一辈子都在逃亡之中度过！樊大富，我死也要下去找到你！"

　　说完，图财开始痛苦起来，腹部的伤口处涌出鲜血来，莎莉伸手捂住图财的伤口处，鲜血从她的指缝中向外渗出。

　　"没事的，只是腹部中弹，没事的，我以前腹部也中过弹，我给你看看！"魏大勋拉开自己的衣服，露出腹部那个伤疤，"你看看，我没骗你吧？坚持一下！坚持！"

　　图财双目里的神色开始慢慢暗淡下去，一直盯着莎莉那张脸，喃喃道："我不是没出息，我是没办法，你们要是能找到我媳妇儿，帮我告诉她事情真相，我不是没出息，我真的不是没出息，我不是那样的人……"

　　莎莉抱着图财，魏大勋跪在图财身边，看着图财的脸色越来越苍白，怀抱着图财的莎莉也感觉到他的生命正在慢慢地流逝，最终图财剩下的那只左手捏紧，又猛地松开，脑袋一歪，瞪大双眼死了。

　　恢复过神智来的婉清慢慢走过来，看着已死的图财和泣不成声的莎莉，还有发呆的魏大勋和盐爷，抬眼看着依然在对峙的胡顺唐和王安朝，握紧掌心雷慢慢走过去。

　　"爷爷，放弃吧，没用的。"婉清依然抱着最后一丝希望。

　　胡顺唐低声道："别说了，想办法把牧鬼箱给抢回来！他现在已经鬼迷心窍了！"

王安朝呆呆地看着怀中的那个箱子，按住锁扣的手指轻轻一抬，捏住锁扣就要向上抬去，此时婉清手中的掌心雷开火了……

"砰！"子弹击中了王安朝的手臂，王安朝呆呆地看着自己手臂伤口处流淌出来的鲜血，又木然地抬起头看着婉清，露出了一个诡异的笑容，紧接着将牧鬼箱的箱盖给打开了。

完了！胡顺唐浑身一震，想起水牛坝村的那种惨状，而牧鬼箱里面到底会装着什么东西？

死寂！一片死寂！王安朝本充满期待表情的脸慢慢恢复了平静，低头看着箱子内，里面漆黑一片，好像是无尽的深渊，什么都看不见。王安朝疯了一般将箱子举起来，脸冲箱子口，拼命地摇晃着，喊道："不可能！不可能！穆英杰说过，有了牧鬼箱就有了复兴大清的力量！怎么会什么都没有？不可能的！不可能的！"

胡顺唐松了一口气，婉清却是满脸的忧伤，放下了手中的掌心雷，发生的这一切对她来说不知是喜是悲。

拼命摇晃牧鬼箱的王安朝此时却突然闭上了嘴，因为就在他摇晃牧鬼箱的时候，有东西从里面掉进了他的口中，他赶紧一口吐出来，却发现那是一只模样奇怪的苍蝇，刚恶心地往地上"呸呸"吐着，就听到箱子内传出了"嗡嗡"声，再看向箱子的时候，里面就出现了像水流一般的苍蝇群！

苍蝇群从牧鬼箱中钻出来后，立刻钻入了王安朝的口鼻、双眼、耳朵之中，有一部分还顺着王安朝手臂的伤口拼命向里面钻，钻动时溅出来的鲜血洒满了轮椅。

胡顺唐和婉清两人惊异地看着坐在轮椅上的王安朝在那儿抖动着，就像碰触到了高压电一样，而牧鬼箱中的苍蝇群还在不断地向王安朝体内钻着。两人身后，盐爷、魏大勋和莎莉也被这一幕给惊呆了。

终于，牧鬼箱中再也没有苍蝇群钻出来，王安朝浑身也停止了抖动，垂下头来。

胡顺唐和婉清两人疾跑了好几步，想要去查看到底发生了什么事，一只黑色的苍蝇又飞了出来，在王安朝的头顶盘旋了一圈，看了看四周，发现胡顺唐和婉清两人后，猛地冲了过去，作势要钻进胡顺唐的体内，胡顺唐却伸出双手一把将那只苍蝇给拍死，摊开手掌却发现那苍蝇的模样很像是在地下怪镇中遭遇的那种独角蝇。

"怎么会这样？牧鬼箱里怎么会是这种东西？"胡顺唐自言自语道，刚说完，对面轮椅上的王安朝猛地抬起头来，伸出双手抓住自己头顶，将手直接插入头皮之中，扯开头皮后，双手抓着头皮两侧，用力向下撕扯！

胡顺唐和婉清眼睁睁看着王安朝将自己身体外的皮肤，从上到下剥开，就像脱了一件外套一样带着血肉的身躯从皮肤内钻了出来，血淋淋的全身清晰可见皮肤下的肌肉组织，而血管中流动的好像并不是血液，而是无数的苍蝇！

"你大爷！"胡顺唐见到这一切，终于知道为什么在地底会出现那么多被剥掉皮的僵尸，族长的记忆中由于他一直躺在床榻上，到底自称叫安期生的人怎么把那些人变成那副德行，他无从得知，眼下胡顺唐终于明白了。

"开枪！杀了那东西！"胡顺唐开口喊道，发愣的婉清还盯着已经变成剥皮僵尸的王安朝，胡顺唐抢过手枪来对准王安朝的脑袋，刚要扣动扳机，就看到王安朝的头部被击中，紧接着胸口又中了一枪。

胡顺唐握紧掌心雷，扭头向周围看去，想要看清楚子弹的来源。

第七十章

弹在榆下

　　远处，山体半山腰一块岩石下的草丛中，宋松用手中装有消声器的 5.88mm 口径的 88 式狙击步枪连开了两枪后，扣住扳机没继续射击，等待身边担当观察手和副射手的吴军对目标的评测，他从狙击镜中清楚看见王安朝变化的过程，也是吃惊不已。

　　吴军用望远镜观察着，好半天才说："目标身中两枪，好像没有击中要害……那到底是什么东西？僵尸？不，这和以前资料里看到的僵尸不一样。"

　　"资料中的那叫丧尸吧？"宋松瞄准僵尸又开了一枪，那东西中枪后摇晃了下身体，开始转身就跑。

　　"有什么区别吗？"吴军盯着望远镜，"目标进入房屋后方，到四组的负责范围了。"

　　"这玩意儿头部中枪竟然一点儿事儿都没有！真邪门了！"宋松恨恨道。

　　"这种东西的出现！本身就邪门！这到底是什么？！"吴军很疑惑。

　　"鬼知道那是什么！总之不管你们用什么办法，都必须将目标给灭了！我现在正在配合当地公安和武警封锁了周围十公里范围内的区域，如果目标从你们负责的区域逃脱，我只能进一步扩大范围，但在这个地方再扩大范围，影响就大了！"通话器中传来詹天涯的声音。

宋松和吴军此时看到王安朝所变成的怪物，又快速地从房屋后跳出来，一脚踢开抱住牧鬼箱的胡顺唐，抓起牧鬼箱又跑掉，趁这个空当宋松又补了一枪，这一枪击中了僵尸的脖子，僵尸身子一歪重重撞在旁边的墙壁上，像只狗一样晃动了下脑袋，又闪身躲避到了房子后方，胡顺唐随后又追了过去。

宋松看到这一幕对通话器说："总指挥，我认为那东西用子弹没有办法解决，你还是准备好重武器吧。"

"好，我这有红箭9反坦克导弹你要不要？"詹天涯问道，语气很平静。

"真的？地方武警没有那东西吧？你从哪儿调的？成都军区？"宋松有些不敢相信。

谁知道刚说完，就听到通话器中詹天涯的怒吼："我还有无声导弹和无声榴弹你要不要？妈的！让你们用消音器是为了什么？你想让周边所有人都知道这里出事了吗？现在我是以当地爆发了传染病为理由封锁了这里！就连当地公安部门和武警都不知道发生了什么事，内层封锁线除了无法撤离的平民外就剩下我们的人，要是那东西跑掉了，事情就闹大了，全世界的目光都得注视到这个地方来，到时候你们都给老子滚回家带孩子去！"

"我还没结婚呢……"宋松嘟囔道，吴军立刻瞪了他一眼。

吴军对着通话器立即下了命令："各狙击小组注意，必须将目标封锁在最小范围内射杀，范围内应该还有少部分平民以及我们的人，注意不要伤到目标之外的人。近攻小组准备进入封锁区域，把胡顺唐等人救出来。"

宋松此时又说："总指挥，先前锁定他们的时候，你就应该同意我们开枪击毙那几个家伙，就没有那么多事儿了。"

"宋松！你他妈能不能动动脑子？那群家伙是美国人！有美国国籍！就算他们持枪，在那种情况下我们也不能开枪击毙，否则的话会授人以柄，闹大了还会引起国际争端，到时候政府只能被迫否认我们的存在，并对我们的行为不承担任何责任，而我们也只能再次人间蒸发！"詹天涯的话很重，宋松不敢再争执下去。

"行，我们现在都是临时工。"宋松虽然没有再争执，却还是嘟囔了一声。

双龙镇外围封锁线，几辆军绿色的卡车横在二级公路中间，车前方垒起了沙袋，沙袋前方都挂着铁丝网，前方红色的"禁止通行"还带着红十字标志的方形牌十分醒目，而在沙袋后方站着手持03式自动步枪全副武装的武警，面无表情地目视着在沙袋对面那些大吼大叫要回家的群众，还有堵成一条长龙的各种车辆。

人群中，还有不少穿着防弹衣来回巡逻的五人一组的特警，虽然他们也很疑惑，但命令就是命令，没有办法违抗。

卡车后方，两辆福特车中间夹着的那辆白色指挥车中，詹天涯独自一人坐在车厢内，盯着远程监控上的画面皱着眉头，此时门突然被一只大手推开，詹天涯立刻关闭了监视画面，扭头看着那个站在车门口穿着警服，肩章上有着一杠三花的一级警司。詹天涯知道这个人，他是本地县的公安局局长杨志勇。

杨志勇扫了一眼指挥车内，看里面的陈设大概猜出了几分这辆车上坐着的人不简单，但还是开口问："请问你是哪个部门的？国防部？"

"我只能告诉你我们是同事，其他的……无可奉告。"詹天涯出于礼貌，起身回答。

"无可奉告？"杨志勇笑笑，"这是平时我对那些多事的记者说的话，没想到今天却有了相同的待遇，但我还是希望你能告诉我这里到底发生了什么事，爆发传染病是不可能的，这个理由不能服众，就连我都没有办法骗过。"

"无可奉告。"詹天涯只是重复了那四个字，想了想又加了四个字，"国家机密。"

"我知道你要负责任，但我也要负责！你要知道我也是这里的政法委书记！"杨志勇有些愤怒，但并不是用所谓的官衔来压人，他知道面对有些部门，这些头衔通通没用。

"就算你是中央政治局委员，在没有接到上级的明确指示前，我只能回答你无可奉告！"詹天涯脸上带着笑容，随即闭上嘴，坐了下来，眼望着关闭了的显示屏，意思很明白，是下了无声的逐客令。

杨志勇咬咬牙，只得愤愤离开，离开后门外那名古科学部的探员露出半个身子来，满脸的歉意，意思是拦不住杨志勇。詹天涯知道他的难处，点点头，自己走到车门口将门关好又加了两层锁，回到座位前重新打开监视器，画面上显示那个僵尸四下乱窜，躲避着四处射来的子弹，更让詹天涯不安的是胡顺唐竟然在枪林弹雨之中独自一人追赶着那东西，想要抢回牧鬼箱。

"近攻组！近攻组！"詹天涯抓起通话器吼道，"回话！你们在干什么？怎么还没有进入封锁范围！？我这里看不见你们！"

通话器那边只有杂音，詹天涯无奈干脆直呼其名："曾达！刘振明！你们哑巴了？"

"头儿，我们在，刚才脱防弹衣的时候把通话器刮掉了。"通话器中终于传来了刘振明的声音。

内层封锁范围线外，曾达和刘振明带着五名从蜂巢内挑选出来的军官蹲在一面土墙的后方，正慢慢向封锁线内摸去，试图安静地靠近那名怪物。

"谁叫你们把防弹衣脱下来的？你们疯了！"詹天涯骂道，一拳打在车厢上。

刘振明紧了紧手中那支95式G突击步枪，蹲在那对着通话器说："头儿，观察员告知目标没有枪，防弹衣也起不到任何作用，反而碍手碍脚的，还不如防刺服。"

"刘振明！你们所在的范围内有十个狙击小组，那东西的速度很快，狙击手没有百分之百的把握不误伤到近攻组的人，所以必须穿好防弹衣，多少有点儿作用，就算击穿了，子弹还不至于致死，现在我们的麻烦更大了！"詹天涯沉声道，盯着画面上还在追着那东西奔跑的胡顺唐道，"胡顺唐那傻小子正单枪匹马地追那东西！"

"什么？单枪匹马？"刘振明侧头看了一眼曾达，曾达皱起眉头，放下手中的05式冲锋枪，向在旁边待命的五名军官做了一个准备分散的手势。

曾达随即又道："你的意思是让我们把他给救出来？"

"救？看他那模样好像不用咱们救，这小子身手进步得很快，也不知道谁教他的……"詹天涯看见画面上胡顺唐左右躲闪着追逐怪物，有了些许的笑容。

"那你到底想叫我们做什么？"刘振明知道詹天涯是故意在那儿自夸。

詹天涯话头一转："我怕他被流弹误伤，你们七个人分成AB两个组，你和曾老两人协助胡顺唐干掉那怪物，其他五个人掩护区域内其他人撤退后，同时搜索平民，将他们带离这里到安全区域，之前我们预估了下，除开胡顺唐他们之外在内层封锁线内估计还有十到十五个平民，都得平安救出来，如果他们要问为什么，就说有恐怖袭击！"

"收到！"刘振明和曾达两人对视一眼，做了一个分散开来的手势，身后那五名故意将军衔都扯下来的军官点头表示会意，领头的军官向其他人做了一个"观察前进"的手势，随后以很快的速度消失在墙面后。

刘振明根本不知道，那几个年纪看起来较大的军官，最低军衔都已经是上尉，其中还有一个少校。

半山腰的吴军在为宋松担当观察手的同时，也在向曾达和刘振明两人通告与怪物之间的距离。

"刘振明十二点钟方向前行十米，在那儿守住就行，我会让狙击六组和七组用子弹把那东西给赶到你们那边去，剩下的就看你们了。"吴军从望远镜中看见那怪物还在发狂地四下奔跑。

曾达和刘振明两人靠在两堵破墙的后方，同时向对方点头示意，将保险打开后，听见那怪物的响动离自己越来越近。

"啪啪啪……啪啪……啪啪啪啪……"那怪物的脚步声越来越近，猛然间在发出一声沉重的"啪"声后，脚步声猛然间消失了。

刘振明竖起耳朵一听，没意识到脚步声怎么会消失了，在对面的曾达双眼突然一瞪，掉转枪口瞄准了刘振明头顶，同时那怪物从破墙上越过，曾达手中的05式冲锋枪连续开火，将那怪物击落，怪物被击落后在地上翻滚了几圈，跳起来面朝曾达嘶吼了一声，又掉头看着刘振明。

握紧95式突击步枪的刘振明盯着那被剥皮的僵尸，愣住了。

这他妈到底是什么东西？

迷失的人性

　　"开火！开火！"曾达手中的 05 式冲锋枪对准僵尸一阵狂扫。

　　正欲冲向刘振明的僵尸中枪后掉头就跑，曾达枪口依然对准僵尸的后背转而一脚踹在刘振明的身上，骂道："这东西就像狗一样，谁弱就对付谁！你真他妈给老子丢脸！"

　　此时，胡顺唐从破墙上方一跃而过，翻身过来，落地后看见曾达和刘振明两人，先前僵尸第一次中枪时他就意识到那肯定是古科学部干的，但有些愤怒的是在他最需要帮助的时候他们不出现，现在麻烦大了他们却出现了，完全应了那句"螳螂捕蝉，黄雀在后，弹在榆树下"。如果早点儿行动，盐爷不会受伤，图财也不会死！

　　曾达看着胡顺唐，伸手就要去拉他，却被胡顺唐抢先一把抓住了曾达的衣领，拖到跟前来盯着这个上了岁数的老头儿说："老人家！您还是回去歇着吧！"

　　曾达不知胡顺唐为何原因发怒，但很快意识到那怪物快要从目视范围内逃脱，甩开胡顺唐继续向前追，胡顺唐瞪了一眼刘振明，也拔腿追过去。曾达和胡顺唐离开后，婉清也从破墙边出现，手中依然握着那支掌心雷，看了一眼刘振明，拔腿向胡顺唐方向追去。

　　愣在那儿的刘振明好半天才回过神来，心里很清楚刚才自己的那种行为不仅会害死自己，还有可能害死曾达，不管是在警察还是军队内，都属畏战行为，是要接受处分的。可自己看到那东西的时候，真的惊着了，虽说加入古科学部没有多久，也知道工作中即将面对的东西是什么，但那玩意儿就像是以前在警校上解剖课时案台上的尸体。

不，比那种东西还要骇人！

曾达紧跟僵尸，眼看着那怪物冲进了在山旁的一间板房中，那间板房是地震后为当地群众搭建的，部分群众因为重建房屋申请土地使用和重建资金的问题，依然住在板房之中。

僵尸一头撞进板房之中，紧接着板房内就传出一个妇女的惊叫声。曾达刹住脚步，正欲阻止胡顺唐，担心他们贸然进入会误伤了里面的平民，没想到胡顺唐完全没有停下的意思，也一头撞了进去，刚撞进去整个人又飞了出来，重重摔在地上，滚了两圈。胡顺唐一弹就起身来，拔腿又向里面冲进去，曾达持枪慢慢靠近，此时刘振明也赶来，曾达赶紧做了一个"掩护我"的手势，紧接着持枪冲了进去，刚进去就看到胡顺唐与那僵尸纠缠在了一起，而那名妇女则蹲在床脚边上依然在那儿大叫。

曾达怕伤着胡顺唐，不敢开枪，转而去将那名妇女给救了出来，谁知道刚拉着那妇女到板房门口，妇女脑袋一歪就晕死过去。曾达暗骂了一声，将妇女给整个抱起来，随即向内层封锁线外跑去，对着通话器喊道："B组B组，我救下一名妇女，你们在什么地方？赶紧过来把人带走！快快快！"

刚说完，僵尸就从板房的窗户破窗而出，又一次从窗户下方正欲进入板房内的刘振明头顶跳过去，刘振明抬手连射了五六发子弹，在这种距离下终于看清楚，那僵尸被击中的部位出现了好像是什么虫子一样的东西在那儿蠕动，就好像是在止血和缝合伤口。

站在窗口的胡顺唐也看到了这一幕，擦去嘴角的鲜血，呸了一口。四下看了看板房内，唯一能够当作武器的，只有一把实铁的菜刀。

僵尸抓着牧鬼箱向抱着妇女正在狂奔的曾达跑去，眼看就离曾达越来越近，"啪啪啪"的脚步声让曾达意识到那怪物正在追自己，只得拼命地奔跑，即便他受过训练，但年龄不饶人，他毕竟已经是一个老头儿了，能参加行动已经不错了。

紧跟其后的刘振明不敢开枪，在这种距离下，他担心会误伤到曾达和那名妇女，只得继续狂奔，掏出手枪追赶，同时用通话器告诉周围的狙击小组掩护。

刚说完，胡顺唐就以极快的速度超过了刘振明，刘振明惊异地看着他，还有他手中紧握的那把菜刀。

胡顺唐在距离那僵尸三米外的地方，跳上一块石头，一跃而起，抬起菜刀就砍向那僵尸的后颈处。僵尸中了一刀，身子一歪，手中的牧鬼箱也立即脱手，胡顺唐一个翻滚落地，抓了牧鬼箱转身就跑，看着追来的刘振明，还有站在远处盯着那僵尸的婉清，一咬牙向婉清跑去，同时喊道："跑！"

婉清还抱着一丝希望，对着僵尸大声喊道："爷爷！"

胡顺唐跑到婉清的身边，一胳膊肘将其撞开道："它已经不是你爷爷了！清醒点！它的目标是牧鬼箱！"

那怪物完全不理会婉清的叫喊，向胡顺唐扑了过去，胡顺唐将牧鬼箱递到婉清的手中，提着菜刀迎头就上，将僵尸的腹部切出一道长口，僵尸应声倒下，躺在地上挣扎着，因为刀口实在太长，里面的内脏已经翻滚着冒了出来，看得人直恶心。

"刘振明！手雷！"胡顺唐对刘振明喊道，刘振明抓起腰间的一个东西就扔给胡顺唐。胡顺唐接住，拉开拉环塞进那僵尸腹部的伤口内，接着冲过去扑倒了婉清，两人趴在地上后，只听到一声不大的"嘭"，并不是手雷的爆炸声。

胡顺唐转头看去，那怪物并没有被炸开，只是伤口处被什么东西烧过了一样，立刻意识到那根本不是什么手雷。

刘振明奔过来，很无奈地看着胡顺唐摇摇头，临行时行动小组所有人员的枪支都用了消声器不说，并没有带手雷这种声响过大的东西，只带了震撼弹和闪光弹，先前一着急，扔给胡顺唐的只是一颗闪光弹。

此时 B 组已经接到了曾达，将曾达手中的妇女抱走，随后又护送在区域内找到的其他平民快速撤离。

那僵尸在地上挣扎着，胡顺唐看到被烧开的伤口处原本还在拼命愈合伤口的独角蝇被烧死了大片，伤口也愈合得极其缓慢，知道这是个机会，立即跳起来，对刘振明说："开枪！开枪！"

刘振明连开了数枪，又慢慢走近，同时换了一个弹夹，瞄准了僵尸的脑袋正欲扣下扳机，一侧的婉清跳了起来，用手中的掌心雷对准了刘振明，喊道："住手！"

刘振明身子一震，缓缓抬起头来看着用掌心雷瞄准自己的婉清，不明所以。

"婉清！它已经不是你爷爷了！"胡顺唐喝道，不远处的曾达见状没有立即上前，只是快速蹲下来，找地方隐蔽起来。

"各狙击小组注意，现在的目标是那个持枪的女子。"刘振明的通话器中听到曾达的声音，他知道这件事没那么简单，假装放下枪，双手抱在头后，对着半山腰宋松和吴军所在的方向，摇晃了下手指，示意不要开枪。

吴军拿着望远镜看着刘振明的手势，告诉宋松不要开枪，随即又告诉其他狙击小组待命。宋松的狙击镜并没有对着婉清，而是依然对准了还在缓缓挣扎的那僵尸，道："到底是什么情况？"

"各小组原地待命，近攻 B 组，内层封锁线内平民是否全部解救完毕？"通话器中传来詹天涯的声音。

B 组军官回答："已经全部解救完毕，带到指定的安全地点，正在接受身体检查。"

詹天涯掏出自己那半支烟，叼在嘴上又说："B 组，你们重新回去再搜索一遍，不要有遗漏，在你们确定内层封锁线内已经没有平民后，我会派一队技术支援小组去协助你们善后，其他的事情就不要管了。狙击小组随时准备撤离。"

"撤离？"宋松和吴军都有些诧异，这关键的时刻，詹天涯竟然下命令叫他们准备撤离。

"准备撤离，不要有疑问！"詹天涯下了死命令。

无奈，吴军和宋松只得收起枪支，快速从狙击点撤离，同时其他九个狙击小组也陆续开始撤离。

"刘振明，你仔细听着，你把耳上通话器后方那个按钮按下去。"抱着自己后脑的刘振明在通话器中听到詹天涯的声音后，悄悄将按钮按下，同时注意到婉清持枪慢慢走近僵尸的身边，将牧鬼箱放在一旁，随后蹲了下去，看着那怪物，一脸的忧伤。

"刘振明，现在只有我和你能够通话，这是特殊加密频道，你不要说话，不要把通话器给关闭了，我要听清楚现场发生的一切，狙击小组一旦撤离，我这就什么都看不见了，明白了吗？"刘振明听到通话器中詹天涯的话，故意咳嗽了一声，表示自己明白了。

胡顺唐提着那把菜刀，站在距离婉清和王安朝所变成的僵尸不远处，担心那僵尸会突然起身。

"你们走吧。"婉清低声说。

胡顺唐和刘振明以为自己听错了，几乎同时问："什么？"

婉清举起枪，对准了刘振明道："我叫你们走！把这东西也给带走！你们不是想要吗？拿走呀！"

第七十一章 迷失的人性

351

婉清说完，一脚将牧鬼箱踢开，胡顺唐慢慢走到牧鬼箱跟前，拿起来，但并没有离开，刘振明也没有挪动步子。

远处隐蔽着的曾达将手中的冲锋枪调成单发模式，瞄准了婉清持枪的那只手，从这个情形判断，婉清并没有真正想扣下扳机，仅仅只是不愿意胡顺唐和刘振明跟自己待在一起，所以没有必要射杀。

"胡顺唐，东西你也到手了，我也不会再和你抢了，你们走吧。"婉清冷冷地看着胡顺唐。

"婉清，它已经不是你爷爷了，也没有办法再恢复了。"胡顺唐试图说服婉清。

"婉清婉清，这个名字我一直都不喜欢，爷爷给我取这个名字，就是挽救清朝的意思，挽救得了吗？最后连自己也变成这副模样了，不管他做了什么，对我怎样，他毕竟还是我的爷爷，这是事实，没有办法改变。"婉清又重新蹲下来，盯着那身子还在微微抖动的僵尸，"我会带他回美国，找最好的医生，一定可以治好他，一定！"

刘振明站在旁边，小心翼翼挪动了下脚步，靠近婉清，想找机会夺下她手中的枪，胡顺唐知道刘振明的意图，开口说话吸引婉清的注意力："你在崖墓中也看见了，有些东西是用现代科学没有办法解释的，我们与从前的一切都同时共存在这个时代，你要救你爷爷，回美国不是唯一的办法，他们可以救你爷爷，你相信我，他们本身就是一个特殊的机构。"

胡顺唐看着刘振明，见刘振明行动缓慢，于是想将婉清的注意力集中到刘振明的身上，自己伸手去夺下婉清的枪，却未想到，此时躺在地上的那僵尸突然昂起头来，扭头张口就向婉清咬去。

糟了！胡顺唐想都未想，抬手举起菜刀就向那怪物脑袋砍去，第一刀劈在那怪物脑门上的同时，刘振明从后方抓住了婉清的两只手，要夺下掌心雷，婉清喊着"爷爷"要挣扎开来，那僵尸拼命地挣扎着，胡顺唐拔出菜刀，对准僵尸的脖子又狠狠地砍下了第二刀……

僵尸的脑袋与颈脖处脱离，翻滚了一圈停住了，本在挣扎的婉清也停止了所有的动作，呆呆地盯着那个被剥了皮的头颅，颈脖处的那些独角蝇还在拼命地愈合着伤口，但已经晚了。

"头儿！听见了吗？胡顺唐解决了那怪物，不过我看还没有完，你得弄点儿类似喷火器的东西来把这尸体给完全烧了！"刘振明松开婉清对着通话器说，接着又拿起自己扔下的那支 95 式突击步枪。

远处隐蔽着的曾达小跑到了跟前，看了一眼那失去头颅的僵尸，立刻拿出随身的相机，快速拍着现场照片，做现场搜证工作。

　　相机的"咔嚓"快门声让婉清心烦意乱，终于爆发了，发狂似的冲向胡顺唐，将其按倒在地上，挥动拳头在胡顺唐身上一阵乱击，又抓起那把菜刀，高高举起，作势就要向胡顺唐脑袋上劈下去。

　　刘振明和曾达见状，同时用枪口对准了婉清，喝道："放下刀！"

　　躺在地上的胡顺唐盯着婉清那双发红的眼睛，没有反抗，目光又微微抬起，盯着她双手紧握并高举着的菜刀，淡淡地说："我知道失去亲人的痛苦，你下手吧，如果这能让你好受点儿。"

　　"刘振明！保护好胡顺唐的安全！你随时可以开枪！我马上到！"詹天涯对着通话器喊完之后，跑出指挥车，上了旁边的一辆福特越野车，快速向内层封锁线奔去。

　　婉清盯着胡顺唐那张面无表情的脸，慢慢地垂下了手，将菜刀扔到了一边，闭上了双眼，随即起身来，就站在那儿，看着身首异处的僵尸，大脑一片空白。

　　"头儿，危机解除，下一步做什么？"刘振明放下枪，对通话器说。

　　开车疾驰的詹天涯松了一口气，但没有减缓车速："守着现场！我会叫技术支援小组过去！胡顺唐和那个叫婉清的也给我看好了！"

　　二十分钟后，胡顺唐等人到了安全地点，现场穿着防化服的医生给每个人做了检查后，向詹天涯点头示意表示没有任何问题。胡顺唐看着坐在一辆金杯车内发呆的婉清，不知道该不该进去。一旁盐爷、莎莉和魏大勋站在　副担架前，看着被白布盖着的图财尸体。

　　盐爷扭头来看了看胡顺唐，又看了看在一旁靠着轮胎休息的刘振明和曾达两人。

　　胡顺唐抱着牧鬼箱，知道众人的目光现在都集中在他的身上，虽说任务顺利完成，却付出了沉重的代价，而自己这个任务，最终的目的却是一笔与李朝年之间的交易，眼下牧鬼箱是交给詹天涯还是自己亲自带回蜂巢给李朝年，他拿不定主意。

　　"我欠你个人情。"詹天涯从车后走出来，站在胡顺唐不远处。

　　胡顺唐没有看他，只是哼了一声，转身就走，詹天涯闪身挡在他跟前："我想单独和你谈谈。"

　　"我们俩没有什么好谈的，你是政府的人，我想以后我们还是划清界限为好，免得过了界大家都难办。"胡顺唐踏步向远处走去，两个古科学部的探员立即上前要拦下他，却看到詹天涯微微摇头示意他们走开。

詹天涯叼着那半支烟，走在胡顺唐的身后，一直走到离开众人能够听到的范围，詹天涯才取下那半支烟，开口道："我已经想办法联系了图财的妻子，并且想办法提供给了她们母子俩一笔钱，算是政府提供给他们的抚恤金。"

虽然这是胡顺唐想听到的，但他还是没有回头去看詹天涯，也没有说话。

"我会告诉图财的妻子，图财这些年之所以会成那副样子，都是因为他本身是警方的线人，但很遗憾的是在最终的缉毒行动中暴露了身份，被毒贩杀害。"詹天涯继续说。

胡顺唐听到这儿终于转身看着詹天涯问："我记得没有告诉过你图财的事情，你怎么知道的？"

"是我告诉给詹警官的。"盐爷出现在詹天涯的背后说。

"詹警官？他是警察吗？"胡顺唐冷冷地说，"不错呀，詹天涯，安插了一个线人在我身边，怎么？怕我拿着牧鬼箱跑了？如果在几个小时前，你们提前行动，抓了王安朝他们，就没有这么多事了，王安朝也不会变成那副模样，图财也不会死，至少那样图财会带着另外一种身份，出现在他妻子儿子跟前，重新开始崭新的生活！你们是冷血动物吗？眼睁睁地看着一个又一个人死去！"

"这里有政治因素，你不懂，他们是美国人，事情没你想象中那么简单。"詹天涯解释道，虽然他很不愿意解释。

盐爷见胡顺唐怒火无法平息，想将他与詹天涯应是师兄弟的关系说出来："顺唐，你和詹警官两人是……"

"盐爷！"詹天涯知道盐爷要说什么，抬手制止他说下去。

胡顺唐抱紧了牧鬼箱，向前走了一步："没错，我不懂政治，但我懂人性！你连最基本的人性都丧失了，你还不如夜叉王！"

新的交易

詹天涯不语，知道怎么解释也没有作用，但按照规定该回收的东西还是应该回收，伸手道："把牧鬼箱给我，你的任务已经完成了。"

"你做梦！"胡顺唐道，"这个东西是六条人命换回来的！"

"顺唐，把东西给詹警官，那东西到底还有什么秘密，我们谁都不知道，万一出了事，我们负不起这个责任。"盐爷上前一步道。

"负不起责任？对呀，你们现在是一伙儿的，他饶了你一条命，你现在在报答他对吗？别忘了，天理循环，你做的事情老天爷看着呢！"胡顺唐冲口而出，对着盐爷怒吼道。

盐爷愣住了，没有想过胡顺唐会说出这样的话来，虽然知道胡顺唐心中不会那么容易就原谅自己，可接下来盐爷做了一件事，让詹天涯和胡顺唐都愣住了——他以极快的速度拔出了詹天涯手中的枪，对准了自己的脑袋。

"顺唐，我知道你永远都不会原谅我，但是牧鬼箱你还是必须交给他，我只是做点儿事，正义的事情，可以弥补从前的错误，虽然知道那些错误都没有办法修复，但我还是要做，如果我的死，能让你好受一点儿……"说完，盐爷扣动了扳机。

"盐爷！"胡顺唐扔下牧鬼箱就前去抢枪，詹天涯则快速捡起牧鬼箱，看着胡顺唐夺下盐爷的手枪，盐爷却很纳闷为什么扣不动扳机。

"没开保险，我一般很少用枪，所以连弹夹都没有装子弹。"詹天涯很冷静地说，轻轻拍了下牧鬼箱说，"东西我拿走了，放心，胡淼的事情我会想办法给你解决的。"

胡顺唐看着詹天涯渐渐走远，站在那儿，又觉得头疼欲裂，伸出手去揉着自己的额头。

远处，放着图财尸体的担架被放上了车，莎莉和魏大勋两人起身，环视四周寻找盐爷和胡顺唐的时候，却看见詹天涯带着牧鬼箱上了越野车，而胡顺唐则站在婉清坐着的那辆金杯车前，魏大勋正欲上前，莎莉却不自觉地拉住了魏大勋。

魏大勋不解，不知道莎莉为什么要这么做，但莎莉只是对他轻轻摇了摇头。

虽说莎莉不愿意看着胡顺唐靠近婉清，但眼下发生的事情，她也很理解，可魏大勋还是走上前，看了胡顺唐一眼，上了金杯车，坐在婉清后方的椅子上。

越野车内，詹天涯将牧鬼箱装入安全箱内，设置好密码后拍了拍前方的座椅，问前方的吴军和宋松两人："新闻稿弄好没有？"

吴军点头："政治处的人已经弄好了，晚上就可以插播进新闻里，我看过没有什么疏漏，不过媒体肯定会猜测的，今天晚上网上肯定热闹了。"

"做好我们的本分就行了，走吧。"詹天涯靠回座椅上。

宋松扭头回来，透过车窗看着金杯车上坐着的婉清和魏大勋，问："总指挥，那两个美国人怎么办？有一个还是前游骑兵，这件事比较麻烦，万一美国政府出面找借口怎么办？"

"他们要说什么，我们封不住他们的嘴巴，总不至于灭口吧？那不是我们的做事方式，我们就向美国方面说，那两个人在缉毒行动中，帮了我们的大忙，其他的事情他们爱怎么回答就怎么回答，总之我们咬死这一点，他们会把焦点转移到那两个人身上，我估计他们也会咬死偶遇我们的缉毒行动，因为这些事说出来，对他们自己也没有好处。派车把他们送到成都，其他的事情就不用管了，还有那些所谓的毒贩尸体，冰冻好，给上面汇报一下，看看用什么方式交还给美国政府。"詹天涯说，摸着腿上那个装牧鬼箱的安全箱，"走吧，等我们全部离开，就把外围封锁线给撤了，再不撤，当地群众就要闹翻天了。"

黑色福特车缓缓离去，莎莉站在那儿看着胡顺唐终于上了金杯车，坐在婉清的后方，轻叹了一口气，转身要上车，盐爷却走过来与她平行，又对她微微一笑，以示安慰。

"我觉得自己很没用。"莎莉站在车前说。

盐爷看了一眼已经缓缓开动的金杯车:"有时候,一个人有没有用真的不是自己可以决定的,你也许没发现自身价值早就超出了自己的预计。"

"盐爷,我想回美国。"莎莉忽然说。

盐爷没有想到莎莉会突然有这样的决定,忙问:"为什么?"

"我待在这儿也是你们的负担,这一路上你们为了照顾我费了不少心,我知道现在这副模样回到美国也起不了什么作用,但毕竟那是我的家乡,回到那儿我会好受很多。"莎莉似乎已经下定了决心。

盐爷知道自己说什么都没有用,只得说:"不管你是去是留,还是和顺唐商量一下吧。"

车窗户此时摇开,开车的古科学部探员探头道:"两位,请上车,我们要抓紧时间离开了。"

盐爷默默点头,打开车门和莎莉上了车。

金杯车内,胡顺唐、魏大勋和婉清三人没有人说话,前方开车的探员面无表情地看着前方,专心致志地开车。

一直到省城给他们安排好的酒店,三人都没有说话,婉清一直目视前方发呆,魏大勋却小小打了个盹儿,醒来后发现胡顺唐依然坐在婉清的后方,两人一前一后,保持着沉默。

终于,婉清起身准备下车,魏大勋也同时起身来,此时胡顺唐却开口道:"对不起。"

婉清吸了一口气,可还是一句话都没有说,下车就向酒店内走去。魏大勋站在那儿向胡顺唐伸出手去:"谢谢。"

胡顺唐握了下魏大勋的手,木讷地说:"对不起。"

魏大勋苦笑道:"和你无关,我们自找的,只可惜找不回兄弟们的尸体,回美国,我还不知道怎么跟他们家人交代呢。"

"我想想办法。"胡顺唐下了决定要再返回一次,去找寻那几名游骑兵的尸体,也顺带将夜叉王的尸体找回来。

魏大勋摇头:"不用了,我们现在也算是朋友,我不想我的朋友再次去那个地方冒险。好了,再见,有机会来美国玩,我全程接待。"

"谢谢,再见。"胡顺唐坐在金杯车内,透过窗户看着魏大勋小跑着进入酒店内,而婉清却依然站在酒店电梯口处,拿着门牌发呆,电梯门开了又关,陆续

第七十二章 新的交易

有人进去和出来，她依然站在那儿。

也许，这是此生最后一次见到这个女人的背影。

我是克星吗？还是开棺人的身份本就遭受了诅咒，一开始是养父吴天禄的死，接着是胡淼的死，还有刘振明被开除警队，消除身份加入古科学部，然后是图财、婉清。

胡顺唐呆呆地坐在那儿，想起廖延奇、穆英杰，还有那个自称为安期生的人，他们无一例外都是开棺人，干这一行的人到底是正是邪？

傍晚，胡顺唐一个人走到锦里，这条重建的复古老街充斥着现代的气氛，四处张灯结彩，为迎接春节的到来。胡顺唐慢慢走在锦里的街上，看着一对对情侣从身边走过，洋溢着幸福的笑容，回想着胡淼说过自己早就去腻了这条街，只有外地人才会乐此不疲地去这个地方。

可是，自己和胡淼就连一次稍微像样的约会都没有。

"先生，你好，请问要给手机贴膜吗？"一个年轻男子走到胡顺唐跟前来，胡顺唐摇头走开了，但那名年轻男子继续跟着胡顺唐。

"先生，先生，我这是正品手机膜，材料加手工费只要10块钱。"年轻男子继续兜售着自己的东西。

"我没有手机，谢谢。"胡顺唐转身向一家古色古香的小酒吧走去。

那名年轻男子在酒吧门口停顿了一下，和迎面走来的一个中年人对视了一眼，接着走开，收起了自己贴膜的工具，隐入人群之中。

中年人站在酒吧门口，看着胡顺唐，并没有立即进入。

胡顺唐坐下后点了一杯饮料，看到挂在旁边墙壁上的电视正好在播放新闻，新闻上那个陌生的主持人拿着话筒站在一幢屋子前，屋子墙壁上还有无数的弹孔，主持人站在那堵墙前面面对镜头说："今天上午，省公安厅缉毒大队接到线报，在三台县有大量毒品交易，警方赶到后，因为保密的关系无法立即疏散人群，为了保护人民群众的财产安全，以当地爆发传染病疫情为理由暂时封锁了周边地区，特警进入后与毒贩展开了激烈交火，最终击毙了数名持仿54式手枪和雷明顿猎枪的毒贩，并缴获了大量的毒品，大家可以通过这堵墙看出今天上午这里的交火很激烈，在此次行动中，警方无人牺牲受伤，当地群众也被特警队平安疏散到安全区域，遗憾的是有一名警方卧底在行动中暴露身份殉职。"

说到这儿，在画面右上侧出现了图财的照片，照片上图财笑得很灿烂。胡顺唐看着那张照片，叹了一口气，不忍再看下去，只是呆呆地看着饮料杯子，继续听新闻中说："这次行动是警方在毒贩集团内部安插卧底多年，才破获的一起在本省最大的毒品交易，公安厅缉毒大队称此次行动殉职的卧底警员曹强功不可没，将会被追认为烈士，并授予蓝盾勋章，本台记者魏良为您报道。"

詹天涯这次真是下了血本，原本告诉胡顺唐曹强只是警方的线人，最终却变成了卧底警员，这样一来也算是圆了曹强的一个心愿，不用再偷偷摸摸做人，有了一个虚假却光荣的身份。当年樊大富这个见多识广的袍哥会柱头，却被那个已经变得人不人、鬼不鬼的王氏一族的族长欺骗和威胁，让其永远保存这个秘密，否则便会全家死绝，这与族长被人欺骗说要灭族其实是一个道理。族长为了自己的妻子和儿子，最终还是落到了灭族的下场，樊大富的后代图财也因为祖上遭受了蒙骗，惶惶不可终日，担心家人受到来自所谓阴间的威胁，终日混吃等死一副无赖流氓的模样，就为了对那件事守口如瓶，更担心王安朝重新找上门来，最终落得个妻离子散、家破人亡。

胡顺唐不明白的是——图财、夜叉王和李朝年三者之间有什么联系，图财和夜叉王又是什么时候认识的李朝年，李朝年又对他们做过什么，现在已经没有机会得知了，图财和夜叉王都已经死了，本以为在拿到牧鬼箱之后，与李朝年完成交易时，可以借此机会让李朝年和盘托出，却没想到詹天涯将牧鬼箱拿走，只要那东西放入了蜂巢，再想拿出来比登天还难。

胡顺唐呆呆地看着饮料时，酒吧门口也一直在听新闻的中年人，终于走到他桌子前来，拿开椅子坐下，笑道："先生，我帮你算一命怎么样？我可是锦里出名的神算。"

胡顺唐托着下巴看着酒吧歌台上那个抱着吉他唱歌的歌手，摇头道："没兴趣。"

中年人却没有离开的意思，故作姿态在那儿掐指算着，随即道："哎呀先生，你是手艺人的命呀，不过命太硬，刑克他人不说，今年还是大凶之年！特别是女人……"

胡顺唐一愣，目光落在那个中年人脸上，意识到这个人不是简单的江湖骗子。

"你是谁？"胡顺唐问。

中年人道："先生，我算命的方式很怪，有两个卦象，你可以选择其中一个，再从卦象中选择一个字来，我帮你测测。"

中年人从口袋中拿出两个类似字帖的东西来，摊开，两侧有两个八卦，两个八卦左右各有两个字，加起来一共四个字。

胡顺唐看着那东西一笑，这时候终于借着不明亮的灯光看清楚了那人的容貌，知道那人的身份，顺手点了一个"瓜"字。

那人装模作样晃动着脑袋说："你是男人，男人则为'子'，而'子'字形同'孑'，'孑'又意为人缺了手臂，加起来便是一个'孤'字，先生，你属于天煞孤星呀！"

胡顺唐往椅背上一靠，端起饮料喝了一口，盯着那人道："刘振明，玩够了没有？这些东西从哪儿学的？詹天涯教你的？还是曾达教你的？有意思吗？"

刘振明一乐："还是被你看出来了，怎么样？这化装术不错吧？说真的，传说古科学部里有人会易容术。"

"如果你再提那个地方，就麻烦你有多远滚多远。"胡顺唐完全没心情跟他开玩笑。

刘振明见胡顺唐发火了，立刻收起了笑容，说："我是有正事来找你，你也知道，在户籍档案上已经没有了我这个人，必须以这种样子出现，否则被人认出来就麻烦了，我来是找你有正事儿。"

"有屁快放。"胡顺唐看着另外一个方向。

"白骨找你，在那儿叫了整整一天了。"刘振明说。

"李朝年找我，他难道知道我拿到牧鬼箱了？"胡顺唐问。

刘振明摇头："不知道，总之就要找你，现在不吃不喝，非要等到你出现。"

"他本来就是个怪物，吃书度日的家伙，还用得着吃东西吗？再说了，我没有了牧鬼箱，去见他有什么意义？"胡顺唐道。

"詹总指挥说了，可以把牧鬼箱借给你，不过前提是你不能交给白骨，因为那东西古科学部还不知道其中隐藏着什么秘密。"刘振明说，从脸上的表情来判断应该没有撒谎。

那些独角蝇到底是什么东西，怎么会将人变成那副模样，胡顺唐也想知道，不过自己已经没有机会了，但詹天涯怎么会良心发现把牧鬼箱给自己，去见白骨？这其中肯定有鬼。

胡顺唐想了想道："詹天涯到底想做什么？他是无利不起早的人，比商人还奸。不会这么便宜我吧？"

"我不知道。"刘振明回答，"我只是个刚加入的菜鸟，还在接受训练。"

"是不知道还是无可奉告？"胡顺唐不相信。

"顺唐，你总不至于连我都不信吧？"刘振明看着胡顺唐那张充满怀疑的脸。

"在这个世界上我只相信两个人，一个是我自己，另外一个绝对不是你。"胡顺唐冷冷地说。

"不管你信也好，不信也好，总之我是有心帮你把胡淼救回来，但你现在这个样子能做点儿什么事？像一条丧家犬一样！詹天涯还说你进步了不少，但我看来，你比刚回广福镇的时候还不如，无非就是身手好一点儿，还是拜詹天涯所赐……"刘振明脾气也上来了，话未说完，胡顺唐就一拳揍了过去。

刘振明张开手掌包住他的拳头，凑近他的脸又说："夜叉王已经死了，所有的线索都已经断了，要重新连接起来只有接近白骨，否则的话胡淼永远都没有办法回来！"

胡顺唐咬着牙，收回自己的拳头，闭上双眼，好半天才睁开道："好，我去蜂巢见李朝年，不过如果詹天涯还是想耍花样，就别怪我不留情面！"

刘振明没有做特别的回应，只是低声道："你现在去郭家桥，那里有家动漫书屋，外面会停一辆银灰色的哈飞路宝，你什么也别说，开车门上车就行了，他们会送你去该去的地方。"

胡顺唐听完，起身就走，转而消失在了酒吧门口。

刘振明见胡顺唐走后，松了一口气，随即拿着桌子上的酒水牌，看着胡顺唐喝的那杯饮料要八十块钱，低声"哇"了一下，随即反应过来，又去看着酒吧门口："这小子，连账都没付！"

刘振明给了钱，走出酒吧门口，看着锦里街上拥挤的人群，早已没有了胡顺唐的身影，但他知道，这个开棺人的冒险才刚刚开始。